Pearl S. Buck
Die Welt voller Wunder

AF178603

Dass Rann Colfax etwas Besonderes ist, merken seine Eltern schon kurz nach seiner Geburt: Er ist hochbegabt. Durch seine Intelligenz und Aufgewecktheit macht sich Rann wenig Freunde und wächst als Einzelgänger auf. Sein Vater beschließt daher, mit ihm um die Welt zu reisen, damit er neue Eindrücke gewinnen und seinen Horizont erweitern kann. Doch noch bevor die Reise stattfindet, stirbt der Vater. Von Wissensdurst und Neugier geleitet, macht sich Rann allein in die Welt auf. In England, New York, Korea und Paris lernt er die Unwägbarkeiten des Lebens kennen, und schließlich auch die Liebe.

Pearl S. Buck (1892–1973) wuchs als Tochter eines Missionars hauptsächlich in China auf, studierte aber in den USA. Sie war von 1922 bis 1932 Professorin für Englische Literatur in Nanjing und begann in dieser Zeit, Romane und Essays zu veröffentlichen, für die sie den Pulitzerpreis und 1938 den Literatur-Nobelpreis erhielt.

Britta Mümmler lebt und arbeitet in München. Sie hat u. a. Werke von Charles Dickens, Henry James und C. S. Forester übersetzt.

Pearl S. Buck

Die Welt voller Wunder

Roman

Aus dem amerikanischen Englisch von
Britta Mümmler

dtv

Die amerikanische Originalausgabe erschien
2013 unter dem Titel *The Eternal Wonder*
bei Open Road.

Von Pearl S. Buck ist bei dtv außerdem lieferbar:
Ostwind – Westwind
Die gute Erde
Söhne
Das geteilte Haus

5. Auflage 2023
2017 dtv Verlagsgesellschaft mbH & Co. KG, München
© 2013 Pearl S. Buck, Family Trust
© der deutschsprachigen Ausgabe:
2015 dtv Verlagsgesellschaft mbH & Co. KG, München
Umschlaggestaltung: dtv nach einem Entwurf von Wildes Blut,
Atelier für Gestaltung, Stephanie Weischer
unter Verwendung von Fotos von Trevillion Images
Satz: Greiner & Reichel, Köln
Druck und Bindung: Druckerei C.H.Beck, Nördlingen
Printed in Germany · ISBN 978-3-423-14603-6

Das Leben ist das Wunder,
von dem wir alle durchdrungen sind …

TEIL I

Er lag schlafend da im stillen Wasser. Doch das soll nicht heißen, dass seine Welt stets unbewegt war. Es gab Zeiten, in denen er Bewegung wahrnahm, heftige Bewegung sogar. Dann wiegte ihn die warme Flüssigkeit, von der er ganz und gar umschlossen war, hin und her, ja wirbelte ihn manches Mal sogar regelrecht herum, sodass er instinktiv die Arme ausbreitete, mit den Händen zu rudern begann und die Beine spreizte wie ein hüpfender Frosch. Nicht dass er schon irgendetwas von Fröschen gewusst hätte – dafür war es noch zu früh. So wie es überhaupt zu früh war für jegliche Art von Wissen. Instinkt war das Einzige, was er besaß. Und so lag er die meiste Zeit einfach reglos da und bewegte sich nur, wenn er auf unerwartete Bewegungen in der Außenwelt reagierte.

Diese Reaktionen, notwendige Reaktionen, um sich selbst zu schützen, wie sein Instinkt ihm sagte, bereiteten ihm mit der Zeit immer mehr Vergnügen. Nun wartete er nicht mehr länger auf Anregungen von außen, sondern begann, sich aus eigenem Antrieb zu bewegen. Er ruderte mit den Armen und strampelte mit den Beinen, er drehte sich, anfangs noch ganz zufällig, dann aber zunehmend absichtlich und mit dem Gefühl, etwas vollbracht zu haben. Er konnte sich in seinem eigenen warmen Ozean vollkommen frei bewegen, erst als er größer wurde, begann er plötzlich Grenzen wahrzunehmen. Nun stieß er hin und wieder mit der Hand oder dem Fuß an eine Wand, die zwar weich war, ihm aber Grenzen aufzeigte, über die er sich nicht hinausbewegen konnte. Vor und zurück, auf und ab, um sich selbst herum, aber nicht über die Wand hinaus – sie begrenzte seine Welt.

Instinkt war es auch, der ihn dazu antrieb, sich heftiger zu bewegen. Er wurde mit jedem Tag größer und stärker, und in demselben Maße wurde sein eigener Ozean allmählich immer kleiner. Schon bald würde er zu groß sein für seine kleine Welt. Das spürte er, ohne sich dessen bewusst zu sein. Mit der Zeit drangen immer häufiger schwache, weit entfernte Geräusche zu ihm heran. Bis dahin hatte Stille ihn umgeben, doch nun hallten in den zwei kleinen Gebilden, die an beiden Seiten seines Kopfes gewachsen waren, Echos wider. Diese Gebilde schienen einen bestimmten Zweck zu haben, den er jedoch nicht verstand, ja nicht verstehen konnte, weil er noch nicht denken konnte, und denken konnte er noch nicht, weil er noch nichts wusste. Doch er konnte fühlen. Er nahm die Dinge mit seinen Sinnen wahr. Manchmal öffnete er den Mund, um ein Geräusch zu machen, auch wenn er nicht wusste, was ein Geräusch überhaupt war, ja nicht einmal, dass er eines machen wollte. Er konnte nichts wissen – noch nicht. Er wusste ja nicht einmal, dass er nichts wusste. Instinkt war das Einzige, was er besaß, und diesem war er vollkommen ausgeliefert.

Und so war es auch sein Instinkt, der ihn spüren ließ, dass er zu groß wurde für das, worin er lebte, was auch immer es sein mochte. Ihm war unbehaglich zumute, und dieses Unbehagen trieb ihn mit einem Mal zur Rebellion. Seine Welt wurde zu klein für ihn, er wollte sich daraus befreien, und dieser Instinkt äußerte sich in einer stetig wachsenden Ungeduld. Eines Tages schließlich stieß er mit rudernden Armen und strampelnden Beinen derart heftig gegen die Wand, dass sie brach – und da strömte das stille Wasser jäh davon, verließ ihn, ja ließ ihn hilflos zurück. Noch in demselben Augenblick aber, oder auch kurz danach – denn er konnte ja immer noch nichts verstehen, weil er nichts wusste –, spürte er enorme Kräfte auf sich einwirken, die ihn mit dem Kopf voran durch einen unpassierbar eng erscheinenden Gang hindurchtrieben, so eng, dass er dort niemals irgendwie vorangekommen wäre, wenn er nicht gänzlich von feuchtem Schleim umhüllt gewesen wäre. Krampfartige Erschütterungen seiner Welt zwangen ihn Zentimeter um Zentimeter kopfüber voran in der Dunkelheit. Nicht dass er etwas von der Dunkelheit gewusst hätte, denn er konnte ja noch nichts wissen. Doch er fühlte sich von Kräften getrieben, die ihn voranstießen, voran und immer weiter voran. Oder wurde er einfach nur ausgestoßen, weil er zu groß geworden war für seine Welt? Wer konnte das wissen!

So setzte er seine Reise fort und zwängte sich durch den Gang hindurch, indem er seine Wände unerbittlich weitete. Eine andere, dickliche Flüssigkeit quoll hervor und trug ihn, immer noch kopfüber, weiter voran auf seinem Weg, bis er plötzlich – und wirklich mit einer solchen Plötzlichkeit, als würde er ausgespien – hinausschoss in die Unendlichkeit. Dort wurde er gepackt, am Kopf gepackt, sehr behutsam natürlich, und in luftige Höhen gehoben – wovon, das wusste er nicht, denn er konnte ja noch nichts wissen –, und dann baumelte er mit einem Mal wiederum kopfüber an den Füßen. All das geschah so rasch, dass er nicht einmal darauf reagieren konnte, und unmittelbar danach spürte er an einer seiner Fußsohlen auch schon ein Stechen, eine ganz neue Empfindung. Und nun wusste er plötzlich etwas. Er wusste, was Schmerz war. Mit den Armen rudernd schlug er um sich, denn wie er mit Schmerz umgehen sollte, das wusste er noch nicht. Er wollte zurückkehren, in das stille, warme Wasser, in dem er stets so unversehrt dagelegen hatte, wusste aber nicht, wie er das anstellen sollte. Weiter wollte er jedenfalls nicht mehr. Er fühlte sich atemlos, hilflos und vollkommen ungeborgen, doch er wusste nicht, was er tun sollte.

Und während er noch zögerte, ängstlich, ohne zu wissen, was Angst war, und nur instinktiv wahrnehmend, dass er in Gefahr schwebte, ohne zu wissen, was Gefahr war, spürte er wieder diesen plötzlichen stechenden Schmerz an seinem Fuß. Irgendetwas ergriff ihn bei seinen Fußgelenken, irgendwer versetzte ihm einen Schreck, er wusste nicht was, er wusste nicht wer, doch nun wusste er, was Schmerz war. Und da kam ihm mit einem Mal sein Instinkt zu Hilfe. Er konnte nicht zurück, aber so verharren konnte er auch nicht. Also musste er weiter voran. Er musste dem Schmerz entkommen, indem er weiter voranging. Er wusste zwar nicht wie, doch er wusste, dass er weiter musste. Und nun wollte er auch weiter, und angesichts dieses Willens leitete ihn sein Instinkt. Er riss den Mund auf und stieß ein Geräusch aus, einen Protestschrei gegen den Schmerz, und dieser Protest zeitigte Erfolg. Auf einmal waren seine Lungen von der Flüssigkeit, die er nun nicht mehr brauchte, befreit, und er atmete zum ersten Mal Luft ein. Er wusste natürlich nicht, dass es Luft war, aber er spürte, wie etwas den Raum des Wassers einnahm. Doch es war flüchtig. Irgendetwas in seinem Inneren trieb es beständig hinein und hinaus, und während sich dies vollzog, begann er plötzlich zu schreien. Er wusste nicht, was Schreien war, doch nun hörte er zum ersten Mal seine eigene Stimme, auch wenn er nicht wusste, dass dies seine Stimme war oder was eine Stimme überhaupt war. Doch das Schreien gefiel ihm ganz instinktiv, und das Hören ebenso.

Dann wurde er aufgerichtet, jemand hielt seinen Kopf, und kurz darauf wurde er auf etwas Warmes und Weiches gebettet. Er spürte, wie sein Körper mit Öl eingerieben wurde, auch wenn er noch nicht wusste, was Öl war, und danach wurde er gewaschen. Er konnte ja all das, was mit ihm geschah, nur hinnehmen, weil er nicht wusste, was all das war. Aber der Schmerz war verschwunden, und ihm war behaglich zumute und warm, auch wenn er, ohne sich darüber bewusst zu sein, sehr müde war. Und so schloss er die Augen und schlief ein, ohne auch nur zu ahnen, was Schlaf war. Instinkt war immer noch das Einzige, was er besaß, und das reichte bislang auch vollkommen aus.

Er war wieder vom Schlafen erwacht. Doch den Unterschied zwischen Schlaf und Wachsein kannte er ja noch gar nicht. Er lag nicht mehr in seinem eigenen kleinen Ozean da, aber er fühlte sich dennoch warm und geborgen. Und er nahm Bewegung wahr, wenn auch nicht seine eigene. Anstatt durch Flüssigkeit glitt er nun durch Luft hindurch, und er atmete regelmäßig, auch wenn er nicht wusste, dass er es tat. Sein Instinkt trieb ihn zum Atmen an. Und es war auch sein Instinkt, der ihn antrieb, in der Luft genauso mit den Armen zu rudern und mit den Beinen zu strampeln, wie er es einst in seinem Ozean getan hatte. Dann spürte er plötzlich, so wie ihm jetzt alles ganz plötzlich widerfuhr, wie er mit etwas in Berührung kam, das weder weich noch hart war, aber warm. Und er spürte, wie er an dieses Warme gedrückt wurde und wie sein Mund an etwas ebenso Warmes stieß. Und weil er immer noch nichts wusste, setzte nun sein Instinkt wieder ein. Er öffnete den Mund und spürte, wie etwas kleines warmes Weiches sanft in diesen hineingeschoben wurde. Eine süßliche Flüssigkeit benetzte seine Zunge, und mit einem Mal ergriff seinen ganzen Körper eine instinktive Freude, und er spürte ein völlig neues, unerwartetes Bedürfnis. Er begann zu saugen, er begann zu schlucken, und dann saugte und schluckte er in einem fort und gab sich diesem neuen Gefühl vollkommen hin. So etwas hatte er noch nie erlebt, eine solch allumfassende Freude an seinem eigenen Dasein. Genauso intensiv, wie er zuvor den Schmerz empfunden hatte, empfand er nun die Freude. Schmerz und Freude waren das Erste, was er im Leben kennenlernte – auch wenn er natürlich noch nicht wusste, was es damit auf sich hatte. Doch nun kannte er den Unterschied zwischen beidem und wusste, dass er den Schmerz hasste und die Freude liebte. Und das war jetzt schon etwas mehr als nur reiner Instinkt, obwohl der Instinkt immer noch großen Anteil daran hatte. Das Gefühl der Freude und das Gefühl des Schmerzes erkannte er ganz instinktiv. Wenn er Schmerz empfand, riss er den Mund auf und begann laut, ja sogar wütend zu schreien. Und er lernte, dass der Ursache seines Schmerzes Einhalt geboten wurde, sobald er das tat, und so erlangte er Wissen.

Was er noch nicht wusste, war, dass sich nach einer Phase der Freude sein Mund zu einem weiten Gähnen öffnete. Und manchmal gab er auch ein anderes Geräusch von sich: ein vergnügtes Glucksen. Das konnte beim Anblick bestimmter Menschen geschehen, vor allem dann, wenn diese selbst Geräusche von sich gaben und seine Wangen oder sein Kinn berührten. Mit der Zeit lernte er, dass sie mit solchen Lauten und Berührungen auf seine Freude reagierten, und auch dies wurde ihm zu Wissen. Alles, was er durch seine Bedürfnisse oder sein Verlangen tun oder auslösen konnte, wurde zu Wissen, und dieses Wissen nutzte er instinktiv. Sein Instinkt verhalf ihm auch zum Wissen um andere. Anfangs war er sich nur seiner selbst bewusst, seiner eigenen Freude, seines eigenen Schmerzes. Allmählich aber begann er, gewisse Menschen mit seiner Freude oder seinem Schmerz in Verbindung zu bringen. Der erste solche Mensch war seine Mutter. Anfangs erkannte er sie nur instinktiv und durch das Gefühl der Freude. Ihre Brüste nährten ihn, und das war seine größte Freude. Saugte er an diesen, blickte er ihr ins Gesicht, bis dessen Züge schließlich ein Teil seiner Freude wurden. Und so war sie auch die Erste, die er instinktiv anlächelte, als er lernte, seine Freude mit einem Lächeln zum Ausdruck zu bringen.

Umso mehr erschrak er, ja fürchtete sich regelrecht, als er eines Tages entdecken musste, dass dieser andere Mensch, der ihm sonst so viel Freude bereitete, ihm auch Schmerz zufügen konnte. Seine Kiefer fühlten sich wund und fiebrig an, und so presste er an diesem Tag, nachdem sein Hunger gestillt war, seine Kiefer instinktiv auf das, was er da im Mund hatte. Zu seiner großen Überraschung stieß sie einen Schrei aus, der dem seinen, wenn er Schmerz empfand, nicht unähnlich war – und in genau diesem Augenblick empfand er wieder Schmerz. An der Wange, einem Teil seiner selbst, dessen er sich bisher gar nicht wirklich bewusst gewesen war. Wiederum vom Instinkt getrieben brach er unmittelbar in lautes Weinen aus, und er spürte etwas Feuchtes in seinem Gesicht, etwas wie Wasser. Das waren seine ersten Tränen, und sie wurden ausgelöst von einer neuen Art von Schmerz: von einem Schmerz, der nicht allein von seiner Wange herrührte, die immer noch brannte, sondern von einer Wunde tief in seinem Inneren, die er nicht benennen konnte. Es war ein innerer Schmerz, der sich da in seiner Brust ausbreitete – und mit einem Mal fühlte er sich ganz allein und verloren. Die warme weiche Gestalt, die ihn Tag und Nacht umsorgte, ihn an ihren Brüsten nährte und von der er vollkommen abhängig war, hatte ihm Schmerz zugefügt! Er hatte ihr ganz und gar vertraut, und nun konnte er ihr nicht mehr vertrauen, weil sie ihm Schmerz zugefügt hatte. Er fühlte sich isoliert von allem, wie ein Wesen, das nirgendwo mehr dazugehört und deshalb verloren ist. Natürlich nahm sie ihn, während er untröstlich immer weiter weinte, in die Arme und wiegte ihn besänftigend hin und her, doch er konnte einfach nicht aufhören zu weinen. Sie schob ihm eine Brustwarze in den aufgerissenen Mund und bot ihm erneut Nahrung an, die warme süße Nahrung, die er sonst stets so begierig annahm. Doch er drehte den Kopf weg und verweigerte sie. Er schrie und schrie, bis er den inneren Schmerz schließlich nicht mehr spürte, und dann schlief er ein.

Er erwachte auf der rechten Seite liegend in seinem Kinderbett. Er drehte sich auf den Rücken und dann auf die linke Seite. Und mit einer Lust, die ihm neu war, verlangte ihn nun danach, sich wieder auf die rechte Seite zu drehen, und da sein Verlangen immer noch nicht gestillt war, weiter auf den Bauch. Nun jedoch war sein Gesicht auf die Matratze gepresst, und so verlangte ihn danach, seinen Kopf zu heben. Mit einem Mal sah alles ganz neu und anders aus, so als hätte er es noch nie zuvor gesehen. Er schien wie von einer Höhe herabzuschauen. Und außerdem konnte er seinen Kopf auch zur Seite herumdrehen, ja sogar zu beiden Seiten. Unablässig folgte eine Überraschung auf die andere. Dann hörte er plötzlich einen lauten Schrei und spürte, wie die Gestalt ihn hochhob, jene Gestalt, die solchen Schmerz zufügen konnte, dass er sich in den Schlaf geweint hatte. Doch es war ein freudiges Gefühl, das er nun empfand, eine neue Art von Freude, die nichts mit Nahrung zu tun hatte. Hatte er zuvor inneren Schmerz empfunden, so erfüllte ihn nun innere Freunde. Er gehörte wieder zu ihr, fühlte sich wieder von ihr angenommen und umsorgt. Immer wieder stieß sie kleine Laute aus, und er spürte, wie ihre Lippen ein ums andere Mal seine Wangen und seinen Hals berührten. Und als sie dann laut etwas rief, kam auch der andere Mensch herbeigeeilt und betrachtete ihn aufmerksam. Sein eigener Blick wanderte von dem einen zum anderen, er fühlte sich beiden zugehörig. Wieder war es sein Instinkt, der all dies bewirkte. Denn er wusste ja noch nichts über die beiden oder darüber, warum genau er sich als Teil von ihnen fühlte. Aber es war ein freudiges Gefühl. Instinktiv öffnete er den Mund und gab mit noch unsicheren Lippen ein neues Geräusch von sich, einen Laut, und da hörte er die beiden vor Überraschung Freudenschreie ausstoßen.

Danach hatte er das Gefühl, sich beinahe täglich zu verändern. Es verlangte ihn danach, all das zu tun, was nicht möglich zu sein schien. Wenn er in seinem Kinderbett dalag, wurde es ihm zu einer Selbstverständlichkeit, sich auf den Bauch zu drehen und den Kopf zu heben. Dann stemmte er sich mit beiden Armen hoch, und seine Welt wurde größer. Nun konnte er schon aus seinem Kinderbett hinaussehen. Und ein paar Tage später – wie viele Tage später genau wusste er nicht, weil er noch immer von seinem Instinkt getrieben wurde – entdeckte er, dass er seinen Körper auch auf die Knie hieven konnte. Und so, auf Hände und Knie aufgestützt, wiegte er sich nun vor und zurück, eine Bewegung, die er im ganzen Körper spürte und ein ums andre Mal vollführte, weil es ihm so großen Spaß machte. Danach vergingen die Tage in rasender Geschwindigkeit. Immer schneller entwickelte sich aus seinem instinktiven Tun heraus Wissen. Mittlerweile war es ihm schon zur Gewohnheit geworden, sich auf Hände und Knie zu stützen. Er wusste nun, wie man es machte, doch das reichte ihm längst nicht mehr. Und so trieb sein Instinkt ihn an, sich vorwärtszubewegen, eine Hand vor die andere zu setzen, ein Knie vor das andere, und wenn er an die Grenzen seines Kinderbettes oder des Laufstalles stieß, in den die Gestalt ihn tagsüber setzte – weil er noch nicht weiter durfte –, ergriff er die Holzstäbe des Gitters und zog sich daran hoch.

Nun hatte er Höhe erreicht. Und von dieser Höhe aus sah alles, die ganze Welt, gleich vollkommen anders aus. Er war nicht mehr länger dem Boden verhaftet, er war oben, hoch oben, über der Welt, und dabei lachte er laut vor Freude.

Wenn er sein Gesicht an das Gitter drückte und zwischen den Holzstäben hindurchlugte, sah er die Gestalten, zu denen er gehörte, allein oder auch gemeinsam, wie sie hierhin und dorthin liefen. Er wurde immer noch vom Instinkt getrieben, doch es kam auch schon Wissen dazu, das ihm inzwischen auf verschiedene Arten zugänglich war. Er betrachtete alles um sich herum genau, und dort, wo er anfangs nur gesehen hatte, ohne zu verstehen, entstand nun Wissen, und er sah, dass auch anderes – Löffel, Teller, Becher – als die Brüste eine Nahrungsquelle waren. Er lernte, sich Wissen anzueignen, und verbrachte nun mehr Zeit mit Lernen als mit instinktivem Reagieren. Er war umgeben von lauter Dingen, und über jedes einzelne dieser Dinge konnte man etwas wissen: wie es sich in den eigenen Händen anfühlte oder – wenn es zu groß war, um es selbst festzuhalten – wie es sich anfühlte, es zu berühren. Es gefiel ihm, Dinge anzufassen oder festzuhalten. Und es gefiel ihm auch, zu schmecken, was ja im Grunde letztlich nur ein Anfassen mit der Zunge war. Als er diese Art der Wissensaneignung entdeckte, begann er alles in den Mund zu stecken oder, wenn es zu groß war, mit den Lippen und der Zunge zu erkunden. Und auf diese Weise lernte er, was der Geschmack war. Alles hatte sowohl einen Geschmack als auch eine Oberfläche zum Anfassen. Er lernte und lernte, und sein Wissen wuchs stetig, denn es war ein Instinkt, lernen zu wollen und sich so Wissen anzueignen.

Er gab sich der Beschäftigung des Lernens vollkommen hin, und im Laufe dieser Beschäftigung wurde es notwendig, sich zu bewegen. Er hatte bereits herausgefunden, dass seine Knie nachfolgten, wenn er eine Hand vor die andere setzte, immer eine vor die andere. Und so wurde der enge Laufstall langsam zu klein für ihn. Er spürte das Verlangen, diesen zu verlassen, in den Raum jenseits davon zu gelangen, und um seinen Willen durchzusetzen, weinte und schrie er so lange, bis er herausgehoben und außerhalb der Holzstäbe hingesetzt wurde. Dann begann er auf Händen und Knien seine Erkundungstour. Wenn er einen Stuhl oder ein Tischbein erreichte, trieb sein Kletterinstinkt ihn an, sich daran hochzuziehen. Anfangs wusste er nicht, was nun zu tun war. Er stand auf beiden Beinen da und hielt sich mit den Händen fest, doch was als Nächstes kam, wusste er nicht. Er konnte natürlich sehen, was die beiden Gestalten taten, aber er wusste nicht, wie sie es machten. Und außerdem bestand die Gefahr hinzufallen. Einmal hatte er schon versucht, mit den Händen loszulassen, und war prompt derart plötzlich auf den Boden geplumpst, dass er von dem Bedürfnis zu weinen überwältigt worden war und die Gestalt herbeigeeilt kam und ihn tröstend in die Arme nahm. Er wusste noch nicht, dass nichts für immer so blieb, wie es war. Alles begann damit, nicht zu wissen. Er musste erst lernen, dass er es einfach noch einmal versuchen konnte, und das wiederum begann mit dem vom Instinkt getriebenen Verlangen danach, es noch einmal versuchen zu wollen.

Die Gestalten halfen ihm nun. Sie hielten ihn an den Händen fest, zogen ihn hoch und stellten ihn auf die Beine. Und als sie ihn schließlich vorsichtig zu sich heranzogen, entdeckte er, dass ein Bein instinktiv dem anderen folgte und er sich bewegte. Er konnte sich bewegen! Nie wieder würde er sich damit zufriedengeben, dass man ihn auf einen Raum beschränkte. Er war ein freier Mensch, ganz genauso wie die beiden anderen auch. Natürlich, ab und zu fiel er noch hin, und manchmal tat es sogar weh, doch er lernte, sich allein wieder auf die Beine zu stellen und von vorn zu beginnen.

Das war eine ganz neue Art von Freude! Er verspürte weder den Wunsch noch das Verlangen, irgendetwas anderes zu tun, irgendein anderes Ziel zu verfolgen, als sich einfach nur auf den Beinen zu halten und sich zu bewegen. Natürlich verführten ihn oft irgendwelche Dinge dazu, doch stehen zu bleiben und sie zu betrachten, zu fühlen, anzufassen und zu schmecken, und auf all diese verschiedenen Arten zu lernen, was für ein Ding genau es war und welchen Nutzen es hatte. Doch kaum hatte er es herausgefunden, trieb sein Instinkt ihn auch schon weiter zu Neuem. Und allmählich lernte er auch, das Gleichgewicht zu halten, sodass er nicht mehr hinfiel, oder zumindest nicht mehr so oft.

Auch sein Bedürfnis, Laute von sich zu geben, hatte sich in der Zwischenzeit weiterentwickelt. Seine Stimme hatte er schon entdeckt, kurz nachdem er seinen eigenen Ozean verlassen hatte, als er instinktiv vor Schmerz zu schreien begann. Der Schmerz hatte ihn gelehrt, Protestschreie auszustoßen, genauso wie ihn bald darauf die Freude das Lachen gelehrt hatte. Diese beiden Lautäußerungen benutzte er inzwischen jeden Tag, sogar recht häufig. Doch die Stimme konnte auch noch andere Laute hervorbringen. Die beiden Gestalten benutzten ihre Stimmen unablässig, manchmal um zu lachen, vor allem aber um noch eine andere Art von Lauten von sich zu geben. Für ihn zum Beispiel benutzten sie einen ganz bestimmten Laut. Und dies wurde der erste spezifische Laut, den er lernte, die erste Konstante, das erste Wort – sein Name: Randolph, oder kurz Rannie. Dieses Wort wurde meist zusammen mit anderen benutzt, die ihrerseits wiederum mit Schmerz oder Freude verbunden waren. Es waren zwei kurze Wörter: »ja« und »nein«. »Nein, Rannie«, »Ja, Rannie« – das konnte Schmerz bedeuten oder auch Freude. Wörter konnte man allerdings nicht mittels Instinkt lernen, sondern nur durch Erfahrung. Anfangs hatte er ihnen weiter keine Beachtung geschenkt. Ein »nein« bedeutete ihm gar nichts. Doch schon bald fand er heraus, dass es Schmerz zur Folge hatte, wenn er diesem Wort keine Beachtung schenkte, einen plötzlichen Klaps auf die Hand oder auf den Hintern zum Beispiel. So lernte er innezuhalten, sobald er das Wort »nein« hörte, vor allem dann, wenn kurz darauf noch ein »Rannie« folgte, mit dem er gemeint war. Dann lernte er, dass es für alles ein ganz bestimmtes Wort gab. Er lernte »Mama«, er lernte »Papa« – damit waren die beiden Gestalten gemeint, zu denen er gehörte und die zu ihm gehörten. Sie waren es auch, die »nein« und »ja« zu ihm sagten, und sie sagten auch »komm«. So lernte er auch, wann er selbst »nein« und »ja« benutzen konnte. Eines Tages sagten die beiden zu ihm: »Komm, Rannie, komm, komm.« Doch in diesem Augenblick wollte er nun einmal gerade nicht kommen, weil er beschäftigt war, und so benutzte er instinktiv das Wort, das er am besten kannte.

»Nein«, sagte er. »Nein – nein – nein.«

Da wurde er prompt von dem Großen hochgenommen.

»Ja – ja – ja –«, sagte der Große.

Und dieses sonst stets mit Freude verbundene Wort wurde zu seiner Überraschung diesmal von einem heftigen Klaps auf seinen Hintern begleitet. Er begann sofort zu weinen. Es fiel ihm leicht, in Tränen auszubrechen, wann immer er wollte. Manchmal half es, manchmal nicht. Diesmal half es nicht.

»Nein, nicht weinen«, sagte der Große.

Er blickte ihm ins Gesicht und beschloss, mit dem Weinen wieder aufzuhören. Und das war Lernen durch Wissen. Man sagte nicht »nein«, wenn ein Großer »komm« oder »ja« gesagt hatte.

Sein wahres Interesse richtete sich jedoch nicht auf solch beiläufige Wissenshäppchen. Seine Hauptbeschäftigung, die er sich ganz allein ausgesucht hatte, war das Erkunden. Er war besessen von dem Verlangen, alles zu erkunden, jede Schachtel zu öffnen und auszuprobieren, ob er sie wieder schließen konnte, wenn er herausgefunden hatte, was sich – oder ob sich etwas – darin befand, alle Türen zu öffnen, wieder und wieder die Treppenstufen hinauf- und hinunterzukrabbeln, Töpfe und Pfannen, Dosen und Schachteln aus den Küchenschränken zu räumen, Bücher aus den Regalen zu holen, Schubladen herauszuziehen, Gläser aufzuschrauben und Flaschen zu öffnen. Und hatte er etwas Neues schließlich vollständig erkundet, sah er keinen Grund dafür, alles wieder so anzuordnen, wie es gewesen war. Er hatte gelernt, was er wissen wollte, und damit hatte sich die Sache für ihn erledigt. Es machte ihm Spaß, Schubladen auszuräumen und Toilettenpapier abzuwickeln. Es gefiel ihm, im Wasser zu planschen und die Wasserhähne im Badezimmer immer wieder auf- und zuzudrehen. Er sah keinen Grund dafür, warum seine Mutter so entrüstet aufschrie. Doch wenn sie sagte: »Nein – nein, Rannie«, ließ er von dem, was immer er gerade tat, ab und setzte seine Tätigkeiten anderswo fort.

An seinem ersten Geburtstag, den er natürlich noch nicht begreifen konnte, konzentrierte sich sein Interesse ganz auf die eine Kerze auf dem Kuchen; und nachdem er gelernt hatte, wie man sie ausblies, verlangte er jedes Mal, dass sie erneut angezündet wurde, damit er herausfinden konnte, was dieses Licht war. Als der Große die Kerze schließlich ein letztes Mal für ihn angezündet hatte – »Nicht noch einmal, Rannie – nein, nein, nein« –, beschloss er, auf andere Weise herauszufinden, was es damit auf sich hatte. Er hielt einen Zeigefinger in die Flamme – und zog ihn augenblicklich wieder zurück. Er erschrak viel zu sehr, als dass er hätte weinen können. Stattdessen betrachtete er seinen Zeigefinger und blickte fragend seine Mutter an.

»Heiß«, sagte sie.

»Heiß«, wiederholte er. Und dann begann er, weil er nun wusste, dass »heiß« auch »Schmerz« bedeutete, zu weinen.

In diesem Augenblick nahm seine Mutter einen Eiswürfel aus ihrem Limonadeglas und hielt ihn an seinen Zeigefinger, an dem sich mittlerweile eine Blase gebildet hatte.

»Kalt«, sagte sie.

»Kalt«, wiederholte er.

Nun wusste er, was »heiß« und »kalt« bedeutete. Es war schon schwierig, dieses Lernen, aber aufregend. Und als er später seine Eiscreme aß, tat er sein neues Wissen sogleich kund.

»Kalt«, sagte er.

Er verstand nicht, warum die beiden anderen lachten und in die Hände klatschten.

»Kalt«, bestätigten sie. Er hatte sie glücklich gemacht; er wusste zwar nicht wie, doch er war zufrieden mit sich selbst und lachte ebenfalls.

Von der Zeit wusste er noch nichts, doch seines eigenen Körpers und seiner Bedürfnisse war er sich bewusst, und auf diese Weise lernte er schließlich auch, was Zeit war. Irgendetwas in seinem Bauch, eine Leere, die fast wehtat, wenn auch nicht richtig, bereitete ihm immer wieder ein Unbehagen, das nur durch Nahrung zu besänftigen war. Und dieses Bedürfnis teilte den Tag in Zeiten ein. Wenn es dunkel wurde, überkam ihn Schläfrigkeit, die Augen fielen ihm zu, und die Gestalt, die seine Mutter war, steckte ihn in warmes Wasser und in warme weiche Kleidung. Er trank Milch und aß, bis er sich wieder wohlfühlte, und später im Bett spielte er noch mit einem Plüschtier, wobei ihm aber meist schon die Augen zufielen. Um diese Zeit war das Zimmer dunkel, doch wenn er die Augen wieder aufschlug, war es hell. Dann stellte er sich sogleich auf die Beine und rief nach seiner Mutter, die übers ganze Gesicht strahlend hereingeeilt kam und ihn aus dem Bett heraushob. Und sobald er wieder gewaschen und gefüttert war, machte er sich erneut an sein Tagewerk, das immer noch darin bestand, alles ein ums andere Mal zu erkunden und bei allem Neuen innezuhalten oder, wenn er allein war, auch das zu erkunden, zu dem seine Mutter stets »nein – nein« sagte, wenn sie im Zimmer war. Denn er selbst kannte in seinem Wissensdrang keine Grenzen. Er musste einfach alles wissen.

Eines Tages lernte er ein neues Wesen kennen. Der Große brachte es mit. Es war klein und weich, hatte vier Beine und gab Laute von sich, die er noch nie gehört hatte.

»Wau – wau!«, machte das neue Wesen.

»Hund«, erklärte der Große.

Doch er hatte Angst vor »Hund«, wich zurück und steckte seine Hände hinter den Rücken.

»Wau – wau – wau«, machte der Hund.

»Schau mal, Rannies Hund«, sagte der Große, nahm Rannies Hand in die seine und streichelte den Hund.

»Hund«, sagte Rannie, und dann hatte er keine Angst mehr. Denn da gab es etwas Neues zu lernen. Auch der Hund musste erkundet werden, und er musste gleich einmal an diesem Schwanz da ziehen. Warum hatte der Hund überhaupt einen Schwanz?

»Nein – nein«, sagte seine Mutter. »Das tut dem Hund doch weh.«

»Tut weh?«, wiederholte Rannie verdutzt.

Daraufhin zog sie Rannie einmal kräftig am Ohrläppchen. »Tut weh, nein – nein«, wiederholte sie. »Schau mal, so macht man das – «

Mit sanften Bewegungen strich sie dem Hund über das Fell, und nachdem Rannie eine Weile zugeschaut hatte, machte er es ihr nach. Und da leckte der Hund ihm plötzlich die Hand. Er wich zurück.

»Hund – nein, nein«, rief er.

Seine Mutter lachte. »Er mag dich – er ist ein lieber Hund«, sagte sie.

Tag für Tag lernte er neue Wörter. Er wusste nicht, dass es ungewöhnlich war, so früh schon Wörter zu lernen. Er freute sich einfach nur darüber, dass seine Eltern so oft lachten und in die Hände klatschten.

Zu der Zeit, als er seinen zweiten Geburtstag erreichte, konnte er sogar schon zählen. Er wusste, dass das eine auf das andere folgte und dieses wiederum auf ein weiteres und noch ein weiteres und jedes eine eigene Bezeichnung hatte. Diese Bezeichnungen hatte er eines Tages zufällig mithilfe von Holzklötzen gelernt, als er aus einer Kiste voller Holzklötze einen herausnahm und diesen auf den Fußboden legte.

»Eins«, sagte seine Mutter.

Er nahm einen weiteren heraus und legte ihn neben den ersten. »Zwei«, sagte seine Mutter.

Und so machte er immer weiter, bis sie »zehn« gesagt hatte. Dann zählte er zurück bis zur Eins und wiederholte die Bezeichnungen dabei selbst. Seine Mutter starrte ihn zunächst nur an, dann aber nahm sie ihn freudestrahlend in die Arme. Und als sein Vater nach Einbruch der Dunkelheit nach Hause kam, holte sie die Kiste mit den Holzklötzen noch einmal hervor.

»Sag es, Rannie«, forderte sie ihn auf.

Er konnte sich gut an die Bezeichnungen erinnern, und die beiden sahen einander ernst und überrascht an.

»Kann er etwa schon – «

»Es sieht so aus – «

Noch einmal sagte er die Bezeichnungen lachend und sehr schnell nacheinander auf. »Eins – zwei – drei – vier – fünf – sechs – sieben – acht – neun – zehn!«

Jetzt lachten seine Eltern nicht, sondern sahen einander nur an. Und plötzlich holte sein Vater einige kleine runde Gegenstände aus seiner Hosentasche.

»Pennys«, sagte er.

»Pennys«, wiederholte Rannie. Er wiederholte alles, was sie zu ihm sagten, und konnte sich hinterher immer daran erinnern, welches Wort zu welchem Gegenstand gehörte.

Sein Vater kniete sich vor Rannie hin und legte einen Penny auf den Teppich.

»Ein Penny«, sagte er sehr deutlich.

Rannie hörte zu, ohne es zu wiederholen. Es war ja nicht zu übersehen, dass es sich um einen Penny handelte. Sein Vater legte einen weiteren Penny dazu und sah Rannie an.

»Zwei«, sagte Rannie.

Und so ging das Spiel weiter, bis es bei zehn Pennys schließlich endete. Sie sahen einander an, das heißt, seine Eltern sahen einander an.

»Er versteht es tatsächlich – er versteht, was Zahlen sind«, sagte sein Vater erstaunt.

»Ich hab's dir doch gesagt«, erwiderte seine Mutter.

Danach musste natürlich alles gezählt werden. Äpfel in einer Schale, Bücher in den Regalen, Teller im Küchenschrank. Aber was kam nach der Zehn? Er forderte dieses Wissen von seiner Mutter ein.

»Zehn – zehn – zehn«, wiederholte er ungeduldig. Was kam nach der Zehn?

»Elf – zwölf – dreizehn –«, zählte seine Mutter für ihn weiter.

Er begriff es sofort. Man konnte weiter und immer weiter zählen. Es gab kein Ende. Er zählte alles, machte sich auch an das Unzählbare und bekam so eine Vorstellung davon, was das Unendliche ist. Zum Beispiel die Bäume in den Wäldern, in die sie zum Picknick fuhren – es war sinnlos, sie alle einzeln zählen zu wollen. Das begriff er, nachdem er das Prinzip des Zählens verstanden hatte – es war einfach nur immer mehr desselben.

Geld unterschied sich natürlich von den Bäumen im Wald oder von den Gänseblümchen auf einer Wiese. Als er drei Jahre alt war, hatte er verstanden, dass man im Austausch für etwas, das man haben wollte, Geld geben musste. Er begleitete seine Mutter manchmal in den Lebensmittelladen am Ende der Straße und sah, wie sie im Tausch gegen kleine Metallstücke oder Papierscheine Brot und Milch, Fleisch und Gemüse bekam.

»Was ist das alles?«, fragte er, als sie nach dem ersten gemeinsamen Einkauf wieder zu Hause waren. Er hatte ihr Portemonnaie mit dem Wechselgeld gefunden, es aufgemacht und die verschiedenen Münzen darin in einer Reihe auf dem Küchentisch ausgelegt.

Seine Mutter nannte ihm die Bezeichnung jeder einzelnen Münze, und er wiederholte sie alle für sich. Wenn er etwas erst einmal gelernt hatte, dann vergaß er es nicht mehr. Er stellte unentwegt Fragen und erinnerte sich immer an die Antworten. Doch es war mehr als nur Erinnern. Er verstand das Prinzip. Geld war einfach nur Geld und sonst nichts, solange man es nicht im Austausch für etwas gab, das man gern haben wollte. Das war der eigentliche Wert des Geldes, seine eigentliche Bedeutung.

Seine Mutter hatte ihn ganz seltsam angesehen an dem Tag, als er die Bezeichnungen der Münzen fehlerfrei wiederholt hatte.

»Du vergisst nie etwas, oder, Rannie?«, hatte sie gefragt.

»Nein«, hatte er erwidert. »Es ist doch wichtig, alles zu wissen, deshalb darf ich es nicht vergessen.«

Sie sah ihn jetzt oft seltsam an, so als hätte sie Angst vor ihm.

»Warum guckst du mich denn so streng an, Mama?«, fragte er einmal.

»Ich weiß selbst nicht so genau«, sagte sie aufrichtig. »Ich glaube, es liegt daran, dass ich noch nie so einen kleinen Jungen wie dich gesehen habe.«

Er dachte darüber nach, ohne es jedoch richtig verstehen zu können. Irgendwie fühlte er sich plötzlich so allein. Aber ihm blieb keine Zeit, weiter darüber nachzudenken, denn er wollte lesen lernen.

»Bücher«, sagte er zu seinem Vater eines Tages. »Warum gibt es Bücher?«

Sein Vater las ständig Bücher. Er war Professor an einem College, und am Abend las er Bücher und schrieb Wörter auf Papier.

»Aus Büchern kann man alles Mögliche lernen«, sagte sein Vater.

Es war ein verschneiter Tag, ein Samstag, an dem sein Vater zu Hause Bücher las.

»Ich will auch lesen«, erklärte er seinem Vater.

»Das wirst du lernen, wenn du in die Schule kommst«, antwortete sein Vater.

»Ich will es jetzt lernen«, sagte er. »Ich will alle Bücher auf der ganzen Welt lesen.«

Sein Vater lachte und ließ das Buch sinken, das er gerade las. »Na gut«, erwiderte er. »Hol mir ein Blatt Papier und einen Stift. Dann zeige ich dir, wie man beginnt, das Lesen zu lernen.«

Er rannte in die Küche, wo seine Mutter das Abendessen kochte.

»Stift und Papier«, forderte er forsch. »Ich lerne jetzt lesen.«

Seine Mutter legte den großen Kochlöffel, mit dem sie etwas in einem Topf auf dem Herd umrührte, zur Seite und ging ins Arbeitszimmer seines Vaters hinüber, wo dieser las.

»Du willst doch wohl diesem Kleinkind nicht das Lesen beibringen!«, rief sie.

»Er ist kein Kleinkind mehr«, gab sein Vater zurück. »Und wenn du mich fragst, war er auch nie eins. Er möchte lesen lernen. Natürlich werde ich es ihm beibringen.«

»Ich halte nichts davon, Kindern etwas aufzuzwingen«, sagte seine Mutter.

»Ich zwinge ihm doch nichts auf – er zwingt vielmehr mir etwas auf«, erwiderte sein Vater lachend. »Also, Rannie – gib mir das Blatt Papier und den Stift.«

Rannie vergaß seine Mutter, und sie ging und überließ die beiden sich selbst. Sein Vater malte eine Reihe von Zeichen auf das Papier.

»Dies sind die Bausteine, mit denen die Wörter gebildet werden – es gibt sechsundzwanzig davon. Und man nennt sie Buchstaben.«

»Alle Wörter?«, fragte er. »Alle Wörter in all den vielen Büchern?«

»Alle Wörter in allen Büchern – in unserer Sprache jedenfalls«, erwiderte sein Vater. »Und jeder Baustein hat eine eigene Bezeichnung und einen eigenen Klang. Ich nenne dir erst einmal die Bezeichnungen.«

Woraufhin sein Vater ihm wiederholt langsam und deutlich die Bezeichnungen der Buchstaben vorsagte. Und nach drei solchen Wiederholungen kannte er die Bezeichnungen jedes einzelnen Buchstabens. Sein Vater überprüfte es, indem er ihm die Buchstaben unsortiert aufschrieb. Aber er kannte sie alle.

»Gut«, sagte sein Vater mit einem überraschten Ausdruck im Gesicht. »Sehr gut. Jetzt dazu, wie man sie ausspricht. Jeder Buchstabe hat einen Klang.«

Eine Stunde lang hörte Rannie sehr aufmerksam zu, wie jeder Buchstabe klang, bis er schließlich freudig ausrief: »Jetzt kann ich lesen! Ich kann lesen, weil ich das alles weiß und verstehe.«

»Nicht so schnell«, sagte sein Vater zu ihm. »Buchstaben können außerdem noch unterschiedlich klingen, je nachdem, wie sie mit anderen Buchstaben zusammengesetzt sind. Aber für heute hast du genug gelernt.«

»Doch, ich kann jetzt lesen, weil ich weiß, wie Lesen geht«, beharrte er. »Ich weiß es, und deshalb kann ich es auch.«

»Na gut«, sagte sein Vater. »Dann probiere es aus. Du kannst mich immer fragen kommen.«

Und damit wandte er sich wieder seiner eigenen Lektüre zu.

Nach diesem verschneiten Samstag, als er drei Jahre alt war, verbrachte Rannie den Großteil seiner Zeit damit, allein das Lesen zu lernen. Anfangs musste er seiner Mutter noch viele Fragen stellen und rannte oft quer durchs Haus auf der Suche nach ihr, die immer irgendwo Betten machte, Fußböden fegte oder all die Dinge erledigte, die sie von morgens bis abends beschäftigten.

»Was ist das hier für ein Wort?«, fragte er dann.

Seine Mutter war stets geduldig. Was immer sie gerade tat, sie hielt inne und sah dorthin, wohin sein kleiner Zeigefinger zeigte.

»Das lange Wort da? Oh, Rannie, das wirst du ganz lange noch nicht benutzen – ›intellektuell‹.«

»Was heißt das?«

»Es heißt, dass man gern sein Gehirn benutzt.«

»Was ist das … Gehirn?«

»Das ist deine Denkmaschine – das, was du hier drin hast.«

Sanft tippte sie ihm mit ihrem rechten Zeigefinger, der in einem goldenen Fingerhut steckte, an den Kopf. Sie nähte gerade an eines der Hemden seines Vaters einen Knopf an.

»Ich habe da ein Gehirn drin?«, fragte er.

»Das hast du allerdings – sogar eins, das mir manchmal schon fast Angst macht.«

»Warum macht es dir Angst?«

»Oh, weil … weil du immer noch ein kleiner Junge bist, der noch keine vier Jahre alt ist.«

»Wie sieht mein Gehirn aus, Mama?«

»So wie das von allen anderen vermutlich – es ist eine runzlige graue Masse.«

»Aber warum macht es dir dann Angst?«

»Was du immer für Fragen stellst –« Sie hielt inne.

»Aber ich muss doch fragen, Mama. Wenn ich nicht frage, dann verstehe ich es nicht.«

»Du könntest im Wörterbuch nachsehen.«

»Wo ist das denn, Mama?«

Sie legte ihre Näharbeit schließlich aus der Hand und ging mit ihm in die Bibliothek zu einem großen Buch, das aufgeschlagen auf einem kleinen Tisch dalag, und zeigte ihm, wie man darin nach Wörtern suchte.

»›Intellektuell‹, zum Beispiel – das Wort beginnt mit einem *i*, nicht wahr, und hier sind all die Wörter mit *i*. Aber du musst auch darauf achten, welches der nächste Buchstabe ist – *ia*, *ib*, *ic* –, bis du zu *in* kommst …«

Völlig versunken und fasziniert hörte er zu und sah sich alles genau an. Dann war dieses große Buch also die Quelle aller Wörter! Hier war der Zugangsschlüssel, und er verstand das Prinzip!

»Jetzt werde ich dich nie wieder etwas fragen müssen, Mama. Jetzt kann ich alles ganz allein lernen.«

Rannie lebte in einer Kleinstadt, in der viele Menschen wohnten, die sehr viel älter waren als er. Es war eine Studentenstadt, und sein Vater unterrichtete jeden Tag außer Samstag und Sonntag am College. Am Sonntagvormittag ging Rannie mit seinen Eltern in die Kirche. Anfangs, als er noch klein war – denn mittlerweile hielt er sich nicht mehr für klein, schließlich wurde er in einer Woche vier Jahre alt –, wurde er zum Kindergottesdienst im Untergeschoss der Kirche gebracht. Aber das war nicht lange gut gegangen. Bald schon hatte er alle Bilderbücher angesehen, alle Puzzles zusammengesetzt und alle anderen Kinder dadurch, dass er so viel älter wirkte als sie, gehörig eingeschüchtert. Er war recht groß für sein Alter, hielt all die anderen für Kleinkinder und empfand es als Demütigung, mit ihnen zusammengesteckt zu werden. Ihr Geplapper war einfach albern, und nach zwei weiteren Sonntagen bat er seine Eltern darum, oben in der Kirche bei den Erwachsenen sitzen zu dürfen.

Sein Vater blickte zweifelnd drein und sah seine Mutter fragend an. »Glaubst du, er kann schon so lange still sitzen?«

»Ich sitze ganz still, versprochen«, warf er schnell ein.

»Probieren wir es aus. Unten gefällt es ihm ja nun mal nicht«, sagte seine Mutter.

Auch oben in der Kirche gefiel es ihm nicht so richtig, doch er dachte an das, was er seinen Eltern versprochen hatte, und hielt sich daran. In seinem Kopf allerdings arbeitete es unablässig. Sein Gehirn schaltete nicht einen Augenblick lang ab. Er dachte über die Wörter des Pastors nach, wobei er sich manchmal, anstatt ihren Zusammenhang zu beachten, mehr auf ihren Klang, ihre Schreibweise und ihre wörtliche Bedeutung konzentrierte. Sein unermüdliches Gedächtnis bewahrte jedes einzelne Wort, das ihm neu war, und wenn er nach Hause kam, schlug er die Wörter in seinem ständigen Begleiter, dem Wörterbuch, nach. Immer wieder einmal kam es vor, dass er dort keine Erklärung fand, und dann war er gezwungen, sich doch an seine Mutter zu wenden, denn es war ihm ganz und gar unerträglich, etwas nicht zu wissen.

»Mama, was bedeutet ›Jungfrau‹?«

Seine Mutter sah überrascht von der Schüssel auf dem Küchentisch auf, in der sie einen Teig anrührte. Sie zögerte. »Nun, das bedeutet wohl so viel wie ›nicht verheiratet‹, nehme ich an.«

»Aber Mama, Maria war verheiratet. Sie war mit Joseph verheiratet. Das hat der Pastor gesagt.«

»Oh, das – das versteht vermutlich niemand so richtig. Jesus wurde durch eine unbefleckte Empfängnis geboren, wie man sagt.«

Und wieder hatte er zwei neue Wörter gelernt. Weil das Wörterbuch sie so weit voneinander entfernt aufführte, versuchte er, sie selbst zusammenzusetzen. Doch das ergab keinen Sinn. Also schrieb er sie in Großbuchstaben ab, was bislang seine einzige Art des Schreibens war, und ging dann zurück in die Küche zu seiner Mutter. Sie war fertig mit Teigrühren, wusch bereits die Schüssel und den Löffel ab, und ein köstlicher Duft frischgebackenen Kuchens zog durch den Raum. Er zeigte ihr die aufgeschriebenen Wörter und beschwerte sich.

»Mama, ich verstehe es immer noch nicht.«

Sie schüttelte den Kopf. »Ich kann es dir auch nicht erklären, mein Kind. Ich verstehe es selbst nicht so richtig.«

»Wie kann ich es denn dann herausfinden, Mama?«

»Frag deinen Vater heute Abend, wenn er nach Hause kommt, mein Sohn.«

Er faltete das Stückchen Papier und steckte es in seine Hosentasche. Doch noch ehe er seinen Vater fragen konnte, hörte er, wenn auch zufällig, ein Gespräch seiner Eltern mit an. Das Küchenfenster stand offen, als er draußen im Garten mit seinem Hund spielte oder vielmehr versuchte, ihm ein Kunststück beizubringen. Fast alle seine Spiele mit dem Tier hatten damit zu tun, ihm ein Kunststück beizubringen und herauszufinden, was Brick, sein Hund, lernen konnte und was nicht. Er lachte gerade über Bricks eifrige Bemühungen, auf den Hinterbeinen zu laufen, als er die aufbegehrende Stimme seiner Mutter durchs Küchenfenster hörte.

»George, einige Dinge wirst du Rannie erklären müssen. Das kann ich nicht tun.«

»Welche Dinge meinst du denn, Sue?«

»Nun, heute zum Beispiel, da hat er mich gefragt, was ›Jungfrau‹ bedeutet und was eine ›unbefleckte Empfängnis‹ ist. Solche Dinge!«

Er hörte seinen Vater lachen. »Na, was eine ›unbefleckte Empfängnis‹ ist, kann ich ihm ganz bestimmt auch nicht erklären!«

»Es wird dir wohl nichts anderes übrig bleiben. Du weißt, dass er nie etwas vergisst. Und er ist fest entschlossen, es herauszufinden.«

Auf diese Weise erinnert, überließ er seinen Hund sich selbst und lief aus dem Garten ins Haus, um seinem Vater diese Frage zu stellen. Sein Vater war bereits nach oben gegangen, wo er sich einen Pullover und eine bequeme Hose anzog. Der Frühling stand vor der Tür, und der Garten war schon umgegraben worden und zum Anpflanzen bereit.

»›Jungfrau‹?«, wiederholte sein Vater. Er hängte zunächst seinen Arbeitsanzug in den Kleiderschrank und sah dann aus dem Fenster.

»Siehst du den Garten dort unten?«, fragte er.

Rannie kam an seine Seite gerannt. »Mr Bates hat ihn heute Vormittag umgegraben.«

»Jetzt müssen wir Samen einpflanzen«, sagte sein Vater. »Denn …«

Er setzte sich hin und zog Rannie zwischen seine Knie, die Hände auf den Schultern des Jungen. »… denn solange wir in dieser umgegrabenen Erde keine Samen einpflanzen, haben wir keinen richtigen Garten. Stimmt's?«

Rannie nickte, den Blick auf das gut aussehende Gesicht seines Vaters gerichtet.

»Das da draußen«, fuhr sein Vater fort, »ist nämlich noch jungfräuliches Ackerland – jungfräuliche Erde. Ganz allein kann sie all die Dinge, die wir haben wollen, nicht wachsen lassen. Alles fängt mit einem Samen an – Obst und Gemüse, Bäume und Unkraut – ja, sogar die Menschen.«

»Die Menschen auch?«, fragte Rannie erstaunt. »War ich ein Samen?«

»Nein«, erwiderte sein Vater. »Aber ein Samen war dein Ursprung. Ich habe diesen Samen gepflanzt. Deshalb bin ich dein Vater.«

»Was für einen Samen denn?«, fragte er erstaunt.

»Meine Art Samen«, sagte sein Vater schlicht.

»Aber ... aber ... wo hast du ihn denn gepflanzt?«

Fragen drängten ihm auf die Lippen. Er konnte sie gar nicht schnell genug stellen.

»In deiner Mutter«, sagte sein Vater. »Bis dahin war sie eine Jungfrau.«

»Eine unbefleckte Empfängnis?«

»Hm, ich glaube schon.«

»Empfängnis ...«

Sein Vater unterbrach ihn. »... kommt vom lateinischen Wort ›conceptio‹ und bedeutet so viel wie ›Vorstellung‹ – eine abstrakte Vorstellung –, also etwas, das zuerst nur ein Gedanke ist. Und dann wird es zu mehr, eben zu einer Konzeption – und dann zu einer – «

»Ich war eine Konzeption?«

»In gewisser Weise – ja. Ich sah deine Mutter, habe mich in sie verliebt und wollte sie zu meiner Ehefrau und deiner Mutter machen. Das war meine Vorstellung, meine Konzeption. Und als du deinen Anfang nahmst, war es eine ›conceptio‹, eine Empfängnis.«

»Als Jesus – «

Wieder unterbrach sein Vater ihn. »Oh, wir wissen, dass er aus Liebe geboren wurde. Das ist der Grund, weshalb wir es die ›unbefleckte Empfängnis‹ nennen. Es war aber nicht Joseph, der den Samen gepflanzt hat. Er war schon etwas zu alt, um einen Samen zu pflanzen. Aber Maria war jung – noch eine Jungfrau vielleicht. Und jemand, der sie sehr liebte, hat den Samen gepflanzt. Das wissen wir – jemand, der etwas höchst Außergewöhnliches war, denn sonst wäre nicht ein so außergewöhnliches Kind geboren worden.«

»Wo hat er ihn denn gepflanzt? Wo hast du – «

»Ah, da kommt schon die nächste Frage! Der Samen wird im Körper der Frau, der Mutter, gepflanzt. Dort gibt es eine Art Garten, einen kleinen geschützten Ort, wohin der Samen fällt – und wo er zu wachsen beginnt. Diesen Ort nennt man Gebärmutter, und dort wachsen die Kinder heran.«

»Habe ich auch so was?«

»Nein, du bist ein Samenpflanzer, so wie ich.«

»Wie macht man – «

»Das Werkzeug dafür ist der Penis, und es gibt einen Gang zur Gebärmutter, der Vagina heißt. Schlag die beiden Wörter im Wörterbuch nach.«

»Kann ich auch schon einen Samen pflanzen?«

»Nein. Dazu musst du erst erwachsen werden. Du musst ein Mann sein.«

»Kannst du es machen, wann immer du willst?«

»Ja – aber ich möchte es nur dann machen, wenn deine Mutter dazu bereit ist. Sie ist es schließlich, die den Samen in sich heranwachsen lassen muss, sich darum kümmern muss und so weiter. Ein Garten muss vorbereitet werden, wie du ja dort draußen siehst.«

»Kann Brisk Hundesamen pflanzen?«

»Das kann er.«

»Und kriegen wir dann Welpen? Ich möchte gerne Welpen haben.«

»Dazu müssen wir uns einen Mutterhund suchen.«

»Wie erkennen wir den denn?«

»Nun, daran dass er, anders als Brisk, keinen Penis hat. Ein Penis ist ein Pflanzwerkzeug, wie du nun ja weißt.«

»Hat Mama – «

»Nein. Ich habe dir doch gesagt, dass du es im Wörterbuch nachschlagen sollst. Und jetzt komm mit hinaus und hilf mir die Erde im Garten locker aufzuhacken. Das ist jetzt erst mal deine Aufgabe.«

Dennoch hörte Rannie keinen Augenblick lang auf, über den Samen nachzudenken. Alles auf der Welt, alles, was lebte, fing mit einem Samen an! Aber woher kam dieser Samen? »Am Anfang«, intonierte der Pastor eines Sonntagvormittags in der Kirche, »am Anfang war das Wort, und das Wort war bei Gott, und Gott war das Wort.«

»Ist Gott dasselbe wie der Samen?«, fragte er später auf dem Weg nach Hause seinen Vater.

»Nein«, erwiderte sein Vater. »Und frag mich jetzt bitte nicht, was Gott ist, denn das weiß ich auch nicht. Ich bezweifle, dass überhaupt irgendjemand es weiß, auch wenn jeder Mensch von einiger Intelligenz sich diese Frage wohl stellt, jeder auf seine eigene Weise. Es scheint so, als sollte es – oder als müsste es sogar – einen Anfang geben, doch dann wiederum … vielleicht gibt es einfach keinen. Vielleicht leben wir in der Ewigkeit.«

»Worüber du immer redest!«, warf seine Mutter ein. »Das kann der Junge doch noch gar nicht verstehen.«

»Er versteht es«, erwiderte sein Vater.

Der Junge sah vom einen zum anderen der beiden, die seine Eltern waren, und liebte seinen Vater noch umso mehr.

»Ich verstehe es wirklich«, sagte er.

Als Rannie sechs Jahre alt war, wurde er eingeschult. Es war ein frischer Herbstmorgen, und an diesem Morgen sollte ein neues Leben für ihn beginnen. Seine Mutter hatte ihm in der Woche zuvor einen Stoffanzug gekauft, einen blauen, und sein Vater hatte ihn zum Friseur gebracht, wo ihm die Haare geschnitten wurden.

»Bin ich hübsch?«, fragte er seine Mutter, als er in der Tür stand.

Sie lachte. »Was für ein komischer kleiner Kerl du doch bist!«

»Warum sagst du denn, dass ich komisch bin?«, fragte er erstaunt und fast ein wenig verletzt.

»Weil du solche Fragen stellst«, erwiderte sie.

»Genau genommen bist du sogar sehr hübsch«, schaltete sein Vater sich ein, »und dafür solltest du dankbar sein. Denn gutes Aussehen ist auch für einen Mann von Vorteil, wie ich in meinem Leben festgestellt habe.«

Jetzt lachte seine Mutter sogar noch lauter. »Oh, Eitelkeit – Eitelkeit, dein Name ist Mann!«

»Was ist Eitelkeit ...?«, begann er, doch seine Mutter versetzte ihm einen liebevollen Knuff.

»Stell all deine Fragen einfach in der Schule«, riet sie ihm.

Auf dem Weg zur Schule, die in dieser beschaulichen Studentenstadt nur einen halben Kilometer entfernt war, sodass er den Weg gut zu Fuß bewältigen konnte, dachte er über die große Bedeutung dieses Tages nach.

Jetzt werde ich endlich alles, alles lernen, dachte er. Sie werden mir beibringen, wie man Maschinen baut, und mir erzählen, woher der Samen kommt, und mir erklären, was Gott ist.

Die friedliche Morgenstunde erfüllte ihn mit Zuversicht und

Freude. Die Schule war der Ort, wo er alles lernen konnte. Er würde eine Lehrerin haben, und all seine Fragen würden jetzt beantwortet werden. Als er schließlich den Schulhof erreichte, spielten dort Kinder, Jungen und Mädchen seines Alters. Manche hatten ihre Mütter dabei, weil es ihr erster Tag in der Schule war. Und auch seine Mutter hatte gesagt: »Vielleicht sollte ich an diesem ersten Schultag besser doch mit dir gehen, Rannie.«

»Warum denn?«, hatte er gefragt.

Sein Vater hatte nur gelacht. »Genau, warum eigentlich! Er hat recht – er ist doch schon recht selbstständig.«

Auf dem Schulhof blieb er bei den anderen Kindern gar nicht erst stehen. Einige von ihnen kannte er zwar, aber es waren keine Spielkameraden von ihm. Kinder langweilten ihn rasch, wenn sie zu ihm nach Hause in den Garten zum Spielen kamen, und er las ohnehin lieber ein Buch, als Spiele mit ihnen zu spielen. Seine Mutter protestierte hin und wieder dagegen.

»Rannie, du solltest aber mit anderen Kindern spielen.«

»Warum denn?«, fragte er dann.

»Weil es Spaß machen würde«, sagte sie.

»Ich habe allein Spaß«, erwiderte er. »Außerdem macht das, was ihnen Spaß macht, mir keinen Spaß.«

Deshalb ging er jetzt direkt in das Schulgebäude hinein und fragte einen Mann, wo das Zimmer der ersten Klasse sei. Der Mann betrachtete ihn aufmerksam, er war grauhaarig – sein Gesicht aber wirkte noch jung.

»Du bist doch Professor Colfax' Sohn, nicht wahr?«

»Ja, Sir«, sagte Rannie.

»Ich habe schon von dir gehört. Ich war früher einmal ein Klassenkamerad deines Vaters – lange vor deiner Geburt. Ich bin Jonathan Parker, dein Schuldirektor. Dann komm mal mit. Ich werde dich vorstellen.«

Er legte Rannie eine Hand auf die Schulter und führte den Jungen einen Korridor entlang und um eine Ecke herum und blieb schließlich vor der ersten Tür rechts stehen.

»Da sind wir. Das hier ist dein Klassenzimmer. Und das ist deine Lehrerin, Martha Downes – Miss Downes. Sie ist eine gute Lehrerin. Miss Downes, das ist Randolph Colfax – oder kurz Rannie.«

»Guten Tag, Miss Downes«, sagte Rannie.

Er blickte in ein faltiges Gesicht mit Brille, das zwar freundlich dreinsah, aber nicht lächelte.

»Ich habe dich schon erwartet, Rannie«, sagte sie. Sie gaben einander die Hand.

»Dein Platz ist dort am Fenster. Jackie Blaine sitzt an der einen Seite neben dir und Ruthie Greene an der anderen. Kennst du die beiden?«

»Noch nicht«, sagte Rannie.

In diesem Augenblick erklang die Schulglocke, und all die anderen Schüler kamen die Korridore entlanggerannt. Die meisten Erstklässler hatten ihre Mütter dabei, und einige der Mädchen weinten, als ihre Mütter schließlich gingen. Ruthie war eine von ihnen. Er beugte sich zu ihr hinüber.

»Wein doch nicht«, sagte er zu ihr. »Es wird dir Spaß machen, Dinge zu lernen.«

»Ich will nichts lernen«, schluchzte sie. »Ich will nach Hause.«

»Ich bringe dich nach der Schule auch nach Hause«, versprach er ihr. »Wenn du nicht mit dem Bus gefahren bist.«

Sie wischte sich die Augen mit einem Zipfel ihres rot karierten Baumwollrocks ab. »Wir sind nicht mit dem Bus gefahren. Ich bin mit meiner Mutter zu Fuß gekommen.«

»Dann bringe ich dich zurück«, versprach er noch einmal.

Im Ganzen jedoch war der Tag eine Enttäuschung. Er lernte nichts Neues, da er schon lesen konnte. Er las seine erste Lesefibel durch, während Miss Downes vorne an der Tafel die Buchstaben und deren Klang erklärte. Die halbe Stunde, in der sie mit Buntstiften malen durften, gefiel ihm, denn er entwarf gerade eine Maschine mit Schaufelradantrieb, die er in den Damm einbauen wollte, den er zurzeit in dem kleinen Bach aufschüttete, der durch das einen halben Hektar große Grundstück hinter dem Haus seiner Eltern floss.

»Was ist das denn?«, fragte Miss Downes und betrachtete seine Zeichnung prüfend durch die untere Glashälfte ihrer Brille.

»Das ist ein Wasserrad«, erwiderte er. »Ich bin aber noch nicht fertig damit.«

»Was für einen Zweck soll es denn erfüllen?«, fragte die Lehrerin.

»Es soll die Fische im Teich an der oberen Bachseite halten. Sehen Sie, wenn sie hinunterschwimmen, hält diese Schaufel hier sie auf.«

»Und was, wenn sie hinaufschwimmen?«, fragte sie.

»Dann hilft die Schaufel ihnen hindurch – und zwar so.«

Sie betrachtete ihn eine Weile mit durchdringendem, aber freundlichem Blick, und schließlich sagte sie zu ihm: »Mein Junge, du gehörst nicht hierher.«

»Wohin gehöre ich denn?«, fragte er.

»Das weiß ich auch nicht«, erwiderte Miss Downes beinahe traurig. »Und ich bezweifle, dass irgendjemand das jemals wissen wird.«

Diese Antwort verwahrte er in seinem Gedächtnis, als Miss Downes zum nächsten Schülertisch weiterging, weil er seinen Vater später fragen wollte, was sie damit gemeint hatte. Doch der Tag endete in einem solchen Aufruhr, dass er nie wieder daran dachte. Sich an sein Versprechen haltend, wartete er nach Schulschluss auf Ruthie, und Hand in Hand gingen die beiden in der seinem Zuhause entgegengesetzten Richtung die Straße entlang. Er hörte Gekicher unter den anderen Kindern, doch dem schenkte er keine Beachtung. Ruthie jedoch schien es zu ärgern – ja fast wütend zu machen.

»Die sind doof«, murmelte sie.

»Warum machst du dir dann etwas daraus?«, fragte er.

»Sie glauben, dass du in mich verliebt bist«, fuhr sie fort.

Darüber dachte er kurz nach. »Ich weiß nicht, was das bedeutet.«

»Weil ich ein Mädchen bin«, erklärte sie.

»Ja, du bist ein Mädchen«, sagte er. »Das heißt, du bist ein Mädchen, wenn du keinen Penis hast. Das hat mein Vater mir erzählt.«

»Was ist ein Penis?«, fragte sie mit großen, unschuldigen braunen Augen.

»Das, was ich habe. Ich zeige ihn dir – wenn du ihn sehen möchtest.«

»Ich habe noch nie einen gesehen«, gab sie interessiert zurück.

Sie gingen im Schatten großer alter Ulmen, die die Straße säumten, und so blieb Rannie im Schatten einer dieser Ulmen stehen, legte seine Bücher ins Gras, um seinen Hosenschlitz zu öffnen, und zeigte Ruthie den kleinen schlaffen Penis, der unterhalb seines Bauches hing.

Sie war fasziniert. »Der ist ja niedlich«, sagte sie, »so winzig! Wozu brauchst du den?«

»Er ist ein Pflanzwerkzeug«, erzählte er ihr und wollte es gerade genauer erklären, als sie zu seiner Überraschung ihren kurzen Rock hochhob.

»Willst du meins mal sehen?«, fragte sie zuvorkommend in vollkommener Unschuld.

»Ja«, sagte er. »Ein Mädchen habe ich noch nie gesehen.«

Sie zog ihre kleine Unterhose herunter, und er kniete sich ins Gras, um einen besseren Blick darauf werfen zu können.

Er sah zwei weiche blässliche Lippen, die eine rötliche Öffnung umschlossen, auch wenn von dieser kaum etwas zu erkennen war außer einer rosigen Spitze, die kleiner war als die Spitze von Ruthies kleinem Finger. Es hätte ein Penis sein können, wenn es nicht so absurd klein gewesen wäre. Aber vielleicht sollte es auch nur hübsch aussehen, denn irgendwie glich es der Knospe einer Rose, einer jener Miniaturrosen, wie seine Mutter sie in ihren Rosenbeeten anpflanzte.

»Jetzt weiß ich, wie es aussieht!«, rief er, zog beim Aufstehen den Reißverschluss seiner Hose wieder hoch und griff nach seinen Büchern. Keiner von ihnen hatte auf die gelegentlich vorbeigehenden Passanten geachtet, und nun schlenderten sie weiter.

Als sie bei Ruthie zu Hause ankamen, einem bescheidenen einstöckigen Gebäude am Rande der Stadt, wartete dort zu seiner Überraschung bereits ihre Mutter an der Pforte. Ihr Gesicht wirkte alles andere als freundlich, auch wenn sie eine hübsche Frau war.

»Rannie Colfax«, sagte sie in großem Ernst, »du bist ein sehr schlimmer Junge. Ruthie, geh ins Haus hinein, sofort, warte dort auf mich. Und ich verbiete dir, jemals wieder mit Rannie zu sprechen!«

Rannie war erschrocken und verwundert. »Aber ich habe Ruthie doch nur von der Schule nach Hause gebracht – sie hatte Angst alleine.«

»Du musst mir gar nicht mehr erzählen, was du getan hast! Das *weiß* ich ... denn das hat mir schon die halbe Stadt zugetragen. Geh sofort nach Hause, Rannie. Deine Eltern warten bereits auf dich.«

Also drehte Rannie um und machte sich, so erschrocken und verwundert wie er war, auf den Weg nach Hause. Was hatte er nur getan?

Ruthies Mutter hatte recht. Seine Eltern warteten bereits auf ihn, als er das Wohnzimmer betrat. Seine Mutter saß in ihrem Schaukelstuhl und strickte mit etwas zu flinken Fingern an dem roten Pullover für ihn.

»Klär du das, bitte«, sagte sie zu seinem Vater, und dann stand sie auf, kam quer durchs Zimmer auf ihn zu, der immer noch im Türrahmen stand, drückte ihm einen Kuss auf die Wange und verschwand ins obere Stockwerk hinauf.

»Dann komm mal her, mein Sohn«, sagte sein Vater.

Er saß in dem alten Ledersessel, der einst seinem eigenen Vater gehört hatte. Wie oft war er von diesem herbeizitiert worden und hatte strenge, prüfende Fragen beantworten müssen! Diese Erinnerung an seine kindliche Angst stimmte ihn jetzt milde gegen seinen eigenen Sohn.

Rannie ging zu ihm und blieb mit wild in der Brust klopfendem Herzen abwartend stehen. Was war passiert? Was hatte er nur getan?

»Zieh die Fußbank dort drüben dicht heran, mein Sohn, und lass uns der Wahrheit auf den Grund gehen«, fuhr sein Vater fort. »Denk immer daran, dass du es bist, dem ich Glauben schenken will. Was auch passiert ist, ich weiß, dass du mir die Wahrheit sagen wirst.«

Rannies Herz beruhigte sich wieder etwas. Er zog die mit Krüwellstickerei verzierte Fußbank dicht an die Knie seines Vaters heran und setzte sich darauf.

»Ich weiß nicht, was du meinst, Papa, denn es ist gar nichts passiert.«

»Vielleicht ist es dir wie ›nichts‹ vorgekommen, mein Sohn. Aber Ruthies Mutter hat gesagt, dass du Ruthies Rock hochgehoben hast und – «

Augenblicklich empfand er Erleichterung. »Ach das? Weißt du, sie hatte noch nie einen Penis gesehen, ja sie wusste nicht mal, was das ist, und da habe ich ihr meinen gezeigt. Und dann hat sie gesagt, dass sie mir ihres auch zeigt, und deshalb hat sie den Rock hochgehoben. Es sieht ganz anders aus, Papa. Du würdest dich wundern. Irgendwie wie ein Mund, nur dass es nicht so rot ist, bis auf diese winzig kleine rosa Spitze, die wie eine Zungenspitze hervorguckt. Mehr war da nicht.«

»Sind irgendwelche Leute an euch vorbeigekommen?«

»Ich habe niemanden gesehen, Papa.«

»Nun, offenbar hat euch aber jemand gesehen und es Ruthies Mutter erzählt.«

»Was denn erzählt?«

»Dass ihr euch gegenseitig angeschaut habt.«

»Aber wie sollen wir denn sonst lernen, wie es aussieht, Papa?«

Sein Vater runzelte die Stirn. »Da hast du natürlich recht, Rannie. Wie sollst du sonst lernen, wie es aussieht? Ich finde auch absolut nichts falsch daran, den Dingen auf den Grund zu gehen. Das Problem ist nur, dass die meisten Leute da nicht derselben Meinung sind wie wir beide. Nun, ich bin jedenfalls froh, dass du gesehen hast, wie Ruthie beschaffen ist, und wäre ich Ruthies Vater – oder Mutter –, wäre ich froh, dass sie Gelegenheit hatte zu sehen, wie ein Junge beschaffen ist. Je früher man die Wahrheit über alles und jeden kennenlernt, desto besser für alle Betroffenen. Aber manche Leute meinen, dass Sexualität mit Sünde behaftet ist.«

»Was ist Sexualität, Papa?«

»Das ist ein anderes Wort für das, was ich dir erklärt habe – für das Pflanzen des Samens, du weißt schon, um ein Kind zu bekommen, das zwischen einem Mann und einer Frau stattfindet. Ruthies Mutter hat vermutet, dass du mit Ruthie etwas dieser Art getan haben könntest, und weil ihr beide noch Kinder seid, hat sie es für falsch gehalten. Und in gewisser Weise hat sie damit auch recht, finde ich, denn alles hat seine Zeit, und du hast nicht die richtige Zeit abgewartet, und Ruthie auch nicht.«

»Wie weiß man denn, wann die richtige Zeit ist?«

»Das wird dir dein eigener Körper sagen. Zunächst wäre ich froh, wenn du dich erst einmal mit dem zufriedengibst, was du darüber weißt, und dich darum kümmerst, andere Dinge zu lernen, über die du noch nichts weißt, und davon gibt es eine ganze Menge. Ich werde ein großes Lexikon anschaffen. Das ist noch besser als ein Wörterbuch.«

»Steht da alles drin?«, fragte Rannie. Die Aussicht auf solch eine Freude ließ ihn Ruthie und ihre Mutter völlig vergessen.

»Fast alles«, sagte sein Vater. »Aber rieche ich da nicht den köstlichen Duft von frisch gebackenen Zimtkeksen?«

Und damit stand er aus dem alten Ledersessel auf, legte Rannie eine Hand auf die Schulter, und gemeinsam gingen sie zur Küche hinüber. Vor der Tür blieb sein Vater noch einmal stehen.

»Nur eins noch, mein Sohn – du hast nichts falsch gemacht. Wenn das irgendjemand behaupten sollte oder sich dir gegenüber so verhält, dann schick ihn – oder sie – zu mir.«

»Ja, Papa«, sagte Rannie.

Doch er achtete kaum noch auf das, was sein Vater sagte. Der Duft der Zimtkekse hatte einen solchen Heißhunger in ihm ausgelöst, dass ihm bereits das Wasser im Munde zusammenlief.

Der nächste Schultag war eine weitere Enttäuschung, genau wie der Tag zuvor. Ruthie war auf die andere Seite des Raumes gesetzt worden, und ein dunkelhaariger Junge, der groß war für sein Alter und Mark hieß, saß nun neben ihm. Aber das alles war nicht wichtig, denn Rannie hatte Ruthie schon vergessen. Seine Enttäuschung hatte mit der Tatsache zu tun – und die wurde, je weiter der Tag voranschritt, immer offensichtlicher – dass er in der Schule überhaupt nichts lernte. Die Fibel der ersten Klasse hatte er bereits durchgelesen, sein Interesse am Malen mit Buntstiften war längst dahingeschwunden und die paar Bücher auf dem einen Bücherbord waren, so befand er nach einigem Durchblättern, Bücher für Kleinkinder. Und auch die Geschichte, die Miss Downes der Klasse vorlas, war für Kleinkinder – irgendwas über Rotkehlchen im Frühling.

»Interessiert dich denn die schöne Geschichte nicht, Rannie?«, fragte Miss Downes.

Er hatte, während sie vorlas, ein geometrisches Muster aus ineinander verschlungenen Dreiecken gezeichnet und sah jetzt mit dem Stift in der Hand von seinem Blatt Papier auf.

»Nein, Miss Downes«, sagte er.

Sie sah ihn einen Augenblick lang fest an, irritiert, wie er erkennen konnte, und er fühlte sich zu einer Erklärung verpflichtet.

»Solche Geschichten habe ich gelesen, als ich mit dem Lesenlernen angefangen habe.«

»Wann war das?«, fragte sie.

»Daran kann ich mich nicht mehr erinnern«, erwiderte er. Aber er legte den Stift zur Seite, weil er es für unhöflich hielt, einfach weiterzuzeichnen, und sie fuhr mit Vorlesen fort.

In der Pause, auf die er sich gefreut hatte, fühlte er sich isoliert. Ruthie sprach nicht mit ihm, und so stand er allein abseits da und schaute den anderen Kindern zu. Er war nicht schüchtern, er empfand nur Neugier und Interesse. Bei den Schaukeln war ein Streit entbrannt, bis einer der größeren Jungen namens Chris die Angelegenheit rabiat für sich entschied, indem er sich einfach die größte Schaukel schnappte. Als er Rannie bemerkte, rief er ihm zu: »Willste auch mal?«

Er hatte eigentlich gar keine Lust zu schaukeln, weil er zu Hause selbst eine besaß. Aber ein unbestimmtes Verlangen nach

Kameradschaft ließ ihn trotzdem mit dem Kopf nicken, und so schaukelte er. Als er sich danach wieder allein abseits der anderen stellen wollte, tauchte Chris plötzlich neben ihm auf.

»Wolln wir um die Wette zum Schultor rennen – mal sehn, wer Erster is'?«

»In Ordnung«, erwiderte Rannie freundlich.

Sie rannten und kamen beide zur selben Zeit am Ziel an.

»Mensch, du rennst ja richtig schnell!«, rief Chris. »All die andern Knirpse hier häng' ich locker ab. Sag mal, ich hab' gehört, dass Ruthie dir was gezeigt hat!« Chris war aus einer höheren Klasse als Rannie, doch die Neuigkeit über seinen Wissensdurst, was Mädchen betraf, schien sich überall in der kleinen Schule herumgesprochen zu haben.

Er sah Chris nur ausdruckslos an. »Ich weiß nicht, was daran so interessant sein soll.«

»Ach, komm schon«, sagte Chris.

Darauf wusste er keine Antwort, denn er interessierte sich mittlerweile ja nicht mehr für Ruthie. Chris fuhr fort: »Weißte, wie Kinder gemacht werden?«

»Ja, das hat mein Vater mir erzählt«, sagte Rannie.

Chris starrte ihn an. »Das hat dein Alter dir erzählt?«

»Ja – mein Vater«, sagte er.

»Mensch, der muss ja 'ne schmutzige Fantasie haben«, erwiderte Chris verächtlich.

»Ich weiß nicht, was du meinst«, sagte Rannie überrascht und mit einem Anflug von Wut.

In diesem Augenblick jedoch läutete die Schulglocke, und damit war das Gespräch beendet. Rannie ging, nachdenklich und immer noch auf unbestimmte Weise wütend, zurück in sein

Klassenzimmer. Er mochte Chris, ihm gefiel dessen schroffes Wesen, dessen Stärke, ja sogar dessen Derbheit, und trotz der in ihm rumorenden unbestimmten Wut beschloss er, sich mit diesem Jungen, wenn möglich, anzufreunden. Und außerdem beschloss er, dass er seinem Vater nicht erzählen würde, was Chris gesagt hatte.

Es lag an Chris, dass er sich bei seinen Eltern nicht über die Stupidität der Schule beschwerte. Jeden Morgen rannte er extra früh los, damit er vor Schulbeginn noch eine halbe Stunde lang mit Chris spielen konnte. Die große Pause am Vormittag erschien ihnen wie eine Belohnung, und sie aßen gemeinsam ihre Pausenbrote. Leider wohnte Chris ganz am anderen Ende der Stadt, und so trennte sein Bus sie beide nach Schulschluss voneinander. Doch das wurde, in Rannies Fall, mehr als wettgemacht durch das Eintreffen des großen Lexikons, eine Ausgabe in vierundzwanzig Bänden, ein jeder in dunkelblaues Leinen gebunden und mit goldenen Lettern verziert. Gleich nachdem er von der Schule nach Hause kam und in der Küche zusammen mit seiner Mutter ein Glas Milch getrunken und ein Sandwich gegessen hatte und danach noch ein Stück Kuchen oder ein paar Kekse, las er in diesem Lexikon, Seite um Seite, Band um Band. Es war unglaublich aufregend, ein Thema nach dem anderen wurde da abgehandelt, jeweils kurz und bündig erklärt, und er erfuhr Dinge, von deren Existenz er bislang nicht einmal gewusst hatte. Er las bis zum Einbruch der Dunkelheit, wenn sein Vater nach Hause kam. Natürlich gab es immer wieder Wörter, die er erst im Wörterbuch nachschlagen musste, recht viele sogar, denn seine Eltern waren unerbittlich und ließen sich nicht erweichen, was das Lexikon betraf. Er musste den Sinn der Lexikoneinträge stets selbst begreifen.

»Bitte nie jemanden, etwas zu machen, was du genauso gut selbst machen kannst«, predigte ihm seine Mutter.

»Und um das etwas verlockender zu formulieren«, warf sein Vater ein. »Lass nie jemanden etwas für dich machen, wenn es dir Spaß macht, es selbst zu machen.«

»Machst du es denn so?«, fragte sie.

»Soweit das Leben es erlaubt«, erwiderte er.

Rannie hörte aufmerksam zu. Die Gespräche seiner Eltern interessierten ihn – ja, sie faszinierten ihn sogar. Sie waren zwar stets etwas zu hoch für ihn, wenn manchmal auch nur ganz leicht, aber sie forderten seinen Verstand heraus. Seine Eltern simplifizierten nie etwas für ihn. Doch auch wenn sie ihn in alles, was sie taten, mit einbezogen, war er sich im Klaren darüber, dass die beiden irgendwie und irgendwo auch noch abgetrennt von ihm existierten, zu zweit als ein Paar. Was das Thema Eltern betraf, waren Chris und er vollkommen unterschiedlicher Meinung.

»Eltern sind verrückt«, sagte Chris kategorisch.

»Meine nicht«, erwiderte Rannie.

»Dauernd brüll'n die wegen irgendwas rum.«

»Meine nicht!«

Ihre Meinungsverschiedenheit war so ausgeprägt, dass sie schließlich neugierig auf die Eltern des jeweils anderen wurden. Und so nahm Chris eines Samstags die Einladung an, sich Rannies Eltern unter dem Vorwand, dass sie beide auf dem zugefrorenen Swimmingpool im Garten Schlittschuh laufen wollten, einmal anzusehen. Rannie hatte Chris seiner Mutter vorgestellt, als diese in der Küche eben einen Kuchen fürs Wochenende backte, und freute sich, dass Chris beeindruckt war von ihren blonden Locken und ihrem guten Aussehen.

»Die is' hübsch«, gab er zu. »Wo ist dein Alter?«

Rannie hatte inzwischen Chris' Ausdrucksweise verstehen gelernt, ohne sie jedoch selbst zu benutzen. »In seinem Arbeitszimmer, er schreibt an einem Buch. Wir stören ihn so lange nicht, bis er die Tür selbst wieder aufmacht.«

»Der schreibt 'n Buch?«, fragte Chris ungläubig.

»Ja – über Kunstwissenschaft.«

»Was is'n das?«

»Das, worüber er schreibt.«

»Schon klar – aber was heißt das?«

»Er glaubt, dass Kunst auf bestimmten wissenschaftlichen Prinzipien beruht.«

»Ach, komm schon – und was heißt das?«

»Ich weiß auch nicht ganz genau – da muss ich erst mal warten, bis er mit dem Buch fertig ist und ich es lesen kann.«

»Du liest Bücher?«

»Natürlich. Du nicht?«

»Nee. Ich hass' lesen.«

»Aber wie lernst du denn dann irgendetwas?«

»Wie meinste das, wie ich was *lern*? Wenn ich was wissen will, frag' ich eben jemand – wie kommt man am besten in den Westen, zum Beispiel. Ich will mal 'ne Ranch im Westen haben, wenn ich groß bin – in zehn oder elf Jahren oder so. Jetzt komm – lass uns Schlittschuh laufen.«

Sie liefen Schlittschuh und konnten gar nicht fassen, wie schnell es Mittag geworden war, obwohl sie einen Bärenhunger hatten.

»Mittagessen ist fertig!«, erklang der Singsang seiner Mutter durch die Küchentür.

Sie zogen die Schlittschuhe aus und liefen mit von der Kälte knallroten Ohren ins Esszimmer, wo Rannies Vater schon am Esstisch stand.

»Papa, das ist Chris«, stellte Rannie vor.

»Es freut mich, dich kennenzulernen, Chris«, sagte sein Vater.

»Du hast dir die Hände nicht gewaschen, Rannie«, mahnte seine Mutter.

Also gingen die beiden Jungen in die Toilette im Erdgeschoss, Rannie voran und Chris unübersehbar beeindruckt hinterher.

»Dein Alter sieht ja richtig piekfein aus«, sagte Chris. »So sauber und alles – wie am Sonntag. Meiner arbeitet an 'ner Tankstelle – seiner Tankstelle. Da werd' ich auch mal arbeiten, wenn ich alt genug bin. Jetzt arbeite ich immer im Sommer da, aber bloß, wenn ich Lust hab'. Aber wenn ich erst mal sechzehn bin, arbeite ich jeden Tag da, und dann wird mein Dad mir auch 'nen anständigen Lohn zahl'n – sagt er jedenfalls. Er is' eigentlich ganz okay, wenn er nich' grad wegen irgendwas sauer is'. Immerhin trinkt er nich'. Darüber ist meine Mom schon mal froh.«

Trotz aller Bemühungen von Rannies Eltern schwieg Chris hartnäckig während des ganzen Essens, und gleich danach verkündete er, dass er nun nach Hause müsse.

»Ich muss noch helfen zu Hause«, erklärte er knapp.

An diesem Abend gerieten Rannies Eltern um Haaresbreite in einen Streit, was er noch nie erlebt hatte. Er arbeitete gerade an seinem Wasserrad, einem Projekt, das inzwischen über das Stadium der reinen Zeichnung, die er in der Schule angefertigt hatte, hinaus war. Er hatte in der Schule nur gelegentlich daran gearbeitet, denn selbst nach seiner so kurzen Erfahrung mit sich selbst hatte er schon gelernt, dass es Zeiten gab, in denen er seinem Kopf auch einmal Ruhe gönnen und ihn sich mit anderen Dingen beschäftigen lassen musste. Wenn er zuließ, dass er zu lange über eine Erfindung oder eine Aufgabe grübelte, dann kam ein Moment, da er sich einfach weigerte, eine Schwierigkeit zu klären, die aber natürlich geklärt werden musste. Denn jede Verwirrung musste geklärt werden. Im Moment arbeitete er an den Winkeln der Blätter des Schaufelrads. Jeder einzelne von ihnen musste ganz leicht von den anderen abweichen, aber dies exakt im richtigen Verhältnis zu den jeweils anderen. Und just in diesem Augenblick des genauen Ausrichtens hörte er die Stimme seiner Vaters, die ungewohnt gereizt klang.

»Aber Susan, in dieser Schule lernt der Junge doch gar nichts!«

Seine Mutter antwortete mit derselben Heftigkeit. »Doch, er lernt, mit Kindern seines eigenen Alters umzugehen!«

»Du verstehst nicht, Susan, welche Verantwortung eine Intelligenz wie die seine uns auferlegt!«

»Ich will nicht, dass er als einsames Kind heranwächst!« Ihr brach die Stimme, so als versuchte sie, ein Weinen zu unterdrücken.

»Aber er wird immer einsam sein – diese Tatsache musst du irgendwann einmal akzeptieren!«

»In gewisser Hinsicht akzeptiere ich sie ja auch, aber nicht in jeder. Er muss fähig sein, mit anderen Menschen umzugehen, ja sogar die Gesellschaft anderer Menschen zu genießen, auch wenn diese sich nicht auf demselben Niveau befinden wie er. Er muss sich zu seiner Entspannung auch einmal selbst entkommen können.«

»Er kann sich niemals selbst entkommen. Ein paar Stunden lang vielleicht – nein, nicht einmal das. In Wirklichkeit wird er, wenn er allein für sich ist, niemals so einsam sein wie zusammen mit anderen Menschen.«

»Oh, warum musst du so etwas nur sagen? Das bricht mir das Herz.«

»Aber das leuchtet doch unmittelbar ein – gerade dann, wenn er mit anderen Menschen zusammen ist, wird er seine Andersartigkeit besonders deutlich spüren.«

»Was sollen wir nur tun, Liebling?«

»Ihm beibringen, sich selbst zu akzeptieren. Er ist ein Einzelgänger. Das wissen wir. Und er muss es auch wissen – und lernen, dass ihm Freuden und Befähigungen zur Verfügung stehen, von denen die normalen Menschen nicht einmal etwas ahnen. Er wird ein Leben voller Wunder haben – stell dir nur einmal vor, was das für eine Freude sein wird! Er wird staunend durch diese Welt gehen in dem steten Wunsch, sie zu verstehen, und stets von Neugier getrieben! Du musst unseren Sohn nicht bedauern, Susan, Liebes. Freu dich, dass uns so ein Kind geboren wurde! Unsere Verantwortung ist es, dass er sich verwirklichen kann, dass sein Leben nicht verschwendet ist. Ihm muss möglich sein, sich in seinem eigenen hohen Tempo zu entwickeln. Nein, Susan, ich bestehe darauf – wir müssen die richtige Schule finden, die richtigen Lehrer, selbst wenn wir das selbst übernehmen müssen. Und Miss Downes sieht das zum Glück ganz genauso. Sie ist ganz unglücklich darüber, dass sie sich ihm nicht ausreichend widmen kann. Deshalb hat sie zu dir gesagt, dass er in die sechste oder siebte Klasse gehen sollte. Ich sage, er sollte in gar keine andere Klasse gehen als in seine eigene. Er muss sich in seinem eigenen Tempo bewegen. Und es liegt in unserer Verantwortung, dafür zu sorgen, dass er die nötige Freiheit dazu hat.«

Im nächsten Herbst fand er sich in einer neuen Schule in derselben Stadt wieder, einer kleinen neuen Schule, deren Direktor und Lehrer sein eigener Vater war. Es waren noch andere Schüler da, drei Mädchen und vier Jungen. Er kannte keins der Kinder. Fünf von ihnen kamen aus Nachbarstädten, und zwei der Jungen stammten aus seiner Stadt, ihre Väter waren Professoren für Naturwissenschaften. Das Schulzimmer war das geräumige Dachgeschoss über der Collegeturnhalle. An den vier Wänden standen Regale voller Bücher, nur die Dachgauben waren frei gelassen worden. Das Gebäude war so hoch, dass die Fenster auf die Baumwipfel hinausgingen und er das Gefühl hatte, sich auf einem Berg zu befinden. Es gab keinen festen Stundenplan. Manchmal gab sein Vater im Laufe des Tages eine Einführung in ein bestimmtes Thema, Mathematik zum Beispiel, eine Naturwissenschaft oder auch Literatur. Er hielt einen kurzen Vortrag darüber, umriss sodann ein Problem und überließ es ihnen, dieses zu lösen. Sie konnten sich ohne weitere Anleitung aller vorhandenen Bücher bedienen oder auch um Anleitung bitten, wenn sie wollten. Die Jungen machten sich fast immer ohne Anleitung an die Arbeit, die Mädchen fast immer mit Anleitung.

»Nicht etwa, weil die Mädchen unterlegen sind«, erzählte sein Vater seiner Mutter eines Abends. »Es liegt nur daran, dass sie glauben, sie wären unterlegen.«

»Oder sie fürchten, dass sie unterlegen sein könnten«, sagte seine Mutter.

»Ist das nicht dasselbe?«

»Ganz und gar nicht – wenn sie es nur fürchten, dann haben sie noch Hoffnung.«

Niemand sprach von Schulklassen, niemand sprach von Schulnoten. Er selbst interessierte sich aufgrund seiner Faszination für Wörter immer stärker für das Lateinische und las bald schon mit großem Vergnügen Vergil. Und weil eine Fremdsprache zur nächsten führte, stellte sein Vater weitere Lehrer ein, eine Französin, einen alternden italienischen Sänger, dessen Singstimme gebrochen war, und den Spanischprofessor, der dem fremdsprachlichen Institut des Colleges vorstand.

Sein Vater spannte Lehrer aus allen Collegefakultäten ein. Weitere Schüler aus anderen Teilen des Landes stießen zu ihnen, bis sie schließlich die Obergrenze von zwanzig erreicht hatten.

Sein Vater schien keinerlei Druck auf seine Schüler auszuüben, doch wenn ein Schüler Mangel an Neugier oder Konzentration zeigte, bedachte er diesen ein paar Wochen lang mit besonderer Aufmerksamkeit, bis dessen Neugier wieder geweckt war. Geschah dies nicht, wurde der Schüler wieder dorthin zurückgeschickt, wo er herkam.

»Warum hast du Brad denn nach New York zurückgeschickt, Vater?«

»Begabung allein reicht nicht, und auch Verstand allein nicht«, erwiderte sein Vater. »Es muss ein Hunger nach Wissen, ein Durst nach Wissen vorhanden sein, die Energie und Beharrlichkeit mit sich bringen. Dieses Verlangen nach Wissen ist es, das ich zu wecken versuche. Und wenn mir das nicht gelingt, dann schicke ich das Kind wieder nach Hause zu seinen Eltern.«

»Du experimentierst mit diesen Kindern«, bemerkte seine Mutter kühl.

»Ja, es ist ein Experiment«, räumte sein Vater ein. »Aber ich versuche nur herauszufinden, was vorhanden ist oder eben auch nicht.«

Rannie war zwölf Jahre alt, als er so weit war, die Aufnahmeprüfungen für das College abzulegen, und er bestand sie mit Leichtigkeit.

»Jetzt«, sagte sein Vater, »bist du so weit, dass du die Welt mit eigenen Augen sehen kannst. Ich spare schon seit Jahren Geld für diesen Tag. Wir drei, deine Mutter, du und ich, werden uns gemeinsam auf eine sehr, sehr lange Reise begeben. Vielleicht sind wir sogar mehrere Jahre lang fort. Und danach kannst du dann, mit sechzehn etwa, aufs College gehen. Ich weiß nicht. Vielleicht willst du auch gar nicht dorthin.«

Doch leider sollte diese sehr, sehr lange Reise mit seinem Vater und seiner Mutter niemals stattfinden. Stattdessen trat sein Vater eine ganz andere Reise an – seine einsame Reise in den Tod. Es begann so schleichend, dass keiner von ihnen den Anfang wahrnahm.

»Du arbeitest zu viel«, sagte seine Mutter eines Abends irgendwann im Juni zu seinem Vater. Im Juli wollten sie nach Übersee aufbrechen.

»Ich werde mich zu Anfang der Semesterferien ein, zwei Wochen lang ausruhen«, erwiderte sein Vater.

Rannie kannte seinen Vater nicht anders als hochgewachsen und schlank, doch jetzt nahm er ihn genauer in Augenschein und bemerkte, wie überaus dünn dieser mit einem Mal geworden war. Wie üblich saßen sie nach dem Abendessen noch zusammen auf der kühlen Seitenveranda mit Blick auf den von einer Hecke gesäumten Rasen, die so hoch war, dass sie sie vor neugierigen Passanten auf der Straße schützte. Sein Vater lag ausgestreckt auf einem Liegestuhl da. Es wurde nichts weiter gesagt, sie hörten nur der Musik zu, die aus der Stereoanlage im Wohnzimmer zu ihnen herüberklang. Doch er sollte sich ein Leben lang an diesen Abend erinnern, denn nach den Worten seiner Mutter musterte er nun auch das Gesicht seines Vaters, während dieser mit geschlossenen Augen, bleichen Lippen und hohlen Wangen in seinem Liegestuhl lehnte. Eine gewisse Zerbrechlichkeit fiel ihm auf, die kein Teil der natürlichen Erscheinung seines Vaters war. An diesem Abend ging er besorgt zu Bett, und im Wohnzimmer nahm er noch einmal seine Mutter beiseite. »Vater ist doch nicht etwa krank?«, fragte er.

»Zu Anfang der Semesterferien wird er ins Krankenhaus gehen und sich einmal gründlich untersuchen lassen«, sagte seine Mutter und presste die Lippen fest aufeinander.

Er zögerte, nahm aber dennoch, so wie es immer geschah, alles wahr, ohne bewusst darum zu wissen: wie die Lippen seiner Mutter geformt waren, die obere gewölbt, die untere voll, ein wunderschöner Mund. Und zugleich prägte sich ihm auch alles, was um ihn herum war, nachdrücklich ein: die offenen Fenster, die dreieckigen Blätter der Platanen, die in der Abendbrise leicht erzitterten, das Bild an der Wand über dem Kaminsims mit den sanften grünen Hügeln, der gewundenen Landstraße, der Steinmauer, dem Haus und einer Scheune, und über all dem der Tau eines frühen Frühlings. ›Frühling in Woodstock‹ stand auf der oberen Rahmenleiste. Woodstock in Vermont war die Heimatstadt seiner Mutter, und sie beteuerte stets, dass dieses Bild verhindere, dass sie hier in Ohio Heimweh bekam. Doch es schien nichts mehr zu sagen zu geben, und so setzte er den Weg in sein Zimmer und ins Bett fort.

Während dieses langen Sommers lebte er ein Doppelleben, sein eigenes und das seines Vaters. Sein eigenes war schon schwierig genug, denn für einen Jungen von zwölf Jahren war er recht groß, und er kam sich selbst ganz seltsam vor. All sein Empfinden war seltsam und neu, sein Körper veränderte sich, und er wuchs so schnell, dass Kleidungsstücke, die er den einen Tag noch problemlos tragen konnte, einen Monat später schon zu klein waren. Seine Gefühle wurden immer stärker, entweder weil er mittlerweile wusste, dass sein Vater im Sterben lag, oder weil sein Körper ein Eigenleben annahm. Seine Muskeln wurden kräftiger, sein ganzer Charakter ungeduldiger, ohne dass er einen Grund dafür hätte nennen können, sein Penis vergrößerte sich und stellte eigene Forderungen an ihn, so als wäre er irgendein von ihm abgetrenntes Wesen mit einem von ihm abgetrennten Eigenleben, ein Querulant, dessen Forderungen er nicht zu befriedigen wusste.

Die stetig fortschreitende Schwäche seines Vater rief in ihm einen Unwillen, ja beinahe eine Scham hervor, herauszufinden, warum sein eigenes Leben so aufblühte; und seine Mutter, so räsonierte er bei sich, wäre sicher nicht in der Lage, all das zu verstehen. Es war zu diesem Zeitpunkt, dass ihm Chris wieder einfiel, jener frühe Freund, den er in den letzten Jahren kaum noch gesehen hatte. Eigentlich hatte er ihn nicht mehr gesehen, seit er selbst die staatliche Schule verlassen hatte, außer gelegentlich auf der Straße einmal. Er hatte gehört, dass Chris die Schule abgebrochen hatte und jetzt im South End an der Tankstelle seines Vaters arbeitete.

South End lag ganz am anderen Ende der Stadt, und es gab nichts, das sie zusammengeführt hätte. Inzwischen wusste er, dass sie verschiedenen Welten angehörten, die sehr weit voneinander entfernt waren, so weit wie verschiedene Planeten. Das wusste er, und trotzdem ließ dieses Wissen ihn vor Einsamkeit fast verzweifeln.

Im Inneren seines hageren Vaters wucherte ein Krebs, eine gefühllose und hirnlose Kreatur, und dennoch führte sie ein eigenes Leben. Sie nährte sich vom Fleisch und den Knochen seines Vaters, saugte alles Leben aus ihm und streckte ihre krebsartigen Tentakel weiter und immer weiter bis in alle Winkel seines Körpers aus, bis dieser nur noch das Anhängsel und die Kreatur das Lebewesen war. Sein Vater wurde ein Abbild des Schmerzes, benommen von Medikamenten tat er einen schwerfälligen Atemzug nach dem anderen, bis jeder einzelne der letzte zu sein schien.

Und in all dieser Zeit entfaltete sich der Sommer in seiner ganzen Pracht, der Mais schoss in die Höhe, der Weizen reifte heran, das Heu wurde geschnitten.

»Zwei Monate noch ... vielleicht«, sagte der Arzt.

Zwei Monate – eine endlos lange Zeit, um sie zu ertragen, und dennoch eine Zeit, die viel zu rasch verging. Sein Vater war ihm jetzt beinah schon entschwunden. Ein mattes Lächeln noch, wenn er sein Zimmer betrat, eine skelettartige Hand, die einen Augenblick lang nach ihm griff und dann sogleich wieder losließ, die Augen halb geschlossen und glasig vor Schmerz – das war alles, was ihm nun noch von seinem Vater geblieben war. Und all das machte ihn ungebärdig, ruhelos, wütend, rebellisch, aber es gab auch Zeiten, da weinte er nur, allein und hilflos.

Eines Sonntagnachmittags konnte er es im Haus nicht länger aushalten. Seine Mutter löste gerade die Krankenschwester ab, die sie inzwischen hatten einstellen müssen, ansonsten war das Haus leer. Er konnte nicht lesen in der Anspannung des Wartens und wartete doch mit unaussprechlicher Furcht auf den letzten flattrigen Atemzug seines Vaters. Einer der zwei Monate war vergangen und dieser letzte Monat erschien ihm wie eine Ewigkeit. Alles hatte sich verändert. Seine Mutter war sehr weit weg, eingehüllt in ihre eigene ernste Einsamkeit der Trauer. Alle Leute, die sie kannten – die Freunde seiner Eltern, seine Schulkameraden, alle –, waren unendlich weit weg. Er brauchte jemanden, der nichts von dem wusste, was er erlitt, der ihn nicht fragen würde, wie es seinem Vater ging. Er brauchte Jugend und Gesundheit und Leben, und in einem heftigen Anfall von Verzweiflung machte er sich auf die Suche danach.

»Das bist doch nich' etwa du, oder?«, rief Chris, der zu einem kräftigen Teenager mit rotem Gesicht, einem vollen, ungnädig verzogenen Mund und blondem Bürstenhaarschnitt herangewachsen war. Er trug einen verschmutzten grünen Overall, und seine Fingernägel waren schwarz.

»Doch, ich bin Rannie Colfax, falls du das meinst.«

Er hielt ihm die Hand hin, doch Chris wich zurück.

»Ich bin ganz ölverschmiert«, sagte er. »Und, was machste so dieser Tage?«

»Wir wollten eigentlich eine lange Reise rund um die Welt machen, aber dann ist mein Vater krank geworden ... Krebs. Er ist ... sehr krank.«

»Was 'n Pech ... was 'n Pech«, erwiderte Chris.

Ein Kunde hielt an der Tankstelle an, steckte den Kopf aus dem Seitenfenster seines Autos und brüllte: »Voll machen – Normalbenzin – «

»Was machste denn heut' Abend?«, fragte Chris von der Zapfsäule aus.

»Nichts ... ich dachte nur, ich schaue einfach mal bei dir vorbei.«

»Bei mir und bei der kecken kleinen Ruthie«, sagte Chris kichernd.

Zu seiner Überraschung spürte Rannie eine seltsame Regung in der Lendengegend. »Ach ja, wie geht's der denn?«

»Is' hübsch geworden«, sagte Chris. »Viel hübscher, als gut is' für sie – oder für mich. Vielleicht heirat' ich sie irgendwann, wenn ich sie denn mal festnageln kann.«

»Aber Chris, wie alt bist du denn?«, fragte Rannie höchst erstaunt.

»Fünfzehn ... sechzehn ... so was um den Dreh. Meine Mom is' da nie so ganz sicher, in welchem Jahr genau sie mich geboren hat.«

»Aber Ruthie – «

»Die is' dreizehn, aber ziemlich rausgeputzt, damit sie aussieht wie sechzehn. Ruthie is' 'ne echte Marke, ehrlich. Viele Kerls – aber mich mag sie am liebsten, sagt sie – und so verhält sie sich auch. Ich verdien' hier gutes Geld bei meinem Dad – dem streitsüchtigen alten Querkopp!«

»Ich sollte heute Abend besser zu Hause sein«, sagte Rannie. »Zurzeit möchte ich meine Mutter nicht so gern allein lassen.«

»Ja, da haste wohl recht. Mensch, tut mir wirklich leid, das mit deinem Alten. Aber komm mal wieder vorbei, okay, Rannie?«

»Ja, danke, Chris. Tut gut, dich zu sehen.«

»Rannie!« Seine Mutter rüttelte ihn mitten in der Nacht wach. »Der Arzt ist hier. Dein Vater … er stirbt.«

Er sprang aus dem Bett, augenblicklich hellwach, und legte ihr einen Arm um die Schultern. Einen Moment lang lehnte sie sich an ihn, dann zog sie ihn mit sich.

»Wir dürfen keine Zeit verschwenden«, sagte sie.

Er folgte ihr durchs Haus in das Zimmer, wo sein Vater lang ausgestreckt auf dem breiten alten Himmelbett dalag. Der Arzt saß an seiner Seite, die Finger am Handgelenk des sterbenden Mannes.

»Ich glaube, er hat das Bewusstsein verloren«, sagte der Arzt.

Da drang ein Flüstern über die steifen Lippen seines Vaters –

»Nein … ich bin noch … hier.«

Unter großer Anstrengung hob er seine Augenlider und sah sich suchend um.

»Rannie – «

»Ich bin hier, Vater.«

»Susan … meine Liebe – «

»Ich bin hier, Liebling.«

»Gib unserem Sohn ... Freiheit.«

»Ich weiß.«

Ein Schweigen trat ein, das so lang andauerte, dass die, die ihn betrachteten, schon meinten, es wäre für immer. Doch nein, noch hatte sein Vater nicht abgeschlossen mit dem Leben.

»Rannie –«

»Ja, Vater.«

»Gib niemals auf ... staune.«

»Ich werde niemals aufgeben, Vater. Das habe ich von dir gelernt.«

»Staunen«, flüsterte sein Vater um Atem ringend, »ist der Anfang allen ... allen ... Wissens ...«

Seine Stimme erstarb, ein leichtes Schauern lief durch seine skelettartige Gestalt, und dann lag er plötzlich ganz still und reglos da. Nun war er gegangen, das wussten sie.

»Vater!«, rief Rannie und ergriff die gefalteten Hände seines Vaters.

»Es ist vorbei«, sagte der Arzt und beugte sich über den Toten, um ihm die glasigen Augen zu schließen. Dann wandte er sich wieder an Rannie. »Kümmere dich um deine Mutter, mein Junge. Bring sie hinaus.«

»Ich will nicht hinausgebracht werden«, entgegnete seine Mutter. »Vielen Dank, Herr Doktor. Rannie und ich werden einfach noch eine Weile hier bei ihm bleiben.«

»Wie Sie wollen«, erwiderte der Arzt. »Ich werde den Tod melden und jemanden vorbeischicken, der die Einzelheiten mit Ihnen bespricht.«

Ernst und herzlich schüttelte er jedem von ihnen die Hand,

und dann ging er davon. Seite an Seite standen Mutter und Sohn da, zusammen und doch auf immer voneinander getrennt, während sie die stille Gestalt des Mannes betrachteten, den sie beide so sehr liebten, wenn auch auf so unterschiedliche Art. Auch ihre Erinnerungen waren ganz unterschiedlich, genauso wie die Zukunft, die jedem von ihnen bevorstand. Was, dachte Rannie, soll ich ohne ihn tun? Wer wird mir die Wahrheit über alles sagen, oder wohin soll ich gehen, um die Wahrheit zu finden? Wer wird mir helfen, herauszufinden, wer ich bin und was aus mir werden soll?

Was seine Mutter dachte, das wusste er nicht, weil er noch nicht wusste, was die Liebe zwischen Mann und Frau war, auch wenn er es sich mittlerweile zu fragen begann. Doch jetzt konnte er sich das nicht fragen, denn jetzt wollte er einzig und allein in seiner Erinnerung seinen Vater als lebendig und stark sehen. Stattdessen aber lag hier nun diese stille, reglose Gestalt eines Mannes vor ihm, der nur noch ein Schatten jenes Mannes war, den er gekannt und an den er sich sein ganzes Leben lang in fast allen Dingen gewendet hatte.

Auf der Suche nach Trost, denn in diesem Augenblick konnte er bloß an sich selbst denken, drehte er sich zu seiner Mutter um.

»Oh nein«, schluchzte er. »Nein ... nein ... nein!«

Seine Mutter sagte nichts, sondern legte nur einen Arm um ihn. Nach einer Weile ergriff sie das Wort.

»Komm«, sagte sie. »Wir können jetzt nichts mehr für ihn tun – außer so zu leben, wie er sich gewünscht hat, dass wir leben.«

Und damit führte sie ihn aus dem Zimmer hinaus.

Irgendwie ging das Leben weiter. Die wenigen Tage bis zur Beerdigung erschienen ihm wie das ausweglose Herumirren in einem von Trauer gezeichneten mattgrauen Irrgarten, und die Beerdigung selbst war ihm eine Stunde unglaublicher Qual.

»Staub zu Staub – «, schloss der Pastor, und er hörte das dumpfe Aufschlagen von Erdklumpen auf den Sarg. Starr vor Entsetzen stand er Hand in Hand mit seiner Mutter da, bis jemand, der Pastor oder auch ein Nachbar, irgendjemand, sie beide wegführte. »Das zumindest brauchen Sie nicht zu erdulden«, sagte dieser Jemand.

Und so verließen sie die anderen Trauergäste und wurden zurückgefahren in das Haus, das nicht länger ein Zuhause zu sein schien, sondern nur noch ein Haus, das zufällig ihnen gehörte.

»Sagen Sie«, begann jener Jemand, »möchten Sie, dass wir bleiben, oder möchten Sie lieber allein sein?«

»Vielen Dank – wir würden lieber allein sein«, erwiderte seine Mutter. Und so wurden sie allein gelassen, allein in diesem Haus. Der Hund hüpfte und sprang freudig und unbefangen um sie herum, und keiner von ihnen konnte es ertragen.

»Bring den Hund in die Garage«, sagte seine Mutter.

Also brachte Rannie den Hund in die Garage, und als er wieder in die Küche kam, setzte er sich dort an den Tisch, während seine Mutter etwas zubereitete.

»Es wird zwar keiner von uns Hunger haben«, sagte sie, »aber ich backe jetzt einen Pfefferkuchen und mache die spezielle Gewürzsauce dazu, die du so gern magst.«

»Mach dir bitte keine Mühe, Mutter«, sagte er.

»Ich sollte besser etwas zu tun haben«, sagte sie.

Er saß schweigend dabei, sah ihr zu und wünschte, er möge

nicht daran denken müssen, wie sein Vater nun ganz bleich und still unter diesem neu aufgeschütteten Erdhügel dalag. Und er versuchte tatsächlich ganz ernsthaft, sich daran zu erinnern, wie sein Vater aussah, als er noch gesund gewesen war, an die Herbsttage, wenn sie zum Wandern in die Wälder gegangen waren, an die Wintertage, als sein Vater ihm das Skilaufen beigebracht hatte, an die Sommertage, als er ihm das Schwimmen beigebracht hatte. In diesem Augenblick kam es ihm so vor, als wäre ihm alles, was er je gelernt hatte, von seinem Vater beigebracht worden. Wer würde ihm nun etwas beibringen?

»Es ist schrecklich … schrecklich … schrecklich …«

Diese Worte brachen ganz plötzlich aus ihm hervor. Seine Mutter hörte auf, in der großen gelben Teigschüssel zu rühren, und sah ihn mit dem Löffel in der Hand an.

»Woran denkst du, mein Kind?«, fragte sie sanft.

»Dass er dort jetzt liegt, so ganz allein … im kalten Erdboden … im *Erdboden*, Mutter! Kann man das denn nicht anders machen? Irgendwie besser?«

»Besser? Ach, ich konnte den Gedanken einfach nicht ertragen, dass sein Körper – sein schöner Körper – zu Asche verbrannt wird!«, rief sie leidenschaftlich aus. »Zu einer Handvoll Asche – nein, das konnte ich nicht ertragen. Dann wäre gar nichts mehr von ihm übrig geblieben. So aber ist er doch noch … hübsch angezogen und liegt in einer Art Bett … wenn natürlich auch allein …«

Und da begann sie plötzlich unter heftigem Schluchzen zu weinen. Sie ließ den Löffel in die Teigschüssel fallen und bedeckte ihr Gesicht mit den Händen. Rannie sprang auf, lief zu ihr und nahm sie in die Arme. Er war mittlerweile genauso groß wie sie, und nun erlebte er sie auf einmal als klein, hilfs- und schutzbedürftig. Doch er sagte nicht zu ihr, dass sie doch zu weinen aufhören solle. Irgendwie war er klug genug, das zu unterlassen. Er konnte ja genauso wenig den Platz seines Vaters an ihrer Seite einnehmen wie sie den Platz seines Vaters an seiner Seite. Sie mussten weitermachen als das, was sie waren, Mutter und Sohn, und versuchen, so viel des Lebens miteinander zu teilen wie möglich.

Und als würde sie spüren, was er gerade dachte, hörte sie ebenso plötzlich wieder auf zu weinen. Sie hob den Kopf von seiner Schulter und schob ihn sanft von sich, während sie sich mit dem Schürzenzipfel die Augen wischte.

»Ich muss den Pfefferkuchen fertig machen«, sagte sie.

Danach ließ er sie allein in der Küche hantieren und ging hinauf in sein Zimmer, wo er sich den Sessel ans Fenster zog und zusah, wie die Abenddämmerung sich allmählich in Dunkelheit verwandelte. Er dachte nichts, er fühlte nur – er empfand das Gefühl der eigenen Einsamkeit, das Gefühl der Einsamkeit seiner Mutter, das Gefühl der Leere in diesem Haus, das Gefühl der Leere in seiner Welt. Er schaltete kein Licht an, sondern saß in der Dunkelheit da, bis die Stimme seiner Mutter von der Treppe zu ihm hinaufdrang.

»Der Pfefferkuchen ist perfekt gelungen, Rannie!«

Ihre Stimme klang ganz natürlich, ja beinahe fröhlich. Und schließlich ging er die Treppe hinunter und hinein in die hell erleuchtete Küche.

»Ich habe auch einen Eintopf gemacht, Irish Stew«, sagte sie, »und einen gemischten Salat. Den Pfefferkuchen essen wir als Nachtisch.«

Sie hatte den Tisch fürs Abendessen in der Küche gedeckt, und das hatte sie noch nie zuvor getan. Bisher hatten sie stets im Esszimmer gegessen. Sein Vater hier in der Küche mit einer Mahlzeit vor sich, das konnte er sich gar nicht vorstellen. Er setzte sich, froh darüber, dass seine Mutter ihre beiden Essplätze hier eingedeckt hatte – dadurch war alles so ganz anders als sonst. Und plötzlich hatte er auch großen Hunger. Später schämte er sich, dass er Eintopf und Salat, die sie ihm hinstellte, bis auf den letzten Bissen aufgegessen und außerdem, immer noch hungrig, zwei große Portionen Pfefferkuchen mit jener köstlichen Gewürzsauce verschlungen hatte. Danach fühlte er sich vollgestopft und schläfrig, und sie gingen früh zu Bett.

Am nächsten Morgen deckte seine Mutter den Tisch erneut in der Küche. Rannie hatte nicht allzu gut geschlafen, weil er oft hochgeschreckt war und an seinen Vater denken musste, der so allein unter der Erde lag. Seine Vorstellungskraft, die immer viel zu schnell alles konkret herbeirief, ließ das Bild der im Grab daliegenden Leiche seines Vaters vor seinem geistigen Auge erstehen. Wieder sah er jedes Detail dieser toten Gestalt, die einst sein Vater gewesen war. Er sah die geschlossenen Augen, den ernst verschlossenen Mund und sogar die bleichen gefalteten Hände. Die Hände waren es, an denen der Tod sich am deutlichsten abzeichnete. Sein Vater hatte schöne Hände gehabt, länglich schmal geformt, aber doch kraftvoll, aktive Hände, die gearbeitet hatten und gestikuliert und immer ausdrucksstark gewesen waren. Die Reglosigkeit der Hände seines Vaters konnte er einfach nicht vergessen.

»Möchtest du Rührei, Rannie?«, fragte seine Mutter.

Sie war ruhig an diesem Morgen. Aber er konnte ihren Augen ansehen, dass sie in der Nacht schlaflos dagelegen und geweint hatte.

»Ja, gern, Mutter«, erwiderte er, und wieder schämte er sich, dass er inmitten seiner Trauer so derart hungrig sein konnte.

Seine Mutter machte Rührei und briet Speck und setzte ihm beides vor. Dann ging sie ans Fenster und griff nach einem Blumentopf, in den sie eine Amaryllis gepflanzt hatte. Eine Handvoll kräftiger grüner Blätter wuchs aus einem dicken Stängel hervor, der zwei schon leicht geöffnete Knospen trug, die kurz davor waren, aufzublühen. Sie stellte den Blumentopf auf den Tisch.

»Diese zwei Knospen haben gestern angefangen zu blühen«, erzählte sie. »Ich frage mich, ob die dritte heute so weit sein wird. Drei ist die perfekte Zahl für eine Amaryllis, finde ich.«

Sie sprach im Konversationston, fast so, als wäre sie nur eine Besucherin, eine Nachbarin oder auch eine Fremde, doch er verstand, dass das ihr Versuch war, erneut mit dem Leben zu beginnen, und dass sie fest entschlossen war, nicht noch einmal in Tränen auszubrechen, zumindest nicht in seiner Gegenwart. Und so versuchte er, ihr zu helfen.

»Ich finde, die Knospe sieht aus, als könnte sie jeden Augenblick aufblühen«, sagte er.

Er aß sein Frühstück sehr langsam. Seine Mutter trank eine Tasse Kaffee und strich sich nur etwas Butter auf eine dünne Scheibe Toast.

»Willst du gar kein Ei essen, Mutter?«, fragte er, auf einmal besorgt. Sie war alles, was er jetzt noch hatte. All ihre Verwandten wohnten weit weg, und er kannte sie nicht einmal, nur vom Hörensagen.

»Ich werde etwas essen, wenn ich kann«, erwiderte seine Mutter. »Es wird einige Zeit dauern, bis ich wieder ganz ich selbst bin. Heute muss ich seine Kleidung in Kartons packen und sie an die Heilsarmee schicken.«

»Soll ich dir helfen?«, fragte er.

»Nein, mein Schatz«, sagte sie. »Ich glaube, das möchte ich lieber allein machen. Er wollte natürlich, dass du all seine Bücher bekommst. Und sein Arbeitszimmer solltest du jetzt auch benutzen. Scheue dich nicht, es so umzuräumen, wie du möchtest.«

Er wusste, dass es ihr nicht leichtfiel, diese Sätze auszusprechen. Doch sie versuchte, den Wünschen seines Vaters gerecht zu werden – ihm Freiheit zu geben. Aber Freiheit wofür?

Plötzlich fiel sein Blick wieder auf die Amaryllis. Die dritte Knospe war halb aufgeblüht! Während sie beide sich mit langen schweigsamen Unterbrechungen unterhalten hatten, war aus der Knospe fast eine Blüte geworden, wenn auch noch keine voll aufgeblühte. Er wies seine Mutter darauf hin. Und einen Augenblick lang vergaß sie alles und lachte.

»Dann ist es also passiert!«, rief sie aus. »Ich wusste gar nicht, dass Amaryllisknospen sich derart schnell öffnen können. Aber ich habe mich ja auch noch nie, so wie jetzt, direkt davorgesetzt.«

Halb träumerisch betrachtete sie die Blume. »Irgendwie hat das doch etwas Symbolisches – das Aufblühen einer neuen Blüte in diesem Augenblick, in dem wir so traurig sind. Das bedeutet etwas – ich weiß zwar nicht genau was, aber es ist fast so, als hätte dein Vater uns etwas mitgeteilt. Es hat etwas Tröstliches, irgendwie.«

Wehmütig sah sie ihn an. »Oh, Rannie, ich hoffe, dass ich dir die Art Mutter sein kann, die du brauchst! Ich habe dich, seit du ein kleiner Junge warst, stets deinem Vater überlassen, denn er ist … er war … so viel klüger als ich und wusste von Anfang an, dass du kein gewöhnliches Kind bist. Ich hoffe … ich hoffe, dass ich fähig sein werde … natürlich nicht, seinen Platz einzunehmen – das könnte ich gar nicht, ausgeschlossen –, aber meinen eigenen Platz auszufüllen, was ich bis jetzt vielleicht nicht so richtig getan habe, wohl auch, weil ich es nicht für nötig hielt. Doch du musst mir auch helfen. Du musst es mir immer sagen, wenn es irgendetwas gibt, das ich tun sollte, aber nicht tue. Denn es wird nicht an meinem Unwillen liegen, dass ich es nicht tue, sondern nur daran, dass ich nicht genug weiß.«

Er erwiderte ihren bittenden Blick mit einer Zärtlichkeit, die er noch nie zuvor empfunden hatte. Seine tiefste Liebe hatte seinem Vater gegolten, seine Mutter war stets das andere Elternteil gewesen. Doch jetzt sah er sie zum ersten Mal als eine eigenständige Person für sich, ein kindliches Geschöpf und dennoch eine Frau, deren Leib ihn geboren hatte und zu der er deshalb in gewisser Hinsicht ganz genauso gehörte.

»Es gibt etwas, das du für mich tun kannst, Mutter«, sagte er.

»Und was?«, fragte sie.

»Ich möchte alles über meinen Vater wissen – alles, wirklich alles. Ich begreife jetzt erst, dass wir immer nur über mich gesprochen haben, wenn wir zusammen waren – oder über etwas, das *ich* dachte. Ich war egoistisch.«

»Nein, du warst nicht egoistisch«, widersprach sie rasch. »Er war einfach … überwältigt vor Freude, dass er einem so intelligenten Menschen wie dir etwas beibringen, mit ihm arbeiten durfte. Er … er war … der geborene Lehrer und wusste einen brillanten Geist zu schätzen. Er sprach von dir – von deiner Intelligenz – immer als von einem wahren Schatz.«

»Aber jetzt möchte ich etwas über *ihn* wissen«, sagte er.

Sie sah ihn mit bewundernder Liebe an. »Wie kannst du das wissen …?«, murmelte sie vor sich hin.

»Was wissen, Mutter?«

»Dass das, was du da gerade gesagt hast, mein Kind, mich mehr tröstet als alles andere! Daran habe ich selbst noch nicht einmal gedacht … dass ich, dass *ich* ihn für dich lebendig halten könnte! Ich werde mein Bestes tun … und ich werde versuchen, mich an alles zu erinnern. Es geht natürlich nicht alles auf einmal, das verstehst du sicher, Rannie – aber sobald das ein oder andere in unserem Leben geschieht, werde ich mich erinnern.«

Und indem er sie tröstete, tröstete er auch sich selbst. Jetzt hatten sie einen Weg zu leben gefunden, ein Ziel in ihrem gemeinsamen Leben als Mutter und Sohn. Sie würden seinen Vater lebendig halten.

Mittlerweile war es Abend, und sie saßen im Arbeitszimmer. Seine Mutter hatte beschlossen, dass das Arbeitszimmer der beste Ort für ein Gespräch sei. Dort würden sie seinem Vater näher sein, sagte sie. Nichts in dem Zimmer hatte sich verändert. Auf dem Schreibtisch lag noch immer das halb fertige Manuskript seines Vaters in seiner schönen, schmalen Handschrift. Sein Vater hatte ihm erlaubt, es zu lesen, doch obwohl er langsam und sorgfältig vorgegangen war, hatte er die Philosophie, die darin dargelegt wurde, nicht immer verstanden, war aber dennoch fasziniert davon. Jeder Wissenschaftler ein Künstler? Jeder Künstler ein Wissenschaftler? Was war das Geheimnis, das diese beiden miteinander teilten?

»Mach doch den Kamin an, mein Kind«, sagte seine Mutter. »Es liegt Schnee in der Luft.«

Er bückte sich, um den Anzünder unter den Holzscheiten in Brand zu setzen, wie er es so oft seinen Vater hatte tun sehen. Die Holzscheite waren sehr trocken, und die Flammen züngelten sogleich den Kaminschacht hinauf.

»Setz dich in seinen Sessel«, forderte seine Mutter ihn auf an diesem ersten ihrer gemeinsamen Abende. »Ich möchte dich gern dort sitzen sehen.«

Und so nahm er im Sessel seines Vaters Platz. Es gefiel ihm, dort zu sitzen, sein Körper schmiegte sich sanft in die Ausbuchtungen, die der Körper seines Vaters im Laufe der Jahre darin hinterlassen hatte.

»Ich bin deinem Vater am College begegnet«, begann seine Mutter zu erzählen, »und hielt ihn für den bestaussehenden Mann, den ich je gesehen hatte. Er war nicht der sportliche Typ, kein Football-Champion oder so was, auch wenn er eine anspruchsvolle Partie Tennis spielen konnte. Als er erfuhr, dass ich die Tennismeisterin war, forderte er mich sofort heraus. Ich schlug ihn –«

Sie hielt inne und stieß mit plötzlich funkelnden Augen ein Lachen aus. »Ich glaube nicht, dass ihm das allzu gut gefallen hat. Und ich sagte zu mir, was für ein Dummkopf ich doch sei und dass ich ihn nun wahrscheinlich nie mehr wiedersehen würde. Aber da irrte ich mich gewaltig. Später, als wir uns schon gut kannten, vertraute er mir an, dass er mich gerade deshalb mochte, weil ich gegen ihn mein Bestes gegeben hatte. Er hielt sich für einen recht guten Spieler und gab zu, dass es ihm peinlich gewesen sei, von einem Mädchen geschlagen zu werden. Er hätte aber längst nicht so viel von mir gehalten, sagte er, wenn ich ihm irgendeine Art Unterlegenheit vorgetäuscht hätte. Das war eins seiner Grundprinzipien: ›Ich will immer die Wahrheit von dir, Susan.‹ Ich kann es ihn jetzt noch sagen hören.«

Wieder hielt sie inne, mit einem angedeuteten Lächeln im Gesicht, und betrachtete ihren Sohn, wie dieser im Sessel seines Vaters dasaß. »Ich habe die Angewohnheit, immer bei der Wahrheit zu bleiben, mein Kind – und ich werde dir nie etwas anderes als die Wahrheit sagen. Lass uns einen Pakt schließen – zwischen uns soll immer Wahrheit herrschen, um deines Vaters willen.«

»Abgemacht«, sagte er.

Einige Minuten lang schwieg sie nachdenklich. Dann begann sie erneut. »Ich möchte nicht zu schnell voranschreiten. Ich möchte, dass es sehr lange dauert. Es wird auch Abende geben, an denen du etwas anderes machen willst. Und Abende, an denen wir Entscheidungen über unser weiteres Tun treffen müssen. Was möchtest du denn tun, mein Kind? Die geplante Weltreise sollten wir besser nicht machen, glaube ich – wir werden das Geld für deine Collegeausbildung brauchen, auch wenn man dir, schon um deines Vaters willen, mit Sicherheit ein Stipendium bewilligen wird.«

»Ja, ich werde aufs College gehen«, sagte er. »Ich könnte gleich zu Semesterbeginn im neuen Jahr anfangen.«

»Aber du bist doch noch nicht einmal dreizehn … und all die älteren Studenten … was werden die mit dir machen?««

»Nichts, Mutter. Ich werde viel zu viel zu tun haben.«

»Aber dann verpasst du all die Freuden deines Alters.«

»Ich werde andere Dinge haben«, erwiderte er knapp, aber welche Dinge das sein sollten, wusste er selbst nicht so genau. Und so drängte er seine Mutter, weiter von früher zu erzählen.

»Wir haben uns dann bald ineinander verliebt«, fuhr sie leicht verlegen fort. »Und zu jener Zeit war die Liebe noch etwas Wichtiges – anders als heute. Aber er sagte, dass wir nicht vor seinem Studienabschluss heiraten könnten. Ich war erst im zweiten Studienjahr, wollte aber ohnehin nicht mehr weitermachen, sondern nur noch mit ihm zusammen sein. Und so haben wir im folgenden Juni geheiratet. Es war eine wundervolle Hochzeit! Ich bin das einzige Kind meiner Familie, und deshalb wollten mir alle die schönste Hochzeit bescheren. Außerdem hatten sie deinen Vater sehr gern. Das ist auch einer der Gründe dafür, Rannie, warum es mir gar nicht gefallen hat, dass wir, nachdem dein Vater seinen Doktortitel hatte, nach Ohio umgezogen sind. Das hat uns so weit weggeführt, dass du meine Familie nie kennengelernt hast. Und weil die Eltern deines Vaters schon tot waren und auch er keine Geschwister hatte, waren lediglich wir beide deine Familie.«

»Ich habe nie etwas vermisst«, sagte Rannie.

Jetzt schwieg sie eine ganze Weile lang, den Blick aufs Kaminfeuer gerichtet, träumerisch, erinnerungsschwanger, leicht lächelnd. Rannie saß schweigend da, abwartend, innerlich ruhelos, und wollte dennoch nicht in ihre Gedanken einbrechen.

Das galt für all diese Abende. Sie durchlebte ihr Leben noch einmal, träumerisch, erinnerungsschwanger, leicht lächelnd, während er abwartend und innerlich ruhelos dasaß. Und irgendwann sah sie plötzlich auf die Uhr, ganz erstaunt über die Zeit.

»Oh, so spät schon«, rief sie dann stets aus, und damit war der Abend beendet.

Jeden Abend saß er gehorsam in dem Sessel, den Blick aufs Kaminfeuer gerichtet, und während die Stimme seiner Mutter dahinplätscherte, gelegentlich unterbrochen von einem Lachen oder einem langen Erinnerungsseufzer, erfreute er sich an seiner Fähigkeit, sich all das, was sie erzählte, bildlich vorstellen zu können. Hatte sie ein Ereignis beschrieben, das schon lange zurücklag, sah er es trotzdem so klar und deutlich vor sich, als würde es soeben erst stattfinden. Er war sich dieser Fähigkeit bewusst, denn wenn er ein Buch las, welches auch immer – und das war stets so gewesen, solange er zurückdenken konnte, oder jedenfalls kam es ihm so vor –, sah er das, was er las, vor sich, nicht nur die Wörter auf der Seite, auf die sie gedruckt waren. Diese Fähigkeit hatte sich für ihn in der Schule als besonders wertvoll erwiesen, und das vor allem in der Mathematik, denn wenn sein Lehrer oder das Arbeitsbuch ihm ein Problem vorlegten, sah er nicht nur die Zahlen vor sich, sondern die Situation, die sie darstellten, und ihre Beziehungen zum Ganzen, sodass er sofort eine Antwort parat hatte. Die Naturwissenschaften waren ihm durch die Fähigkeit, alles in dem Moment, in dem er es las oder hörte, visualisieren zu können, ebenfalls sehr leichtgefallen.

Und nun sah er also seinen Vater vor sich, während seine Mutter von ihrem Leben mit ihm als jungem Mann erzählte. Es war konkretes bildliches Sehen. Anfangs glaubte er, dass alle Menschen diese Fähigkeit hätten, erst viel später in seinem Leben fand er heraus, wie einzigartig es war, dass er einen Menschen oder Gegenstand, über den er nachdachte, wirklich in Gestalt oder Form sehen konnte. Und so sah er nun, als seine Mutter ihm seinen Vater beschrieb, auch den hochgewachsenen jungen Mann mit dem hellen Teint und dem blonden Haar vor sich, der so gern lachte, aber auch stets bereit war, zuzuhören und zu staunen. Er hatte nie jemandem von dieser visuellen Fähigkeit erzählt, doch jetzt erzählte er seiner Mutter davon.

»Ich sehe Vater genau vor mir, genauso, wie er vor meiner Geburt war.«

Seine Mutter hielt inne und blickte ihn fragend an.

»Er geht sehr schnell, nicht wahr? So schnell, dass er schon fast rennt? Er ist sehr schlank, aber kraftvoll. Und er hat einen kleinen kurz geschnittenen Schnauzbart, stimmt's?«

»Woher weißt du das?«, rief seine Mutter aus. »Ja, er hatte einen Schnauzbart, als wir uns kennenlernten. Aber der gefiel mir nicht, und deshalb hat er ihn abrasiert und nie wieder wachsen lassen.«

»Ich weiß nicht, woher ich es weiß, und ich weiß nicht, wie ich es sehe, aber ich weiß mit Bestimmtheit, dass ich es vor mir sehe.«

Seine Mutter betrachtete ihn beeindruckt, mit wehmütigem Blick, und wartete ab.

»Manchmal«, fuhr er fast unwillig fort, »denke ich, dass es nicht gut ist.«

»Wann zum Beispiel?«, fragte sie, als er schwieg.

»Na ja, in der Schule zum Beispiel, vor allem in Mathe. Die Lehrer haben immer geglaubt, dass ich beim Kopfrechnen betrüge. Aber ich konnte es vor mir sehen. Ich habe nicht betrogen.«

»Natürlich nicht«, sagte seine Mutter.

Er bemerkte es zu diesem Zeitpunkt nicht, und er dachte auch erst Jahre später wieder daran, aber von diesem Abend an erzählte seine Mutter ihm nichts mehr von seinem Vater. Sie widmete sich nur noch ihm, meist in ehrfürchtigem Schweigen. Sie achtete darauf, dass er nahrhafte Mahlzeiten zu sich nahm und immer genug Schlaf bekam. Er jedoch bemerkte sie kaum. Sein Kopf steckte voll schöpferischer Ideen. Seine Gedanken kreisten unablässig um das Schöpferische. Dennoch aß er mit großem Appetit, denn sein Körper begann nun sehr schnell zu wachsen. War er bis jetzt noch ein Junge von mittlerer Größe gewesen, so maß er plötzlich – oder zumindest kam es ihm so vor – über einen Meter achtzig, obwohl er noch nicht einmal dreizehn Jahre alt war. Er war so groß, dass er das Gefühl hatte, sich selbst im Weg zu sein. Einen Vorteil hatte diese extreme Größe jedoch. Er fiel dadurch am College nicht so sehr auf. Seine Gesichtszüge waren immer noch die eines Jungen, doch seine Gestalt war schlaksig und schmal wie die eines großen Vogels, und er hielt den Kopf hoch erhoben.

Sein Problem war die immer gleiche Frage: Was sollte er werden? Erfinder, Wissenschaftler, Künstler – die Energie, von der er sich durchdrungen fühlte, eine Energie, die sehr viel mehr war als rein körperliche Kraft und dennoch die Ruhelosigkeit seines Körpers anstachelte, war ihm eine Last, bis er einen Weg fand, sie zu kanalisieren. Er fühlte sich eingezwängt und geknebelt. In seinen Collegeseminaren hielt er an sich und verbat sich, mit Ungeduld auf die Langsamkeit und Umständlichkeit seiner Professoren zu reagieren.

»Oh, jetzt mach endlich weiter«, murmelte er dann mit zusammengebissenen Zähnen vor sich hin. »Mach endlich weiter … mach weiter.«

Er wusste immer schon genau, worauf sie hinauswollten, noch ehe sie auf den Punkt kamen. Seine Vorstellungskraft beherrschte ihn vollkommen. Selbst die Atmosphäre schien vor lauter Ideen nur so zu vibrieren. Er hatte im Laufe eines Tages so viele Ideen, dass es ihn selbst verwirrte. Wie sollte er all dem eine Richtung geben? Was sollte er mit dieser Vorstellungskraft anfangen, die sich unablässig, aber vollkommen unkontrolliert, ja vielleicht sogar unkontrollierbar, schöpferisch betätigte? Zumindest wusste er bis jetzt noch nicht, wie sie zu kontrollieren war, und konnte es auch so lange nicht wissen, bis sein eigener Wille ihn dazu anhalten und zwingen würde, seine Vorstellungskraft zu kontrollieren.

Soweit er es beurteilen konnte, litt keiner von seinen Kommilitonen so wie er. Er hatte keine Freunde, denn reine Freundlichkeit – und er war instinktiv sehr freundlich zu allen – war nicht dasselbe wie Freundschaft. Manchmal kam es ihm so vor, als wäre er allein in einer Wüste, in einer Wüste, die er selbst geschaffen hatte, nur weil er so war, wie er war. Seiner Mutter war er längst entwachsen, und an seinen Vater dachte er fast gar nicht mehr. Er war völlig gefangen genommen von dem Problem seiner selbst und der Frage, welche Richtung er nur einschlagen sollte. Die meiste Zeit seiner Collegejahre verbrachte er in absoluter Einsamkeit.

In seinem dritten Studienjahr erregte eines Tages eine zufällige Bemerkung seines Psychologieprofessors seine Aufmerksamkeit.

»Die meisten Menschen«, sagte der Professor, »passen sich nur an. Sie lernen, wie Tiere lernen – ein Schimpanse kann Fahrrad fahren, eine Maus einen Irrgarten bewältigen. Aber hin und wieder wird ein Mensch geboren, der mehr tut, als sich nur anzupassen. Dieser Mensch ist ein schöpferischer Geist. Er mag sich selbst als ein Problem betrachten, doch er löst seine Probleme mithilfe der Vorstellungskraft. Und sobald er seine Probleme gelöst hat, ist sein Geist frei für das schöpferische Schaffen. Und je mehr er schafft, desto freier ist er.«

Plötzlich drang ein Licht in Rannies Gedankenwelt. Er wartete nach dem Seminar, bis alle anderen Kommilitonen gegangen waren, und sprach den Professor an.

»Ich würde gern einmal ein Gespräch mit Ihnen führen«, sagte er zu ihm.

»Ich habe schon darauf gewartet, dass Sie das sagen«, erwiderte der Professor.

»Ich werde heute Abend nicht zu Hause sein«, sagte er an diesem Nachmittag zu seiner Mutter. »Ich habe einen Termin bei Dr. Sharpe. Er erwartet mich. Es könnte spät werden ... das hängt davon ab.«

»Hängt wovon ab?«, fragte seine Mutter.

Sie hatte eine ruhige, eindringliche Art, Fragen zu stellen. Er sah sie an, beschäftigte sich aber nicht mit ihr, sondern mit ihrer Frage.

»Ich weiß noch nicht«, erwiderte er. »Ich weiß ja nicht, wie das Gespräch verlaufen wird. Wenn es mir nichts Neues eröffnet, werde ich früh wieder zu Hause sein. Und wenn doch, dann wird es spät.«

Er aß sein Abendessen schweigsam, geistesabwesend. Sie nahmen nach wie vor ihre Mahlzeiten in der Küche ein. Als sein Vater noch am Leben war, war diese Mahlzeit der einzige förmliche Anlass des Tages gewesen. Das Frühstück bestand nur aus einem kurzen Verweilen am Küchentisch, das Mittagessen aus einem Sandwich zwischendurch; aber seinem Vater hatte es gefallen, das Abendessen stets würdevoll zu zelebrieren, mit einem Wechsel der Kleidung und einem mit Silberbesteck und Porzellan gedeckten Tisch, auf dem eine Vase voller Blumen stand. Das Esszimmer hatte nie zu groß gewirkt für sie drei zusammen, doch nun, allein mit seiner Mutter, war es zu groß, zu leer.

»Ich kenne Dr. Sharpe nicht allzu gut«, sagte seine Mutter.

»Ich eigentlich auch nicht«, erwiderte er. »Aber es tut gut, auch einmal von einem jüngeren Professor mit frischen Ideen unterrichtet zu werden. Es kommt mir so vor, als würde ich die anderen Professoren schon mein ganzes Leben lang kennen. Sie machen natürlich nichts verkehrt, aber – «

Seine Gedanken erfassten ihn wieder, und er hielt inne. Seine Mutter forderte ihn auf, weiterzusprechen.

»Aber was?«

»Aber was?«, wiederholte er. »Nur, dass es mir gefällt, etwas Neues zu hören. Vor allem, wenn es etwas ist, über das ich sowieso bereits nachdenke.«

»Und das wäre …?«

Er blickte in das fragende Gesicht seiner Mutter und warf ihr, leicht verlegen, ein Lächeln zu. »Ich weiß nicht … ich nehme an, das Schöpferische.«

Eine halbe Stunde später saß Rannie schon in Dr. Sharpes kleinem Wohnzimmer, in dem auch sein Schreibtisch stand.

Sie waren allein, denn Sharpe war Junggeselle und führte seinen Haushalt größtenteils selbst, abgesehen von einem Diener und einer Putzfrau, die einmal in der Woche kam. Es war ein hübscher Raum, mit Geschmack und Sinn für Design eingerichtet. An zwei sich gegenüberliegenden Wänden hing je ein französisches Gemälde im Stile der Alten Meister, an der Wand dem Kamin gegenüber war kunstvoll eine japanische Schriftrolle drapiert, und auf beiden Seiten des Kamins stand jeweils ein mit altem goldenem Samt bezogener weicher Polstersessel. Und weil der Herbst schon in den Spätherbst übergegangen war und die Abende bereits kühl wurden, zog der angenehme Geruch eines Holzkohlenfeuers durch den Raum.

Rannie fühlte sich wohl in diesem Wohnzimmer, irgendwie geradezu getröstet, auf eine Weise, wie er sich seit dem Tod seines Vaters nicht mehr getröstet gefühlt hatte. Sein schlaksiger Körper versank geschmeidig in dem goldenen Samtsessel, und ihm gefiel dessen opulente Nachgiebigkeit. Donald Sharpe saß ihm gegenüber, und auf dem kleinen Tisch neben ihm stand ein langstieliges Weinglas.

»Sie sind noch sehr jung, Rannie«, hatte er gesagt, »aber dies ist ein so leichter Drink, dass er wohl nicht zählt.«

Und mit diesen Worten hatte er seinem Besucher ein Glas Wein eingeschenkt. Rannie hatte daran genippt und es dann auf dem Tisch neben seinem Sessel abgestellt.

»Schmeckt er Ihnen nicht?«, fragte Sharpe.

»Nicht so richtig«, erwiderte er ehrlich.

»Man muss sich wohl erst an den Geschmack gewöhnen«, sagte Sharpe.

So also hatte dieser Abend begonnen. Inzwischen waren

sie aber in ein gehaltvolles, von langen Pausen nachdenklichen Schweigens durchsetztes Gespräch vertieft.

Sharpe war ein gut aussehender Mann von dunklem Typ, fast ein wenig zu gut aussehend, und von femininer Leichtigkeit im Knochenbau. Die Augen waren sein auffälligstes Merkmal, groß und dunkel lagen sie unter deutlich markierten Brauen da, der Blick eindringlich und mal kühn, mal verstohlen. Er fuhr fort zu sprechen.

»Die Vorstellungskraft ist selbstverständlich der Anfang alles Schöpferischen. Ohne Vorstellungskraft kann es kein schöpferisches Schaffen geben. Aber ich bin mir nicht so sicher, dass das schon die Kunst erklärt. Die Kunst ist vielmehr eine Kristallisation von Gefühlen. Man muss einen Überschwang, ein Überfließen empfinden. Ich, zum Beispiel, schreibe Gedichte. Aber es vergehen Tage und Monate – ja manchmal ein Jahr oder sogar noch mehr –, ohne dass ich auch nur eine einzige Zeile schreibe, weil ich nichts so tief empfunden habe, dass es kristallisieren könnte. Gefühle müssen sich zunächst in mir konzentrieren, bevor ich sie in einem Gedicht kristallisieren kann. Und ich empfinde Erleichterung, wahre emotionale Erleichterung, wenn ich das Gedicht geschrieben habe. Dann *habe* ich es, dann habe ich etwas so Solides wie einen Edelstein in der Hand.«

Sharpe hatte eine sehr schöne Stimme, einen beweglichen und melodiösen Bariton. Doch dann lehnte er sich plötzlich zu Rannie vor und stellte ihm in einem vollkommen anderen Ton eine Frage.

»Wie lautet Ihr Vorname … ich meine, wie werden Sie zu Hause genannt?«

»Mein Name ist Randolph – kurz Rannie.«

»Aha. Nun, ich suche immer einen speziellen Namen aus für einen Menschen, den ich – so wie Sie – sehr mag. Ich werde Sie Rann nennen – mit zwei *n*.«

»Wenn Sie möchten – «

»Möchten *Sie* es denn?«

»Rann – ja, das gefällt mir. Ich bin sowieso schon zu alt für Kosenamen.«

»Viel zu alt! Also, wo waren wir? Ach ja, Gefühle! Mir ist allerdings immer noch nicht klar, warum wir überhaupt das Verlangen verspüren, Kunst zu schaffen. Ich vermute, es begann mit der Wahrnehmung von Schönheit – noch ganz unbestimmt zunächst, vielleicht einfach mit einer Art von Verblüffung beim Anblick einer Blume oder eines Vogels. Aber die *Fähigkeit* muss da gewesen sein … die Fähigkeit, etwas bewusst wahrzunehmen, und das wiederum muss eine Weiterentwicklung der Intelligenz bedeutet haben, ein Erwachen, ein Staunen.«

Er hörte Sharpes Stimme auf dieselbe Weise zu, wie er Musik anhörte, halb mit seinen Sinnen, und versuchte nur hin und wieder, das Wort zu ergreifen.

»Aber wann nahm die Wissenschaft ihren Anfang?«, fragte er jetzt.

»Oh, sehr spät erst«, erwiderte Sharpe. »Der Naturmensch, der ungebildete Verstand, poetisierte zuerst in Mythen und Träumen, bevor er anfing zu analysieren, vermute ich. Auch wenn es widersprüchlich klingen mag, die Wissenschaft nahm ihren Anfang zusammen mit der Religion. Priester mussten lernen, vom Lauf der Zeit zu erzählen, und dafür mussten sie die Jahreszeiten und die Sterne aufeinander abstimmen – Genauigkeit war gefordert, um es auf den Punkt zu bringen, die Grundlage aller Wissenschaft –, und dies führte dann zu Faktenwissen. Galileo legte, wenn wir vom experimentellen Aspekt sprechen, natürlich den Grundstein der modernen Wissenschaften, indem er Körper in Bewegung versetzte, diese beobachtete und Messungen durchführte, bis er seine Theorie – *die* Theorie – bewiesen hatte, dass die Sonne das Zentrum unseres Universums ist, wofür er in der Verbannung starb. Und Isaac Newton hat genau diese Theorie dann später in die Mathematik überführt! Ja, Wissenschaft ist etwas ebenso Schöpferisches wie die Kunst – und beide gehören zusammen, *unbedingt*! Denn beide sind grundlegend und unentbehrlich für den menschlichen Fortschritt.«

Stunden vergingen, während er zuhörte und gelegentlich eine Frage stellte, aber zugleich der Faszination dieses Mannes erlag. Er erschrak, als die Uhr auf dem Kaminsims plötzlich Mitternacht schlug.

»Oh, ich muss nach Hause – ich habe den Essay für Ihr Seminar morgen noch nicht fertig, Sir!«

Sharpe lächelte. »Ich gebe Ihnen einen zusätzlichen Tag Zeit. Sie haben mir einen schönen Abend bereitet. Es kommt nicht oft vor, dass ich einen Zuhörer habe, der weiß, wovon ich spreche.«

»Sie haben mir mein eigenes Staunen und Nachdenken über die Welt erklärt, Sir.«

»Sehr gut! Sie müssen unbedingt wiederkommen. Ein Lehrer ist immer auf der Suche nach dem perfekten Schüler.«

»Danke, Sir. Diese Suche beruht auf Gegenseitigkeit.«

Sie schüttelten sich die Hände, und Sharpes Hand fühlte sich seltsam warm und weich an. Das überraschte ihn, und er zog die seine rasch wieder zurück.

Als er nach Hause kam, saß seine Mutter noch in der Küche und wartete auf ihn.

»Oh, Rannie, ich habe mir schon Sorgen – «

»Ich hatte einen so wundervollen Abend! Und habe so viel gelernt! Und ... Mutter!« Er hielt inne.

»Ja, Rannie?«

»Könntest du mich bitte nicht mehr Rannie nennen?«

»Was? Wie denn dann? Randolph?«

»Einfach nur Rann – mit zwei *n*.«

»Na gut – wenn du möchtest. Ich werde versuchen, daran zu denken.«

»Danke, Mutter.«

Dennoch sah sie ihn sonderbar an, so als würde sie über eine Frage nachdenken. Aber er machte all ihren Fragen ein Ende, indem er einfach »Gute Nacht, Mutter« sagte und die Treppe hinauf in sein Zimmer verschwand.

Im Bett lag er noch lange schlaflos da. Donald Sharpe hatte sein ganzes Wesen zum Leben erweckt. Die Frage, auf die all seine Gedanken sich jetzt konzentrierten, war er selbst. Was war er, Künstler oder Wissenschaftler? Der Impuls, das Verlangen, die Notwendigkeit, sich schöpferisch zu betätigen, drängten ihn, etwas zu tun – doch was? Woher sollte er überhaupt wissen, was er tun wollte, wenn er noch nicht einmal sich selbst kannte oder wusste, wer er war? Wie konnte er das herausfinden? Eine gewaltige Ungeduld ergriff ihn. Warum eigentlich sollte er noch länger aufs College gehen? Welchen Sinn hatte es, die Vergangenheit zu studieren und zu lernen, was andere Menschen getan hatten? Aber war es andererseits nicht hilfreich zu wissen, was sie getan hatten? Galileo, zum Beispiel, war alles zugleich gewesen – Musiker, Maler, Wissenschaftler. Aber hatte er all das auf einem College gelernt oder allein für sich?

Diese Fragen hielten ihn wach. Das Haus lag dunkel und still da. Unten im Esszimmer schlug die alte Standuhr, die einst seinem holländischen Urgroßvater mütterlicherseits gehört hatte, die frühen Morgenstunden, eins, und zwei, und schließlich drei. Der Mond versank bereits am Horizont, als die Morgendämmerung ihm endlich Schlaf brachte. Es war ein unruhiger Schlaf, getrübt von verwirrten Träumen. Und die Verwirrung wurde beherrscht vom wiederholten Erscheinen Donald Sharpes.

Als er am Morgen aufwachte, flutete bereits die Sonne durch das nach Osten gelegene Fenster seines Zimmer herein. Er wachte in einer seltsam ruhigen, friedlichen Stimmung auf, die so ganz anders war als der Aufruhr seiner Träume. Diese friedliche Stimmung hatte, während er noch dalag und ihre Nachklänge genoss, ihr Zentrum in Donald Sharpe. Noch einmal durchlebte er die Stunden, die am Abend zuvor so rasch vergangen waren. Nichts hatte er so sehr genossen seit dem Tod seines Vaters wie diesen Abend. Ja, er hatte vielleicht sogar noch nie etwas so sehr genossen. Und die geistige Anregung, die Sharpes scharfer Verstand ihm bieten konnte, wurde gleichermaßen vom Charme des Mannes angeregt, seine Jugend und Reife, sogar seine körperliche Schönheit bewegten die Seele und übten eine Anziehungskraft aus, wie er sie noch bei keinem anderen Menschen erlebt hatte. Und diese Anziehungskraft übte ein lebender Mensch auf ihn aus, jemand, der zu seinem Freund werden konnte, es vielleicht schon war. Er hatte nie einen echten Freund gehabt. Jungen seines Alters mochten Sportkameraden sein und gelegentliche Gefährten bei Unternehmungen, aber er war noch nie jemandem begegnet, mit dem er auf Augenhöhe reden konnte. Jetzt hatte er einen Freund!

Diese Gewissheit war ein Freudenelixier für ihn. Er sprang aus dem Bett und beeilte sich, dem Tag entgegenzutreten, mit einer Dusche, frischer Kleidung und einem enormen Frühstück. Seit Tagen hatte er keinen Hunger gehabt, und nun konnte er es kaum erwarten, sein Frühstück zu bekommen. Seine erste Vorlesung an diesem Vormittag war die von Donald Sharpe.

»Sie müssen Ihrem Bewusstsein Beachtung schenken«, sagte Donald Sharpe.

Er stand im Hörsaal am Pult, hundert oder mehr Studenten saßen in den Bänken, die sich Reihe um Reihe bis unter die Decke stapelten. Sharpe sprach zu ihnen allen, doch Rann, der in der Mitte der ersten Reihe saß, fing seinen herzlichen, fast zärtlichen Blick auf.

»Nähren Sie es, indem Sie ihm Beachtung schenken«, fuhr Sharpe lächelnd fort. »Das Unterbewusstsein jedoch erfordert etwas anderes. Nähren Sie es, indem Sie ihm keine Beachtung schenken. Lassen Sie es so frei herumflattern wie einen Kolibri in einem Blumengarten. Haben Sie jemals einen Kolibri in einem Blumengarten beobachtet? Nein? Dann sehen Sie das nächste Mal ganz genau hin! Der Kolibri ist der beweglichste aller Vögel. Er schießt hierhin und dorthin, überallhin, probiert von dieser Blume und von jener, fliegt in diesen Garten und in jenen und weiter in den nächsten. Und so sollten Sie mit Ihrem Unterbewusstsein verfahren! Geben Sie ihm Freiheit. Lesen Sie alles und jedes, gehen Sie überallhin, lernen Sie ein bisschen über alles und so viel wie möglich über so viele Dinge, so viele Menschen, so viele Welten wie möglich. Und wenn Sie dann einmal vor einem Problem stehen, schenken Sie Ihrem Unterbewusstsein Beachtung. Warten Sie ab, bis es genau die Informationen, die Sie brauchen, aus seinen Tiefen hervorzieht, und auf deren Grundlage fällen Sie dann Ihre Entscheidung. Manchmal werden die Informationen, die Sie brauchen, sich Ihnen im Traum präsentieren, während Sie schlafen, oder sogar in einem Tagtraum. Oh ja, ich glaube an die Macht des Tagtraums. Lassen Sie sich von Ihren Eltern – und Lehrern – nicht weismachen, Tagträume seien vertane Zeit. Nein, ganz und gar nicht – sie geben dem Unterbewusstsein Gelegenheit zu sprechen. Newton dachte in vielen Tagträumen über die Schwerkraft nach, bis eines Tages ein vom Baum fallender Apfel sein Unterbewusstsein animierte und ihm sagte, dass die zwischen den Planeten herrschende Kraft die Schwerkraft ist. Zwei Brüder – die Montgolfiers – hingen Tagträumen nach, bevor ein Kaminfeuer, das sie an einem kühlen Abend angezündet hatten und in dessen heißer Luft Papierfetzen den Kaminschacht hinaufwirbelten, sie die Frage stellen ließ: Warum sollte ein Ballon voll heißer Luft dann nicht auch einen Menschen in den Himmel hinauftragen können?

Und nicht nur Naturwissenschaftler, sondern auch Künstler nutzen das Unterbewusste. Coleridge träumte sein Gedicht ›Kubla Khan‹, bevor er es niederschrieb, was er sogleich nach dem Aufwachen getan hat – und den Rest vergaß er dann, weil ihn leider ein Freund unterbrach. Einige unserer modernen Künstler nutzen ihr Unterbewusstsein, bevor dies in seine kristallisierte Form übergeht – James Joyce in der Literatur oder Dalí in der Malerei, zum Beispiel. Das ist interessant, aber oft schwer zu verstehen. Denn das Unterbewusstsein muss von einem Bedürfnis, einem Verlangen geradezu gedrängt werden, bevor es kristallisiert und die notwendigen Informationen in gestalteter Form preisgibt. Das ist die Methode der Kunst.«

Rann hob die Hand, und Sharpe forderte ihn mit einem Kopfnicken zum Sprechen auf.

»Muss ein Wissenschaftler nicht genauso viel Vorstellungskraft haben oder träumen wie ein Künstler – ja, vielleicht sogar noch mehr? Denn er weiß doch schon sehr genau, was er erreichen will.«

»Das weiß er«, sagte Sharpe, »und deshalb ist seine Suche in seinem Traummaterial meistens eine geleitete Suche. Aber manchmal eben auch nicht. Manchmal entsteht auch eine Idee aus einem Staunen heraus. Staunen – und dann fragen warum! Auch das ist eine Art des Denkens – wenn auch keine rein wissenschaftliche. Ja, ich würde sagen, dass der echte Künstler und der echte Wissenschaftler geistesverwandt sind. Und tatsächlich ist es ja auch so, dass einige unserer Spitzenwissenschaftler zugleich Musiker, Maler und so weiter sind, wie Sie herausfinden werden, wenn Sie sich über diese Menschen kundig machen.«

»Und können Künstler dann auch Wissenschaftler sein?«, fragte Rann weiter.

Ihre Fragen und Antworten wechselten sich ab wie Blitz und Donner.

»Ja«, sagte Sharpe bestimmt. »Nicht, was den Traum-Aspekt angeht, aber die künstlerische Vorstellungskraft hängt vom Material ab. Elektronische Klänge erzeugen eine neue Art Musik, neue Farbstrukturen beeinflussen Maler. Der Künstler nimmt das neue Material, macht es sich zu eigen und drückt so seine Reaktionen, seine Gefühle aus.«

»Ich sehe dennoch einen gravierenden Unterschied zwischen Wissenschaftlern und Künstlern«, verkündete Rann.

»Und der wäre?«, hakte Sharpe nach.

»Wissenschaftler erfinden, entdecken, beweisen. Künstler drücken aus. Sie müssen nichts beweisen. Falls sie Erfolg haben – «

»Das heißt, wenn sie in eine Kommunikation mit der Welt eintreten«, spitzte Sharpe zu.

»Ja«, sagte Rann.

»Richtig«, erwiderte Sharpe. »Darüber müssen wir uns noch einmal weiter unterhalten. Bleiben Sie nach der Vorlesung noch einen Augenblick.« Dann warf er einen Blick auf seine Armbanduhr. »Die Vorlesungszeit ist ohnehin schon beendet.«

Als Rann schließlich vor seinem Pult stand, fuhr Dr. Sharpe ihn fast barsch an: »Heute Abend habe ich eine Komiteesitzung. Kommen Sie morgen Abend um acht vorbei. Und wenn Ihr Essay dann schon fertig ist, bringen Sie ihn mit.«

»Ja, Dr. Sharpe«, erwiderte Rann.

Aus einem Grund, den er nicht erklären konnte, fühlte er sich fast zurückwiesen, und verwirrt, ja fast verletzt, ging er davon.

»Du isst ja gar nichts«, sagte seine Mutter.

»Ich habe keinen Hunger«, erwiderte Rann.

Sie sah ihn überrascht an. »Das habe ich ja noch nie erlebt, dass du keinen Hunger hast. Bist du krank?«

»Nein«, sagte er.

»Ist heute irgendetwas passiert?«

»Ich war wie immer in meiner Vorlesung, aber ich muss heute Abend noch einen Essay schreiben. Darüber denke ich nach.«

»Über welches Thema denn?«

Ihre Beharrlichkeit machte ihn beinahe wütend. »Ich weiß noch nicht.«

»Für welches Seminar ist er?«

»Psychologie II.«

»Das von Dr. Sharpe.«

»Ja.«

Sie dachte kurz nach. »Der Mann hat etwas an sich, das mir nicht gefällt.«

»Vielleicht kennst du ihn nur nicht gut genug.«

»Er gehörte nicht zu den Freunden deines Vaters.«

»Bewusst nicht?«

»Ich kann mich nicht erinnern, dass er je von Dr. Sharpe gesprochen hätte.«

»Sie waren nicht an demselben Institut.«

»Das ist noch so eine Sache. Es hätte deinem Vater sicher gut gefallen, wenn du dich für sein Institut entschieden hättest – Englische Philologie.«

»Vater wollte immer, dass ich für mich selbst entscheide.«

Er versuchte, sich seine Gereiztheit in der Stimme nicht anmerken zu lassen, denn er liebte seine Mutter von ganzem Herzen. Aber oberflächlich betrachtet, in seinem Alltag in diesem Haus, das er schon so lange, wie er zurückdenken konnte, mit ihr teilte, begann sie ihn in einer Weise zu reizen, die ihn beschämte und verwirrte. Er hatte ihr stets unverfälschte kindliche

Liebe entgegengebracht. Und nun war diese Liebe getrübt von einem fast körperlichen Widerwillen. Die Vorstellung, dass er in ihrem Leib herangewachsen und rot verschmiert von ihrem Blut daraus hervorgekommen war, gefiel ihm gar nicht. Und noch weniger gefiel ihm, mit anhören zu müssen, wie sie für das Stillen von Säuglingen plädierte, wenn sie mit jungen schwangeren Ehefrauen von Collegeprofessoren sprach.

»Ich habe meinen Sohn gestillt«, verkündete sie stets.

Er fand den Gedanken unerträglich, dass er selbst einst ein Säugling gewesen war, der an ihren vollen Brüsten gesaugt hatte, und dass sie tatsächlich eine hübsche Frau war mit ihren blonden Locken, die kaum eine graue Strähne aufwiesen, mit ihren sanften blauen Augen, ihrem weichen, zarten Mund und ihren so fein geschnittenen Gesichtszügen. Diese Schönheit verstärkte seine konfliktgeladenen Gefühle ihr gegenüber nur noch. Es erschien ihm unnötig, ja sogar unklug für eine Mutter, derart hübsch zu sein, dass andere Leute darüber Bemerkungen machten und Männer sich, vor allem seit dem Tod seines Vater, gern mit ihr unterhielten; ob jung oder alt, die Männer mochten seine Mutter, und das erregte, um seines Vaters willen, eine Art kalte Eifersucht in ihm.

Und in seiner unverzüglich einsetzenden, unabwendbaren Vorstellungskraft sah er den Vorgang, wie er an ihrer Brust saugte, bildlich vor sich und versuchte, nicht hinzusehen. Wie widerlich er das mittlerweile fand! Wäre er doch nur auf eine andere Art geboren worden, unabhängig, aus reiner Luft oder chemikalisch in einem Laboratorium. Frauen übten noch keine Anziehungskraft auf ihn aus, und er vermied es, an Ruthies rosiges Organ zu denken, auch wenn er, zu seiner eigenen Überraschung, manchmal von ihr träumte, obwohl er sie seit Jahren nicht mehr gesehen hatte, genauso wenig wie Chris.

Tatsachen wie diese schob er beiseite, als er sich nun in seinem Zimmer an den Schreibtisch vor seine Schreibmaschine setzte. Sein Thema, das er sorgfältig in Großbuchstaben tippte, lautete: ERFINDER UND DICHTER.

»Die Träume der Dichter«, begann er, »führten zu den Erfindungen der Wissenschaftler. Ein Dichter stellt sich vor, selbst ein Vogel zu sein. Wie fühlt es sich an, über die Baumwipfel hinwegzufliegen? Wie fühlt es sich an, am Himmel Kreise zu ziehen? Wenn er nur ein Dichter ist, dann träumt er nur. Aber wenn er sich danach sehnt, diesen Traum wahr zu machen, stellt er sich vor, irgendwie als der fliegen zu können, der er ist, als ein Mensch, ohne Flügel. Doch Flügel, das versteht sich von selbst, braucht er, wenn er jemals fliegen will, und so muss er Flügel herstellen. Er muss eine Maschine bauen, die ihn von der Erde emporhebt. Nun träumt er wieder, aber diesmal von einer solchen Maschine, und angeleitet von seinem Traum versucht er, mit seiner Hände Arbeit diesen umzusetzen, bis es ihm gelingt, ein Flugzeug zu bauen. Der Mensch, der die Maschine schließlich baut, ist sicher nicht mehr derselbe, denn viele haben versucht, ein Flugzeug zu bauen, bis es endlich gelungen ist. Der Traum selbst ist so alt wie Ikarus. Aber es ist der Traum, der als Erstes da war, auch wenn Träumer und Erfinder beide notwendig sind. Sie sind beide Schöpfer, der eine der des Traumes und der andere der seiner konkreten, endgültigen Gestalt.«

Die Gedanken flossen nur so aus ihm heraus, und seine Finger flogen über die Tasten, um sie niederzuschreiben. Als sein Essay fertig war – zwanzig Seiten lang, mehr als er je zuvor geschrieben hatte –, war es Mitternacht. Er hörte, wie seine Mutter vor seiner Tür stehen blieb. Doch sie öffnete sie nicht, und sie rief auch nicht. Sie blieb nur kurz stehen. Er meinte, sie seufzen zu hören, aber dann ging sie weiter. Er entwuchs ihrem Zugriff immer mehr, und das wusste sie. Andererseits wusste auch er das natürlich, und während er beim Zubettgehen darüber nachdachte, wurde ihm klar, dass er sehr einsam werden könnte, wenn er sich auf diese Weise von ihr losmachte, was er unweigerlich tun musste, wenn er sich weiterentwickeln und er selbst werden wollte – aber inzwischen hatte er doch einen Freund! Einen Freund, der ihn leitete, einen Mann, Donald Sharpe. Morgen würde er ihn wiedersehen. Er würde früh aufstehen, seinen Essay korrigieren und ihn ohne weitere Abschrift abgeben. Und Donald Sharpe, sein Freund, sein Lehrer, würde sagen: »Kommen Sie heute Abend bei mir vorbei, dann werden wir darüber sprechen.«

Er ging zu Bett und lag in einer unbestimmten Aufregung schlaflos da.

»Ich sollte diesen Essay noch nicht kritisieren, Rann«, sagte Sharpe und schob die vielen Seiten eng betippten Papiers zusammen.

»Aber ich möchte, dass Sie ihn kritisieren«, erwiderte Rann.

Er war sich Sharpes wirkmächtigen Charmes wohl bewusst, widerstand ihm zunächst und erlag ihm dann doch. Diese Aura von Geist, diese in den dunklen Augen funkelnde sprühende Intelligenz, diese körperliche Anziehungskraft, das alles zusammen entfaltete einen Reiz, dem er hilflos ausgeliefert war. Er empfand das seltsame neue Verlangen, Sharpes Hand zu berühren, die fast zu perfekt geformt war für die Hand eines Mannes, wie gemeißelt und feingliedrig, trotz ihrer Größe, und die Haut so feinporig und weich wie die seines Gesichts.

Sharpe sah ihn über die Seiten des Essays hinweg an und errötete, als er den faszinierten Blick des Jungen auffing. Er legte die Blätter auf den kleinen Tisch neben seinem Sessel.

»Worüber denken Sie nach, Rann?«, fragte er weich.

»Über Sie, Sir«, sagte Rann. Er sprach in einem Zustand der Benommenheit, den er nicht verstehen konnte.

»Und wie fällt Ihr Urteil über mich aus?«, fragte Sharpe mit derselben sanften Stimme wie eben.

»Sie gleichen niemandem, den ich je gekannt habe – und dennoch kenne ich Sie eigentlich gar nicht richtig.«

»Nein«, sagte Sharpe. »Sie kennen mich nicht richtig.«

Er stand auf, trat auf Rann zu, legte ihm die rechte Hand unters Kinn und hob sein Gesicht an. Ihre Augen begegneten sich in einem langen und schweigsamen Blick.

»Ich frage mich«, sagte Sharpe schließlich langsam, »ich frage mich, ob wir Freunde werden.«

»Das hoffe ich«, sagte Rann.

»Wissen Sie, was ich meine?«, fragte Sharpe.

»Eigentlich nicht«, erwiderte Rann.

»Haben Sie je … einen Freund … gehabt?«

»Ich weiß nicht«, sagte Rann. »Schulfreunde vielleicht – «

»Eine Freundin?«

»Nein.«

Sharpe ließ abrupt seine Hand fallen und ging hinüber zu dem hohen französischen Fenster, das fest verschlossen den leichten Regen abhielt, der nun in treibende Schneeflocken überging. Dort blieb er stehen und blickte auf den dunklen Collegecampus hinaus, und Rann, der ihn beobachtete, sah, wie er seine Hände hinter dem Rücken ineinanderschlang. Er sagte nichts, halb fürchtete er auch, Sharpes Schweigen zu brechen. Dann plötzlich drehte Sharpe sich herum und ging zu seinem Sessel zurück. Sein Gesicht war bleich und starr, seine Lippen aufeinandergepresst und sein Blick von Rann abgewandt. Er nahm die Seiten wieder zur Hand, die er auf den kleinen Tisch gelegt hatte.

»Ich möchte diesen Essay jetzt noch nicht kritisieren«, sagte er mit seiner gewöhnlichen Stimme. »Sie haben hier ein ausgezeichnetes Thema aufgegriffen – die Beziehung zwischen dem Schöpferischen in Wissenschaft und Kunst –, aber Sie haben es übers Knie gebrochen. Ich möchte, dass Sie den Essay noch einmal mitnehmen, erneut durchdenken und überarbeiten. Ja, er ist schon recht gut, aber Sie können darin noch viel weiter gehen – ihn vollenden. Und wenn Sie die schöpferische Arbeit dann abgeschlossen haben, werden wir ihn gemeinsam kritisieren, Sie und ich. Sollte er so gut sein, wie ich glaube, können wir ihn vielleicht sogar in der Zeitschrift veröffentlichen, in der einige meiner eigenen Sachen erscheinen.«

»Wäre es denn nicht hilfreich für mich, Ihre vorläufige Kritik zu hören, Sir?«

»Nein. Während des schöpferischen Vorgangs darf es keine Kritik geben – ja nicht einmal Selbstkritik, Rann. Das Schöpferische und die Kritik sind einander diametral entgegengesetzt und dürfen nicht zur selben Zeit ausgeübt werden. Vergessen Sie das nie. Sie sind ein schöpferischer Mensch, Rann. Daran habe ich jetzt keinen Zweifel mehr. Ich beneide Sie. Überlassen

Sie die Kritik mir. Ich bin der geborene Kritiker und deshalb ein verdammt guter Lehrer.«

Er lächelte und gab Rann die Seiten zurück. Dann stand er auf.

»Ihre Mutter wird sich schon wundern, wo zum Teufel Sie bleiben. Ich bin dafür verantwortlich, dass Sie gut wieder in ihre Hände gelangen. Schon Mitternacht. Wie die Stunden verfliegen, wenn man … Interesse hat!«

Er brachte Rann bis an die Tür, die in den Flur führte. Dort blieb er stehen, mit der Hand am Türknauf. Noch einige Zentimeter kleiner als Sharpe, sah Rann, der Junge, auf und blickte in die dunklen, tragischen Augen dieses Mannes. Ja, tragisch war das richtige Wort. Sharpes Augen waren angefüllt von Traurigkeit, auch wenn seine Lippen das junge, fragende Gesicht anlächelten. Und plötzlich beugte er sich vor und setzte Rann einen Kuss auf die Wange.

»Gute Nacht … gute Nacht«, sagte Sharpe mit einer Stimme, die nur noch ein Wispern war. »Gute Nacht, mein Lieber!«

»Und, hat dein Essay ihm gefallen?«, fragte seine Mutter. Sie wartete gewöhnlich nicht, bis er nach Hause kam, weil sie wusste, dass er es nicht mochte. Es war ihm unangenehm, oder zumindest schränkte es ihn in seiner Freiheit ein, wenn er daran denken musste, wie sie beim Kaminfeuer im Wohnzimmer saß und auf ihn wartete. Aber heute Abend saß sie dort.

»Bis jetzt ist es nur ein Entwurf«, sagte er. »Ich muss noch einmal darüber nachdenken.«

»Um welches Thema geht es?«, fragte sie.

»Das kann ich nicht erklären«, erwiderte er knapp und fügte dann entschuldigend hinzu: »Ich bin müde ... wir hatten ein anstrengendes Gespräch.«

Sie stand aus ihrem Sessel auf. »Dann geh lieber gleich zu Bett. Gute Nacht, mein Kind.«

»Gute Nacht«, erwiderte er und gab ihr dann, zögernd, wie üblich einen Kuss auf die Wange.

Jeden Abend gab er ihr diesen Kuss auf die Wange mit größer werdendem Unwillen und wünschte, er könnte diese Angewohnheit aus Kindertagen einfach einstellen, ohne ihr wehzutun. Als sein Vater noch lebte, hatte er ihnen beiden einen Kuss gegeben, doch jetzt wollte er damit aufhören. Verwirrt über sich selbst ging er in sein Zimmer hinauf. Seiner Mutter wollte er keinen Kuss mehr geben, auf der eigenen Wange aber spürte er immer noch die Berührung der Lippen des Mannes – Donald Sharpe, sein Lehrer und, wie er fraglos vorausgesetzt hatte, sein Freund. Der Kuss blieb dort, abstoßend und aufregend zugleich. Was hatte das zu bedeuten? Er wusste, dass in manchen Ländern, Frankreich zum Beispiel, Männer anderen Männern einen Kuss gaben, und dort galt es lediglich als eine Form des Grußes. Aber sie waren hier nicht in Frankreich. Und er hatte noch nie gesehen, dass ein Mann einem anderen Mann einen Kuss gab. Nun ja, er war natürlich noch kein richtiger Mann, aber er war fünfzehn, hochgewachsen und musste sich gelegentlich auch schon einmal rasieren. Diesen Kuss konnte er nicht als rein beiläufige Geste abtun, dazu war er zu ungewöhnlich. Ziemlich verwirrt dachte er, halb verlegen, halb erfreut, darüber nach. Er wusste natürlich von manchen Dingen, sein Vater hatte mit ihm darüber gesprochen, auch wenn er kaum zugehört hatte – zu jener Zeit galt sein ganzes Interesse einem soeben begonnenen Experiment mit Schildkröteneiern. Er hatte die Eier eines Sonntags auf dem Spaziergang durch die Felder und Wiesen außerhalb der Stadt gefunden, den sie gewöhnlich jeden Sonntag machten. Es war Frühling gewesen, sie waren an einem Teich stehen geblieben, und er hatte die Eier mit nach Hause genommen und in die Garage in eine Art Nest gelegt, drei davon zumindest, aber die Schildkröten waren eingegangen.

Er badete üblicherweise, bevor er ins Bett ging, und während er in dem herrlich warmen Wasser lang ausgestreckt dalag, betrachtete er seinen sich verändernden Körper mit einem neuen Interesse, das er nicht verstehen konnte. Es war derselbe Körper, den er jeden Abend wusch, aber heute Abend war er anders. Er spürte ein neues Leben in seinem Körper, eine Empfindsamkeit, eine Sensibilität, noch kein Gefühl, aber eine Sensibilität. Konnte der Kuss eine Art Liebe bedeuten? War das möglich? Ein Zeichen von Freundschaft vielleicht? Aber küssten Männer sich, wenn sie miteinander befreundet waren? Wie sollte er das wissen? Er hatte ja keine Freunde im College, weil er immer so viel jünger war als alle anderen.

Wohin seine Gedanken auch wanderten, stets kehrten sie zu Donald Sharpe zurück. Er sah sich selbst in jenem kleinen Wohnzimmer sitzen, dem Mann gegenüber, den er so bewunderte. Er sah Sharpes auf erlesene, lebhafte Art gut aussehendes Gesicht; er hörte seine melodiöse Stimme, seine rasch gesprochene, brillante Rede. Dann sah er sich selbst an der Tür stehen und spürte erneut, diesmal nicht nur auf der Wange, sondern überall im ganzen Körper, die Berührung von Sharpes Lippen. Erschrocken über diese Verzückung und auch halb beschämt, stieg er abrupt aus der Badewanne und trocknete sich unter raschem, kräftigem Rubbeln mit seinem großen Handtuch ab. Im Bett, die Pyjamajacke zugeknöpft und das Hosenband zugebunden, schaltete er die Nachttischlampe an und griff nach dem Buch, das er gerade las: ›Nikola Tesla: Der Gegenspieler Edisons‹ von John J. O'Neill. Die eindrucksvolle Persönlichkeit Teslas fesselte ihn, bis er einschlief.

Am nächsten Morgen durchdrang ihn ein neuer Elan, seinen Essay zu überarbeiten, und er perfektionierte ihn, so gut er konnte. Sein Professor brachte ihm ein besonderes Gefühl entgegen, und er sehnte sich nach Sharpes Lob und weiterer Kritik.

»Tesla«, sagte Sharpe, »war natürlich das echte Genie – nicht Edison, auch wenn Edison der bessere Geschäftsmann war und klug Werbung zu machen verstand. Tesla aber war ein schöpferischer Mensch im ursprünglichen Sinne. Er war hochgebildet, und das war Edison nicht. Tesla besaß gründliche Kenntnisse über die Vergangenheit. All das stand ihm zur Verfügung. Als er sein eigenes Laboratorium gründete – es dauerte eine Weile, bis er begriff, dass er die Kontrolle über seine eigene Arbeit haben musste –, staunte die ganze Welt über all das, was von dort kam, die eindrucksvollen Erfindungen, der endgültige Beweis, dass sein Wechselstromsystem Edisons Gleichstromsystem gegenüber enorme Vorteile hatte. Niemals hat es etwas ähnlich Bedeutendes gegeben – zumindest nicht auf dem Feld der Elektrotechnik. Edisons System konnte lediglich ein Gebiet von etwa einer Meile im Durchmesser versorgen, während Teslas System über Hunderte von Meilen weit reichte ... Hören Sie mir zu, Rann?«

»Ja, Sir«, erwiderte er, doch das stimmte gar nicht. Er betrachtete einfach nur das so lebhafte, gut aussehende Gesicht des Mannes ihm gegenüber. Das Kaminfeuer zwischen ihnen loderte, auf der einen Seite davon saß er und auf der anderen Sharpe. Ein frühzeitiger Schneefall hüllte das Haus in Schweigen. Es war windstill draußen, und der Schnee fiel in dicken Flocken lautlos herab.

»Das eigentliche Problem«, fuhr Sharpe fort, »bestand darin, einen Mann zu finden, dessen Intelligenz groß genug war, das zu verstehen und die Entdeckungen und Erfindungen eines so großen Genies, wie Tesla eines war, zur Anwendung zu bringen. Und dieser Mann war Westinghouse.«

Sharpe ließ die Seiten von Ranns Essay sinken. »Seltsam, aber tatsächlich wahr«, sagte er nachdenklich. »Jedes Genie muss sein Gegenstück finden, den Menschen, der es versteht und das, was der Schöpfer erschaffen hat, zur Anwendung bringen kann. Die schöpferische Kraft und die Fähigkeit zur praktischen Umsetzung finden sich offenbar nur selten in ein und demselben Menschen.«

Halb lächelnd blickte er in Ranns eifriges, aufmerksames Gesicht.

»Was für ein hübscher Junge Sie sind«, sagte Sharpe da mit einem Mal weich, und die Seiten glitten ihm aus der Hand auf den Boden. »Ich frage mich, was wir einander wohl sein werden, Sie und ich! Träumen Sie je von der Liebe, Rann?«

Rann schüttelte nur den Kopf, angetan, verlegen, ja fast ängstlich plötzlich – doch wovor hatte er Angst?

Sharpe beugte sich vor, hob die Seiten wieder auf und legte sie ordentlich zusammengeschoben auf den kleinen Tisch neben seinem Sessel. Dann stand er auf, trat an das hohe französische Fenster an der anderen Seite des Raumes und sah hinaus.

Mittlerweile war Wind aufgekommen, und die Straßenlaterne leuchtete nur noch schwach durch das fast undurchdringliche Schneetreiben dort draußen. Er ließ den Rollladen herunter. »Sie sollten die Nacht lieber bei mir verbringen«, sagte er auf dem Weg zurück zu seinem Sessel. »Ihre Mutter wird sich Sorgen machen, wenn Sie bei diesem starken Schneefall so weit zu Fuß gehen. Und ich auch. Sie können mein Gästezimmer haben. Dort wohnt mein jüngerer Bruder immer, wenn er mich besuchen kommt.«

»Dann muss ich aber meine Mutter anrufen«, sagte Rann.

»Natürlich. Das Telefon steht dort drüben, auf meinem Schreibtisch. Sagen Sie ihr, dass mein philippinischer Diener uns ein gutes Abendessen zubereiten wird.«

Und bei diesen Worten griff Sharpe wieder nach den Seiten von Ranns Essay und schien, diese eine nach der anderen durchsehend, auf das folgende Telefongespräch nicht zu achten.

»Er hat mir angeboten, wegen des starken Schneefalls zu bleiben. Aber kommst du auch allein zurecht, Mutter?«

»Oh ja«, erwiderte seine Mutter beinahe fröhlich. »Mary Crookes ist hier. Sie kam vor einer halben Stunde – sie war einkaufen und konnte es durch das aufkommende Schneetreiben einfach nicht mehr bis nach Hause schaffen. Sie war schon ganz atemlos, als sie hier bei mir ankam. Ich hätte ihr ohnehin angeboten zu bleiben. Es ist wirklich zu gefährlich allein dort draußen, wenn es plötzlich so stark zu schneien anfängt. Und jetzt nimmt der Wind auch noch zu, das wird sich zu einem richtigen Schneesturm entwickeln. Da ist es mir lieber, du bleibst bei Dr. Sharpe, dort bist du sicher. Gute Nacht, mein Schatz – dann also bis morgen.«

Rann legte den Hörer auf. »Meine Mutter hat zufällig Besuch von einer Freundin – eine Frau, die am Rande der Stadt wohnt und beim Einkaufen von dem Schneetreiben überrascht wurde.«

»Hervorragend«, sagte Sharpe geistesabwesend, als hätte er gar nicht richtig hingehört. »Ich bin diesen Essay noch einmal durchgegangen. Er ist wirklich brillant – richtig aufregend. Oh, wie sehr ich hoffe, Ihnen eine Hilfe sein zu können! Ich bin mir absolut sicher, dass Sie ein seltenes Talent haben, Rann – auch wenn ich noch nicht sagen kann, welche Richtung es nehmen wird. Ich kenne ja das Zentrum Ihres Interesses noch nicht. Das ist es nämlich, was einen Schöpfer ausmacht – ein nie versiegendes, unveränderliches Interesse an etwas und die Fähigkeit zur Hingabe an dieses Interesse – ein Lebensinteresse, etwas, das zu tun Sie geboren wurden.«

»Ich will mir aber zuerst so viel Wissen wie möglich aneignen«, sagte Rann.

Er fing Sharpes Blick auf, es war ein sehnsüchtiger und seltsamer Blick, halb verlegen, halb kühn.

»Es gibt noch so vieles, das ich nicht weiß«, fuhr Rann fort.

»Es gibt noch so vieles, das ich über *Sie* nicht weiß«, ergriff Sharpe das Wort. Er wandte den Blick ab und schien sich ganz dem Sortieren der Essayseiten zu widmen, die er noch immer in Händen hielt. »Zum Beispiel – Ihr Vater ist tot und Ihre Mutter eine zurückhaltende Frau. Woher also sollten Sie etwas über – sagen wir mal – die Sexualität wissen? Sie werden noch einer Menge Verführungsversuchen ausgesetzt sein, mein Junge ... so wie die Frauen heutzutage sind ... da ist alles möglich, wenn sie einen gut aussehenden jungen Mann entdecken. Und ich frage mich, ob Sie wissen, wie Sie sich dagegen schützen können. Es wäre wirklich katastrophal für Ihre Entwicklung, wenn Sie der Illusion erliegen sollten, in ein junges Mädchen verliebt zu sein – oder sogar in eine Frau, denn es ist sehr viel wahrscheinlicher, dass ein brillanter junger Geist wie der Ihre sich zu einer älteren Frau hingezogen fühlt – nun, die Katastrophe wäre dieselbe. Und Sie sind so *verletzlich*, mein Lieber, mit Ihrer außergewöhnlichen Vorstellungskraft! Wenn ich Sie vor so etwas bewahren könnte, einfach nur, indem ich Ihr Freund bin ...«

»Ich kenne keine Mädchen«, sagte Rann ganz offen. »Und was ältere Frauen angeht ...« Er schüttelte den Kopf. Dies Gespräch fand er geschmacklos.

Sharpe lachte. »Nun ja, lassen Sie es mich im Fall der Fälle einfach nur wissen, dann komme ich zu Ihrer Rettung herbeigeeilt!«

Rann ging an diesem Abend in dem Gefühl eines wohligen Behagens und geistiger und seelischer Anregung zu Bett. Einen solchen Abend hatte er seit dem Tod seines Vaters nicht mehr erlebt. Ja, er hatte vielleicht sogar noch nie einen solchen Abend erlebt, denn Sharpe besaß einen Sinn für Humor, der selbst seinem Vater gefehlt hatte. Und noch dazu hatte Sharpe schon viele Teile der Welt bereist, war in entlegenen Regionen Indiens und Chinas, in Thailand und Indonesien gewesen und hatte viele Geschichten amüsanter oder auch gefährlicher Erlebnisse zu erzählen. Und immer wieder hatte er von der Liebe geredet.

»Diese alten Völker verstanden die Kunst der Liebe in einer Weise, wie wir es auch in tausend Jahren noch nicht fertigbringen werden. Wir sind ein sehr grobschlächtiges Volk, mein Lieber. ›Simpel‹ wäre vielleicht ein netterer Ausdruck. Nehmen wir die Sexualität. Wir haben nur eine primitive Vorstellung von ihrer Vollendung als ein Kommunikationsmittel zwischen zwei Menschen. Mann plus Frau gleich Sexualität – weiter denken wir nicht. Wir wissen nichts von dem subtilen Wechselspiel zweier Geister, zweier Persönlichkeiten, von der Kunst der körperlichen Annäherung und Zärtlichkeit zwischen zwei Menschen welchen Geschlechts auch immer. Sexualität an sich ist nichts – die niedrigste animalische Verrichtung. Zu etwas Erhabenem wird sie nur dort, wo sie so aufgefasst wird wie bei den Asiaten – als eine durch jahrhundertelange Erfahrung, durch Dichter und Künstler verfeinerte Sexualität.«

Als sie sich schließlich Gute Nacht sagten, war er etwas verlegen zurückgewichen, damit Sharpe ihn nicht wieder auf die Wange küsste. Doch Sharpe hatte es gar nicht versucht, sondern nur seine rechte Hand ausgestreckt.

»Gute Nacht, mein Lieber. Schlafen Sie gut in dem großen alten Bett, das einst meinem Urgroßvater in Boston gehörte. Übrigens, das Badesalz in Ihrem Bad werden Sie bestimmt sehr erfrischend finden. Ich habe Ihnen eine Flasche davon hingestellt. Ich benutze es selbst – eines der Dinge, die ich letztes Jahr in Paris entdeckt habe. Träumen Sie etwas Schönes, mein Lieber. Frühstück gibt es um acht – genau rechtzeitig für unser Seminar um neun Uhr – wenn wir denn durch den Schnee auf dem Campus hindurchkommen!«

Beinah peinlich berührt benutzte er das Badesalz für sein heißes Bad, nicht gewöhnt an solche ihm bislang als feminin geltenden Freuden, und war ganz überrascht über den starken bittersüßen Geruch, der ihn erfrischte und anregte. Auch die

Seife war fremdartig, eine englische Seife, die einen so reichhaltigen Schaum abgab, dass er sich sogar die Haare wusch. Als er genug hatte von dem heißen wohlriechenden Bad, trocknete er sich mit einem enormen braunen Handtuch ab und zog, etwas zögernd, den weißen Seidenpyjama an, der auf dem Bett dalag. Die Seide auf seiner Haut, die Glätte der Leinenlaken, als er sich mit der weichen federleichten Bettdecke zudeckte, all das erweckte ein Gefühl von Luxus in ihm. Und unter dem weiß angestrichenen Kaminsims brannte ein Holzkohlenfeuer.

»Ich habe meinen Diener angewiesen, den Kamin für Sie anzuschüren – wenn Sie dann eingeschlafen sind, wird die Holzkohle langsam verglühen«, hatte Sharpe gesagt. »In dem Zimmer kann es sonst recht kühl sein in einer verschneiten Nacht wie dieser ...«

Kühl war es nun jedenfalls nicht. Die Nachttischlampe ausgeschaltet, sah er zu, wie das Kaminfeuer allmählich herunterbrannte, während der Schnee sanft gegen die Fenster klopfte und sich draußen auf der Fensterbank auftürmte. Er wollte lange wach liegen, damit er über all das nachdenken konnte, worüber Sharpe während des Abends gesprochen hatte. Er hatte spüren können, wie seine Welt sich erweiterte um die wundervollen Welten, von denen er bisher nur in Büchern gelesen hatte. Sharpe war dort überall selbst gewesen. Er war die Gassen indischer Basare entlanggeschlendert, hatte in den kleinen Gasthäusern japanischer Dörfer gewohnt, den Fudschijama bestiegen und in seinen ruhenden Krater gespäht. Und später dann, auf der Insel Oshima, hatte er in einen tätigen Vulkan geblickt und gespürt, wie unter seinen Füßen die Erdkruste bebte.

»Fünf Tage danach ist der ganze Vulkangrat, auf dem ich gestanden habe, abgebrochen und in den rauchenden Abgrund gestürzt«, hatte Sharpe erzählt.

Seine Gedächtnis, stets bereit dazu, ihm das ganze Bild seiner herbeigerufenen Gedanken zu präsentieren, wanderte kaleidoskopartig über die Welt. Warum blieb er selbst hier in dieser kleinen Stadt, die nicht mehr als nur ein Punkt auf der Landkarte war, und begrub sein Leben in Büchern, wenn überall auf der Welt die Realität auf ihn wartete? Es blieb doch noch Zeit genug für Bücher, wenn er zu alt zum Umherstreifen sein würde!

»Sie müssen sich so viel Wissen wie möglich aneignen«, hatte Sharpe gesagt. »Was immer Sie aus Büchern lernen können, ist zu Ihrem Besten. Bücher sind eine Abkürzung zu umfassendem Wissen. Sie können nicht alles aus eigener Erfahrung lernen. Nutzen Sie Ihre Erfahrung, um zu prüfen, was Sie bereits alles aus Büchern gelernt haben – «

Aber warum sollte er stattdessen seine Erfahrungen nicht nutzen, um selbst Bücher zu schreiben? Sein ganzes Leben lang hatte er schon Bücher gelesen. »Ich kann mich nicht mehr erinnern, wann du lesen gelernt hast«, sagte sein Mutter gern stolz zu ihm. »Ich glaube, du konntest bei deiner Geburt schon lesen.«

Ja, Bücher schreiben – das könnte all dem, was er erleben würde, eine Bedeutung und einen Zweck verleihen! Mit fünf hatte er lernen wollen, Klavier zu spielen, und inzwischen spielte er sehr gut, aber es war nicht seine Berufung. Dann vielleicht noch eher Komponieren, aber nicht das reine Spielen von Stücken anderer, wie genial auch immer diese gewesen sein mögen. Er hatte schon Musik komponiert, so wie er auch Gedichte geschrieben hatte. Aber Bücher, solide Bücher! Dem, was er aus eigener Erfahrung wissen würde und aus diesem Grund auch weitergeben könnte, eine dauerhafte und beständige Form geben! Schon sah er all seine bereits geschriebenen Bücher in einer stattlichen Reihe in einem Regal stehen und noch ihr eigenes Leben leben, lange nachdem er gestorben war. Und mit dieser erhabenen und imposanten Vision vor Augen driftete er in den Schlaf hinüber. Die Holzkohle im Kamin verglühte langsam, und draußen fiel immer noch der Schnee.

Irgendwann in der Nacht wurde er, ganz langsam und sanft, davon wach, dass eine Hand seine Oberschenkel streichelte und sich, ganz langsam, ganz sanft auf seine Genitalien zubewegte. Anfangs hielt er es für einen Traum. Er hatte schon seit einiger Zeit seltsame neue Träume, wenn auch nicht oft, denn sein rapides und außergewöhnliches körperliches Wachstum, im Zusammenspiel mit seinem unablässigen Lesen und Studieren, seiner Besessenheit, alles so schnell wie möglich lernen zu wollen, beanspruchte all seine Energie. Doch als sein Körper begann, auf die sich bewegende Hand zu reagieren, war er plötzlich hellwach. Abrupt setzte er sich auf, und im Schein eines neu angeschürten Kaminfeuers fand er sich von Angesicht zu Angesicht mit Sharpe wieder. Einen langen Augenblick lang starrten sie einander nur an, Sharpe lächelnd, die Augen halb geschlossen und in einen roten Satinmorgenrock gehüllt.

»Lassen Sie mich in Ruhe!«, stieß Rann gepresst hervor.

»Mache ich dir Angst, mein Lieber?«, fragte Sharpe weich.

»Lassen Sie mich einfach in Ruhe«, wiederholte Rann.

Er stieß Sharpe von sich und wickelte sich die Bettdecke fest um den Körper.

»Ich führe dich in die Liebe ein«, fuhr Sharpe sanft fort. »Es gibt so viele Arten der Liebe. Und alle Liebe ist gut. Das habe ich in Indien gelernt.«

»Ich gehe nach Hause«, erklärte Rann ernst. »Verlassen Sie bitte das Zimmer, damit ich mich anziehen kann.«

Sharpe stand auf. »Sei nicht albern. Der Schnee liegt über einen halben Meter hoch.«

»Da komme ich zu Fuß schon durch.«

»Sei nicht kindisch«, sagte Sharpe. »Wir haben doch über Erfahrung gesprochen. Den ganzen Abend lang … wir haben darüber gesprochen, wie wichtig es ist, eigene Erfahrungen zu machen. Und jetzt, da ich dir diese in der Form einer kultivierten Liebe anbiete, die so alt ist wie das alte Griechenland Platos selbst, da hast du Angst und willst nach Haus zu deiner Mutter laufen.«

»Vielleicht haben Sie recht, Dr. Sharpe. Vielleicht führe ich mich kindisch auf. Ich habe eigentlich keinen Grund, bei diesem Schneetreiben nach Hause zu gehen. Es ist nur so, dass mich das alles ziemlich überrumpelt hat und ich diese Angelegenheit nicht weiter verfolgen will. Deshalb ist es das Beste, wenn ich gehe.«

Sharpe saß in dem Sessel am Kamin und betrachtete Rann. »Ich wiederhole noch einmal, seien Sie nicht kindisch. Der Schnee ist über einen halben Meter hoch. Sie haben gesagt, dass Sie diese Angelegenheit nicht weiter verfolgen wollen. Damit wäre sie also erledigt. Ich werde zu Bett gehen und Sie allein lassen. Schließlich habe auch ich noch meinen Stolz, wissen Sie.«

»Da bin ich mir sicher, Dr. Sharpe, und ich bin genauso sicher, dass Sie mich nicht mehr stören werden.«

»Da können Sie sehr sicher sein, Rann. Ich gehe jetzt zu Bett. Gute Nacht, mein Lieber, und es tut mir leid, dass Sie … nein, vielleicht tut es mir eher um meinetwillen leid und nicht um Ihretwillen, dass die Dinge nicht anders sein können.«

Als Donald Sharpe das Zimmer verlassen hatte, versuchte Rann all die Ereignisse des Abends in eine folgerichtige Ordnung zu bringen, damit er verstehen würde, wie es so weit hatte kommen können. Doch es war sinnlos, er verstand es nicht. Er fühlte sich nur unendlich müde und so elend vor Wut und Enttäuschung, dass er, zu seinem eigenen Erstaunen und Entsetzen, in Tränen ausbrach, sobald er das Licht ausgemacht und sich die Bettdecke über den Kopf gezogen hatte. Er hatte seit dem Tod seines Vaters nicht mehr geweint, doch das hier waren bittere Tränen. Er war verletzt und beleidigt worden, sein Körper war missbraucht worden – und er hatte einen Freund verloren, dem er von ganzem Herzen vertraut hatte. Und dann hatte sein Körper – und dieses neue Wissen über sich selbst schockierte ihn – im Schlaf auch noch körperlich auf die Stimulation reagiert. Er wurde wütend auf sich selbst. Jetzt konnte er natürlich nicht weiter aufs College gehen. Was, wenn Sharpe versuchen würde, es zu erklären, sich zu entschuldigen und eine neue Art Beziehung zu ihm aufzubauen? Er, er selbst, war viel zu beschämt über seine eigene Reaktion, um darüber auch nur nachzudenken.

Am nächsten Tag kehrte er früh am Morgen schon nach Hause zurück.

»Ich werde für eine Weile weggehen«, sagte er zu seiner Mutter und versuchte, dabei ganz ruhig zu sprechen.

Seine Mutter sah ihn über den Tisch hinweg mit großen blauen Augen erstaunt an. »Jetzt? Mitten im Semester?«

Einen langen Augenblick lang schwieg er. Was, wenn er ihr von der letzten Nacht erzählte? Doch er entschied sich für den Moment dagegen. Sein innerer Konflikt war zu groß. Er musste seine ganze Beziehung zu Donald Sharpe erst einmal gründlich überdenken – seine Bewunderung des Mannes hatte so gar nichts mit der Erfahrung der letzten Nacht zu tun. Hätte er es denn seinem Vater erzählt, wenn dieser noch am Leben gewesen wäre? Vor einem Jahr noch, ja, das hätte er. Aber jetzt, als Heranreifender, und er war reif genug, um zu erkennen, wie sehr all dies damit zusammenhing, dass er so viele Stunden mit Sharpe verbracht hatte, hätte er wohl selbst seinem Vater die Erfahrung der letzten Nacht nicht anvertraut. Ihn schauderte vor körperlicher Abscheu, als er an Sharpe dachte, und dies Schaudern würde er für immer bei jeder Erinnerung daran empfinden. Doch er brauchte Zeit, um zu verstehen, warum ein Mann von Sharpes Brillanz und, ja, Güte … sich zu einem solch körperlichen Akt hergeben konnte. Vielleicht würde er es nie verstehen; und wenn nicht, dann musste er versuchen, sich selbst zu verstehen und warum er, obwohl er den Akt hasste, den Mann selbst nicht hasste, wie er einigermaßen überrascht feststellte. Aber der Schock und das Entsetzen waren noch zu frisch. Er brauchte Zeit, um sich über seine Gefühle klar zu werden.

»Ja, jetzt«, sagte er deshalb zu seiner Mutter.

»Wohin willst du denn?«, fragte sie.

Er konnte erkennen, dass sie versuchte, ihre Bestürzung, ja vielleicht gar ihre Angst zu verbergen. Ihre Unterlippe zitterte.

»Ich weiß nicht«, erwiderte er. »In den Süden vielleicht, damit ich viel im Freien sein kann.«

Sie fügte kein weiteres Wort mehr hinzu, und er wusste warum. Vor langer Zeit hatte er seinen Vater einmal zu ihr sagen hören: »Bedränge den Jungen nicht mit deinen Fragen. Wenn er so weit ist und es uns erzählen möchte, wird er es schon tun.«

Für diesen Ratschlag war er sehr oft dankbar gewesen, aber noch nie dankbarer als jetzt. Er stand vom Tisch auf.

»Vielen Dank, Mutter«, sagte er leise, und dann ging er hinauf in sein Zimmer.

In der Nacht wachte er auf, und als er still daliegend die Augen öffnete, sah er seine Mutter in ihrem langen weißen Flanellmorgenrock neben seinem Bett stehen. Er schaltete die Nachttischlampe an und bemerkte, dass sie ihn ansah.

»Ich kann nicht schlafen«, sagte sie wehmütig.

Er setzte sich im Bett auf. »Geht es dir nicht gut?«, fragte er.

»Ich spüre hier so eine Schwere«, erwiderte sie und legte sich die Hände auf die Brust.

»Hast du Schmerzen?«

»Keine körperlichen«, erklärte sie. »Mich schmerzt eine Traurigkeit, eine Einsamkeit. Ich könnte dein Weggehen viel leichter ertragen, wenn ich wüsste, was passiert ist, warum du weggehen willst.«

Er wurde sofort wachsam. »Warum glaubst du, dass etwas passiert ist?«

»Du hast dich verändert – du hast dich sehr verändert.« Sie setzte sich auf die Bettkante, sodass sie einander ins Gesicht sahen. »Es war ein solcher Fehler, dass dein Vater zuerst gestorben ist und nicht ich«, fuhr sie in demselben Ton fort. Sie hatte eine mädchenhafte Stimme, sehr jung und sanft. Aber sie war ja auch noch nicht alt. Sie war erst zweiundzwanzig gewesen, als er geboren wurde, und sie sah jünger aus, besonders jetzt, da ihr die rotblonden Locken offen um das Gesicht und auf die Schultern fielen. »Ich hätte diejenige sein sollen, die stirbt«, wiederholte sie klagend. »Ich bin nicht imstande, dir zu helfen. Das weiß ich. Ich verstehe sogar in etwa, warum du dich mir nicht anvertrauen kannst. Es ist wohl wirklich wahr, dass ich dir ohnehin nicht helfen könnte.«

»Es ist nicht so, dass ich mich dir nicht anvertrauen will«, protestierte er. »Ich weiß nur nicht wie. Es ist so … unaussprechlich.«

»Geht es um ein Mädchen, mein Schatz? Denn wenn es das ist, ich bin selbst einmal ein junges Mädchen gewesen, und manchmal – «

»Das ist es ja gerade. Es geht nicht um ein Mädchen.«

»Geht es um Donald Sharpe?«

»Woher weißt du das?«

»Du bist so anders, seit du ihn kennst, Rannie – so gefangen genommen von dieser Freundschaft. Nicht dass du mich falsch verstehst, ich habe mich ja auch gefreut für dich. Er ist brillant, das sagen alle. Und ich war froh, dass er dich unterrichtet … und dir so etwas wie ein älterer Bruder ist, aber – «

Sie hielt inne und seufzte.

»Aber was?«, fragte er.

»Ich weiß nicht«, sagte sie mit aufgewühlter Stimme und besorgtem Gesichtsausdruck, den Blick forschend auf ihn gerichtet.

Und da gab er nach, zögerlich zwar, aber ein Wort folgte auf das andere. Jetzt, da sie allein in der Dunkelheit der Nacht dasaßen, musste er es ihr einfach erzählen. Er musste das lastende Gewicht der Erinnerung an die vergangene Nacht mit ihr teilen, als sein Freund Donald Sharpe plötzlich zu einem Fremden wurde, vor dem er fliehen musste.

»Gestern Nacht –«, begann er stockend und hielt dann inne.

»In Donald Sharpes Haus?«, fragte sie.

»Ja, es war in seinem Gästezimmer. Ich habe geschlafen. Wir hatten einen wunderbaren Abend verbracht mit Gesprächen über Wissenschaft und Kunst und darüber, welche Richtung ich einschlagen will. Es war schon lange nach Mitternacht, ehe wir überhaupt bemerkten, wie spät es ist. Dann hat er mich in mein Zimmer gebracht, und wir haben einander Gute Nacht gesagt. Er kam kurz mit herein, um nachzusehen, ob alles hergerichtet war. Dann ging er. Sein philippinischer Diener hatte einen seiner weißen Seidenpyjamas für mich aufs Bett gelegt – ein großes Himmelbett. Den habe ich nach dem Baden angezogen. Ich hatte noch nie Seide direkt auf der Haut getragen – sie ist so weich, so glatt … Und danach bin ich bald eingeschlafen. Ich muss ziemlich lange geschlafen haben. Im Kamin brannte ein Feuer, als ich zu Bett ging – das noch sehr hell leuchtete, als ich die Nachttischlampe ausmachte. Und auf dem Nachttisch lag ein Band Keats, glaube ich. Aber ich habe nicht mehr gelesen, sondern nur dagelegen und dem Kaminfeuer zugesehen, und darüber muss ich eingeschlafen sein. Und als ich dann wach wurde –«

Er hielt so lange inne, dass sie ihn sanft aufforderte. »Als du dann wach wurdest …«

Er warf sich in sein Kissen zurück und schloss die Augen.

»Ich wurde geweckt –«

»Von *ihm*?«, fragte sie.

»Von jemandem … der meine Oberschenkel streichelte … und mich dann … dann angefasst hat … dort. Und mein Körper hat … reagiert. Ich dachte zuerst, es wäre einer von diesen Träumen … du weißt schon!«

»Ja, ich weiß«, sagte sie mit sehr leiser Stimme.

»Aber es war kein Traum. Im Schein eines neu angeschürten Kaminfeuers konnte ich sein Gesicht erkennen. Ich spürte, wie seine Hände mich … mich dazu brachten, dass … gegen meinen Willen. Ich habe ihn weggestoßen. Aber ich habe mich selbst gehasst. Ich war so wütend … aber auf mich selbst, Mutter! Wie kann der Körper denn auf etwas reagieren, das man hasst und abscheulich findet? Ich hatte Angst vor … vor *mir selbst*, Mutter!«

Da – jetzt hatte er es ihr erzählt. Er hatte es in Worte gekleidet. Nun würde es nie mehr ein Geheimnis sein, das er allein tragen musste. Lang ausgestreckt im Bett daliegend, verschränkte er die Hände hinter dem Kopf, schlug die Augen auf und blickte in ihre zärtlichen, mitfühlenden Augen.

»Oh, der arme, arme Mann!«, flüsterte sie.

Er war erstaunt. »Du hast Mitleid mit *ihm*?«

»Wie könnte man kein Mitleid mit ihm haben?«, fragte sie zurück. »Er muss dort nach Liebe suchen, wo er sie niemals finden kann – niemals wahrhaft finden kann, weil es gegen die menschliche Natur ist. Gott hat uns als Mann und Frau erschaffen, und wenn ein Mann versucht, diese Liebe mit einem Mann oder einem Jungen zu finden, so ist er zu großem Leid verurteilt. Wie immer er sich auch rechtfertigen mag, indem er sagt, dass es das einzig Wichtige im Leben sei, zu lieben und geliebt zu werden. Er weiß, dass er nur eine Zerrform der Liebe finden wird. Es ist, als würde ein Rüde einen anderen Rüden besteigen. Darin liegt keine Erfüllung. Oh ja, *er* ist es, mit dem ich Mitleid habe, mein Kind. Gott sei Dank warst du kein kleiner Junge mehr, der mit einem Spielzeug oder einem Eis oder dergleichen verführt wurde – Gott sei Dank warst du alt genug.«

»Aber ich selbst, Mutter … wie konnte ich … mein … mein Körper reagieren auf seine … Berührung … wenn ich diese doch verabscheue? Das war es, was mir Angst gemacht hat.«

»Mach dir keine Vorwürfe, mein Kind. *Du* hast nicht reagiert. Der Körper hat seine eigenen Mechanismen. Du hast eine Lektion gelernt – dein Körper hat sein eigenes Dasein, und dein Geist und dein Wille müssen stets die Zügel in der Hand behalten, bis die rechte Zeit gekommen ist, dem Körper sein Recht zu gewähren. Oh, ich wünschte, dein Vater wäre hier, um dir solche Dinge zu erklären!«

»Ich glaube, ich verstehe schon«, sagte er mit sehr leiser Stimme.

»Dann musst du Donald Sharpe vergeben«, entgegnete sie resolut. »Denn zu vergeben bedeutet zu verstehen.«

»Aber ich kann hier nicht weiter aufs College gehen, Mutter.«

»Ja, das sehe ich ein. Wir sollten uns aber ein wenig Zeit lassen, um nachzudenken. Ein paar Tage lang könntest du erst mal zu Hause bleiben. Wir dürfen die Entscheidung, welches der richtige Ort ist, nicht überstürzen.«

Er seufzte erleichtert. »Solange du nur einsiehst, dass ich weggehen muss – «

»Da sind wir uns einig«, sagte sie, beugte sich über ihn und gab ihm einen Kuss auf die Stirn. »Jetzt kann ich schlafen, und du musst auch schlafen.«

Sie schloss die Tür leise hinter sich, und einige Minuten lang lag er, erlöst von seiner Wut, seiner Scham und seinem Schuldgefühl, einfach nur da. Obwohl er nun wusste, dass er Donald Sharpe nie mehr wiedersehen wollte, empfand er doch auch einen Verlust. Er würde ihn trotz allem vermissen. Es hatte eine Verbundenheit gegeben zwischen ihnen, und er war davon ausgegangen, dass diese für immer bestehen würde. Nun empfand er einen Verlust, eine Verlassenheit. Wer war sein Freund? Seine Mutter natürlich, aber er brauchte mehr. Er brauchte Freunde.

Und so allein im Bett daliegend, die Hände hinter dem Kopf verschränkt, erinnerte er sich an eine Warnung, die sein Vater kurz vor seinem Tod ausgesprochen hatte. Mit seinem Talent der bildlichen Vorstellungskraft erinnerte er sich daran. Er hatte neben seinem Vater, der auf dem Sofa im Wohnzimmer lag, gesessen. Die Stimme seines Vaters war schon schwach gewesen, denn sein Leben näherte sich dem Ende, und das wussten sie beide. Und er wusste auch, dass sein Vater versuchte, ihm in der kurzen Zeit vor seinem Tod noch all das zu sagen, wozu er eigentlich Jahre gebraucht hätte – die Jahre, die ihm nicht gegeben waren.

»Du wirst einsam sein, mein Sohn. Aber die Quelle allen Schaffens ist nun mal der einsame Schöpfer. Er ist es, der all die wichtigsten Ideen und Kunstwerke in der Geschichte der Menschheit hervorgebracht hat. Schöpfer sind einsam – und du wirst einer von ihnen sein. Klage nie darüber, dass du einsam bist. Du wurdest geboren, um einsam zu sein. Die Welt braucht den einsamen Schöpfer. Vergiss das nie. Das Schaffen des Einzelnen … es bedeutet, dass du vor allen anderen fähig bist zur Größe. Was für eine Inspiration!«

Schlaflos im Bett daliegend, ließ er sein Leben an sich vorüberziehen, so wie sein Gedächtnis es ihm darbot, ein kurzer Abschnitt in Jahren gemessen, in gewisser Hinsicht aber auch lang. Er hatte so viele Bücher gelesen, so viele Gedanken gedacht, Ideen im Kopf gehabt, so vieles erkundet – und da plötzlich erinnerte er sich, mithilfe seiner Fähigkeit der Visualisierung, an den Goldfisch im Teich unter dem Weidenbaum hinten im Garten und daran, wie sich in den ersten warmen Tagen eines Frühlings, als die Sonne schien, einmal das Wasser bewegte und lebendig golden aufblitzte, als der Fisch ausschwärmte aus dem Schlamm, wo er den Winter über Zuflucht gesucht hatte. Das war doch, so fand er jetzt, ein lebendiges Bild für seinen Geist, immer aufblitzend und bewegt von funkelnden Gedanken und darauf hindrängend, alles zu erkunden. Er war oft ganz erschöpft von seinem Geist, der ihm keine Ruhe ließ außer im Schlaf, und selbst sein Schlaf war nur kurz, wenn auch tief. Manches Mal weckte ihn sein Geist sogar durch seine Aktivität. Er stellte sich seinen Geist als ein von ihm abgetrenntes Wesen vor, ein Geschöpf, mit dem er nun einmal leben musste, eine berauschende Freude, aber eben auch eine Last. Wozu war er geboren worden? Worin lagen die Bedeutung und der Zweck seines Lebens? Warum war er so anders als all die anderen, als Chris, zum Beispiel? Chris hatte er seit jenem Besuch an der Tankstelle kurz vor dem Tod seines Vaters nicht mehr gesehen. Über zwei Jahre waren seitdem vergangen, Jahre, in denen er seinen Weg durchs College angetreten hatte. Jetzt könnte er doch, bevor er an einem anderen Ort weiterstudierte, wenn er denn weiterstudierte, Chris noch einmal aufsuchen, dachte er von Neugier und dem Wunsch getrieben, in die Vergangenheit zurückzukehren, wie kurz auch immer. Und nachdem sein Geist diesen Entschluss gefasst hatte, erlaubte er ihm endlich zu schlafen.

»Hallo«, grüßte Chris, als er aus der Tankstelle kam. »Was kann ich für Sie tun?«

»Erkennst du mich etwa nicht mehr?«, fragte Rann.

Chris starrte ihn an. »Kann mich nich' an Sie erinnern.«

»Habe ich mich so sehr verändert? Ich bin's, Rannie – Rann, neuerdings.«

In Chris' Gesicht, das durch zugelegtes Gewicht und Alter über die Jahre runder geworden war, zeichnete sich ein Grinsen ab.

»Mensch, isses zu fassen?«, sagte er langsam. »Is' das zu fassen? Du bist ja wirklich doppelt so groß wie früher. Richtig in die Höhe geschossen.«

»Wie mein Vater«, sagte er. »Weißt du noch, wie groß und schlank er war?«

Chris sah besorgt drein. »Hab' gehört, was passiert is', also, das hat mir ehrlich leidgetan. Komm doch rein. Ich hab' sowieso nich' viel zu tun bis um die Mittagszeit, erst dann kommen die Lastwagen auf ihrem Weg nach New York hier vorbei.«

Er folgte Chris in die Tankstelle hinein, und sie setzten sich.

»Gehört inzwischen alles mir hier«, sagte Chris ganz lässig, als wäre es nicht der Rede wert.

»Meinen Glückwunsch«, erwiderte Rann.

»Ja«, fuhr Chris fort. »Seit letztem Jahr, als Ruthie und ich geheiratet haben. Erinnerste dich noch an Ruthie?«

Und ob. Jenen kurzen Blick, den er in einer so kindlichen Unschuld, dass man sie kaum Neugier nennen konnte, auf ihr rosenknospiges Organ werfen durfte, hatte er nie vergessen. Er fragte sich, ob Ruthie sich wohl auch daran erinnerte.

»Natürlich erinnere ich mich an sie«, sagte er. »Sie war sehr hübsch.«

»Ja«, erwiderte Chris stolz, tat aber so, als wäre es ihm egal. »Ich musste sie heiraten, um ihr die andern Kerls vom Hals zu halten. Sie is' wirklich hübsch. Ehrlich gesagt« – und hier hielt er kurz inne und lachte auf – »is' sie sogar so verdammt hübsch, dass unser Kleines 'n bisschen zu früh dran is'. Musste schnell, schnell gehn mit der Hochzeit. Klar, war ja keine Frage, dass ich sie heiraten wollte, aber wir mussten alles 'n bisschen schneller durchziehen. Auch das mit der Tankstelle ... sonst hätt' ich vielleicht noch ein, zwei Jahre gewartet ... unsere Alten mussten uns aushelfen. Aber ...«

Er schlug sich auf die Knie. »Jetzt isses so. Ich bin auf meinem Weg und verdien' Geld. Das Geschäft läuft prima hier an der Lastwagenroute.« Er warf einen Blick auf die offene Tür. »Da kommt Ruthie ja schon und bringt mir was Warmes zu futtern. Willste auch was haben? Is' immer genug da. Sie knausert nie, nich' meine Ruthie. Is' 'n verdammt gutes Mädchen.«

Als Ruthie die Tür erreicht hatte, blieb sie mit ihrem Korb in der Hand zögernd stehen.

»Ich wusste nich', dass du Besuch hast.«

»Komm rein, Schatz«, rief Chris. »Rat mal, wer das is'!«

Ruthie kam herein, setzte den Korb auf dem Tisch neben Chris ab und sah Rann an.

»Hab' ich Sie schon mal gesehn?«, fragte sie.

Ja, sie war tatsächlich immer noch genauso hübsch wie früher, dachte Rann. Ihr Gesicht war voller, aber noch fast so kindlich, wie er es in Erinnerung hatte. Doch ihr Körper war schon der einer Frau, die bald ein Kind bekommen würde. Das Mysterium der Geburt! Darüber hatte er bis jetzt kaum nachgedacht. Er hatte überhaupt kaum an Frauen gedacht, dazu war sein Leben zu sehr ein Leben des Geistes gewesen.

»Ja, du hast mich schon mal gesehen«, erwiderte er.

Die beiden Männer warteten ab, während Ruthie ihn weiter ansah. Dann schüttelte sie den Kopf.

»Ich kann mich nich' erinnern«, sagte sie.

Ein Glück, dachte er erleichtert, sie erinnert sich nicht an mich und die kleine Episode. Seitdem hatte es vermutlich viele Episoden gegeben, und keine davon so kindlich wie die, an die er sich so lebhaft erinnerte.

»Das is' doch Rannie!«, rief Chris und lachte über ihre Verwirrung. »Weißte nich' mehr, der kleine Rannie in der Schule? Der immer alle Antworten wusste? Du warst wirklich 'n Schlauberger, Rann – und wir andern standen immer alle da wie die Deppen. Dafür haben wir dich damals nich' grad gemocht.«

»Dann würdet ihr mich heute auch nicht lieber mögen«, sagte er in stiller Bitterkeit.

»Ach, jetzt isses doch egal«, entgegnete Chris in herzlichem Ton. »Ich hab' meine Tankstelle. Ich hab' mein Mädchen – was brauch' ich denn sonst noch? Ich verdien' gutes Geld.«

Ruthie setzte sich, betrachtete ihn aber immer noch. »Du hast dich sehr verändert«, sagte sie. »Ich hätt' dich nie irgendwo anders wiedererkannt. Warst du früher nich' eher so 'n Knirps?«

»Nee, 'n Knirps war er nie – nur 'n kleines Gör wie wir andern alle auch … aber zu klug für uns, schätz' ich mal. Na ja, die Welt braucht eben solche und solche. Was haste denn gebracht? Schweinebraten mit Bohnen – genug für 'ne ganze Kompanie! Lang zu, Rannie.«

Er stand auf. »Nein, danke, Chris. Ich muss mich wieder auf den Weg machen. Ich verlasse die Stadt – «

»Wo geht's denn hin?«

»Zuerst nach New York … aufs College an der Columbia-Universität wahrscheinlich. Mir fehlt noch ein Jahr für meinen Abschluss. Und dann studiere ich vielleicht weiter und mache meinen Doktor. Das habe ich aber noch nicht endgültig entschieden.«

Chris fiel die Kinnlade herunter. »Sag mal, wie alt biste denn jetzt«

»Fünfzehn.«

»Fünfzehn!«, wiederholte Chris wie ein Echo. »Haste das gehört, Ruthie? Noch 'n Teenager und redet schon davon, 'n Doktor zu sein!«

Rann wollte schon ansetzen und erklären, dass er »kein medizinischer Doktor« werden wollte, doch dann ließ er es sein. Was hatte das für einen Sinn? Er lebte nun einmal in einer anderen Welt als diese beiden.

»Auf Wiedersehen«, sagte er und hielt erst Chris und dann Ruthie seine Hand hin. »Ich bin froh, dass ich noch einmal vorbeigekommen bin, bevor ich weggehe.« Sie waren herzlich und aufrichtig und liebenswürdig, aber sie waren Menschen, die nicht in seiner Welt lebten, und so ging er davon und ließ sie für immer hinter sich.

»Wohin du auch gehen wirst, mein Kind«, hatte seine Mutter ihn gebeten, »nimm dir die Zeit und besuche meinen Vater – deinen Großvater – in New York. Er lebt dort ganz allein in einem Apartmenthaus in Brooklyn. Ich weiß auch nicht genau warum. Er schreibt mir nur noch selten. Aber als er nach dem Tod meiner Mutter nach Amerika zurückkam, ließ er sich in der Stadt nieder, in der er geboren wurde. Er habe schon immer dort leben wollen, sagte er, und auch allein leben wollen. Das hat mir sehr leidgetan – aber er war, nun ja, ohnehin nie so wie alle anderen. Manchmal frage ich mich, ob du nach ihm kommst!«

Rann versprach nicht, dass er seinen Großvater aufsuchen würde, doch er ging nach New York und nahm sich ein Zimmer in einem kleinen Hotel – einfach, aber erschreckend teuer, auch wenn seine Mutter ihm das Geld gegeben hatte, das sie vor dem Tod seines Vaters für die Reise um die Welt hatten ausgeben wollen. Es war ein längliches, schmales Zimmer, »für Selbstversorger«, wie der Vermieter gesagt hatte, weil an dem einen Ende des Raumes ein kleiner Gasherd und ein Kühlschrank standen und an dem anderen ein Spülbecken mit Kaltwasserhahn angebracht war. Und den dunklen, staubigen Korridor hinunter lag ein Gemeinschaftsbad, wo sich neben der Toilette auch eine alte vierfüßige Badewanne fand. Doch das Zimmer selbst war geschmackvoll möbliert, und das Bett war sauber. Der Vermieter, ein greiser bärtiger Jude, der eine kleine schwarze Kappe auf dem Kopf trug, war stolz auf das Zimmer.

»Vom Fenster aus kann man dort unten einen Baum blühen sehen, wenn der Frühling kommt«, erzählte er. »Das ist ganz bestimmt ein wilder Baum, den hat niemand angepflanzt. Aber er wächst und wächst und drängelt sich jedes Jahr ein klein bisschen weiter aus seinem Riss im Asphalt hervor.«

Dies sollte nun vorerst sein Zuhause sein, für wie lange wusste er allerdings nicht. Denn er hatte noch immer keine Entscheidung darüber getroffen, ob er auf irgendein anderes College gehen wollte, auch wenn er zu Chris etwas anderes gesagt hatte. Lehrern war nicht zu trauen. Niemandem war zu trauen. Er würde allein für sich leben und lernen. Irgendwo in dieser unendlichen Stadt gab es Bücher, Bibliotheken und Museen, und diese würden seine Seminarräume sein, diese und die Straßen. In New York gab es alles. Er war noch nicht so weit, auch nur seinen Großvater zu besuchen. Ihm war bisher gar nicht klar gewesen, wie sehr ihn danach verlangte, frei und allein zu sein – frei sogar von Colleges und Lehrern. Und so entschied er, nicht so sehr bewusst als vielmehr instinktiv, dass er weder weiter aufs College gehen noch an irgendwelche Studienabschlüsse und Doktorarbeiten denken würde. Er wollte das Leben kennenlernen, wollte das Leben nutzen, um zu lernen. Denn was, dachte er mit einem Mal, wusste er eigentlich. Nichts – er wusste gar nichts.

Er fühlte sich nicht einsam, denn er war ja sein ganzes Leben lang einsam gewesen, und jetzt fiel es ihm schon gar nicht mehr auf, dass er allein war. Jetzt konnte er, weil keiner da war, der ihn kannte oder den er kannte, ungestört seinen Gedanken nachhängen. Doch er dachte gar nicht so viel nach, er staunte vielmehr. Das Staunen war seine Grundhaltung, das Staunen über all die Wunder, die er um sich herum sah und hörte. Die Stadt umschloss ihn, so wie das Meer einen Fisch umschließt. Er stand früh auf, denn früh am Morgen war die Stadt eine ganz andere als um die Mittagszeit oder am Abend und in der Nacht. Die Straßen waren sauber, weil die ganze Nacht über große Maschinen schwerfällig hin- und hergekrochen waren und mit riesigen rotierenden Bürsten gefegt oder Wasserfontänen ausgespien hatten, die sich über den Asphalt ergossen und gurgelnd in den Gullis der Rinnsteine verschwanden. Am Morgen war die Luft noch kühl, und wenn vom Meer her ein Wind blies, war die Luft beinahe klar. Aber das war, bevor die Menschen sich in die Straßen ergossen, bevor die großen, mit Nahrungsmitteln und Gütern beladenen Lastwagen von den Highways hereingerumpelt kamen und ihre stinkenden, dicken Abgasschwaden ausstießen, bevor Autos und Taxis im ewigen Wechselspiel der Ampelleuchten miteinander um die Wette fuhren.

Er ging gern früh an den Fluss hinunter, der ins Meer hinausfloss. Ihm gefielen die Fischmärkte, und es machte ihm Spaß, den Verkäufern und Käufern aller Arten von Fisch beim Handeln zuzusehen. Das alles war so neu für ihn, denn er war ja eine echte Landratte, im Landesinneren geboren und aufgewachsen. Am meisten aber liebte er die Schiffe, und eines Tages würde auch er auf einem Schiff den Atlantik überqueren. Doch vorerst war diese Stadt noch groß genug für seine Erkundungsstreifzüge. Mit seinem geübten und disziplinierten Geist teilte er sie für sich in Teile ein, nach Rassen und Nationalitäten gesondert. Nicht alle diese Menschen sprachen Englisch, und er bemühte sich stets herauszufinden, aus welchem Teil der Welt sie kamen – dann sprachen Puerto Ricaner also Spanisch? Es verletzte ihn nie und rührte auch nicht an sein innerstes Wesen, wenn sie ihn mit fremdartigen Flüchen beschimpften, weil er weiß war und anders aussah als sie. Er verstand mit seiner bildhaften Vorstellungskraft instinktiv, warum sie ihn naturgemäß erst einmal hassten. Warum auch nicht? Sie hatten allen Grund, ihn zu hassen. Die Schwarzen betrachtete er mit nie enden wollendem Staunen, wenn er durch ihre Straßen spazierte, sie beobachtete und auf ihre ungewöhnliche Aussprache des Englischen lauschte, die es schwieriger machte, sie zu verstehen als die Puerto Ricaner, auch wenn Letztere ein unsauberes Spanisch sprachen.

In diesen ersten Wochen, die rasch zu Monaten wurden, lebte er weiterhin allein und dennoch nicht allein unter den Millionen von Menschen, die um ihn herum waren. Wohin immer er kam, er sprach mit allen, die zufällig in seiner Nähe waren, stellte unzählige Fragen und verstaute die Antworten, ob kurz oder lang, in den bodenlosen Tiefen seines Gedächtnisses, ohne darüber nachzudenken, welchen Gebrauch er von all dem, was er lernte, machen wollte. Er stellte Fragen, hörte zu, verstaute, und angetrieben von seiner unbegrenzten Fähigkeit zu staunen, setzte er sein Leben fort in dem Wissen, dass dies nur ein vorübergehender Augenblick im Laufe seiner vielen Jahre war. Er schrieb regelmäßig an seine Mutter, doch bis jetzt, so erklärte er ihr, habe er noch keine Zeit gehabt, seinen Großvater aufzusuchen. Sein Geldvorrat schwand kaum dahin, da er genügsam lebte, denn seine Mahlzeiten waren zwar riesig, aber aus einfachen und günstigen Zutaten, und von Zeit zu Zeit verdiente er sich mit befristeten Jobs, meistens an den Hafenkais beim

Laden und Löschen von Schiffen, auch etwas Geld. Und da er noch immer niemandem traute, trug er sein Geld in ein paar großen Scheinen stets bei sich oder versteckte es des Nachts unter seinem Kopfkissen. Er grüßte seine Nachbarn freundlich im Vorübergehen, freundete sich aber auch weiterhin mit keinem an. Mittlerweile vermisste er Freunde auch nicht mehr, er hatte ohnehin nie welche gehabt, da seine Gedanken den ihren immer so weit voraus gewesen waren.

So hätte es noch eine Weile weitergehen können, wenn er eines Abends, gegen Mitternacht, nicht eine Begegnung gehabt hätte, die in ihm das Bedürfnis auslöste, jemanden zu haben, jemanden, mit dem ihn etwas verband. Er hatte sich in der Metropolitan Opera eine Oper angehört, auf einem Platz ganz oben unterm Dach in der Galerie, von wo aus die Gestalten auf der Bühne wie Zwerge wirkten. Doch die Musik stieg hoch hinauf, die Stimmen waren vorzüglich und rein, und er war hingegangen, um genau diese Oper zu hören, und hatte dafür vor der Vorstellung stundenlang für eine Eintrittskarte angestanden. Und so war er danach in einem Freudentaumel die Treppen hinuntergestolpert und hatte, als er allein inmitten der Masse von Menschen aus dem Opernhaus herausgespült wurde, beschlossen, nicht die U-Bahn zu nehmen, sondern an diesem klaren Abend mit dem Vollmond am Himmel zu Fuß zu gehen. An der Ecke einer dunklen, halb leeren Straße blieb er an einer roten Ampel stehen und wartete auf Grün. Und während er dort noch stand, fiel ihm ein junger Mann auf, fast noch ein Junge – so jung wie er selbst –, von schmaler Gestalt, das lange dunkle Haar im blassen Gesicht, der auf ihn zukam.

»Hallo«, sagte der Junge. »Willste noch irgendwohin?«

133

»In meine Unterkunft«, erwiderte er.

»Du hast nich' zufällig 'nen Vierteldollar, wie?«

Rann griff in seine rechte Hosentasche, fand die Münze und gab sie dem Jungen.

»Danke«, sagte der Bursche. »Davon kann ich mir 'nen Happen zu essen kaufen.«

»Arbeitest du denn nicht?«, fragte er.

Der Junge lachte. »Arbeit kann man's auch nennen«, sagte er sorglos. »Bin grad auf'm Weg dahin, wo die Nachtclubs sind. Ich mach' fünf Dollar – vielleicht zehn.«

»Wie? Wenn du nicht arbeitest, dann – «

»Soll das heißen, du schnallst nich', was ich mein'? Wo kommst du denn her?«

»Aus Ohio.«

»Na, kein Wunder, dass du's nich' schnallst! Also, dann hör mal zu ... das geht so. Ich guck' mir 'nen Kerl aus – reich und allein unterwegs – und den frag' ich, ob er mir nich' zehn Dollar geben will, fünf, wenn er nich' ganz so reich is'. Der guckt mich an, als hätt' ich 'nen Knall – und sagt vielleicht zu mir, dass ich bloß abhauen soll, oder so was. Und dann sag' ich zu ihm, dass er die Kohle rausrücken soll oder ich geh' zu 'nem Bullen – mach' ich immer, wenn ich weiß, dass 'n Bulle um die nächste Ecke steht. Ich sag' zu ihm, dass ich zu dem Bullen sag', dass er mir 'nen Antrag gemacht hat.«

»Dir einen Antrag gemacht hat?«

Der Junge lachte johlend. »Also nee, du bist ja wirklich 'n Grünschnabel! Schnallst es immer noch nich'? Manche Kerls mögen Mädels, manche mögen Jungs. Der Unterschied is' bloß, dass es eben kriminell is', Jungs zu mögen. Der Kerl weiß also, dass er Riesenärger kriegen kann, und bevor er sich die Sorte Ärger einhandelt, rückt er lieber die Kohle rüber.«

»Und mit so etwas verdienst du deinen *Lebensunterhalt*?«

»Klar – is' einfach und macht keine Arbeit. Probier's mal aus, dann siehste schon.«

»Nein, danke – da arbeite ich lieber.«

»Jedem das Seine. Is' auch nich' so einfach, 'nen Job zu kriegen. Haste Verwandte hier?«

»Ja. Meinen Großvater.«

»Okay … na, dann bis denn mal. Ich seh' da 'nen Kerl kommen – «

Und schon rannte der Junge die Straße entlang und auf ein Restaurant zu, aus dem gerade eben ein gut gekleideter Mann herausgekommen war. Der Mann blieb stehen, schüttelte den Kopf, und dann rannte der Junge weiter zur Straßenecke, wo ein Polizist stand.

Nun wartete Rann nicht mehr länger. Plötzlich wollte er seinen Großvater kennenlernen. Am nächsten Tag, frühmorgens gleich, würde er ihn aufsuchen. Er wollte nicht mehr länger allein sein in der Wildnis dieser Stadt.

Es war eine Adresse in Brooklyn, und in Brooklyn war er bisher noch nie gewesen. Er fuhr nicht gern mit der U-Bahn, er ging lieber zu Fuß, vor allem am frühen Morgen, wenn die Luft noch sauber und die Straßen fast menschenleer waren. Unzählige riesige Lastwagen rumpelten aus dem Umland in die Stadt hinein, beladen mit Federvieh aller Art, Gemüse und Obst, Eiern und Fleisch. Er gönnte sich einen Abstecher und schlenderte die Wall Street entlang, jenes schmale Zentrum des finanziellen Herzens der Stadt; er nahm sich die Zeit und spähte durch den eisernen Zaun eines altertümlichen Friedhofs, der eine alte rußgeschwärzte Kirche umgab; er betrachtete die Fraunces Tavern – deren Geschichte kannte er natürlich, aber er blieb trotzdem stehen und sah sich die Gedenktafel an; ihre Pforten waren noch nicht geöffnet für den Tag. Und als er schließlich die großartige Brooklyn Bridge erreicht hatte, stand er dort und sah in das unter seinen Füßen dahinströmende Wasser hinab. Die Schiffe und Frachtkähne hatten sich schon auf den Weg gemacht. Und dies alles betrachtete er wie immer auf seine ganz eigene Art, staunend über die Wunder der Welt, alles Gesehene in die Tiefen von Geist und Gedächtnis einsaugend, und noch viel tiefer, bis in das Unterbewusstsein hinein, um es irgendwie und irgendwann von dort wieder auftauchen zu lassen, genau dann, wenn er es brauchte, sei es im Ganzen oder in Teilen.

Auf diese Weise schlenderte er eine Straße um die andere entlang. Er hatte den Stadtplan genau studiert, ehe er sich auf den Weg machte, denn er fragte nicht gern nach dem Weg, er fand ihn lieber und hatte deshalb gelernt, sich bildlich an einen Stadtplan zu erinnern. So wusste er stets, wo er war. Und so stand er auch pünktlich, noch ehe die Sonne den Mittagszenit erreicht hatte, vor einem alten, aber sehr gepflegten Apartmenthaus. Die Straße, in der es lag, war ruhig und von schönen Bäumen gesäumt, die mittlerweile die erste Herbstfärbung anzunehmen begannen.

Als er das Gebäude betrat, traf er auf einen alten Pförtner in einer grauen Uniform, der in einem reich verzierten, weichen Polstersessel schlafend dasaß.

»Würden Sie bitte – «, begann er.

Der Mann wachte sogleich auf. »Was gibt's denn, junger Mann?«, fragte er mit alterszittriger Stimme.

»Mein Großvater wohnt hier – Dr. James Harcourt.«

»Erwartet er Sie? Gewöhnlich steht er nicht vor der Mittagszeit auf.«

»Würden Sie ihm sagen, dass sein Enkel Randolph Colfax aus Ohio hier ist?«

Der alte Mann hievte sich steif aus seinem Sessel und ging ans Haustelefon. Schon wenige Minuten darauf war er wieder da.

»Er sagt, dass er immer noch beim Frühstück sitzt, aber Sie dürfen heraufkommen. Oberstes Stockwerk, rechts herum, die dritte Tür. Ich fahre Sie hinauf. Der Aufzug ist dort drüben.«

Das Gefährt beförderte ihn ins oberste Stockwerk hinauf, und er wandte sich rechts herum und klopfte an die dritte Wohnungstür. Am mittleren Holzpaneel der Mahagonitür waren ein altmodischer Messingklopfer und ein kleines graviertes Schild angebracht – JAMES HARCOURT, DR. MED. Dann öffnete sich diese Tür, und da stand sein Großvater vor ihm, eine weiße Leinenserviette in der Hand.

»Komm herein, Randolph«, sagte er mit einer überraschend tiefen und kräftigen Stimme. »Ich habe dich erwartet. Deine Mutter hat mir geschrieben, dass du kommen würdest. Hast du schon gefrühstückt?«

»Ja, Großvater. Ich bin früh aufgestanden und zu Fuß gegangen.«

»Dann setz dich und nenne es ein Mittagessen. Ich lasse ein paar frische Rühreier machen.«

Er folgte der hochgewachsenen, sehr dünnen alten Gestalt in ein kleines Esszimmer. Der älteste Mann, den er jemals gesehen hatte, kam in einem makellosen weißen Jackett über einer schwarzen Hose ins Zimmer herein.

»Dies ist mein Enkel«, sagte sein Großvater zu ihm. »Randolph, dies ist mein getreuer Diener Sung. Er hat sich mir vor einigen Jahren angeschlossen, weil ich in der Lage war, ihm … äh, einen kleinen Gefallen zu erweisen. Und seitdem kümmert Sung sich sehr gut um mich. Eier, Sung, Rühreier, frischen Kaffee und Toast.«

Der alte Mann verbeugte sich tief und ging davon. Immer noch dastehend, begegnete Ranns Blick dem der leuchtend blauen Augen seines Großvaters.

»Und warum hast du so lange gewartet mit deinem Besuch bei mir?«, wollte sein Großvater wissen. »Setz dich.«

»Das weiß ich auch nicht«, erwiderte er. »Ich glaube«, fuhr er nach einigen Augenblicken des Nachdenkens fort, »ich glaube, ich wollte das alles hier – die Stadt, die Menschen – zuerst einmal mit meinen eigenen Augen sehen, damit ich es für immer behalte, weißt du, damit es tief in mich einsinkt, so wie es ist … so wie es für mich ist, meine ich natürlich. Wie man es zum Beispiel mit Bildern macht, weißt du – die man, aus welchem Grund auch immer, gut verwahrt weglegt. Denn das ist meine Art des Lernens: sehen, dann staunen, und dann wissen.«

Sein Großvater hatte ihm aufmerksam zugehört. »Das klingt sehr vernünftig«, sagte er jetzt. »Ein analytischer Geist – gut! Nun, da bist du also. Wo sind denn deine Koffer?«

»In meinem Hotel, Großvater.«

»Die musst du sofort holen. Denn wir werden natürlich zusammenwohnen. Ich habe sehr viel Platz hier, vor allem seit meine Frau gestorben ist. Seitdem wohne ich in ihrem Zimmer, nicht mehr in meinem eigenen. Wir haben stets auf getrennte Zimmer Wert gelegt, doch nachdem sie sich auf ihren Weg gemacht hatte, bin ich in ihr Zimmer eingezogen, weil ich glaubte, dass es für sie dann leichter sein würde, mich zu besuchen – was auch der Fall zu sein scheint. Nicht dass sie oft kommt – sie ist eine unabhängige Frau, das war sie immer –, aber wenn sie das Bedürfnis hat oder mein Bedürfnis spürt, kommt sie unverzüglich. Das haben wir vor ihrem Weggehen so vereinbart.«

Er hörte diesen Worten mit Erstaunen und Verwirrung zu. War seine Großmutter nun tot oder nicht? Sein Großvater sprach immer noch.

»Ich würde ja Sung mit dir losschicken, um deine Koffer zu holen, Randolph, aber er hat Angst, nach Manhattan zu fahren. Vor zehn Jahren wurde er von der Polizei gesucht, weil er sich von seinem Schiff davongestohlen hatte. Serena – das ist meine Frau – und ich waren zum Einkaufen auf der Fifth Avenue. Ich glaube, wir suchten nach einer weißen Nerzstola als Weihnachtsgeschenk für sie, als er plötzlich in das Kaufhaus hereingerannt kam, ganz unverkennbar auf der Flucht vor jemandem. Er sprach kein einziges Wort Englisch, aber ich hatte ja zum Glück einige Jahre lang in Peking gelebt, wo ich an dem dortigen hervorragenden Rockefeller-Krankenhaus Forschungsarbeiten betrieben habe. Allerdings bin ich nicht nur Arzt, sondern auch Demograf, musst du wissen – nun, jedenfalls ist mein Chinesisch so fließend, dass ich ihn fragen konnte, was geschehen sei. Und weil ich nun mal keinerlei Verständnis für die Bestimmungen unserer Einwanderungsbehörde für Asiaten habe, versicherte ich ihm, dass er keine Angst zu haben brauche, denn ich würde ihn als meinen Diener anstellen. Und zum Beweis gab ich ihm

sogleich meinen Mantel, damit er ihn für mich trägt, und ging
schnurstracks in die Herrenabteilung mit ihm, wo ich ihm einen
anständigen schwarzen Anzug kaufte und dafür sorgte, dass er
ihn anzog. Und als schließlich die Polizei in das Kaufhaus he-
reinkam, habe ich mich außerordentlich darüber aufgeregt, dass
sie meinen Diener belästigen. Sung lebt mittlerweile schon sehr
lange bei mir, hat aber immer noch große Angst, nach Manhattan
zu fahren, wofür ich jedes Verständnis habe. Nicht weil auch ich
Angst hätte, sondern weil es die reinste Hölle ist. Verlass Manhattan also sofort, mein lieber Junge, und komm hierher.«

»Aber Großvater, ich hatte nicht geplant …«

»Mach niemals Pläne. Tu einfach nur das, was als Nächstes ansteht. Du kannst deine eigenen Wege gehen. Aber es würde mich freuen, meinen einzigen Enkel kennenzulernen, wenn
auch nur kurz.«

Wie konnte er ablehnen? Der alte Herr war charmant. Sung
brachte Rühreier herein, die mit etwas Köstlichem beträufelt
waren –

»Sojasauce«, erklärte sein Großvater.

Rann hatte immer Hunger, und so griff er tüchtig zu, trank
drei Tassen Kaffee mit Zucker und Sahne, aß sich durch einen
ganzen Berg gebutterten Toast mit englischer Marmelade, und
nach einer Stunde machte er sich auf den Weg. »Nimm dir ein
Taxi«, sagte sein Großvater und steckte ihm einen Geldschein
in die Manteltasche. »Ich bin nicht gut darin zu warten.«

Es dauerte beinahe zwei Stunden, bis er mit seinen Koffern zurück war, denn der Verkehr hatte zugenommen im Laufe des
Tages, und die für eine so große Stadt lächerlich schmalen Stra-

ßen waren vollgestopft mit jeder Art von Gefährt. Doch schließlich war er zurück, aufgeregt über das Abenteuer, das ein unbekannter Großvater bedeutete – kein dauerhaftes Abenteuer natürlich, denn nichts war von Dauer außer dem, was er in den Tiefen seines Unterbewusstseins bewahrte, aber doch etwas Neues und jemand, der anders war als alle Menschen, die er je gekannt hatte. Warum hatte seine Mutter ihm nie erzählt, dass sein Großvater einst in China gelebt hatte, und sogar in Peking, einer Stadt, die ihm beim Lesen stets als etwas Verwunschenes erschienen war? Und was hatte es mit der Ehefrau seines Großvaters auf sich? War sie etwa seine Großmutter? Serena! Er konnte sich erinnern, diesen Namen zu Hause schon einmal gehört zu haben. Ein schöner Name für eine Frau, dachte er. Und schließlich war er, das ganze Wesen erfüllt von einem wundernden Staunen, wieder zurück in dem Apartmenthaus. Sung nahm ihm seine Koffer ab und begann sie auszupacken, und sein Großvater führte ihn an ein großes Fenster in dem Zimmer, das das seine werden sollte.

»Dies ist das einzige Zimmer, von dem aus wir hier die Freiheitsstatue sehen können«, erzählte sein Großvater. »Aus dem Grund wollte Serena dieses Zimmer nicht haben. Mit dieser großen Steinfrau, sagte sie immer, könne sie einfach nicht diskutieren. ›Ha – Freiheit!‹ Auf diese Weise redete sie – Serena, meine ich. Immer war sie mit den Problemen anderer Menschen beschäftigt. Sie brauchte nur die Zeitung zu lesen, und schon brach sie nach Washington auf, um dort zu protestieren oder irgend so etwas ... Ellis Island! Tag um Tag war sie dort, um irgendeinem armen Kerl oder sonst wem zu helfen. Also habe ich dieses Zimmer genommen. Aber sie hatte ganz recht, weißt du. Deine richtige Großmutter war sie übrigens nicht. Die Mutter deiner Mutter war meine erste Ehefrau, eine liebe Frau, sanftmütig, aber vermutlich ungebildet – ich konnte nie recht einschätzen, wie viel sie tatsächlich wusste. Meine arme Sarah! Sie ist auch schon tot. Doch sie kommt nie zurück, um mich zu besuchen, nicht einmal jetzt, da ich allein bin ... und ich wage zu behaupten, dass Serena dafür Sorge trägt!«

Er brach in ein ältlich hohes Gelächter aus, war dann aber plötzlich wieder ernst. »Sicher, jetzt, wo du hier bist, könnte Serena eigentlich nachgeben. Ich werde einmal mit ihr reden ... ach nein, das werde ich nicht tun. Es hat keinen Sinn, seine wahre Liebe zu verärgern.«

»Meine Mutter hat mir nie etwas über deine Frau erzählt, Großvater«, murmelte er, da er nicht wusste, was er sagen sollte.

»Oh, natürlich nicht«, erwiderte sein Großvater fröhlich. »Dazu bestand kein Anlass, weißt du. Jeder von uns hat ein eigenständiges Leben. Aber jetzt musst du dich erst einmal eine Weile allein vergnügen, mein Junge. Ich schlafe immer eine Stunde lang vor dem Abendessen, das es um sieben gibt. Siehst du die Bücherborde dort? Wenn ich daran denke, was deine Mutter mir über dich geschrieben hat, kannst du dich sicher selbst beschäftigen.«

Und damit verließ sein Großvater das Zimmer. Rann trat an die Bücherborde. Dort stand eine Biografie über Henry James, und er nahm sie zur Hand und begann zu lesen.

»Ich nehme an«, sagte sein Großvater fröhlich, als sie zum Abendessen bei Tisch saßen, »dass ich dir das mit Serena erklären sollte. Um dir die Wahrheit zu sagen, deine Mutter weiß nichts über sie. Als ihre Mutter starb – meine erste Ehefrau, Sarah –, war ich in Peking. Sarah hatte nicht mit mir nach China gehen wollen. Für sie war es ein Land der Heiden und nicht das, was es wirklich ist, das älteste und kultivierteste Land der Welt. Also bin ich allein dorthin gegangen. Deine Mutter war zu jener Zeit etwa drei Jahre alt. Und Sarah ging zu ihrer eigenen Familie zurück. Genau genommen haben wir nie wieder zusammengelebt, obwohl wir von Gesetzes wegen nicht geschieden waren. Aber wie ich schon sagte, sie starb, während ich in Peking war. Als ich aus China zurückkehrte, unterschied ich mich sehr von dem hochmütigen jungen Mann, der ich gewesen war, als ich in der Überzeugung dorthin ging, ich könnte die Chinesen so vieles lehren. Stattdessen waren sie es, von denen ich lernte.«

»Wie lange warst du dort?«, fragte Rann.

»Ich bin für ein Jahr hingegangen und sieben geblieben«, erwiderte sein Großvater. »Und als ich wieder zurückkam, bin ich in dieses Apartmenthaus hier eingezogen. Ich hatte eine Stelle bei einer privaten Stiftung angenommen – der Stiftung eines sehr reichen Wall-Street-Mannes, der an Bevölkerungsstatistik und Fragen der Weltbevölkerung interessiert war. Mein Büro war gleich dort drüben, nur über die Brücke hinüber, im vierundvierzigsten Stock eines Wolkenkratzers. Und dort habe ich Serena getroffen – genau genommen war sie seine Tochter, ein brillantes, schönes, eigensinniges Geschöpf. Sie verliebte sich zuerst in mich. Ich hatte nicht an Liebe gedacht. Es brachte mich sogar in Verlegenheit – denn sie war so viel jünger als ich. Also ging ich in dieser Angelegenheit zu ihrem Vater. Doch er lachte nur, schickte sie aber für zwei Jahre nach Paris an die Sorbonne. Und dann war sie plötzlich wieder da, stand einfach wie aus dem Boden gewachsen vor meinem Schreibtisch. ›Also, da bin ich wieder‹, sagte sie, ›und immer noch dieselbe.‹«

Er brach wieder in jenes hohe Altmännergelächter aus, das Rann schon einmal von ihm gehört hatte. »›Nun‹, sagte ich, ›dann werde ich Sie wohl ernst nehmen müssen.‹ Was ich dann auch tat, mit dem Ergebnis, dass ich Serena nach einer angemessenen Zeit heiratete – oder vielmehr, sie heiratete mich.«

»Das hat meine Mutter mir nie erzählt«, sagte er.

»Nein, wie auch, sie hat Serena, wie ich schon sagte, ja nie kennengelernt«, erwiderte sein Großvater. »Sie wohnte weiterhin bei ihrer Tante, und ich fuhr sie regelmäßig zweimal im Jahr besuchen, während sie heranwuchs. Serena jedoch meinte, dass sie glücklicher wäre, wenn sie mein Kind nicht zu sehen bekäme. Sie sagte immer, dass Gefühle nicht miteinander vermengt werden dürfen. Doch die kleine Sue wusste stets, wo ich war und dass sie sich auf mich verlassen konnte, wenn nötig. Trotzdem habe ich deine Mutter nach dem Tod deines Vaters nicht gebeten, mit dir hierher nach New York zu kommen und bei mir zu wohnen. Ich hatte das Gefühl, das würde Serena nur verwirren, selbst nach ihrem Tod noch. Und ich wusste ja auch noch gar nicht, ob Serena nicht doch gelegentlich zurückkommen würde. Gegen dich allein wird sie nichts einzuwenden haben – aber zwei Frauen ...«

Sein Großvater schüttelte skeptisch den Kopf. Ein Schweigen breitete sich aus, und einige Augenblicke lang brach keiner der beiden es. Dann ergriff Rann selbst, von Neugier überwältigt, das Wort.

»Großvater, glaubst du wirklich, dass sie – ich meine Serena, deine Frau – dich aufsuchen kommt ... nach ihrem Tod?«

Sein Großvater, der bedächtig sein Eisdessert aß, wischte sich mit seiner großen altmodischen Leinenserviette den Mund ab, ehe er sprach.

»Oh ja, wirklich, mein lieber Junge«, sagte er fröhlich. »Ich weiß natürlich nie wann, genauso wenig wie ich wusste, wann sie des Nachts in mein Zimmer kommen würde, als sie noch lebte. Fast vier Jahre lang nach ihrem Tod kam sie gar nicht. Vermutlich dauert es nach dem Schock des Todes eine gewisse Zeit, bis man sich daran gewöhnt hat. Es muss ein Schock sein zu sterben, genau wie geboren zu werden. Es braucht Zeit … es braucht Zeit. Dies ist eine köstliche Süßspeise, Sung. Davon hätte ich gern noch ein wenig mehr.«

Sein Großvater aß tüchtig und mit Freude. Er wirkte trotz seines Alters so geistig rege, so gesund, so lebendig, dass Rann nicht glauben konnte, dass sein Verstand verwirrt war. Er war sogar überzeugt, dass dem nicht so sei. Dann aber musste sein Großvater Erfahrungen machen, die gewöhnlichen Menschen nicht widerfuhren. Aber er selbst war ja auch kein gewöhnlicher Mensch, sein ewiges Staunen ließ ihn nie zur Ruhe kommen.

»Und nun versuche ich, strikt mithilfe der Wissenschaft der Parapsychologie, herauszufinden«, fuhr sein Großvater fort, »wie genau sie es macht, oder wie ich es mache. Es ist wahrscheinlich eine Kombination, die auf meiner Seite bisher noch auf reinem Zufall beruht. Aber mit der Zeit, wenn ich mich erst einmal ausführlicher damit beschäftigt habe, werde ich die exakte Technik herausfinden. Ich bin Wissenschaftler, Randolph. Das habe ich in China gelernt. Ich weiß nicht, wie viel du über meine Arbeit weißt. Es begann mit meinem Interesse am Herzen als dem Zentrum des Lebens.«

»Leider nichts, Großvater.«

»Oh, nun, das überrascht mich nicht. Meine erste Ehefrau war eine liebe, gute Frau, so wie deine Mutter eine ist, aber nur von gewöhnlichem, wenn auch intelligentem Geist. Deine Mutter, meine Tochter, habe ich nie gut genug kennengelernt, um mit ihr über meine Arbeit zu sprechen. Doch du hast einen außergewöhnlichen Geist. Das kann ich erkennen – ich habe es sogar schon in dem Augenblick erkannt, als du zur Tür hereinkamst.«

Er war durchdrungen, inspiriert, angetrieben von seinem Staunen, seiner unersättlichen Neugier. »Wie konntest du das wissen, Großvater?«

Sein Großvater schob den Teller, von dem er mit solcher Freude gegessen hatte, von sich, und Sung räumte ihn ab und verschwand. Dann waren sie allein.

»Ich werde dir etwas erzählen, was ich noch niemandem erzählt habe, seit Serena tot ist«, begann sein Großvater. »Ich wurde mit einer seltenen Gabe geboren. Serena besaß sie bis zu einem gewissen Grad ebenfalls, und deshalb konnte ich mit ihr offen darüber reden, so wie über alles andere auch. Es kann sein, dass auch du etwas von dieser Gabe hast, obwohl sie sich wahrscheinlich auf andere Art äußert. Vielleicht willst du mir davon erzählen. Bei mir äußert sie sich in Farben.«

»In Farben, Großvater?«

»Ja, das Wort ›Aura‹ benutze ich nicht gern, denn das ist der Jargon von Wahrsagern und Schwindlern, die ihr Geld mit falscher Mystik und derlei Unsinn verdienen. Ich bin Wissenschaftler, habe zuerst Medizin und dann Elektrotechnik studiert. Ich verstehe – bis zu einem gewissen Grad – etwas vom Zusammenspiel elektrischer Wellen. Wir alle sind Teil eines solchen Zusammenspiels. Unter der Voraussetzung der richtigen Kombination von Energien ist der Mensch das Ergebnis ... einer Kristallisation, wenn du so willst. Oder auch der Hund oder der Fisch oder das Insekt, jegliche Manifestation. Und wenn wir ›sterben‹, wie wir es nennen, wechselt die Kombination lediglich von dieser Form in eine andere. *Veränderung* ist das Losungswort. Das Universum ist ständig in Bewegung, und wir sind Teil dieser Veränderung. Nichts wird zerstört, nur verändert. Worin die Veränderung, die wir Tod nennen, besteht, interessiert mich in meinem Alter naturgemäß in hohem Maße. Ich bezweifle jedoch, dass ich die wahre Erklärung dafür finden werde, ehe ich selbst diese Veränderung durchmache, was wahrscheinlich noch nicht allzu bald der Fall sein wird, denn ich habe Langlebigkeit und Gesundheit geerbt – so wie auch du, von mir.«

Oh, sein beharrlicher Geist! Rann schämte sich halberlei dafür. »Aber was meintest du mit den Farben, Großvater?«, hakte er noch einmal nach.

»Ach ja«, erwiderte sein Großvater. »Aber ich habe es nicht etwa vergessen, mein lieber Junge! Ich vergesse nie etwas, genauso wenig wie du. Es war nur nötig, diese Erklärungen vorauszuschicken. Nun, mein ganzes Leben lang habe ich um lebendige Geschöpfe herum Farben gesehen und am stärksten natürlich um die Kristallisationen herum, die wir Menschen nennen.«

»Siehst du auch um mich herum eine Farbe?«

»Oh, sehr deutlich.«

»Was für eine Farbe denn, Großvater?«

»Mehr als nur eine.«

Sein Großvater betrachtete seinen Kopf und schwieg einen Augenblick lang. »Grün ist vorherrschend – so wie ich deine Ausstrahlung wahrnehme –, ein lebendiges, vitales Grün, was besagt, dass die Lebensenergie in dir sehr stark ausgeprägt ist. Dies geht fließend über in ein kräftiges Blau – bei dir gibt es nichts Blasses! Und das Blau verläuft an den Rändern ins Gelbe hinein. Gelb bedeutet Intelligenz, Blau Integrität. Du wirst jedoch kein einfaches Leben haben. Alles in dir – deine Gefühle, deine Entschlossenheit, dein Idealismus – ist sehr stark ausgeprägt. Du wirst leiden, so viel steht fest. Aber das weißt du bereits, denn du bist ein schöpferischer Mensch.«

»Nur in welcher Hinsicht, Großvater? Ich spüre das Verlangen in mir, mich schöpferisch zu betätigen – aber wie?«

Er sprach mit großer Eindringlichkeit, die Ellbogen auf das weiße Tischtuch gestützt, Silberbesteck und Porzellan beiseitegeschoben und alles vergessend außer dem, was sein Großvater sagte.

»Dafür ist es noch zu früh, Junge!«, sagte sein Großvater ernst. »Noch viel zu früh! Du hast verschiedene Talente – aber Talent ist lediglich ein Mittel, ein Werkzeug, das man benutzt. Du musst erst noch dein Material finden, und dazu braucht es Wissen, Lernen und Wissen. Wenn du genug gelernt hast, wenn du genug weißt, wird dein eigenes Talent dich führen – nein, dich zwingen, dich drängen, dich nötigen. Sei also ganz gelassen, mein lieber Junge! Bereise die Welt, schaue hin und höre zu. Aber verschwende dich nie. Nutze deinen Körper und deinen Geist. Und vergiss nie, auch den Körper zu pflegen – dein Körper ist das wertvolle Behältnis deines kostbaren Talents. Halte deinen Körper rein und frei von Krankheiten.«

Sie sahen einander in die Augen, er in die leuchtend blauen seines Großvaters, dieser in seine eigenen dunklen, deren Blick so lebhaft und eindringlich war. Sein Großvater stieß einen tiefen, zittrigen Seufzer aus.

»Serena!«, murmelte er. »Siehst du, wer zu uns zu Besuch gekommen ist?«

Dann standen sie schweigend vom Esstisch auf und gingen in die Bibliothek hinüber, wo Rann, immer noch schweigend und in Gedanken versunken, dasaß, während sein Großvater am anderen Ende des Zimmers auf einer kleinen Pfeifenorgel spielte. Es war etwas von Bach – eine wohlgeordnete, koordinierte, wissenschaftlich schöne Musik, ein Ganzes, geschaffen aus kontrollierten Teilen. Kontrolle, dachte Rann. Das war der Schlüssel zum Leben – Kontrolle des Selbst, der Zeit, des Willens.

Mittlerweile war vielleicht eine Woche vergangen. Und im Laufe dieser Woche hatte er seinen Großvater nur selten zu Gesicht bekommen. Jeden Morgen nach dem Frühstück hatte dieser ihm munter verkündet, dass er Arbeit zu erledigen habe, und so konnte Rann bis zum Abendessen nach Belieben seine Streifzüge machen.

»Herumlaufen ist nie eine Verschwendung, mein lieber Junge«, sagte sein Großvater. »Bei solchen Streifzügen wirst du auf vieles treffen, das dich in Staunen versetzt, und das Staunen ist der erste Schritt zum Schöpferischen.«

An diesem Abend waren sie nach dem Essen wie üblich in die Bibliothek gegangen, um sich zu unterhalten, zu lesen, Musik zu hören oder gar Schach zu spielen. Auf einem Schachtisch aus Korea stand dort ein großartiges, aus weißem und schwarzem Marmor geschnitztes Ensemble von Schachfiguren. Sein Großvater war ein vorzüglicher Schachspieler, und obwohl sein eigener Vater ihm das Spiel beigebracht hatte, hatte Rann bis jetzt noch nicht ein einziges Mal gegen seinen Großvater gewonnen.

»Ich könnte dich natürlich gewinnen lassen, um so zu verhindern, dass du womöglich entmutigt wirst, mein lieber Junge«, bemerkte sein Großvater, »aber das werde ich aus Achtung vor deiner Intelligenz nicht tun. Mit der Zeit wirst du mich schon überflügeln, denn du lernst, wie ich sehe, jedes Mal aus deinen Fehlern. Du bringst dir die Dinge selbst bei, das ist wahres Lernen.«

Heute Abend jedoch würde es anscheinend kein Schachspiel geben. Es war ein kalter Abend, der Himmel bedeckt, und an den Fenstern trieben die ersten Schneeflocken vorüber. Sung kam herein und zog die langen Samtvorhänge vor die Fenster, schürte das Kaminfeuer an und ging wieder. Sein Großvater öffnete eine kleine Lederschatulle und zog eine Lupe daraus hervor. »Es ist eine sehr gute, die ich vor Jahren einmal in Paris erworben habe«, sagte er und öffnete dann ein Silberkästchen.

»Um dir zu beweisen, dass Serena mich wirklich besuchen kommt, wenn du denn Beweise brauchst«, begann sein Großvater, »zeige ich dir diese Fotografien hier, die ich regelmäßig von ihr gemacht habe, seit sie zu Besuch kommt. Ich habe in meinem Zimmer eine Kamera aufgestellt und eine Reihe von Bildern gemacht, während sie dabei war, sich zu materialisieren. Und dies hier sind die Fotografien. Sieh dir jede einzelne bitte sehr sorgfältig an. Du wirst mich in einem Sessel in Serenas

Zimmer sitzen sehen. Wenn mein Gesicht dir seltsam erscheint, so liegt das daran, dass ich mich auf das Nichts konzentriere. Üblicherweise dürfte das Trance genannt werden. Ich habe in Indien gelernt, wie man in das Nichts eintritt. Mir gefällt dieser Zustand nicht, denn ich verliere mich dabei selbst. Aber ich weiß, dass Serena auf andere Weise nicht mit mir kommunizieren kann. Ich wage sogar zu behaupten, dass auch andere Tote mit mir kommunizieren könnten, wenn ich es denn wollte. Aber ich will es nicht. Zu gegebener Zeit werde ich ohnehin dort sein, wo sie sind. Serena jedoch brauche ich von Zeit zu Zeit.«

Rann nahm die Fotografien eine nach der anderen aus der vornehmen alten Hand seines Großvaters entgegen. Die erste zeigte lediglich den alten Mann, wie er bequem in einem Sessel dasaß. Die nächste zeigte, wie hinter diesem Sessel eine leichte Andeutung von Dunst aufstieg. Auf jedem Bild wurde dieser Dunst stärker und konturierter, bis sich in seinem Zentrum klar und immer klarer das lebhafte Gesicht einer schönen Frau abzeichnete.

Ihr Körper blieb im Dunst verborgen, aber die Augen, die Gesichtszüge leuchteten.

»Du siehst sie«, rief sein Großvater triumphierend aus. »So sah sie aus, als sie am schönsten war, bei Gesundheit und in voller Blüte, ehe die Krankheit und das Alter sie angriffen.«

»Spricht sie mit dir, Großvater?«, fragte er.

»Ich höre ihre Worte nicht so wie die deinen«, erwiderte sein Großvater, »aber ich nehme eine Kommunikation wahr – ja. Ich kann es dir auch nicht erklären. Es ist eine Art Wahrnehmung. Ob auch du sie hören könntest, wenn sie jetzt hier erscheinen würde, kann ich dir nicht sagen. Ich weiß nicht einmal, ob sie in dem Fall überhaupt kommen würde. Es will mir eher so erscheinen, als kostete es sie einiges an Anstrengung, so wie auch mich, damit wir beide die Grenzen überschreiten können.«

Sein Großvater sprach so selbstverständlich, mit solch einer Akzeptanz und Überzeugung, dass Rann keine weiteren Fragen mehr stellte.

»Danke, Großvater«, sagte er.

Sehr sorgfältig sortierte sein Großvater die Fotografien wieder der Reihe nach und legte sie zurück in das Kästchen. Dann sagte er mit einer sanften, von Liebe durchdrungenen Stimme ruhig: »Mein lieber Junge, es ist an der Zeit, dass du deine Reise fortsetzt. Ich habe kein Recht, dich hier in diesem alten Apartment festzuhalten, das von einem alten Mann bewohnt wird und von dem Geist einer Frau, die schon im Jenseits lebt. Es war mir eine Freude, dich hier zu haben, und du musst oft zurückkehren. Sollte ich sterben, ich meine, zu früh sterben, noch vor deiner Rückkehr, so habe ich dafür gesorgt, dass Sung die Wohnung für dich in Ordnung hält. Und sollten Sung und ich beide sterben, so wird die Wohnung dir trotzdem zur Verrfügung stehen. In allen Hauptstädten der Länder, die du bereist, wird Geld für dich hinterlegt sein. Denn du musst in die Welt hinausziehen und das Zentrum deines Interesses finden. Ja, du bist ein schöpferischer Mensch, aber zuerst musst du dein ureigenes Interesse finden und dich diesem Interesse dann vollkommen widmen – nicht dem schöpferischen Akt. Das Verlangen allein, dich schöpferisch zu betätigen, wird es dir niemals ermöglichen, etwas zu erschaffen. Du musst ein Interesse finden, das größer ist als du selbst – eine Liebe vielleicht –, dann wird die schöpferische Kraft in dir lodern.«

»Ich verstehe, Großvater«, erwiderte Rann ruhig. »Danke, dass du mich fortschickst. Das ist wie eine Befreiung für mich, sogar von mir selbst.«

Er ging an Bord eines Schiffes, um den Atlantischen Ozean zu überqueren, auf seinem Weg gen Osten – ein abschweifender, mäandernder Weg –, nach China, so wie einst sein Großvater gereist war. Er hätte natürlich fliegen und nach einigen Stunden schon dort ankommen können, doch er wollte mehr wissen, mehr sehen, viel, viel mehr, ehe er das alte Land erreichte, das seinem Großvater so viel bedeutet hatte und immer noch bedeutete. Und deshalb entschied er sich für die langsame Annäherung, in der Hoffnung, die alten Länder des Westens zu sehen und einen Kontrast zu Asien zu haben, und auch weil er Zeit haben wollte, das Meer kennenzulernen. Er hatte sein Leben nur im Landesinneren verbracht, in einem von Land umschlossenen Bundesstaat, bis er nach New York kam, und auch wenn er dort oft an den Hafen gegangen war und zugesehen hatte, wie die großen Schiffe ihre Anker lichteten, hatte er doch stets festen Boden unter den Füßen gehabt. Und jetzt war er an Bord eines Schiffes, das Meer war rau, der Himmel grau, und bewohnte eine kleine Kajüte ganz für sich allein, denn es waren nur wenige Passagiere an Bord, weil keine Saison war.

Und wohl auch deshalb, weil keine Saison war und nur so wenige Passagiere an Bord, lernte er den Kapitän und den Ersten Offizier sowie einige Männer der Mannschaft kennen. Die Seeleute waren aus anderem Holz als die Männer an Land. Staunend betrachtete er sie und hörte sich ihre einfachen Geschichten an, einfach nur in der Sprache, denn manchmal handelten sie von furchtbaren Erlebnissen wie Schiffbruch. Schiffbruch! Seine Vorstellungskraft, die sich immer viel zu schnell regte, malte sich die erbarmungswürdigen kleinen Rettungsboote aus, wie sie auf dem unendlich weiten Ozean schaukelten, auf dem schönen, aber grausamen Ozean. Und dennoch begann er das Meer zu lieben, und sein Lieblingsplatz auf dem Schiff wurde der Bug, wo er Stunde um Stunde einfach nur dastand, die Ellbogen auf den runden Mahagonihandlauf der Reling gelehnt, der auf Befehl des Kapitäns jeden Tag erneut auf Hochglanz poliert wurde. Dort stand er, wie eine geschnitzte Galionsfigur der Jugend, und sah zu, wie der spitze Schiffsbug das grünblaue Wasser in zwei große, weiß aufschäumende Wellen teilte. Er betrachtete es und spürte es mit allen Fasern seines Seins. Dieser Anblick der sich so lebhaft verändernden Meereslandschaft sank tief in ihn ein, über ihm der violettblaue Himmel, unter ihm die weiße Gischt, und immer würde er sich an die scharfen Konturen des Schiffes erinnern und an das Gefühl, wenn der frische salzige Wind ihm über das Gesicht strich und ihm die Haare zerzauste. Er aß üppige Mengen einfacher, herzhafter Mahlzeiten, schlief des Nachts, eingelullt vom ewigen Auf und Ab des Schiffes, traumlos und erwachte sodann zu einem weiteren Tag in dem Wunsch, dass diese Reise niemals enden möge, nur um sich schon bald darauf danach zu sehnen, dass sie doch enden möge, weil es ja noch so vieles andere zu sehen gab.

Es war am dritten Tag der Überfahrt, als er die Frau zum ersten Mal sah. Sie war zuvor noch nie erschienen, und ihr Platz am Kapitänstisch stets leer geblieben. Ja, er hatte nicht einmal von ihrer Existenz gewusst. Vielleicht war sie seekrank gewesen, dachte er, und aus diesem Grund bisher in ihrer Kajüte geblieben. Das Meer war recht rau gewesen bis zu diesem dritten Tag, und der Wind blies noch immer heftig, trotz Sonnenscheins und klaren Himmels, wahrscheinlich der Ausläufer eines entfernten Sturms. Doch das Schiff glitt mühelos dahin in den Wellen; vielleicht weil es für seine Länge zu schmal gebaut war, um Geschwindigkeit zu machen? Nun, jedenfalls war der Platz dieser Frau am Kapitänstisch stets leer geblieben. Und dann erschien sie auf einmal in der breiten Tür des Speisesalons – stand einfach da und blickte sich irgendwie unschlüssig um. Sie hatte sich für dieses Abendessen ein elegantes grünes Kleid angezogen, mit langen Ärmeln, aber tief dekolletiert, das passend zu ihrer schlanken Figur ganz gerade und schmal bis zu ihren Füßen hinabfiel. Sogar ihre Schuhe waren grün. Und gekrönt wurde diese aufrecht dastehende Gestalt von leuchtend rotem Haar, das, zu einem üppigen Knoten am Hinterkopf geschlungen, im Lampenlicht schimmerte wie ein rotgoldener Helm. Einen so schönen Menschen hatte Rann noch nie zuvor gesehen, und so starrte er sie unverhohlen an. Aber das taten alle anderen auch. Ein Schweigen breitete sich unter den Passagieren aus. Und sie betrachtete alle seelenruhig, ohne ein Lächeln, mit ihren dunklen Augen, die so braun waren, dass sie fast schon schwarz wirkten.

Der Kapitän stand auf und zog ihren Stuhl unter dem Tisch hervor. »Kommen Sie doch herein, Lady Mary. Wie schön, dass Sie endlich zu uns stoßen. Wir warten schon seit drei Tagen auf Sie.«

Er war Schotte und sprach mit kehligem Akzent. Sie bedachte ihn mit einem leichten Lächeln und machte sich langsam auf den Weg zum Kapitänstisch. Doch als sie an Ranns Tisch vorbeikam, geriet das Schiff auf einmal, von einer großen Welle getroffen – jede siebte Welle ist so ein Kaventsmann, hatte der Zweite Offizier ihm anvertraut –, ins Schlingern, und sie wäre hingefallen, wenn er nicht von seinem Stuhl aufgesprungen wäre und sie in seinen Armen aufgefangen hätte.

»Vielen Dank«, sagte sie mit einer klaren weichen Stimme und hielt sich noch an seinem Arm fest, bis sie ihren Stuhl erreicht hatte.

Als Rann danach an seinen eigenen Platz zurückkehrte, konnte er an nichts anderes mehr denken als nur daran, wie weich ihr schlanker Körper unter dem grünen Satinkleid sich angefühlt hatte. Sie war nicht mehr allzu jung, dachte er und versuchte, nicht unablässig aus dem Augenwinkel zu ihr hinüberzuspähen, wo er ihr Profil sehen konnte, ein schönes Profil, wenn auch vielleicht etwas zu ausgeprägt für echte Schönheit, aber doch irgendwie schön. Allzu jung war sie zwar nicht mehr, doch alt auch noch nicht – dreißig oder fünfunddreißig vielleicht? Was immer noch doppelt so alt war wie er, wenn auch nicht alt genug – nicht wirklich –, um seine Mutter zu sein. Er konnte sie sich nicht als eine Mutter vorstellen. Lady Mary hatte der Kapitän sie genannt, das hieß, dass sie Engländerin war und vielleicht sogar irgendwo in einem alten Herrenhaus lebte. Aber es war doch recht unwahrscheinlich, dass sie auf einen so jungen Mann aufmerksam werden würde. Und eigentlich wünschte er sich ihre Aufmerksamkeit auch gar nicht, dazu war er noch zu jung. Wenn auch nicht mehr zu jung, um ihre lebhafte Gesichtsfarbe und ihre geschmeidige Anmut zu bemerken, so wie er alles bemerkte. Mit einem leichten Lächeln auf den Lippen hörte sie dem Kapitän zu, der mit ihr sprach. Und sie aß auch mit gutem Appetit, was ihn überraschte, da sie so schlank war.

Die Leute hatten sich unterdessen an ihre Anwesenheit gewöhnt und unterhielten sich wieder, doch Rann beteiligte sich kaum am Tischgespräch oder nur so, wie er sich immer beteiligte, indem er selbst wenig sagte, aber den Klang ihrer Stimmen, ihr wechselndes Mienenspiel, ihre Haltungen, ihre Art zu essen, ja alle Einzelheiten des Lebens, auch wenn sie für sich genommen nutzlos zu sein schienen, tief in sich einsinken ließ. Denn das war die Art, wie er lebte, und er konnte nun einmal nicht anders, als immer alles um sich herum aufzusaugen.

Lady Mary wäre für ihn vielleicht nichts weiter als ein bald vergessener Teil des Schiffslebens gewesen, dieser kleinen, in sich geschlossenen, zwischen Ozean und Himmel eingezwängten Welt, wenn er am nächsten Tag, einem windigen sonnigen Morgen, als er wieder an seinem üblichen Platz im Schiffsbug stand, nicht plötzlich eine Hand auf seinem Arm gespürt und sie dicht neben sich stehen gehabt hätte, vom Hals bis zu den Knien eingeknöpft in einen silbergrauen Regenmantel.

»Sie stehen an meinem Platz, junger Mann«, sagte sie aus nächster Nähe. »Wann immer ich auf einem Schiff bin, ist mein Platz hier im Bug.«

Er erschrak derart, dass er einen Schritt zurückwich und ihr auf den Fuß trat. Sie zog eine Grimasse, dann lachte sie.

»Was für ein schwerfüßiger Bursche Sie sind!«, rief sie in den Wind hinein.

»Oh, das tut mir leid … wirklich leid«, stammelte er, doch sie lachte nur, hakte sich bei ihm unter und zog ihn mit sich.

»Hier ist sicher auch Platz für uns beide«, sagte sie und blieb ganz vorne im Bug stehen, immer noch untergehakt bei ihm, während ihr leuchtend rotes Haar im Wind flatterte.

Und so stand er also da, verbunden mit ihr, im starken West-wind, der sie an ihn drückte. Gemeinsam und doch ganz von-einander getrennt und in vollkommenem Schweigen sahen sie aufs Meer hinaus. Es mochte eine Stunde vergangen sein, bevor einer von ihnen sich bewegte oder etwas sagte, doch die ganze Zeit über war er sich ihrer auf eine seltsame neue Art bewusst, scheu und zugleich auch nicht scheu. Dann trat sie schließlich einen Schritt zurück und ließ ihn los.

»Ich gehe wieder unter Deck«, sagte sie, »denn ich muss noch Briefe schreiben. Ich hasse es, Briefe zu schreiben, Sie nicht auch?«

»Ich habe nur meine Mutter und meinen Großvater, und bei-den habe ich noch nicht geschrieben«, erwiderte er.

»Oh, das sollten Sie aber tun, das müssen Sie«, forderte sie ihn auf. »Geben Sie Ihre Briefe in die Schiffspost, dann wer-den sie versendet, sobald wir an Land gehen. Ich gebe Ihnen ein paar englische Briefmarken.«

Mit einem Kopfnicken wandte sie sich ab und ließ ihn, so seltsam allein und ruhelos, wie er sich fühlte, dort im Bug ste-hen. Aber er wollte nicht allein dort stehen bleiben. Es war ihm bisher noch gar nicht in den Sinn gekommen, seiner Mutter oder seinem Großvater zu schreiben, bevor er England erreichte. Von dort würde es doch so viel mehr zu erzählen geben – von Lon-don, zum Beispiel. Jetzt aber fand er, dass sie recht hatte – er soll-te ihnen schreiben. Die Briefe könnten so viel früher versendet werden. Und deshalb ging auch er unter Deck, suchte sich im Speisesalon eine ruhige Ecke und schrieb zwei Briefe, die bei-de erstaunlich lang wurden. Es lag etwas Vergnügliches in dem Versuch, einige der Eindrücke von Ozean, Himmel und Schiff in geschriebene Sprache zu fassen. Von Lady Mary schrieb er nicht ein Wort; er hätte auch gar nicht gewusst, was er über sie schreiben sollte. Was würden seine Mutter und sein Großvater denken, wenn er sie hervorhob? Und warum überhaupt sollte er sie, genau genommen, hervorheben, eine Frau, die fast alt genug war, um seine Mutter zu sein? Wenn auch nicht ganz –

»Wohin wollen Sie in England denn nun reisen?«, fragte Lady Mary unvermittelt.

Dies war der letzte Tag auf dem Schiff. Am nächsten Vormittag würden sie noch vor zwölf Uhr mittags Southampton erreichen und an Land gehen. Und dort würde er den Zug nach London nehmen. Sein Großvater hatte ihm genaue Anweisungen gegeben.

»Zuerst einmal nach London. Mein Großvater hat mir dort eine Unterkunft genannt – ein kleines Hotel, sehr sauber«, erzählte er ihr jetzt.

»Wie seltsam, dass Sie ganz allein reisen«, sagte sie.

»Meine Eltern wollten diese Reise eigentlich gemeinsam mit mir machen«, fuhr er fort, »aber dann wurde mein Vater plötzlich krank und starb. Und danach meinte meine Mutter, dass er sicher gewollt hätte, dass ich die Reise auf jeden Fall mache. Ich bin ja … nun, noch recht jung fürs College, wissen Sie.«

»Wie alt sind Sie denn?«, fragte sie mit ihrer hübschen silbrigen englischen Stimme.

»Sechzehn«, sagte er zögernd und halb beschämt darüber, dass er noch so jung war.

»Sechzehn! Oh, ich meine … doch nicht im Ernst!«, rief sie aus. Er nickte, und sie starrte ihn an.

»Aber Sie sind so … so enorm groß! Ich hätte gesagt zwanzig, mindestens. Amerikaner sehen ohnehin immer so jung aus – ja, zwanzig … zweiundzwanzig vielleicht. Um Himmels willen, Sie *Kind*! Sie können doch nicht ganz allein in der Welt umherstreifen! Wo wollen Sie denn letztlich hin?«

»Nach China«, sagte er nur.

Ihr stockte der Atem, und dann brach sie in schallendes Gelächter aus. »Nach China! Oh, so ein Unsinn! Warum denn ausgerechnet nach China?«

»Mein Großvater hat sieben Jahre lang dort gelebt, und er sagt, dass die Chinesen die weisesten und kultiviertesten Menschen auf der Welt sind.«

»Aber Sie sprechen doch sicher nicht Chinesisch, oder?«

»Es fällt mir sehr leicht, Sprachen zu lernen.«

»Welche Sprachen sprechen Sie denn schon?«, fragte sie.

»Englisch, Französisch, Deutsch, Italienisch – und ein bisschen Spanisch. Das wollte ich in diesem Jahr lernen. Und ich hätte es auch schon getan, aber mein Vater meinte, die Literatur der anderen Sprachen sei wichtiger. Außerdem fahre ich vielleicht auch nach Spanien. Dort ist es dann ganz einfach für mich, die Sprache aufzuschnappen. Latein übrigens natürlich nicht mitgezählt – das ist ja sowieso Grundlage.«

Sie betrachtete ihn mit einem neugierigen Blick aus sehr dunklen Augen. »Jetzt hören Sie einmal«, sagte sie entschlossen. »Sie werden nicht allein nach London in irgendein kleines Hotel fahren. Sie kommen mit mir. Ich habe ein altes Herrenhaus außerhalb von London, und von dort aus können Sie alles über England lernen.«

»Aber – «

»Kein aber – Sie werden tun, was ich sage! Ich lebe eigentlich allein, seit mein Mann im Krieg gefallen ist – Sir Moresby Seaton. Es wird mich aufheitern, einen jungen Menschen im Haus zu haben. Verwandte kann ich nicht ertragen. Und wer weiß? Vielleicht begleite ich Sie sogar nach China. Ich bin ja schließlich auch nach Amerika gefahren, was fast genauso seltsam ist. Und noch dazu war ich mehr oder weniger allein unterwegs – und habe mich fabelhaft amüsiert. Amerikaner sind wirklich sehr gesprächig, nicht wahr? Sie allerdings nicht! Sie sind ein schweigsamer Bursche.«

»Ich höre gern zu«, sagte er, »und betrachte.«

»Es ist ein sehr altes Anwesen«, begann Lady Mary nun zu erzählen, »und hat eine lange Geschichte in der Familie meines Mannes. Er war der letzte männliche Nachkomme, und wir haben leider keine Kinder. Seine Schuld oder meine, wer weiß … ach, wen kümmert's? Er war zwar recht altmodisch –›traditionell‹ wäre vielleicht der bessere Ausdruck, denn er liebte den Sport, Sie wissen schon, die Jagd und all diese Dinge –, aber er war der Überzeugung: Wenn man keine Kinder hat, nun, dann hat man eben keine. Und so wird das Herrenhaus nach meinem Tod an einen Neffen übergehen – ein netter Kerl, zwanzig Jahre älter als Sie, verheiratet und Vater von drei Söhnen. Es wird also auch weiterhin Seatons auf diesem Anwesen geben, und nur darauf kommt es an. Komischerweise bin ich inzwischen froh, dass ich keine Kinder habe. So kann ich ganz ich selbst sein – ohne mich aufteilen zu müssen. Kinder teilen eine Frau auf seltsame Weise in verschiedene Teile. Und dann ist man nie mehr ein Ganzes, immer fehlt etwas. Ich werde auch nicht mehr heiraten – nie wieder! Das habe ich bereits beschlossen. Aber nicht etwa aus Gefühlsduselei, oh nein – sondern weil ich gern allein bin. Ich glaube nicht an den einen Einzigen … auch wenn ich meinen Mann sehr geliebt habe. Oh ja, ich war glücklich verheiratet … das heißt, glücklich genug.«

»Aber warum – «, begann Rann, doch sie unterbrach ihn auf ihre freundlich rücksichtslose Art.

»Warum ich Sie dann zu mir einlade? Das ist eine Frage, die ich Ihnen nicht beantworten kann. Sie sind ein Mensch, der ganz er selbst ist – auch wenn Sie noch sehr jung sind. Ich weiß nicht, wer Sie sind … nur, dass Sie nicht allzu amerikanisch auf mich wirken und ganz aus sich selbst heraus leben. Keine Sorge, ich werde Sie nicht behelligen. Es steht Ihnen frei, zu kommen und zu gehen, wie Sie wollen. Und diese Freiheit nehme ich mir auch. Aber das verstehen Sie sicher nur zu gut. Ich habe das seltsame Gefühl, dass Sie überhaupt alles verstehen. Sie haben so etwas an sich … ich weiß nicht … so etwas Altes und Weises … und Ruhiges – sehr seltsam! Sie sind vermutlich das, was man in Indien ›eine alte Seele‹ nennen würde. Wir sind einmal in Indien gewesen, mein Mann und ich, wissen Sie. Eigentlich waren es unsere Flitterwochen. Wir wollten gemeinsam das Taj Mahal bei Mondschein sehen – banal, nicht wahr? Aber ich bin froh, dass wir es gemacht haben. Das werde ich nie vergessen. Und danach haben wir uns dann richtig für Indien interessiert. Ich bin überzeugt davon, dass es auf der ganzen Welt kein anderes Land gibt, wo man so sehr das Gefühl hat, dass die Menschen schon alt und weise geboren werden und – *wissend*. Und dieses *Wissende* haben Sie auch.«

Rann lachte. »Und trotzdem verstehe ich nicht einmal, was Sie mit diesem Wort meinen!«

»Sie sind auch noch sehr jung«, entgegnete sie. »Und Sie wurden nicht in Indien geboren. Sie wurden in einem sehr neuen, vorlauten, jungen Land geboren – was ein großer Fehler war, fürchte ich!«

Lady Mary lachte noch einmal, und dann schwiegen sie beide, eine ganze Zeit lang, doch völlig unbefangen. Das war es, was ihn verwirrte. Er fühlte sich so wohl in ihrer Gegenwart, als würde er sie schon ewig kennen. Und dennoch war sie eine Fremde, die ein Leben führte, das sich von dem seinen gänzlich unterschied. Eine Aufregung erfasste ihn, und es war mehr als nur die Aufregung, in ein fremdes Land zu reisen.

Die Abenddämmerung brach schon herein, als sie durch ein kleines Dorf fuhren und er in einigen Meilen Entfernung inmitten einer weitläufigen Landschaft sanft geschwungener Hügel den Umriss einer mit Zinnen bestückten Mauer und darüber die spitzen Dächer eines herrschaftlichen Anwesens daliegen sah.

»Wilhelm der Eroberer hat es zunächst als Burg erbauen lassen«, begann Lady Mary zu erzählen, »und fünfhundert Jahre lang war es ein Königssitz. Erst danach ging es als Belohnung für eine ehrenhafte Heldentat im Krieg an einen Vorfahren meines Mannes. Und seitdem haben dort immer Seatons gelebt, bis jetzt. Ich verdanke es vermutlich nur der Großzügigkeit jenes Neffen, dass ich … aber nein, mein Mann hat darauf bestanden, dass ich das Recht habe, mein Leben lang hier zu wohnen, wenn ich will. Aber ich wage zu behaupten, dass ich eines Tages doch noch einmal woanders wohnen möchte – vielleicht sogar mit jemandem zusammen, wenn auch nicht verheiratet – oder auch allein, wenn es mir dann immer noch zusagt, allein zu sein.«

Unterdessen kamen sie dem alten Herrenhaus immer näher, und auf einmal flammten dort alle Lichter auf, und hell leuchtend stand es vor dem dunkler werdenden Himmel da.

»Es ist *wirklich* schön«, murmelte sie vor sich hin. »Ich vergesse immer wieder, wie schön es ist, bis ich von einer längeren Reise zurückkehre. Bisher bin ich stets allein zurückgekommen. Aber es gefällt mir ganz gut, jetzt mal jemanden bei mir zu haben – was mich selbst überrascht, da ich nach Moresbys Tod – Morey habe ich ihn genannt – immer allein hierher zurückgekehrt bin.«

»Was für ein Glück ich habe!«, warf Rann ein. »Das ist wirklich sehr viel besser, als allein durch London zu streifen – obwohl auch ich es gewöhnt bin, allein zu sein, als Einzelkind zu Hause und immer der Jüngste unter meinen Schulkameraden.«

»Konnten die anderen in der Schule denn etwas mit Ihnen anfangen?«, fragte sie neugierig. »Sie müssen doch ein brillanter kleiner Zwerg gewesen sein unter lauter großen, dummen Riesen!«

Einen Augenblick lang hing er nachdenklich Erinnerungen nach. »Ich glaube, sie mochten mich nicht«, erwiderte er schließlich.

Lady Mary lachte. »Wie sollten sie denn auch? Sie haben Sie gehasst! Gewöhnliche Menschen hassen die rar gesäten, überaus intelligenten Exemplare immer! Hat es Ihnen etwas ausgemacht?«

»Ich weiß nicht. Eigentlich hatte ich gar keine Zeit, darüber nachzudenken«, erwiderte er. »Ich war immer viel zu beschäftigt – damit, etwas zu machen, zu lesen, Gespräche mit meinem Vater zu führen –«

»Ihr Vater hat Ihnen alles bedeutet, nicht wahr?«

»Ja.«

»Und dann ist er gestorben.«

»Ja.«

»Und es gab sonst niemanden?«

Rann zögerte kurz, ehe er antwortete. »Doch ... einen Professor – ein äußerst brillanter Mann, aber ...«

»Sie sind nicht mehr miteinander befreundet?«

Sie hatte eine sanfte, beharrliche Art an sich. Er war drauf und dran, ihr von Donald Sharpe zu erzählen, aber dann tat er es doch nicht. Er hatte mit aller Kraft versucht, das zu vergessen, und wenn er diese Erfahrung jetzt in Worte kleidete, würde sie wieder Realität werden. Diese Freundschaft, diese Zuneigung – wie immer er es auch nennen wollte – war sehr tief gegangen. Donald Sharpe hatte so vieles, so enorm vieles an sich gehabt, das man mögen, ja sogar lieben konnte. Es hatte ein Verständnis gegeben zwischen ihnen, wie er es seitdem nicht wieder gefunden hatte. Daran durfte nicht gerührt werden.

»Nein, wir sind nicht mehr miteinander befreundet«, sagte er einfach nur.

Und noch ehe Lady Mary ihn nach dem Grund fragen konnte, überquerten sie schon die Brücke über dem Burggraben. Die Tore wurden geöffnet, und sie waren angekommen.

»Willkommen bei mir zu Hause«, sagte Lady Mary.

Am Morgen seines ersten Tages in England gingen sie im Garten spazieren. Lady Mary hatte ihm am Abend zuvor nach einem zeitigen Abendessen beinah betont kühl eine gute Nacht gewünscht. Auf sein Zimmer hatte ihn ein Hausdiener geführt, der ihm ein Bad einließ, die Überdecke vom Bett nahm und seinen Pyjama bereitlegte. Sogar seine Koffer waren schon ausgepackt worden, und seine drei Anzüge hingen in dem Schrank eines Ankleideraums. Das sah er jedoch erst, nachdem der Mann ihn noch gefragt hatte, wann er geweckt zu werden wünschte, und dann gegangen war.

»Um wie viel Uhr gibt es denn Frühstück?«, hatte Rann ihn gefragt.

»Ihre Ladyschaft nimmt das Frühstück immer in ihren Privaträumen ein, Sir«, hatte der Hausdiener erwidert.

Er war ein junger Mann von kleinem Wuchs und vielleicht zwanzig Jahre alt, mit einer Knollennase im runden Gesicht und blondem, stoppeligem Haar. Es lag etwas Komisches in seiner Ernsthaftigkeit, und Rann musste lächeln.

»Was würden Sie mir denn raten?«, hatte er gefragt. »Sie wissen ja, ich bin bloß ein Amerikaner.«

Mit einem leichten Hüsteln hinter vorgehaltener Hand verbarg der junge Mann sein eigenes Lächeln.

»Nun, Sir, das Frühstück können Sie jederzeit ab halb neun Uhr einnehmen, Sir. Im Frühstücksraum direkt an der Terrasse im östlichen Flügel des Hauses.«

Und er hatte erwidert: »Dann werde ich also um halb neun dort sein.«

Ohne ein einziges Mal in der Nacht aufzuwachen, hatte er bis acht Uhr durchgeschlafen, war dann von einem gewaltigen Hunger befallen worden und bemerkte, als er aus dem Fenster sah, dass es der Jahreszeit zum Trotz ein herrlich sonniger und warmer Morgen war. Und nach einem Frühstück, das mit Schinken, Eiern und gebratenen Nierchen sowie Unmengen von Toast, Marmelade und Kaffee mit Sahne mehr als ausreichend war, entdeckte er Lady Mary in einem der Gärten, wo sie mit rot in der Morgensonne leuchtendem Haar spazieren ging und äußerst elegant aussah in dem blauen Hosenanzug, den sie trug.

Er sprang sofort vom Tisch auf und schloss sich ihr an, und sie sagte ohne jede Einleitung: »Sehen Sie sich nur diese außerordentliche Handwerkskunst da an!«

Sie hielt einen dünnen Spazierstock aus Bambusrohr mit geschnitztem Elfenbeingriff in der Hand und deutete damit in diesem Augenblick auf das größte Spinnennetz, das er je gesehen hatte. Die Spinne hatte ganze Äste einer Stechpalme mit ihrem Netz überzogen, und in den feinen Spinnfäden hing noch silbrig glitzernd der Tau.

»Wirklich schön«, sagte er, »und sehen Sie nur, wie sehr die Tautropfen sich in der Größe unterscheiden – riesig am äußersten Rand und unendlich winzig zur Mitte hin.«

Die Spinne, eine kleine schwarze Spinne, hockte reglos abwartend exakt in der Mitte ihres Kunstwerks da.

»Aber woher«, fragte sie, »woher nur weiß diese winzige Kreatur, wie man ein Netz von einer solch mathematischen Präzision spinnt, all diese immer größer werdenden Kreise, all diese exakten Winkel – «

»Das ist alles in ihrem Nervensystem verankert«, erklärte er. »Eine Art lebende Rechenmaschine.«

Sie lachte, und als er in diese lachenden dunklen Augen blickte, erkannte er darin Bewunderung.

»Und woher wissen Sie das?«, wollte sie wissen.

»Koestler«, erwiderte er schlicht. »Seite achtunddreißig,

wenn ich mich richtig erinnere. ›Der göttliche Funke‹ – ein fabelhaftes Buch.«

»Gibt es irgendetwas, das Sie nicht gelesen haben, Sie junges Ungeheuer?«

»Das will ich doch hoffen – ich kann es jedenfalls kaum erwarten, die Bibliothek zu sehen.«

»Ach, die alten Bücher – die hat schon seit Generationen keiner mehr gelesen! Moreys Bücher sind alle oben in seinen Räumen. Reden Sie lieber weiter über die Spinne. Sie sieht richtig heimtückisch aus, wenn Sie mich fragen, so wie sie dort hockt und so tut, als würde sie schlafen, während sie nur auf eine arme harmlose Fliege wartet!«

»Nun, in gewisser Weise ist sie wohl auch heimtückisch«, stimmte er zu. »Andererseits ist es nun aber einmal ihre Natur. Und sie hat meisterhafte Arbeit geleistet. Das Netz ist an zwölf Punkten befestigt – sehen Sie? So viele sind es nicht immer – das hängt davon ab, was sie für notwendig hält. Aber das Muster ist stets dasselbe. Die Mitte des Netzes ist, aus Sicht der Spinne, immer der Mittelpunkt der Schwerkraft, die Kreuzungspunkte der Spinnfäden haben stets denselben Winkel und – «

»Oh nein … halt, nicht jetzt!«, rief Lady Mary da auf einmal aus. »Sehen Sie doch nur! Dort in der äußersten Ecke ist ein Insekt gefangen. Oh, befreien Sie es, Rannie!«

Er brach einen Zweig ab und versuchte vorsichtig, das um sein Leben kämpfende Insekt – eine winzig kleine Motte – zu befreien, ohne das Spinnennetz dabei zu zerstören. Doch das Tierchen war zu orientierungslos.

»Es geht nicht«, sagte er, »sonst mache ich das Netz kaputt.«

»Dann machen Sie es kaputt«, rief sie. »Oh, sehen Sie sich

nur diese gemeine Spinne an! Sie ist direkt auf das arme Ding zugerannt – und nun umschlingt sie es mit ihren bestialischen dürren Beinchen. Oh, ich kann das gar nicht mitansehen!«

Und plötzlich hob sie ihren Spazierstock, schlug auf das Spinnennetz ein und ruinierte es vollkommen. Die Spinne und die Motte fielen in das Gebüsch unter der Stechpalme, und Lady Mary stapfte davon.

»Ich lasse mir von einem solchen Biest doch meinen Morgen nicht verderben!«, rief sie entschlossen.

»Natürlich nicht«, versuchte er, sie zu beschwichtigen. »Obwohl die Spinne natürlich nur gemäß den ihr eigenen Regeln gehandelt hat. Koestler weist darauf hin, dass jedes Lebewesen einen festen Regelkodex hat, der angeboren oder erlernt sein kann, auch wenn sein Funktionieren immer von der Umwelt abhängt.«

»Oh, schweigen Sie!«, rief sie und warf ihm einen Blick zu. »Ich will nichts mehr hören von Ihrem dummen Koestler! Wer ist dieser Mann denn schon?«

Rann war verwirrt, ja beinahe verletzt, doch er weigerte sich, ihr recht zu geben. »Ein großartiger Schriftsteller«, sagte er nur leise und schwieg dann so lange, dass sie ihn schließlich versöhnlich anlächelte.

»Verzeihen Sie mir«, bat sie. »Ich weiß, dass Sie nichts dafür können.«

»Dass ich wofür nichts kann?«, fragte er.

»Oh – dafür, dass Sie so sind, wie Sie nun einmal sind – so intelligent und all das. Aber Sie sind auch sehr … schön. Doch, das sind Sie, Rann – kein Grund, zu erröten! Warum darf ich nicht aussprechen, dass Sie schön anzusehen sind? Warum nur müssen Sie zu allem Überfluss auch noch gut aussehen? Wenn ich selbst nicht ein so netter, gutmütiger Mensch wäre, würde ich Sie glatt hassen dafür, dass Sie alles haben ... ja, sogar Locken! Und blonde noch dazu! Warum haben Sie genau die Haarfarbe, die ich mir immer gewünscht habe ... und blaue Augen ... und nicht einmal wasserblaue, sondern meerblaue? Wissen Sie was? Ich glaube, ich hasse Sie doch!«

Jetzt lachten sie beide, und dann warf Lady Mary ihren schmalen Spazierstock plötzlich fort und ergriff seine Hand.

»Kommen Sie, rennen wir!«, rief sie. »Ich liebe es, am Morgen durch die Gärten zu rennen!«

Und zu seinem eigenen Erstaunen rannte er da auf einmal tatsächlich, Hand in Hand mit ihr, über den Rasen hinweg, und während sie rannten, lachten sie – und lachten und lachten und lachten.

Rann blieb viel zu lange in England, und das wusste er auch. Als er nach einer Woche – oder waren es schon zwei? – davon gesprochen hatte, nach Frankreich weiterreisen zu wollen, hatte Lady Mary protestiert.

»Aber Sie haben von England doch noch gar nichts gesehen! Sie sitzen immer nur hier in dieser alten Bibliothek und lesen diese alten Bücher. Nicht einmal in Moreys Bibliothek gehen Sie hinauf.«

Es stimmte. Ein einziges Mal nur war er dort oben gewesen, als sie ihn in eine Zimmerflucht recht modern gestalteter Räume hinaufgeführt und dann auf ihre abrupte Art einfach hatte stehen lassen. Er war geblieben, hatte sich zuerst die Titel in all den Regalen voller Bücher über Schiffe, Waffen und die

Geschichte von Kriegen und Reisen angesehen und dann eine Weile vor dem Porträt eines jungen Mannes gestanden. Es war lebensgroß, von einem modernen Künstler gemalt, wie er am Stil erkennen konnte, und in einen sehr schlichten, schnörkellosen Goldrahmen gefasst – Sir Moresby Seaton, ein noch junger Mann, von kraftvoller Statur, dunkelhaarig und stark, mit einem Lächeln auf den Lippen, rötlichen Wangen und sehr lebendigen Augen. Ja, das Porträt wirkte sogar so lebendig, dass er beim Betrachten die Anwesenheit eines anderen im Raum zu spüren meinte und ein Unbehagen empfand. Der Blick war eindringlich, fragend. »Warum sind Sie hier?« Diese Frage lag so eindeutig in der Luft, dass er sie beinahe zu hören schien. Ja genau, warum eigentlich? Doch er hatte den Raum ohne Antwort verlassen und war, die breite gewundene Treppe hinabeilend, in die alte Bibliothek zurückgekehrt, wo außer ihm kein anderer anwesend war und er Leben aus den Büchern heraufbeschwören konnte.

»Sie können England nicht in all diesen Büchern sehen«, sagte Lady Mary eines Tages, »und deshalb werde ich Sie sofort von hier fortschleppen. Wir fahren nach Schottland, noch bevor es zu schneien anfängt, und in die Cotswolds – ach, die reizenden Sandsteinhäuser in den Cotswolds –, und vielleicht auch für ein paar Tage nach Irland … das grüne Irland, wo ich immer so viel mehr ich selbst bin als sonst irgendwo auf der Welt. Ich trage durch meine Großmutter ein Stück Irland in mir. Und die O'Hares besitzen auch ein oder zwei eigene Herrenhäuser dort.«

Und weil er auf ihre so charmant vorgetragene, fordernde eigenwillige Art stets gehorsam einging, hatten sie diese Reise gemacht, mit einem der Diener als Chauffeur, und er sog die sich ständig verändernde Landschaft auf und staunte über die große Vielfalt, die sich ihm auf so kleinem Raum und immer umgeben vom Meer darbot. Für ihn gab es überall Wunder zu bestaunen, und er versenkte sich so viele Stunden lang in den Anblick von Gesichtern und Orten, Dörfern und Städten und dem einzigartigen Dublin, um all die Eindrücke in sich aufzunehmen, dass sie ihm schließlich vorhielt, er habe wohl schon ganz vergessen, dass sie auch noch dabei sei.

»Da hätte ich ja genauso gut zu Hause bleiben können!«, monierte sie eines Tages gereizt, aber dennoch lachend.

»Oh nein, keineswegs, Lady Mary«, protestierte Rann. Sie besichtigten gerade irgendeine uralte Kathedrale, und er war ganz in eine kleine Broschüre vertieft gewesen, die der Verkäufer des Souvenirladens ihm gereicht hatte und in der die Geschichte eines Ritters geschildert wurde, der dort in der Krypta in einem Sarg ganz aus Messing begraben lag. Mit dem Bild dieses Sarges vor Augen legte er die Broschüre zur Seite.

»Nein, keineswegs, Lady Mary«, protestierte er erneut und wollte eben zu einer Erklärung ansetzen, als sie wieder das Wort ergriff.

»Und meinen Sie nicht, dass Sie mich endlich Mary nennen sollten nach all der Zeit, die Sie mich nun schon kennen?«

»In meinen Gedanken sind Sie immer Lady Mary«, erwiderte er in aller Unschuld, in einer solchen Unschuld sogar, dass sie in schallendes Gelächter ausbrach.

»Warum lachen Sie denn?«, fragte er vollkommen ernst.

Sie aber lachte nur noch umso mehr, was ihn verwirrte, und weil er auch das Ende der Geschichte des toten Ritters erfahren wollte, nahm er die Broschüre wieder zur Hand, und sie ging davon.

So war ein wunderbarer Tag nach dem anderen vergangen, bis sie gerade noch rechtzeitig vor den ersten Schneestürmen in das Herrenhaus zurückkehrten. Und immer wieder staunte er, wie viel Grün in den Gärten trotzdem noch zu sehen war, selbst die späten Chrysanthemen blühten noch, wenn auch nicht mehr lange; und er sank in sein altes Leben dort zurück, voller Behagen, doch auch Unbehagen, weil er wusste, dass er seinen eigenen Weg fortsetzen sollte, denn dieses alte idyllische Anwesen war von einem gefährlichen Charme.

Und nun stand sie vor ihm, hier in der alten Bibliothek an diesem Tag Anfang Dezember. Die Dämmerung war bereits hereingebrochen, und hinter dem Kamingitter brannte ein Kohlenfeuer. Sie hatte sich für den Abend umgezogen und trug einen langen Rock aus schwarzem Samt und dazu ein eng anliegendes rotes Miederoberteil und Perlenschnüre um den Hals.

»Sie lesen ja immer noch«, schimpfte Lady Mary, »und noch dazu, ohne das Licht anzuschalten! Welches Buch ist es denn diesmal?«

»Darwin ... seine Reisen ...«

Er war sehr weit weg gewesen, so weit weg, dass es für sie unübersehbar war, wie weit. Langsam ging sie auf ihn zu, und als sie vor ihm stehen blieb, umfasste sie seine Wangen sanft mit beiden Händen.

»Sehen Sie mich eigentlich jemals wirklich?«, fragte sie, und dann ging sie und schaltete die Lampen an, alle Lampen, sodass es auf einmal draußen ganz dunkel war und drinnen ganz hell.

»Ja, natürlich«, erwiderte er. »Sie sind schön.«

Rann sah von seinem Lesesessel lächelnd zu ihr auf, und plötzlich beugte sie sich zu ihm hinunter, und er spürte den Druck ihrer Lippen auf seinem Mund, anfangs nur ganz leicht, doch rasch mit zunehmendem Drängen.

»Sehen Sie mich jetzt besser?«, fragte sie dann und zog sich von ihm zurück.

Er konnte kein Wort herausbringen und spürte nur, dass seine Wangen rot anliefen und sein Herz sehr schnell und sehr heftig in seiner Brust zu klopfen begann.

»Sind Sie denn noch nie von einer Frau geküsst worden?«, fragte sie leise.

»Nein«, erwiderte er halb flüsternd.

»Nun, jetzt ist es geschehen«, sagte sie. »Da haben Sie also etwas Neues gelernt hier in England … etwas, worüber Sie tatsächlich einmal staunen können – Sie, der doch immer so staunend durchs Leben geht! Und, wie hat es Ihnen denn gefallen?«

Sie sprach auf so unverblümte Art, mit halb lachender, fast spöttischer Stimme, dass er nur den Kopf schütteln konnte.

»Ich weiß nicht.«

»Wissen Sie es nicht, oder wollen Sie es nicht wissen?«

Er antwortete nicht, ja er konnte nicht antworten, denn seine Gefühle waren ein einziges Gewirr aus Ablehnung und Bezauberung. Die Bezauberung aber lag ganz in ihm selbst. Er war nicht von ihr bezaubert. Und dennoch wünschte er sich merkwürdigerweise, dass sie ihn noch einmal küssen möge.

»Sie sind schockiert«, stellte sie fest. »Dabei war das noch gar nichts – nur ein kleiner Spaß. Also, kommen Sie, auf zum Abendessen.«

Und mit diesen Worten nahm sie ihn einfach bei der Hand, zog ihn aus dem Lesesessel und ging dann, nun bei ihm untergehakt, an seiner Seite ins Esszimmer hinüber.

Er konnte es nicht vergessen. Als sie bis in die späten Abendstunden hinein Seite an Seite auf dem kleinen geschwungenen Sofa vor den langsam im Kamin verglühenden Kohlen dasaßen, die Diener waren bereits im Bett, konnte er jenen warmen süßen Druck auf seinem Mund einfach nicht vergessen. Sie hatten sich unterhalten, nicht unablässig, es war eher eine unzusammenhängende, recht lose Konversation gewesen, und Lady Mary lehnte den Kopf an die hohe Rückenlehne des Sofas, als sie jetzt von ihrer Kindheit zu sprechen begann, von Berlin und Paris, und von den sanft geschwungenen, mit kleinen alten Städten gekrönten Hügeln Italiens, während er, ihr zugewandt, dasaß, zuhörte, und auch wieder nicht zuhörte, weil er an nichts anderes denken konnte als an diesen Kuss. Und auf einmal überkam ihn in einem langen Augenblick des Schweigens, gedrängt von der immer noch wachsenden Bezauberung in ihm selbst und gedrängt von seinem heftig klopfenden Herzen, das Bedürfnis, sich über sie zu beugen, und zu seiner eigenen Überraschung küsste er sie tatsächlich auf den Mund. Sie schlang sogleich die Arme um seinen Hals, und er spürte, wie sein Kopf von einer Hand hinuntergedrückt wurde – hinunter, sodass seine Lippen fest auf die ihren gepresst wurden, so fest, dass er schließlich kaum noch atmen konnte. Da erst ließ sie ihre Hände langsam auf seine Schultern gleiten.

»Wie schnell du lernst! Oh, Liebling … ist das sehr lasterhaft von mir? Aber irgendeine Frau muss es dich lehren, Liebling … und warum nicht ich? Nicht wahr, Rann? Warum nicht ich? Du bist doch schon ein Mann … dein Körper ist der eines Mannes … so hochgewachsen, so stark. Hast du das etwa gar nicht … bemerkt? War dein Kopf immer so beschäftigt mit all deinen Büchern …?«

Er antwortete nicht. Ja, er hörte sie kaum. Stattdessen küsste er sie noch einmal, wie von Sinnen, wie wild geworden, ihre Wangen, ihren Hals, ihren Busen, dort, wo ihr tiefes Dekolleté die Form ihrer Brüste sehen ließ. Und als er sie dort küsste, öffnete sie einen Knopf, und dann noch einen, und schließlich sah er unter einem Hauch duftiger Seide ihre Brüste, rund und fest, ihre zwei kleinen Brüste mit den rosafarbenen Spitzen. Er starrte sie einfach nur an, noch schüchtern zunächst, aber doch fasziniert, während sein Blut in höchste Wallung geriet und sich in seiner sich aufrichtenden Leibesmitte sammelte.

»Armer Liebling«, flüsterte sie. »Warum nicht? Natürlich … natürlich …«

Und unter ihrer geschickten Anleitung suchte er sie und fand sie, und nach heftigen, leidenschaftlichen Stößen in diesen warmen, empfangenden Ort hinein war er erlöst und hatte sich selbst ganz neu erkannt.

Als sie sich schließlich voneinander trennten, war ihr Gute-Nacht-Kuss nur noch so sanft wie der eines Kindes, und als er, sein geweihter Körper gebadet und mit einem frischen Pyjama bedeckt, allein in seinem großen Bett dalag, galt all seine Freude ganz sich selbst. Er dachte nicht an sie, ja nicht einmal an die Liebe dachte er.

»Ich bin ein Mann«, sagte er laut in die Dunkelheit der Nacht hinein. »Ich bin ein Mann – ich bin ein Mann –«

Und als er endlich einschlief, schlief er den süßesten Schlaf, den er je gekannt hatte, den süßesten Schlaf und den tiefsten.

Der Morgen weckte ihn, und einen Moment lang blieb er noch liegen und rief sich seine Erinnerungen ins Gedächtnis. Dies hier war nun also er, ein neuer Mensch, und auch sie war neu für ihn, als Frau. Nie mehr würde sie dieselbe sein für ihn, genauso wenig wie er noch derselbe war. Sie waren in einer neuen Welt aufeinandergetroffen, hatten gemeinsam eine Schwelle überschritten, hinein in eine Realität, von der er zuvor nicht einmal etwas geahnt hatte.

Verlegenheit überkam ihn, als sie in einem dunkelgrünen Kostüm, das die kräftigen Farben ihres Haars und ihrer Augen schön zur Geltung brachte, zum Frühstück herunterkam. Doch zu seiner Überraschung war sie ganz sie selbst, etwas stiller vielleicht, und sie schenkte ihm auch nur ein Lächeln, anstatt ihn zu begrüßen. Und als der Diener den Frühstücksraum verlassen hatte, hielt sie sich eine ihrer schmalen weißen Hände voll Diamant- und Smaragdringen vor den Mund und gähnte.

»Wie gut ich geschlafen habe!«, sagte sie. »Eigentlich kein Wunder, denn ich bin eine ausgesprochene Schlafmütze. Aber in der letzten Nacht habe ich nicht einmal geträumt, nur geschlafen. Und du?«

»Ich habe sehr gut geschlafen, danke.«

Er zog sich ganz auf die förmliche Höflichkeit zurück, weil die Verlegenheit ihn mittlerweile vollends erfasst hatte. Er wusste nicht, was er zu ihr sagen sollte. Musste denn überhaupt etwas gesagt werden? Und wie würden sie nun weitermachen? Vielleicht sollte er schleunigst abreisen. Was war der nächste

Schritt? Sie war doppelt so alt wie er, wirkte aber nicht viel älter als zwanzig. Er hatte sie noch nie so jung und so frisch wie an diesem Morgen gesehen. Sie lächelte ihn an, nicht im Mindesten verlegen, und in ihren strahlenden Augen leuchtete der Schalk.

»Du bist jetzt zehn Jahre älter als gestern«, sagte sie. »Ich kann es zwar nicht erklären, aber so ist es. Und ich bin zehn Jahre jünger. *Das* kann ich natürlich erklären, aber ich werde es nicht tun. Ich überlasse dir, es selbst herauszufinden. Du kennst mich nicht – und auch dich selbst kennst du noch nicht. Du hast zwar dein ganzes Leben damit zugebracht, alles Mögliche zu lernen, doch dich selbst hast du dabei nicht kennengelernt.«

»Ich bin … mehr als nur eine Person«, erwiderte Rann steif, ohne sie anzusehen.

»Aber natürlich«, stimmte sie fröhlich zu. »Du bist eine unbekannte Anzahl von Personen. Aber ich wollte bestätigt haben, was ich vermutete – dass du ebenso sehr ein Mann bist. Und jetzt weiß ich es.«

Sie senkte die Stimme fast zu einem Flüstern. »Du warst wundervoll, Rann – ganz instinktiv wundervoll. Ich wusste schon in dem Augenblick, als ich dir begegnete, dass du ein Genie bist. Und glaube mir, ich habe Genies gekannt – so einige. Nur eines wusste ich nicht, nämlich ob du … das gewisse Etwas hast, das Etwas, das dich vervollständigen würde. Nun, du hast es. Und dieses Etwas vervollständigt selbst dein Genie.«

»Das verstehe ich nicht.«

»Das habe ich auch nicht erwartet. Aber das wird sich allmählich entwickeln. Und eines Tages dann, in einem ganz unvermuteten Augenblick, wirst du dich selbst vollkommen verstehen. Dies ist eine Zeit des Lernens für dich.«

Sie sahen einander in die Augen, sein Blick wie gefesselt von ihrem festen, ehrlichen Ausdruck.

»Wirst du mir vertrauen?«, fragte sie.

»Ja«, sagte er.

Er vertraute ihr, und er erkannte, wie bereitwillig er ihr gehorchte. Er war erstaunt und manchmal auch schockiert darüber, dass er, und zwar zu jedem Zeitpunkt, bereit war, der leichtesten ihrer Berührungen zu gehorchen. Sie musste nur hinter seinem Sessel stehen, sich zu ihm hinabbeugen und ihre Wange an die seine drücken, und schon wandte er sich um und suchte instinktiv und leidenschaftlich ihren Mund. Eine Berührung, eine Bewegung führte zur nächsten, bis sie einander in den Armen lagen. Sie versuchten, sich vor den Dienern in Acht zu nehmen, und das führte dazu, dass sie die Nächte gemeinsam verbrachten. Wenn das Haus still war und die Diener in ihren entfernten Quartieren schliefen, stahlen sie sich in die Räume des anderen, sie zuerst in die seinen, aber bald schon auch er in die ihren. Ihr war es lieber, dass er zu ihr kam, und nachdem er diese Vorliebe erkannt hatte, ging er stets zu ihr. Ungeduldig vor Begehren lag er wach da, bis die Standuhr im Korridor eins schlug. Und dann sprang er aus dem Bett, zog sich den Morgenrock über und lief barfuß über die dicken Teppiche den Korridor entlang hinüber zu ihren Räumen. Manchmal saß sie sorgsam in einen seidenen Morgenmantel gehüllt vor dem Kaminfeuer, den Körper darunter nackt, und bald, allzu bald, lernte er, ihr diesen, anfangs noch verlegen und mit zitternden Händen, nach ein paar Nächten aber schon kühner und rascher, abzustreifen und sie in all ihrer weißen Lieblichkeit zu entblättern. Er wurde nie müde, sie zu betrachten, nicht, solange er noch abwarten konnte, und danach lag er in ihrem breiten Bett neben ihr da und betrachtete sie erneut, den Kopf aufgestützt in der einen Hand und die andere frei, um sie zu berühren, sie zu spüren, sie zu erkunden.

»Hast du je zuvor eine Frau gesehen?«, fragte sie eines Nachts lächelnd.

»Ja, einmal«, sagte er. »Als ich noch ein kleiner Junge war, an meinem ersten Schultag. Ich habe eine Mitschülerin, Ruthie, nach dem Unterricht nach Hause begleitet, und sie wollte mich sehen, ich meine … meinen … meinen Penis. Mein Vater hatte mich über meinen Körper aufgeklärt – ein Penis ist ein Pflanzwerkzeug, sagte er. Und dann hat sie mir angeboten, sich mir zu zeigen, und hat es auch getan. Ich habe so etwas wie eine Blume mit einer rosa Spitze gesehen. Wir waren genauso ahnungslos – und unschuldig – wie die kleinen Kinder, die wir ja tatsächlich auch waren. Aber irgendeine Frau hat uns gesehen und es, boshaft gleich vom Schlimmsten ausgehend, Ruthies Mutter erzählt. Und dann wurde Ruthie in der Klasse an einen anderen Tisch gesetzt, ganz weit weg von mir. Ich habe nicht einmal verstanden aus welchem Grund.«

»Waren deine Eltern böse darüber?«

»Meine? Oh, nein – sie haben diese Neugier eines kleinen Jungen verstanden –«

»Die eines Tages zu der eines Mannes wird, nicht wahr?«

»Ja – aber davon wusste ich ja nicht einmal. Ich bin dir wirklich dankbar. Es hätte so … schrecklich sein können. Stattdessen aber ist es … wunderschön … mit dir. Weil du selbst wunderschön bist.«

»Was soll aus uns werden, Rann?«

»Wie meinst du das?«

»Dies kann nicht ewig so weitergehen, weißt du.«

Daran hatte er noch nicht gedacht. Ewig so weitergehen?

»Würdest du es denn wollen?«, fragte er.

»Vielleicht – wenn du mindestens zehn Jahre älter wärst. Aber das bist du nun einmal nicht.«

»Ich habe gar nicht nachgedacht, glaube ich. Zum ersten Mal in meinem Leben habe ich mich ganz allein meinem Gefühl hingegeben, nur meinem Gefühl. Nein, es kann wahrscheinlich nicht ewig so weitergehen. Aber du bittest mich doch nicht abzureisen, oder? Denn das kann ich nicht – «

Und das stimmte. Er konnte sich einfach nicht vorstellen, diesen liebreizenden Frauenkörper zu verlassen. Er brauchte ihn mittlerweile so sehr, wie ein Mensch etwas zu trinken brauchte. Sein Fleisch schrie nach ihr, und er reagierte nicht nur körperlich, sondern auch emotional darauf. Mit großer Ungeduld erwartete er die Nacht. Wenn sie in der Einsamkeit des tiefen Waldes, der das Herrenhaus umgab, spazieren gingen, konnte er den Einbruch der Dunkelheit kaum erwarten. Im einen Moment noch übersättigt, war er eine Stunde später schon wieder hungrig. Er kannte sich selbst inzwischen nicht mehr, war zu einem anderen Menschen geworden. Wo war der lernbegierige, Bücher liebende junge Mann geblieben? In die Bibliothek ging er kaum noch einmal. Und je mehr er sie kennenlernte, desto mehr wollte er sie – nicht ihren Geist, nicht ihr Gelächter, nicht einmal ihre Gesellschaft, nur ihren Körper.

»Sind alle Männer so wie ich?«, fragte er einmal um drei Uhr morgens.

»Niemand ist wie du«, erwiderte sie. Sie wirkte weiß im

Licht der Lampe, erschöpft, doch auf seltsam liebliche Art auch schön.

»Nein, ich meine es ernst«, insistierte er ungeduldig. »Ich bin wie ein Mann, der nicht genug zu trinken bekommen kann – und will es wieder und wieder und wieder – ich erschöpfe dich.«

»Und ich liebe es, weil ich dich liebe«, sagte sie.

»Sind also alle Frauen so wie du?«

»Ich weiß nicht. Frauen kennen einander nie wirklich – nicht, wenn es um Männer geht.«

»Werde ich immer so sein wie jetzt?«, fragte er.

»Nein«, erwiderte sie halb traurig. »Vielleicht nur mit mir. Aber darin gleichen sich alle Erfahrungen – sie können niemals wiederholt werden.«

Darüber dachte er einen Augenblick lang nach, während er auf dem Rücken ausgestreckt dalag und mit leerem Blick die über die Zimmerdecke zuckenden Schatten anstarrte. Es lag eine Weisheit in ihren Worten, die er nicht sogleich zu fassen bekam. Und als dieser Augenblick vorüber war, drehte er sich mit einem Mal zu ihr herum und küsste sie.

Danach stand er auf, schlüpfte in seinen Morgenrock und kehrte in seine eigenen Räume zurück, wohl wissend, dass ihr schweigsamer Blick ihm folgte, bis er die Tür hinter sich geschlossen hatte.

Der Winter war langsam über die Landschaft hereingebrochen. Und so nahm Rann, gewöhnt an die abrupten Wetterwechsel in seinem Heimatland mit dessen starken Kälteeinbrüchen, das allmähliche Herannahen von Kälte und Frost kaum wahr. Der Herbst war mild gewesen, die Blumen hatten noch bis spät in das Jahr hinein geblüht und die Bäume nur behutsam ihre Farben gewechselt, und die ersten Schneefälle hatten statt heftiger Stürme und Schneeverwehungen nichts weiter als harmloses Gestöber gebracht, das lediglich die Konturen der Landschaft, die Hausdächer im Dorf, die sanften Anhöhen der Hügel, die Stämme und Äste der Bäume weiß einfärbte.

Er achtete nicht so sehr auf den Wechsel in der äußeren Welt als vielmehr auf den, der sich in ihm selbst vollzog. Er las inzwischen nur noch wenig. Bücher waren ihm nicht länger ein Quell der Entdeckungen, sondern machten ihn ungeduldig; auch die langen stillen Stunden in der großen alten Bibliothek bereiteten ihm keine Freude mehr, denn nun fragte er sich stets unwillkürlich, wo sie in diesem Moment wohl sein mochte. Und es war ihm natürlich ganz unmöglich, sich zu konzentrieren, wenn sie zusammen mit ihm in der Bibliothek war, und sogar noch unmöglicher, wenn sie nicht dort war. Und wenn sie ihm verkündete, dass sie eine Stunde lang, oder auch länger, weg sein würde – denn sie legte großen Wert auf ihre Unabhängigkeit –, dann schien diese Zeit gar nicht vergehen zu wollen, und er war zu ruhelos, um zu lesen. Stattdessen streifte er auf den Ländereien des Herrenhauses umher oder wanderte über die Moore und schaute dabei ein ums andere Mal auf die Uhr, um seine Heimkehr mit der ihren abzustimmen.

Ihre Beziehung war keine intellektuell geprägte. Sie unterhielten sich nur selten miteinander, und wenn, dann nie lange; und so eigensinnig, amüsant, ja sogar brillant ihre Worte auch sein konnten, ertappte er sich doch immer wieder dabei, dass er nicht zuhörte und kaum antwortete. Stattdessen war sein ganzes Dasein ausgerichtet auf die unausweichliche Begegnung ihrer Körper – unausweichlich, aber völlig ungeplant, sodass er, wenn er sie in den Arm nahm, nie wusste, ob sie ihm erlauben würde fortzufahren oder ob sie ihm nur einen sanften Kuss geben und sich ihm entziehen würde. Sie neckte ihn, sie ließ ihn zappeln, sie machte ihn glücklicher, als er sich vorstellen konnte, sie stürzte ihn in Wut und Verzweiflung. Er verstand sie weder als Mensch, noch wollte er sie verstehen. Er wollte einfach nur wissen, welcher Stimmung sie jeweils war. Würde sie ihn an diesem Tag, in dieser Nacht empfangen? Würde sie ihn zurückweisen? Nein, Zurückweisung konnte er es nicht einmal nennen, denn sie war zu liebenswürdig, ja vielleicht sogar zu höflich, um ihn zurückzuweisen. Und selbst wenn sie sich ihm entzog, dann immer erst nach einem Kuss, nach einer Berührung, nach einer Besänftigung.

»Aber warum denn nicht?«, fragte er.

»Ich … fühle mich heute einfach nicht danach«, sagte sie manchmal, oder vielleicht auch: »Ich liebe dich, ich liebe dich immer, aber heute Abend liebe ich dich still.«

Schmollte er daraufhin, und es überraschte ihn, dass er überhaupt schmollen konnte, lachte sie ihn aus. Lachte sie, verließ er sie und ging davon, und sie folgte ihm keinmal. Den Altersunterschied zwischen ihnen erwähnte sie nie, doch manchmal gab sie ihm, wenn auch immer sehr subtil, durch einen amüsierten Ton das Gefühl, dass sie tatsächlich viel älter war als er, viel weiser oder zumindest wissender, und dass es nicht ausgeschlossen war, dass sie seiner müde werden könnte.

Weihnachten feierten sie mit einer gebratenen Gans zum Abendessen und gegenseitigen Liebesbezeugungen, und das neue Jahr hießen sie in Lady Marys großem Bett mit dem weißen Satinbaldachin willkommen, indem sie aufeinander tranken und sich dann nahmen, was ein jeder dem anderen zu bieten hatte, bis am Horizont die Morgendämmerung anbrach und Rann vorsichtig in seine eigenen Räume zurückschlich, um nicht die Aufmerksamkeit der bereits arbeitenden Diener auf sich zu ziehen. Er dachte an das vor ihm liegende Jahr, ein weiteres Jahr in seinem jungen Leben, und daran, was er tun wollte. Jenseits dieses Herrenhauses, jenseits gar von Lady Mary, lag immer noch die Welt und wartete nur darauf, entdeckt zu werden. Doch konnte irgendeine Entdeckung so lieblich süß, so vollständig, so allumfassend sein wie die Entdeckung seiner selbst, die er hier innerhalb der uralten Mauern dieses Herrenhauses unter der sanften, doch weisen Anleitung dieser wunderschönen Frau machte? All das waren Fragen, die unbeantwortet bleiben würden, bis er selbst sich aufmachte, die Antworten darauf zu finden, das wusste er. Aber die Antworten würden sich ja nicht ändern, nicht wahr? Ewige Wahrheiten blieben stets das, was sie waren. Er musste sie nur finden, und er war doch immer noch so jung. Er hatte noch Zeit genug, noch viel Zeit für all das, was er tun wollte, und auch für dies hier.

Der Winter ging langsam in den Frühling über, während ein undeutlich umrissener Tag auf den nächsten folgte und seine Gedanken im wachen Zustand, und oft auch in seinen Träumen, einzig angefüllt waren mit Nachdenken über Lady Mary und darüber, wann sie beide wieder zusammen in ihrem großen alten Bett liegen würden, während die Diener in einem weit entfernten Flügel des Gebäudes ahnungslos in ihren eigenen Betten schliefen.

Es war der Tag nach seinem siebzehnten Geburtstag, der

ihn schließlich wieder zurück zu sich selbst brachte. Doch auch diese Rückkehr vollzog sich nicht unmittelbar. Zwei Geschehnisse beschworen sie herauf. Das erste war ein langer Brief von seiner Mutter. Sie schrieb ihm nicht oft, und ihre Briefe waren gewöhnlich auch nicht lang.

»Dein Leben ist so erfüllt«, schrieb sie, »dass ich das Gefühl habe, es gibt hier nichts, das Dich interessieren könnte. Manchmal jedoch frage ich mich, Schatz, ob Du Dich in Deinem gegenwärtigen Leben nicht allzu stark begrenzt. Ich weiß, das Herrenhaus ist gewiss sehr interessant mit seiner wunderbaren Bibliothek, und über die akademische Seite Deiner Bildung mache ich mir keine Sorgen, denn Dein Vater hat mir stets versichert, dass Du Dich mit Büchern selbst bilden würdest, vorausgesetzt, dass Du genügend um Dich hast, was im Augenblick ja der Fall zu sein scheint. Aber die Welt besteht ebenso sehr aus Menschen wie aus Büchern, und auch wenn ich nicht unbedingt erwarte, dass Du Dich für junge Leute Deines Alters interessierst, so sind doch auch sie Menschen. Ich möchte Lady Mary gegenüber nicht unfreundlich wirken, denn sie war, und ist immer noch, so ausnehmend freundlich zu Dir, aber manchmal frage ich mich doch, ob sie nicht einfach nur einsam ist und Dich in gewisser Weise benutzt, um ihre Einsamkeit zu mildern, während es auch für sie vielleicht besser wäre, Schatz, die Gesellschaft von Menschen ihres eigenen Alters zu suchen – nicht dass sie Dich ausnutzt, natürlich nicht, oder wenn doch, dann ist das ganz gewiss nicht ihre Absicht.«

Der Brief seiner Mutter schien ihm wie aus einer anderen Welt zu kommen. Die kleine amerikanische Collegestadt war nicht mehr sein Zuhause. Er gehörte mittlerweile einer anderen Welt an, keiner geografischen, sondern einer Welt der Emotionen und Gefühle, die ihr Zentrum in ihm selbst hatten. Benutzte Lady Mary ihn? Nein, da benutzte er noch eher sie – benutzte sie zur Erkundung seiner selbst. Bis vor Kurzem hatte er noch nicht einmal etwas geahnt von der Tiefe der Gefühle, ob körperlich oder emotional, zu denen sein Körper fähig war. Ja, sein Körper – früher hatte er ihn nie als etwas von sich Getrenntes, etwas Eigenständiges betrachtet. Jetzt kam es ihm so vor, als wäre er vollkommen eigenständig, als wäre jeder einzelne Teil eigenständig und mit einer eigenen Funktion versehen: Beine und Füße, Mittel, um zu gehen und sich fortzubewegen; die Hände, seine Werkzeuge; seine inneren Organe, Einzelteile einer Maschinerie, die die Existenz seines Gehirns ermöglichte und aufrechterhielt; und schließlich noch das Zentrum seines Daseins, sein Geschlecht! Und doch war da, wenn jeder einzelne dieser Teile mechanisch seine Pflicht erfüllte, mehr als nur ein Mechanismus. Sie alle gemeinsam erzeugten ein Bewusstsein von der Gestalt, die Wahrnehmung einer Berührung der Haut, eines Geruchs oder eines Lauts, die ein wiederum anderer Teil von ihm voll Freude oder auch abweisend empfing – ein emotionaler Teil, der abgetrennt war vom Körpergefühl, ja sogar vom Gehirn, ein Teil, der reine Emotion war. Und diese Emotion war es, die den Kern seines Wesens ausmachte – eine Emotion, so wechselhaft, dass sie allergrößte Freude heraufbeschwören und ihn in tiefste Enttäuschung, ja sogar Verzweiflung stürzen konnte. Und das Zentrum, auf das diese Emotion sich konzentrierte, war zurzeit sein Penis in all seinen Einsatzmöglichkeiten. Doch wenn dieser zu dem wurde, was sein Vater »Pflanzwerkzeug« genannt hatte, war damit eine so unaussprechliche Freude verbunden, dass er sie gar nicht beschreiben konnte, auch wenn er sie mehr als einmal in Worte zu fassen versucht hatte.

Langsam richtet sie sich auf, die schwellende Freude,
Schießt durch Adern, beschleunigt den Puls, bis
Das Begehren in höchste Wallung gerät und wieder
Bricht – wie eine Welle bricht auf dem Meer.
Dann bin ich du, Geliebte, und du bist ich.

Doch er war nie zufrieden mit den Worten, die noch dazu nie die ganze Wahrheit zum Ausdruck brachten. Ja, einen kurzen Augenblick lang waren sie eins, er und sie, und in diesem Augenblick dachte er an Liebe. Doch es dauerte nur diesen einen Augenblick an. Und wenn dieser Augenblick vorüber war, und er ging unweigerlich vorüber, waren sie wieder getrennt, waren sie wieder er und sie. Dann wurde sein schrumpfender, zurückweichender Penis zum Symbol seines ganzen Wesens. Er wich von ihr zurück. Er hatte gegeben, was er zu geben hatte, und sie hatte gegeben, was sie zu geben hatte. Was war das anderes als ein vorübergehender Anfall ekstatischer Freude? Und was folgte dann? Nichts, außer vielleicht einer Erleichterung, die auch nur eine Sache von Augenblicken, von ein paar Stunden war, mehr nicht – denn dann war das Begehren wieder da, es kehrte zurück, immer – unweigerlich und vielleicht sogar noch stärker als zuvor.

»Genieße dein Lebensalter in vollen Zügen, mein junger Geliebter«, hatte Lady Mary eines Tages fast wehmütig zu ihm gesagt.

»Warum sagst du das?«, fragte er.

»Weil selbst das Begehren nicht von Dauer ist«, erwiderte sie. »Es wird zur Gewohnheit, und dann … nun ja, dann ist es nur noch Gewohnheit. Deshalb nehme ich mir gerne junge Liebhaber.«

»Liebhaber?«, hakte er nach.

»Bist du denn nicht mein Liebhaber?«, fragte sie lachend zurück.

Er wog diese Bemerkung nachdenklich ab, während sie, sein Gesicht mit einem spöttischen Lächeln betrachtend, auf eine Antwort wartete.

»Ich bin mir nicht sicher, ob ich weiß, was Liebe ist«, sagte er schließlich.

Sie riss erstaunt die Augen auf. »Dann spielst du sie aber wirklich sehr gut vor!«

»Nein«, erwiderte er langsam und immer noch nachdenkend, »ich spiele nichts vor, denn ich liebe dich nicht wirklich. Es ist in gewisser Weise vielmehr so, als würde ich mich selbst lieben – oder die Möglichkeit lieben, die du mir gibst, mich selbst zu lieben. Und das ist es vermutlich auch, was ich dir gebe.«

Denn sie hatte es zu einem gerechten Geben und Nehmen gemacht. Sie hatte ihm beigebracht, wie man einander Freude bereitete, etwas, das er anfangs nicht verstanden hatte, bis sie ihm schließlich die Geheimnisse ihres Körpers enthüllte, sie zu den seinen machte und er die in der Gegenseitigkeit liegende Erfüllung verstand. Oh ja, sie hatte ihm sehr viel beigebracht. Aber wenn es nun vorüber war, gab es, und das war mittlerweile jedes Mal so, nichts mehr zu lernen. Sie kehrten zu dem zurück, was sie vorher gewesen waren, zwei getrennte Wesen – er für sich und sie für sich. Sollte das etwa alles sein, was an der Liebe dran war? Waren Menschen unweigerlich und auf ewig voneinander getrennt? Was aber hatte die Liebe dann für einen Sinn, wenn sie nur in der endlosen Wiederholung der rein körperlichen Vereinigung bestand? War da nicht noch mehr?

»Woran denkst du?«, fragte sie.

Er sah sie an. Sie waren noch in ihrem Schlafzimmer. Es war lang nach Mitternacht, und Lady Mary lag, danach, nackt neben ihm in dem großen Bett mit dem weißen Satinbaldachin.

»Was bedeutet das alles für dich?«, fragte er zurück.

Sie streckte die Arme nach ihm aus, zog seinen Kopf an ihre warmen Brüste und sagte: »Es hält mich jung.«

Es war eine ganz einfache Bemerkung gewesen, in einfachen Worten ausgedrückt, und sie hatte ihn mit ihrem reizendsten Lächeln angesehen dabei. In dem Augenblick schien es nichts weiter zu bedeuten. Doch als er noch vor dem Morgengrauen aufwachte, allein in seinem Schlafzimmer und vom Mondlicht geweckt, kam ihm, geradewegs als hätte dieses kalte Licht seinen Geist erleuchtet, die Bedeutung dessen, was sie da gesagt hatte, in seiner ganzen Tragweite zu Bewusstsein. Seine Mutter hatte recht. Er wurde benutzt. Und dann dachte er über diese Wahrheit erst einmal eine Weile nach. Lady Mary brauchte einen männlichen Körper, um ihr eigenes Begehren anzuregen und zu befriedigen. Er war jung, und körperlich stand er in der vollen Blüte seiner sexuellen Manneskraft. Sein kraftvolles Eindringen in jene schmale Passage ihres Körpers erregte sie, trieb sie zum Höhepunkt, befriedigte sie. Und das war auch schon alles, was er für sie war, ein Mittel zur Befriedigung. Er wurde benutzt, so wie man sonst nur eine Maschine benutzte. Aber war er denn nicht mehr als nur eine Maschine? Besaß er denn nicht auch einen Geist?

Nun, dann war er eben nur eine Maschine für sie, wenn es das war, was sie wollte. Verlangte er selbst denn etwas anderes von ihr? Obwohl er auf seine eigene Art natürlich auch wählerisch war. Er hätte seinen Körper, auf den er stolz, wenn nicht sogar ein bisschen zu stolz war, genauso wenig jemals einer gewöhnlichen Ruthie überlassen können, wie er fähig gewesen war, Donald Sharpes seltsame Annäherungsversuche zu ertragen. Er liebte Lady Mary nicht, aber ihre Schönheit bezauberte ihn – ihre Schönheit und ihre Herkunft. In gewisser Weise war es wohl doch eine Art von Liebe, dachte er. Aber hatte solch eine Liebe für ihn irgendetwas Dauerhaftes oder gar Bedeutsames an sich? Und dennoch empfand er vermutlich immer noch mehr für sie als sie für ihn. Lady Mary hatte zwar nur von sich gesprochen, doch letzten Endes führten ihre Worte dazu, dass er sich in diesem einsamen Augenblick herabgesetzt fühlte und darüber empört war. Nein, er würde sich nicht benutzen lassen, und auch seinen Körper nicht. Sein Körper gehörte ihm – ihm ganz allein. Und dann hatte er eine Entscheidung gefällt. Es war jetzt an der Zeit für ihn, seinen Weg fortzusetzen. Jenseits dieses Herrenhauses wartete immer noch die ganze Welt auf ihn. Und die Welt war es, zu der er gehörte. Er fühlte sich allen Menschen verbunden. Keine Frau war seine Geliebte, kein Mann sein Freund. Er würde seinen eigenen Weg gehen, wohin, das wusste er noch nicht, aber vorwärts. Irgendwo jenseits dieses Herrenhauses wartete seine Welt auf ihn.

Der Abschied fiel ihm schließlich leicht. Er hatte sich ein wenig davor gefürchtet, weil er fest dazu entschlossen war, aber in gewisser Weise eben doch ein weiches Herz hatte. Lady Mary war, auf ihre freimütige englische Art, liebenswürdig zu ihm gewesen, und er war sich nicht sicher, ob sie irgendwo sonst Anschluss hatte. Sie würde Ersatz finden für ihn, und das zweifellos schon bald, dennoch hielt eine unbestimmte Zuneigung sie noch lose zusammen. Das spürte er deutlich. Sie war reizend auf ihre kühle Art und feinfühlig sogar noch in ihrer heftigsten Leidenschaft – nein, »feinfühlig« war nicht der richtige Ausdruck. Sie konnte hemmungslos sein, bewies dabei aber immer Stil – wenn das nicht ein Widerspruch in sich selbst war. Ihr Verhalten hatte nie etwas Beleidigendes, und ihre Offenheit war nie verletzend. Die Art, wie sie ihrem Begehren Ausdruck gab, war klar und rein.

Wann also, so hatte er sich gefragt, wäre die passende Stunde für den Abschied? Jetzt, da er dazu entschlossen war, konnte er es kaum noch erwarten, ihn hinter sich zu bringen, und so begann er eines Abends seine Koffer zu packen, am dritten Abend nach seinem Entschluss, um genau zu sein. Er hatte es zuletzt vermieden, sie wie üblich des Nachts in ihren Räumen aufzusuchen, und ihre Wahrnehmung war sensibel genug, dass auch sie sich gleichgültig gezeigt hatte ihm gegenüber. Und an ebendieser Gleichgültigkeit erkannte er, dass auch sie auf die unvermeidbare Trennung eingestellt war. Also ergriff er an dem Morgen, nachdem er seine Koffer gepackt hatte und das Frühstück schon vorüber war, sie aber noch gemeinsam am Frühstückstisch saßen, der draußen auf der Terrasse für sie gedeckt worden war, weil es ein so herrlicher erster Frühlingstag war, das Wort.

Nicht unvermittelt, sondern so, als hätten sie zuvor schon von seiner Abreise gesprochen.

»Ich werde dir nie genug danken können«, sagte er.

»Wann reist du ab?«, fragte sie.

»Heute«, sagte er.

»Und wohin?«, fragte sie. Sie trank einen Schluck Kaffee und sah ihn nicht an.

»Erst nach London, dann nach Frankreich, und später dann weiter Richtung Süden, durch Italien, und vielleicht sogar bis nach Indien. Ich werde nirgends lange bleiben – nicht so lange wie hier.«

»Oh, Indien wird dir sicher gefallen«, sagte sie beinahe gleichgültig. Sie sah ihn immer noch nicht an.

»Was werde ich dort finden?«, fragte er.

»Was immer es ist, wonach du suchst«, erwiderte sie und läutete dann die kleine Tischglocke. Ein Diener erschien.

»Lassen Sie einen Wagen vorfahren, der Mr Colfax sofort zum Bahnhof bringt. Er wird den Zug nach London nehmen.«

»Jawohl, Madam«, sagte der Diener und verschwand wieder.

Mr Colfax! So hatte sie ihn noch nie genannt, und mit fragend erhobenen Augenbrauen sah er sie an.

»Du willst doch fahren?«, sagte sie.

»Ja«, erwiderte er. »Aber – «

Sie stand vom Frühstückstisch auf. »Ich will dich nicht wegschicken«, fuhr sie fort. »Es ist nur so, dass ich vom Leben gelernt habe, dass man die Dinge, die zu Ende sind, am besten immer sofort hinter sich bringt.«

»Ja«, sagte er und stand ebenfalls auf. Und dann standen sie sich gegenüber, von Angesicht zu Angesicht, er größer als sie. Im

Rosengarten, wo ein Springbrunnen plätscherte, sang ein Vogel drei klare, helle Töne, eine Kadenz, und hielt dann abrupt inne.

»Oh, Rann«, flüsterte sie.

Und mit einem Mal erkannte er, dass sie traurig war. Aber was konnte er anderes sagen, als seinen Dank zu stammeln?

»Ich danke dir wirklich sehr … ich bin dir furchtbar dankbar …«

Doch sie hörte ihn gar nicht, sondern begann wie zu sich selbst zu sprechen. »Ich würde alles hergeben, nur um noch einmal in deinem Alter zu sein – ich würde alles hergeben, was ich jemals besessen habe – ja, das würde ich tun – ich würde es tun – wirklich!«

Und dann schlang sie ein letztes Mal die Arme um ihn und hielt ihn einen Augenblick lang ganz fest, bis sie ihn schließlich von sich stieß. »Ich gehe jetzt ins Dorf zum Einkaufen. Und wenn ich zurückkomme, wirst du schon weg sein.«

Er stand da und sah ihr nach, wie sie mit ihrem üblichen leichten, raschen Schritt davonging. Sie drehte sich nicht mehr um, und daran erkannte er, dass sie für immer von ihm gegangen war und er zu sich selbst zurückgekehrt – so frei, wie er es vielleicht noch nie zuvor in seinem Leben gewesen war.

Als er in London ankam, nahm er ein Taxi zu jenem kleinen Hotel, das sein Großvater ihm empfohlen hatte.

»Wir hatten Sie sehr viel früher erwartet, Mr Colfax«, sagte der Empfangsportier zu ihm. »Ihrem Großvater zufolge hätten Sie schon vor einigen Monaten anreisen sollen. Es ist ein Brief von irgendwelchen Anwälten für Sie gekommen, aber sonst nichts weiter.«

»Ich habe noch eine Freundin besucht, die ich während der Überfahrt auf dem Schiff kennengelernt habe«, sagte er zur Erklärung. »Jetzt werde ich ein paar Tage hierbleiben, und dann reise ich weiter nach Paris.«

»Sehr wohl, Sir«, erwiderte der Empfangsportier. »Ihr Zimmer steht für Sie bereit.«

In dem Brief, der von der Londoner Anwaltskanzlei seines Großvaters kam, wurde ihm mitgeteilt, dass sein Großvater jederzeit abrufbare Gelder für ihn hinterlegt habe, und so setzte er sich zuerst einmal telefonisch mit den Anwälten in Verbindung und teilte ihnen mit, dass er das Geld in London nicht brauche, woraufhin sie darauf bestanden, dass er sich den Namen und die Adresse ihrer Partnerkanzlei in Paris notierte, an die sie die Gelder weiterleiten würden. Danach spazierte er eine Weile durch London, fand, dass es sich kaum von New York und anderen Städten, die er besucht hatte, unterschied, und beschloss, dass er gar nicht früh genug nach Paris weiterfahren könnte. Denn Paris, so hatte er gehört, sei im Gegensatz zu allen anderen Städten auf der Welt eine Stadt mit Seele.

In Paris herrschte größte Augusthitze. Die Stadt war äußerst vielfältig, und er hatte sie auf Anhieb geliebt, nicht zuletzt gerade weil sie so vielfältig und schwer zu verstehen war und deshalb so bezaubernd. Im Juni war sie wie ein junges Mädchen seines Alters gewesen. Und es hatte tatsächlich überall nur so gewimmelt von jungen Mädchen. Eine neue Erfahrung für ihn, und eine, die ihn faszinierte, doch nicht stärker als die Schönheit der Stadt selbst oder ihre Geschichte, die ihn in unzählige Bibliotheken führte, oder ihre Gemälde, die ihn wochenlang in den Louvre zogen, oder ihre Pracht, die ihn nach Versailles lockte und auch in die vielen Kathedralen. Doch inzwischen gab es Tage, da er einfach nur durch die Straßen flanierte oder sich in eins der hübschen Cafés mit Tischen draußen auf dem Gehweg setzte, und manchmal spazierte er sogar bis in den Bois de Boulogne, wo er sich auf der uralten französischen Erde niederließ und einfach nur dalag, hingebungsvoll dalag. Dann stellte er sich vor, oder spürte gar, dass etwas von dieser Erde ausströmte, genauso, wie er es auch in England gespürt hatte. Lady Mary hatte den kleinen Wagen, den sie selbst chauffierte, mehr als einmal angehalten, wenn sie allein mit ihm aufs Land hinausgefahren war, nur um einen schönen milden Tag zu genießen oder ihm ein altes Dorf zu zeigen oder ein Picknick zu veranstalten oder unter welch anderem Vorwand auch immer, denn Vorwände waren es gewesen, wie er mittlerweile vermutete – jedenfalls hatte sie den Wagen an irgendeinem abgelegenen und von Hecken geschützten Ort angehalten, verkündet, wie müde sie sich fühle, und die Autodecke ausgebreitet, die gewöhnlich zusammengelegt auf der Rückbank lag, und dort zwischen den Hecken, im warmen Sonnenschein des herannahenden Frühlings, hatte sie ihn dazu bewegt, Liebe zu machen. Liebe zu machen! Er konnte den Ausdruck nicht leiden. Konnte man Liebe denn *machen*? In dem Wort »machen« steckte etwas so Zwanghaftes. Und erst jetzt, heute und weit weg von ihr, allein unter den Bäumen dieses französischen Waldes liegend, konnte er eingestehen, dass er stets nur allzu bereitwillig auf ihre körperliche Stimulation reagiert hatte. Er hatte es sich erlaubt, sich überwältigen zu lassen, nicht so sehr von ihr als vielmehr von sich selbst. Er trug seine eigene Versuchung beständig in sich, und deshalb musste er sich die Schuld auch selbst zuschreiben. Aber war es denn überhaupt notwendig, sich für seine männliche Natur Schuld zuzuschreiben? Nein, erwiderte seine Vernunft, denn er war nicht verantwortlich für seine Teile. Seine Verantwortung lag nur darin, zu entscheiden, welcher Teil von ihm über ihn herrschen sollte. Er war viel mehr als nur das Vergnügen an seinem körperlichen Dasein, das wusste er. Denn seine Welt war nicht bloß in ihm, oder anders ausgedrückt, er war nur eine wie auch immer zusammengesetzte kleine Welt in einer Welt voll anderer Welten, und sein nie versiegendes neugieriges Staunen – diese gewaltige innere Kraft, die ihn zu allen Abenteuern antrieb – machte ihn zu einem Teil all der anderen Welten. Wissen war das, wonach ihn am meisten dürstete, und jetzt vor allem das Wissen über die Menschen, darüber, was sie waren und dachten und taten. Und wenn dieser Wissensdurst dereinst gestillt war – sollte es denn je dazu kommen –, was würde er dann mit diesem Wissen anfangen?

Über diese Frage dachte er nach, während er dort auf der warmen französischen Erde dalag, eine Wange ins grüne Moos gedrückt. Es war die ihn ständig umtreibende Frage nach dem Warum, nach dem Sinn und Zweck seines Daseins. Warum war er so, wie er war? Was war seine Aufgabe im Leben? Ohne jede Eitelkeit gestand er sich seine geistige Überlegenheit und sein Selbstvertrauen ein. Er wusste, dass er Hervorragendes leisten könnte, ganz gleich, wofür er sich auch entscheiden würde. Doch es ging ihm nicht um Ruhm – Ruhm interessierte ihn nicht einmal. In Freiheit zu leben, auf seine eigene Art und in seinem eigenen Tempo zu lernen, das war jetzt sein größter Wunsch. Wie er diesem selbst erworbenen Wissen sodann aber Ausdruck verleihen sollte, war ihm noch nicht klar. Doch es gab einen Weg, der bereits auf ihn wartete, er musste ihn nur noch finden.

Er drehte sich auf den Rücken, die Hände hinter dem Kopf verschränkt, blickte in den blättergesprenkelten blauen Himmel hinauf und wartete geduldig, während langsam eine unabweisbare Entscheidung in ihm heranreifte. Dies geschah nicht allein in seinem Verstand. Es war eine Entscheidung, die sich in seinem ganzen Wesen herausbildete. Er würde nie wieder irgendwelche Seminare aufsuchen – weder am College noch an der Universität – nie wieder! Andere konnten ihm das Wissen, nach dem ihn jetzt verlangte, nicht vermitteln. Aus Büchern konnte er immer lernen, denn die Menschen, die großen Menschen, hielten das Beste in ihren Büchern fest. Ein Buch war das Destillat eines Menschen. Ja, die Menschen würden von nun an seine Lehrer sein, und Menschen fand man nicht in Seminarräumen. Menschen fand man überall.

Eine Entscheidung! Er hatte eine Entscheidung getroffen, und zwar eine endgültige. Ein tiefer Friede breitete sich in ihm aus, so wirkmächtig, als hätte er einen Zaubertrank getrunken oder einen Wein oder geweihtes Brot zu sich genommen. Was immer auch zu ihm kommen würde, war gut. Es war das Leben. Es war Wissen. Beflügelt von dieser neuen Gewissheit sprang er auf, strich sich die Blätter aus dem Haar und wischte sich mit dem Taschentuch die Feuchtigkeit des Mooses von der Wange. Und dann ging er zurück in die Stadt.

Von diesem Tag an widmete er seine Zeit diesem neuen Lernen. Er, der, so lange er zurückdenken konnte, sein Leben mit Büchern verbracht hatte, las wieder mit neuem Eifer, teils aus alter Gewohnheit, teils aus neuer Notwendigkeit. Und an jedem schönen Nachmittag ging er zu den Bücherständen am linken Ufer der Seine hinunter und verbrachte Stunden dort, blätterte in diesem Buch und suchte in jenem, nahm dieses zur Hand und jenes und kehrte stets mit einem ganzen Arm voller Bücher in das große Mansardenzimmer zurück, das ihm auf seine Art zu einem Zuhause geworden war. Denn er hatte erkannt, dass jetzt, da die Menschen sein Forschungsfeld, seine Lehrer, die Studienobjekte waren, durch die er seine ungeheure Neugier auf die Welt und das Leben darin stillen konnte, dass jetzt jeder Ort, an dem er gerade lebte, sein Zuhause war. Ihm war, als wäre er dort angekommen, wo er ein Leben lang schon hinwollte, an einem Punkt, wo es darum ging, sich zunächst erst einmal selbst kennenzulernen und sich dann zu fragen, wo er leben und was er tun sollte. Jetzt konnte er seinen Wissensdurst stillen, unablässig staunend über Sinn und Zweck des Lebens, denn jetzt hatte er seine Lehrer gefunden, und diese Lehrer traf er überall an, wohin es ihn auch verschlug. Eine neue, köstliche Freude erfüllte sein ganzes Wesen. Er stand unter keinem Zwang mehr, er war wirklich und wahrhaftig frei.

Und so blieb er an diesem Vormittag im August, einem warmen und sonnigen Vormittag eines ruhigen Tages in der Stadt – denn der August war der Ferienmonat, und viele Leute waren ans Meer oder aufs Land hinausgefahren –, noch länger als sonst an den Bücherständen stehen und ließ sich auf ein Gespräch mit der runzligen alten Frau ein, die eben ihren Bücherstand entstaubte. Er hatte sie schon häufiger gesehen und stets etwas erwidert auf ihren fröhlichen Gruß, ihre munteren Kommentare und ihre verschmitzten, zweideutigen Bemerkungen über gewisse Bücher, die einem jungen Mann gewiss gefallen würden, besonders dies eine da, wie sie an diesem Vormittag sagte, das gerade einem Amerikaner wie ihm besonders gut gefallen würde.

»Warum denn gerade einem Amerikaner?«, fragte er.

Er sprach inzwischen fließend Französisch und war längst über das Stadium hinaus, als er im Geiste das Französische noch für sich ins Englische übersetzen musste, um sich zu unterhalten.

Die alte Frau war nur allzu bereit zu einem Gespräch. Er war ihr erster Kunde an diesem Tag. Im August liefen die Geschäfte immer schlecht, und sie zirpte so fröhlich wie eine Grille.

»Oh, die Amerikaner!«, rief sie. »So jung, und so voller Sex – immer geht's um Sex! Ich erinner' mich … oh ja, ich bin alt, aber ich erinner' mich noch … mein Ehemann, das war ein gestandener Mann in dieser Hinsicht … die Amerikaner aber sind alle so jung … nicht mal graues Haar bedeutet da ja Alter, wenn's um Sex geht … die Männer … und die Frauen … ach, ich sag' Ihnen …«

Sie schüttelte ihren zerzausten weißhaarigen Kopf und kicherte. Dann seufzte sie. »Aber wir Franzosen, ach! Mit uns ist's bald vorbei. Liegt's daran, dass wir arm sind? Viel zu bald schon müssen wir dran denken, wie wir genug Geld für einen Laib Brot und eine Flasche billigen Rotwein zusammenkratzen können! Und das von der Geburt bis aufs Sterbebett – sehen Sie mich an, mir selbst geht's ja nicht anders. Alt wie ein verwitterter Krebs – und dennoch, hier steh' ich, ob bei Regen oder Sonnenschein, oder etwa nicht? Ach ja, wahrlich!«

»Haben Sie denn keine Kinder?«, fragte er.

Diese Frage hatte er ganz harmlos, fast geistesabwesend gestellt, denn er hatte einen Blick auf ein Buch an einem anderen Bücherstand geworfen. Doch sie schlug sich an die Brust und ließ all ihre Sorgen hervorsprudeln.

»Oh, ich hab' den besten Sohn der Welt!«, rief sie aus. »Und er ist verheiratet, mit einer Näherin, einer guten jungen Frau. Sie arbeiten alle beide. Und sie haben zwei Kinder. Seine Schwiegermutter kümmert sich tagsüber um sie. Aber ich … ich bin stolz drauf, dass ich meine eigene Arbeit hab'. Ich wohn' in einem Zimmer gleich neben ihrer Wohnung. Sie haben zwei Zimmer … ach, nennen Sie's drei. Mein Sohn, der ist schlau und hat eine kleine Zwischenwand eingezogen, hinter der seine Schwiegermutter schläft. Seine Frau geht schon sehr früh am Morgen zur Arbeit … und mein Sohn auch. Er ist Wachmann in einer Fabrik. Wir essen immer gemeinsam zu Abend. Aber ich, ich bin unabhängig, verstehen Sie? An zwei Abenden der Woche kauf' ich das Essen ein und koch' für alle. Sie heißen mich immer willkommen, oh ja … noch bin ich willkommen!«

»Werden Sie denn nicht immer willkommen sein?«

Sie schüttelte heftig den Kopf. »Man darf nicht zu viel verlangen vom Leben. Ich bete zum Herrgott, dass es schnell gehen möge, wenn meine Stunde schlägt. Wenn Er gnädig ist, passiert's im Schlaf, nach einem arbeitsreichen Tag. Oh ja, das wär' das Glück für mich … schlafend in meinem Bett zu sterben … ich hab' ein gutes Bett, wissen Sie. Das hab' ich behalten. Nach unsrer Hochzeit sagte mein Ehemann: ›Lass uns wenigstens ein gutes Bett kaufen.‹ Also haben wir uns eins geleistet. Und ich hab's behalten. Ach, gütiger Gott, lass mich in Frieden sterben. In dem Bett, wo ich die Liebe kennengelernt hab', wo meine

Kinder geboren wurden, wo mein Ehemann starb …« Sie tupfte sich ihre wässrig alten Augen, die nun noch feuchter geworden waren, mit den Zipfeln des schwarzen Tuchs ab, das sie um den Hals trug.

»Hatten Sie denn noch mehr Kinder?«

»Ja, eine Tochter, aber die starb bei der Geburt …«

Er legte ihr eine Hand auf die Schulter. Das Buch war vergessen.

»Weinen Sie nicht – das kann ich nicht ertragen, denn ich weiß nicht, wie ich Sie trösten soll!«

Sie lächelte ihn durch ihre Tränen hindurch an. »Und ich dachte, ich hätt' schon vor sehr langer Zeit mit dem Weinen abgeschlossen. Aber heutzutage fragt ja auch keiner mehr nach solchen Dingen … immer geht's nur um den Preis des Buchs und den Versuch, es runterzuhandeln!«

»Für mich geht es um mehr, für mich sind Sie ein menschliches Wesen«, sagte er und lächelte sie an, und dann legte er ihr die Münzen für das Buch, das er bei ihr kaufen wollte, in die alte trockene Hand und ging davon.

An diesem Abend ging er nicht auf die Straßen hinaus, so wie er es gewöhnlich zu seinen langen Abendspaziergängen tat. Stattdessen saß er auf seiner niedrigen Fensterbank und blickte auf die Stadt hinab, bis die Dämmerung in die Dunkelheit der Nacht überging und die elektrischen Lichter bis an den Horizont funkelten. Er dachte immer noch an die alte Frau. Es war ein Leben. So ärmlich, wie es auch sein mochte, es war das Leben eines Menschen: mit Geburt und Kindheit, mit einer Ehe zwischen Mann und Frau und mit Kindern – ein totes, ein lebendes. Und dann riss der Tod so ein Leben entzwei. Was war das Leben jetzt noch anderes für diesen Menschen als Arbeit? Als Arbeit und das schiere Leben selbst – in dem man an jedem Morgen zu einem weiteren Tag erwachte – das Leben selbst!

Schließlich stand er auf, schaltete die kleine Lampe auf seinem Tisch an, und dann schrieb er, wie getrieben, die Geschichte der alten Frau nieder. Es war nur die Skizze einer Geschichte, die Skizze eines Lebens, aber diese so niederzuschreiben, wie er sie im Gedächtnis hatte, ließ ihn eine neue Art Befriedigung empfinden – keine körperliche, wie mit Lady Mary nach einem Orgasmus, sondern etwas tief Empfundenes – etwas sehr tief Empfundenes, das ihm so neu war, dass er gar nicht erst versuchte, es verstehen oder erklären zu wollen, und sich stattdessen einfach ins Bett legte und sofort einschlief.

Es war an einem schönen warmen Tag Anfang September, die Leute kehrten bereits aus den Ferien in die Stadt zurück, als er sich wieder einmal spontan an einem jener kleinen runden Metalltische auf dem Gehweg unter der Markise eines Cafés niederließ. Es war erst später Vormittag und noch etwas zu früh fürs Mittagessen, doch er war schon hungrig. Hungrig war er eigentlich immer, denn er wuchs noch, immer noch. Inzwischen war er weit über einen Meter achtzig groß, mit kaum Fleisch auf den Rippen. Seine Haut war glatt und rein, und obwohl er sein rötlich blondes Haar stets kurz geschnitten getragen hatte, ließ er es jetzt, da es für Männer, für junge Männer zumindest, allmählich in Mode kam, das Haar länger zu tragen, ebenfalls wachsen und wusch es täglich, denn es war ihm eine Leidenschaft, gepflegt zu erscheinen – ja wirklich, eine Leidenschaft, für andere Leidenschaften blieb auch wenig Zeit. Wenn ihm eine Frau einmal mehr als nur einen Blick zuwarf, bemerkte er es meist gar nicht. Und wenn er die Blicke einer Frau doch einmal auffing, erwiderte er diese mit einer solchen Verständnislosigkeit in den Augen, dass die Frau rasch weiterging; doch auch das fiel ihm nicht auf. Er wusste alles über die Frauen, oder zumindest glaubte er das. Lady Mary war schließlich eine Frau gewesen, oder etwa nicht? Er hatte sie nicht vergessen, doch sie gehörte bereits seiner Vergangenheit an. Alles gehörte für ihn der Vergangenheit an, sobald er es durchlebt hatte. Er lebte sehr stark im Augenblick, nahm jeden Tag so hin, wie er kam, ohne Pläne oder Vorbereitungen, und war unablässig mit Nachdenken beschäftigt. Worüber er nachdachte? Über all das, was er an dem jeweiligen Tag allein dadurch, dass er lebte, lernte – über die Menschen, die kamen und gingen, über die Menschen, mit denen er sich unterhielt oder sich nicht unterhalten wollte, damit er einfach nur ihre Gesichter oder ihre Hände betrachten oder ihr Verhalten beobachten konnte. All diese Menschen verstaute er in seinem Gedächtnis, aber das tat er ganz unbewusst. Sie blieben ihm alle erhalten. Auch wenn sie kamen und gingen, die Menschen, die ihm begegnet waren, blieben beim ihm. Staunend und voller Fragen dachte er über sie nach. Und er stellte ihnen diese Fragen auch, wenn sie bereit waren, ihm Antwort zu geben, was gewöhnlich der Fall war, denn die meisten Menschen, die ihm begegneten, waren an sich selbst interessiert, und er hatte ein Bedürfnis, mehr über sie zu erfahren, das er selbst noch nicht ganz begreifen konnte. Diese Menschen waren ihm doch vollkommen fremd – warum wollte er dann wissen, woher sie kamen und wohin sie gingen, was sie machten und dachten, jede noch so kleine Einzelheit, die sie bereit waren, ihm mitzuteilen?

Nur nach ihren Namen fragte er nie. Ihre Namen waren ihm egal.

Sie waren menschliche Lebewesen, und das reichte ihm. Es war ein nie endendes Streben, ein unablässiges Staunen. An sich selbst hatte er, neben diesem Anhäufen von Wissen über die Menschen, indes nur wenig Interesse.

Bei dem schönen Wetter an diesem Tag waren die Gehwege so voll wie in all den letzten Wochen nicht. Sein Blick glitt rasch von einem Gesicht zum andern, bis ein junges Mädchen an ihm vorüberging und ihre Blicke sich trafen. Sie zögerte zunächst, dann blieb sie stehen.

»Halten Sie diesen Stuhl für einen Freund frei?«, fragte sie.

Die Tische waren alle besetzt, sodass die Frage eine ganz natürliche war. Das junge Mädchen sah ungewöhnlich aus – sie war Asiatin, zum Teil zumindest. Ihre dunklen Augen waren mandelförmig und standen leicht schräg.

»Nein, Mademoiselle«, erwiderte er. »Bitte, nehmen Sie Platz.«

Sie setzte sich und zog ihre kurzen weißen Handschuhe aus. Auch das war ungewöhnlich – sie trug Handschuhe, was heutzutage kaum noch ein junges Mädchen tat, nicht einmal mehr in Paris. Dann studierte sie die Speisekarte und sah ihn nicht an. Er jedoch betrachtete sie mit seiner üblichen offenen Neugier und fragte sich, ob sie zu einem Gespräch mit ihm bereit wäre. Ihr ovales Gesicht unterschied sich auf interessante Weise von dem üblichen hübschen Gesicht junger Mädchen. Sie hatte sehr fein geschnittene Gesichtszüge, eine flache gerade Nase und anmutig geschwungene Lippen, und ihre zarte Haut schimmerte cremefarben. Und als sie sich eben gerade die Handschuhe ausgezogen hatte, waren lange schmale Hände zum Vorschein gekommen. Nachdem sie ihre Bestellung aufgegeben hatte, fiel ihr sein steter Blick auf, und sie warf ihm ein scheues, rasches Lächeln zu, sah aber gleich wieder weg.

»Verzeihen Sie, wenn ich mich täusche, Mademoiselle«, begann Rann das Gespräch, »aber Sie sind doch bestimmt keine Französin, oder?«

»Oh, ich bin französische Staatsbürgerin«, erwiderte sie, »aber mein Vater ist Chinese. Das heißt, er wurde in China geboren, wo die Familie seines Vaters noch heute lebt – das heißt, all die, die noch am Leben sind.«

Sie hielt einen Augenblick inne, um nachzudenken, und sprach dann leicht stirnrunzelnd weiter. »Wahrscheinlich sind sogar die Toten noch dort, aber wir wissen nicht wo. Jedenfalls nicht im Familiengrab, weil sie … weil sie unter … ungewöhnlichen Umständen starben.«

Sie nahm einen Schluck Wein aus dem Glas, das der Kellner ihr gebracht hatte. Er betrachtete ihr Gesicht. Es war ein nachdenkliches, entrücktes Gesicht, doch sie dachte nicht über ihn nach, sondern ganz eindeutig über etwas sehr weit Entferntes, das nichts mit ihm zu tun hatte. Schließlich überwältigte ihn seine übliche staunende Neugier.

»China«, wiederholte er. »Da war ich noch nie, aber mein Großvater hat vor langer Zeit einmal dort gelebt und mir viel davon erzählt.«

»Aber Ihr Großvater ist doch … Amerikaner?«

»Woher wissen Sie das?«

»Ihr Französisch ist perfekt – aber fast schon zu perfekt für einen Franzosen! Verstehen Sie?«

Er stimmte lachend in ihr Gelächter ein. »Ist das nun ein Kompliment oder eher nicht?«

»Was immer Ihnen lieber ist«, erwiderte sie. »Aber es ist nun einmal so, dass wir beide irgendwie Fremde in diesem Land sind, wenn auch von entgegengesetzten Seiten der Welt. Sie sind jedoch im Vorteil, finde ich, denn Sie haben im Land Ihrer Vorfahren gelebt. Ich bin nie in China gewesen. Ich spreche zwar Chinesisch, aber mehr schlecht als recht, fürchte ich, obwohl mein Vater sich sehr bemüht hat, es mir beizubringen. Doch meine Mutter, eine Amerikanerin, hat in meiner Kindheit häufiger mit mir gesprochen als mein Vater, und deshalb spreche ich auch Englisch. Möchten Sie lieber Englisch sprechen?«

»Möchten Sie es denn?«

Sie zögerte. »Französisch fällt mir leichter. Denn sogar meine amerikanische Mutter hat manchmal Französisch mit mir gesprochen, weil sie es nach all der Zeit, die sie hier in Paris verbracht hatte, fließend beherrschte. Nur Chinesisch hat sie leider nie gelernt. Da gab es irgendein Vorurteil. Ich habe es nie ganz verstanden. Aber mir hat mein Vater außerdem noch Chinesisch beigebracht – nun! Ich habe nur wenig Gelegenheit, Englisch zu sprechen, auch wenn ich es natürlich kann. Lassen Sie uns also Englisch sprechen, zu meiner Übung! Ich habe keine englisch sprechenden Freunde.«

»Was macht Ihr Vater denn hier in Paris?«, fragte er auf Englisch.

Sie antwortete in seiner Sprache, ein bisschen langsam, aber fehlerfrei. »Er ist Sammler und Händler asiatischer Kunst, vor allem natürlich chinesischer. Es ist inzwischen nur leider nicht mehr so einfach, Kunstgegenstände aus China auszuführen. Aber er kennt die richtigen Leute in Hongkong.«

»Waren Sie schon einmal in Hongkong?«

»Oh, ja – ich reise viel mit meinem Vater. Da er Chinese ist, hat er natürlich auf einen Sohn gehofft. Und als dann kein Sohn kam, hat er, auch darin immer noch ganz Chinese, versucht, das Beste daraus zu machen. Aber das versuche ich auch.«

»Sie versuchen – «

»Den Platz eines Sohnes einzunehmen.«

»Sehr schwierig, würde ich sagen – wenn ein Mädchen so schön ist wie Sie!«

Sie lächelte, erwiderte aber nichts auf dieses so offensichtlich oberflächliche Kompliment.

Rann erkannte etwas von seiner eigenen Distanziertheit in diesem jungen Mädchen und schwieg. Jetzt war es erst einmal an ihr, Fragen zu stellen, wenn sie irgendwie neugierig war auf ihn – oder anders ausgedrückt, wenn sie Interesse hatte an ihm. Wie alt sie wohl sein mochte, fragte er sich und beschloss, sein eigenes Alter für sich zu behalten. Er war noch so erschreckend jung an Jahren. Wie oft schon hätte er gern über sein Alter gelogen und zweiundzwanzig oder dreiundzwanzig gesagt! Er war jedoch nie fähig gewesen zu lügen. Ehrlichkeit war ein Grundprinzip für ihn – doch er konnte schweigen. Er betrachtete sie, während sie nachdenklich an ihrem Wein nippte, warf aber auch immer wieder einmal einen Blick auf die Leute um sich herum.

Jetzt sah sie ihn direkt an. »Sind Sie zum ersten Mal in Paris?«

»Ja.«

»Und vorher waren Sie – ?«

»Vorher war ich in England. Ich habe den ganzen Winter dort verbracht.«

»Ja, Sie haben einen leichten englischen Akzent, aber irgendwie auch nicht richtig englisch!«

Er lachte. »Wie aufmerksam beobachtet von Ihnen! Nein, wie ich schon sagte, ich bin Amerikaner – mitten aus dem Herzen meines Heimatlandes.«

»Und wo ist dieses Herz?«

»Im mittleren Westen – geografisch gesprochen.«

»Sind Sie hierhergekommen, um zu studieren?«

»So könnte man es wahrscheinlich nennen.«

Sie hob ihre zarten Augenbrauen. »Sie sind ja sehr mysteriös!«

Er lächelte über den ernsten Blick ihrer dunklen Augen, die von langen geraden schwarzen Wimpern gesäumt waren. »Wirklich? Aber Sie sind doch selbst ziemlich mysteriös, halb Amerikanerin, halb Chinesin, und dann sprechen Sie auch noch perfekt Französisch, mit einem nur ganz leichten Akzent – ein Akzent, den ich nicht einordnen kann.«

Sie zuckte die Achseln. »Es muss wohl mein eigener sein. Uns Chinesen fällt es leicht, Fremdsprachen zu sprechen – anders als den Japanern mit ihren schwerfälligen Zungen. Ich spreche auch Deutsch, Italienisch und Spanisch. Es ist mir sehr wichtig, andere Sprachen zu verstehen – wir leben hier in Europa alle so dicht beieinander.«

»Sehen Sie sich selbst denn als Chinesin?«

»Als Tochter meines Vaters bin ich natürlich Chinesin. Aber – « Wieder das leichte Achselzucken.

Nun beugte er sich, die Ellbogen auf den Tisch gestützt, noch weiter vor, um ihr bezauberndes Gesicht zu betrachten.

»Aber –? Als was sehen Sie sich selbst, tief in Ihrem Inneren?«

Er war ganz unbewusst wieder in seine alte Angewohnheit, Fragen zu stellen, verfallen. Aber er wollte doch wissen, wie genau es sich denn anfühlte, das Kind verschiedener Nationen und Völker zu sein und mehrere Sprachen als Muttersprache zu haben.

»Sie stellen ja wirklich eine Frage nach der anderen!«, rief sie halb lachend aus, wurde dann aber plötzlich sehr ernst. Der reizende Mund schloss sich, ihre Augen wurden nachdenklich, und sie wandte den Blick von ihm ab. »Als was sehe ich mich selbst, tief in meinem Inneren –«, murmelte sie, als stellte sie sich diese Frage auch selbst. »Ich würde sagen, ich habe das Gefühl, nirgends und überall dazuzugehören.«

»Dann sind Sie etwas ganz Einzigartiges – eine neue Art Mensch«, erklärte er.

Sie schüttelte den Kopf. »Wie kann ein Amerikaner nur so etwas sagen? Haben nicht gerade die Amerikaner von allem ein bisschen? Ich habe meinen Vater mal sagen hören, dass die Amerikaner die am schwersten zu verstehenden Menschen seien. Und als ich ihn nach dem Grund fragte, da sagte er, weil sie so ein buntes Gemisch seien und Wurzeln in den verschiedensten Ländern hätten. Das hat er gesagt. Stimmt das wirklich?«

Er dachte einen Moment nach, und während er das tat, sah er ihr direkt in die Augen. »Historisch ja, individuell nein. Jeder von uns gehört, von der Familie mal abgesehen, natürlich seiner eigenen Region, seinem eigenen Staat an, aber eben auch dem Konglomerat, der amerikanischen Nation. Wir sind zwar ein buntes, noch neues Volk, aber wir haben ein gemeinsames Land.«

»Wie intelligent Sie sind!«, rief sie aus. »Ach, es tut so gut, sich auch einmal mit einem intelligenten Mann zu unterhalten!«

Wieder lachte er über sie. »Halten Sie Männer denn im Allgemeinen nicht für intelligent?«

Sie reagierte mit ihrem typischen leichten Achselzucken, das sehr hübsch und sehr französisch war. »Normalerweise nicht! Männer machen immer nur irgendwelche Bemerkungen über mein Gesicht und so weiter. Immer geht es nur um das Aussehen!«

»Und dann?«

»Dann? Oh, dann folgt so etwas wie: Wohin man denn gehe? Wo man denn wohne? Ob man nicht etwas trinken wolle? Und so weiter. Immer das Gleiche! Aber Sie haben mich, obwohl wir uns gar nicht kennen und uns erst vor etwa fünfzehn Minuten begegnet sind, mit einem vernünftigen Gedanken bereichert. Ich weiß jetzt mehr über die Amerikaner. Vielen Dank dafür, Monsieur –«

Das meinte sie vollkommen ernst, wie er erkennen konnte. Und er hätte sie wegen ihres reizenden Gesichts und ihrer langen schmalen Hände, mit denen sie so ganz ungekünstelt gestikulierte, vielleicht auch mit Begehren betrachtet, wenn Lady Mary ihm nicht in gewisser Weise geholfen hätte, die Sexualität an ihren Platz zu verweisen. Sie hatte ihm nichts anderes gegeben als Sex und dadurch diesen für ihn zu etwas Unwesentlichem gemacht, zu etwas, das nichts mit den anderen Dingen des Lebens zu tun hatte, zu einem rein körperlichen Akt. Sie hatte ihn einem Übermaß ausgesetzt, bis er erkannte, dass Sex ihm nicht genug war. Und als der intelligente junge Mann, der er war, hatte er die Grenzen der Sexualität erkannt. Das menschliche Leben hatte noch so viele andere Aspekte, und diese musste er erkunden. Seine Neugier ging weit über die Sexualität hinaus, und hierin hatte Lady Mary ihm tatsächlich einen Gefallen getan. Er verabscheute sie nicht, bezweifelte aber, dass er je zu ihr zurückkehren oder sie auch nur wiedersehen würde. Und nun saß ihm hier, an diesem Cafétisch, dieses neue und schöne weibliche Wesen gegenüber, eines, nach dem er zwar nicht gesucht, das er aber gefunden hatte, so wie man zufällig einen Edelstein findet.

»Und nun zu Ihnen«, fuhr sie fort. »Erzählen Sie mir, wer Sie sind und warum Sie wirklich hier sind. Es kommt mir so vor, als hätte ich in Ihnen einen Freund gefunden, und das geschieht nicht oft.«

Konnte er ihr denn überhaupt erklären, wer er war? Und dennoch hegte er zugleich den starken Wunsch, es möge ihm gelingen. Zum ersten Mal in seinem Leben wollte er sich einem anderen Menschen wirklich erklären. Allerdings hatte er das bislang noch nie versucht, nicht einmal sich selbst gegenüber. Angetrieben von Fragen, von Staunen und von dem unstillbaren Hunger, sich alles Wissen anzueignen, hatte er jede Erklärung seiner selbst ausgespart, sogar sich selbst gegenüber!

»Ich weiß nicht, was ich Ihnen erzählen soll«, begann er langsam. »Ich habe nie Zeit gehabt, viel über mich selbst nachzudenken. Wo immer ich war – bis jetzt jedenfalls –, war ich meist allein. Die anderen waren immer viel größer ... viel älter.« Er hielt inne und dachte einen Augenblick lang darüber nach, wer er in der Vergangenheit gewesen war. »Älter nach Jahren, heißt das«, ergänzte er. »Ich war immer zu alt für mich selbst.«

Sie sah ihn nachdenklich an. »Dann haben Sie eine alte Seele. In der Heimat meines Vaters weiß man von solchen Dingen. Möchten Sie ihn kennenlernen? Ich glaube, er würde Sie mögen. Normalerweise mag er junge Männer nicht – und Amerikaner schon gar nicht.«

»Warum sollte er mich dann mögen?«

»Sie sind anders als die anderen. Das haben Sie eben ja selbst gesagt – genau genommen. Nicht einmal Ihr Englisch klingt amerikanisch.«

Er dachte noch einmal an die vielen Monate, die er mit Lady Mary verbracht hatte. Hatte sie wirklich sogar seiner Zunge das Mal ihrer Sprache aufgeprägt? Doch warum sollte er sie diesem jungen Mädchen gegenüber erwähnen? Er wollte nicht einmal an Lady Mary denken.

»Ich würde Ihren Vater sehr gern kennenlernen«, sagte er stattdessen.

»Dann lassen Sie uns aufbrechen«, erwiderte sie. »Er wird sich ohnehin schon fragen, wo ich bleibe. Aber wenn er Sie sieht, wird er es verstehen. Zumindest wird er vergessen, mich zu fragen, warum ich zu spät komme!«

Das Haus war ungeheuer groß, ein regelrechtes Château, und lag außerhalb von Paris am Rande eines Waldes, eines von Menschenhand geschaffenen Waldes, was er daran erkannte, wie ordentlich die von üppigem Buschwerk umgebenen Bäume dastanden.

»Mein Vater liebt seine Gärten«, sagte sie. »Blumen nicht so sehr – nur Bäume und Steine und Wasser. Blumen sind für Töpfe und Vasen im Haus da, sagt er immer. Er ist ziemlich altmodisch – förmlich und all das. Sie werden schon sehen, was ich meine, wenn Sie ihm begegnen. Doch er kann sehr gut mit Menschen umgehen – nicht mit allen natürlich, aber mit bestimmten Menschen.«

Sie fuhr die großzügige kreisförmig angelegte Auffahrt in ihrem kleinen Mercedes geschickt entlang und hielt dann direkt vor dem Haus an. Ein breiter marmorner Gehweg, der in unzählige Stufen überging, führte zu der Eingangstür hinauf, die sich, wie es ihm schien, automatisch öffnete, bis er die schlanke, schwarz gekleidete Gestalt eines chinesischen Dieners entdeckte.

»Vater hat seine eigenen Diener nach Paris mitgebracht«, sagte sie. »Natürlich schon vor meiner Geburt. Ihre Kinder sind hier aufgewachsen, und einige von ihnen bedienen uns immer noch im Haus. Andere helfen meinem Vater bei seinen Geschäften. Er traut den Weißen nicht.«

»Obwohl Ihre Mutter Amerikanerin ist?«

»Oh, das habe ich Ihnen ja gar nicht erzählt«, sagte sie fast beiläufig. »Sie hat uns verlassen, als ich sechs war. Ist mit einem Amerikaner auf und davon – mit dem Sohn eines sehr reichen Mannes, der jünger war als sie. Er hat sich später von ihr scheiden lassen – einige Jahre später –, und dann hat sie meinen Vater gebeten, sie wieder aufzunehmen. Doch er hat sich geweigert.«

»Und Sie?«, fragte er.

Er stellte die Frage gegen seinen Willen, denn welches Recht hatte er, sie nach ihrem Privatleben auszufragen? Doch der alte beharrliche Drang nach Wissen, danach, alles über das Leben und die Menschen in Erfahrung zu bringen, zwang ihn dazu. Dieser Drang war nicht reine Neugier. Es war die Notwendigkeit, auf eine Rede eine Gegenrede bis hin zur endgültigen Auflösung folgen zu lassen. Er musste das Ende der Geschichte erfahren.

»Ich habe sie nie mehr wiedergesehen, seit sie gegangen ist. Wahrscheinlich habe ich ihr nicht verziehen, dass sie uns verlassen hat. Aber mein Vater hat für alles gesorgt, was ich je gebraucht habe, und ich bin ihm treu ergeben. Für mich ist es, als wäre sie tot, und das könnte durchaus auch der Fall sein, soweit ich weiß«, sagte sie.

Sie hatten die oberste der vielen Stufen erreicht, die auf den marmornen Absatz vor der schon empfangsbereit für sie offen stehenden Eingangstür führten, und blieben beide einen Moment lang stehen, um einen Blick auf die akkuraten Gärten, die das Haus umgaben, zu werfen.

»Und?«, fragte er erbarmungslos.

»Mein Vater sagte, dass ich zu ihr gehen könne, wenn ich wollte, doch wenn ich ginge, müsse ich wissen, dass ich ihn nie wiedersehen würde. Also bin ich geblieben.«

»Weil …?«

»Weil ich immer gewusst habe, dass ich mehr Chinesin bin als alles andere – wohl weil ich gerne eine sein möchte. Kommen Sie – gehen wir hinein!«

Sie betraten eine weitläufige Eingangshalle und fanden sich vor einer gewaltigen Treppe wieder, die sich in ihrem oberen Bereich in eine linke und eine rechte Hälfte teilte. Und nun sah er einen großen, schlanken Mann in einem langen chinesischen

Gewand aus silbergrauem Satin von rechts auf die Haupttreppe hinunterkommen.

»Stephanie!«, sagte er, und dann folgten einige Worte auf Chinesisch.

Rann lauschte auf die ihm unbekannte Sprache, die wie ein wohltönender Fluss von Vokalen dahinplätscherte, und als er den gut aussehenden, grauhaarigen vornehmen Chinesen ansah, der sie sprach, bemerkte er, was für kräftige schöne Hände er hatte. Dann fiel ihm plötzlich auf, dass er gerade zum ersten Mal den Namen des jungen Mädchens vernommen hatte, und in demselben Augenblick drehte sie sich lachend zu ihm herum.

»Ich möchte Sie meinem Vater vorstellen – und ich kenne nicht einmal Ihren Namen!«

»Und ich habe Ihren gerade auch zum ersten Mal gehört!«, erwiderte er lachend. Dann wandte er sich selbst an den Vater.

»Sir, ich bin Randolph Colfax – kurz Rann genannt. Und ich muss eingestehen, dass ich Amerikaner bin, denn Ihre Tochter sagt, dass Sie uns Amerikaner nicht mögen. Doch mein Großvater hat als junger Mann einige Jahre lang in China gelebt und eine große Bewunderung für Ihr Volk in mir geweckt – und als ich Ihre Tochter heute kennenlernte, da hat sie mir von Ihnen erzählt und war so liebenswürdig, mich aufgrund – « Hier drehte er sich hilflos zu ihr um. »Ja, *warum* eigentlich?«

»Ich habe das Gefühl, dass er irgendwie anders ist, Vater.«

Nun wurde wieder Französisch gesprochen, und der Vater antwortete in dieser Sprache, in einem leicht gestelzten, nicht ganz akzentfreien Französisch.

»Und du hast ihn eingeladen, ohne auch nur seinen Namen zu kennen?«, sagte er zu seiner Tochter.

»Er kannte meinen bis eben ja auch gar nicht«, gab sie zurück und begann wieder zu lachen, als sie sich erneut zu Rann umdrehte. »Wie dumm von mir, und Sie sind zu höflich, um zu fragen! Ich bin Stephanie Kung. Und jetzt wollen Sie bestimmt wissen, warum ausgerechnet Stephanie und nicht Michelle oder so etwas. Aber wie ich Ihnen ja schon erzählt habe, sollte ich eigentlich ein Junge werden, und der hätte Stephen geheißen.«

»Still!«, befahl ihr Vater.

Sie hielt inne und sah ihren Vater an, fuhr dann jedoch unbekümmert fort. »Nun ja, wie Sie sehen, habe ich meinen Vater enttäuscht, und er hat mich mit diesem elend langen Namen bestraft.«

»Sei still, meine Kleine! Und warum stehen wir überhaupt hier in der Eingangshalle herum, anstatt in die Bibliothek zu gehen? Außerdem wird es schon spät. Es wäre besser, wir würden uns langsam auf das Abendessen vorbereiten. Werden Sie denn über Nacht bei uns bleiben, Sir?«

»Oh, ja … Rann Colfax, nicht wahr? Bleiben Sie über Nacht!«, warf Stephanie ein. »Wir werden großartige Gespräche miteinander führen, wir drei!«

Er war betört, er war verzaubert, ihm war, als würde er in ein anderes Land geführt – in ein unbekanntes, in eines, nach dem er vielleicht schon lange gesucht hatte.

»Das klingt zu gut, um wahr zu sein«, erwiderte er. »Ich bleibe natürlich gern, zumindest zum Abendessen. Aber ich habe nichts weiter bei mir – keine Kleidung zum Wechseln. Ich muss noch einmal ins Hotel zurück, um meine Sachen zu holen.«

»Dem lässt sich für den Moment leicht abhelfen«, sagte Mr Kung. »Ich habe Kleidung genug – Geschäftsanzüge, die ich beruflich trage –, und wir unterscheiden uns nicht allzu sehr in Größe und Gewicht. Den heutigen Abend werden wir wohl, auch ohne Gedanken an solche Details zu verschwenden, genießen können, und morgen kann mein Chauffeur Sie dann zu Ihrem Hotel fahren, um Ihre Koffer abzuholen.«

Daraufhin drehte Mr Kung sich zu dem wartenden Diener um, sprach einige Worte auf Chinesisch mit ihm und wandte sich dann wieder an Rann.

»Dieser Mann wird Sie auf eins der Gästezimmer führen und Sie mit allem versorgen, was Sie brauchen. Und in einer Stunde wird er Sie dort wieder abholen und ins Esszimmer führen.«

»Vielen Dank, Sir«, sagte Rann, und nun wusste er, dass er tatsächlich eine andere Welt betreten hatte.

Es war viel Zeit vergangen, aus Tagen waren Wochen, aus Wochen Monate geworden. So wie er einst zeitlos in jenem Herrenhaus in England gelebt hatte, lebte er nun in diesem alten französischen Château außerhalb von Paris. Wo immer er auf Leben traf, lebte er auf diese zeitlose Art und fühlte sich willkommen. Und solange er sich willkommen fühlte, blieb er; doch das war ihm gar nicht bewusst, ja vielleicht war es auch nicht einmal wahr. Er blieb, solange er etwas lernte, solange er seine unstillbare Neugier, sein Staunen über die Welt und über die Menschen, über alles und jedes, befriedigen konnte.

Jetzt saßen sie zu dritt in Mr Kungs Bibliothek, wo sie gewöhnlich den Abend verbrachten. Die französischen Fenster standen offen und ließen die weiche Abendluft herein. Die Stadt war beinah verstummt in der Ferne, ihre vielfältigen Stimmen nicht mehr als ein Murmeln von weit her. Es war Spätherbst, doch das Wetter war trocken und warm und versprach einen weiteren milden Winter in Europa. Die Wände der Bibliothek waren, bis auf die Fenster natürlich, über und über mit Büchern bedeckt. Hier und dort standen Tischchen mit unbezahlbaren Jadefiguren, Vasen oder Lampen darauf, Kunstgegenstände, von denen Mr Kung sich nicht zu trennen vermochte, bis er etwas fand, das ihm noch besser gefiel, und in dem Fall ging das aussortierte Stück sodann in sein riesiges Geschäft – es hatte geradezu die Ausmaße eines Museums – in der Rue de la Paix und wurde durch den neuen, nun favorisierten Kunstgegenstand ersetzt, bis wiederum ein neuer, nunmehr favorisierter Kunstgegenstand auftauchte. Es war ein nie endender Prozess des Aussortierens, dem nur die erlesensten Kunstwerke entgingen. Rann waren diese unablässigen, sehr subtilen Veränderungen in dem Raum aufgefallen, und Stephanie hatte ihm den Prozess erklärt.

»Wie kam es eigentlich dazu, Mr Kung«, fragte Rann an diesem Abend, »dass Sie sich so sehr für diese Kunstwerke zu interessieren begannen?«

»Nun, die Kunst ist der Traum des freien Menschen«, sagte Mr Kung, »und das Leben eines Menschen beginnt und endet mit seiner Arbeit – das heißt mit seinem Werk, wenn er ein Künstler ist. Jedes einzelne seiner Werke repräsentiert das Beste im Leben dieses Menschen bis zu ebendiesem Zeitpunkt, denn ein Künstler strebt immer danach, sich zu verbessern, und jedes Mal, wenn er wächst, lässt er ein Stück von sich zurück. Und wenn man zu einer Zeit lange nach dem Tod des Künstlers dessen Werke mit Sorgfalt sammelt, kann man durch diese den Künstler kennenlernen und seinen Werdegang genau so verfolgen, als lebte er heutzutage. Der Künstler kann seinem Werk niemals entkommen, und wenn es gut ist, so übt es Einfluss auf die Zukunft aus.«

»Wenn ich nur wüsste, worin meine Aufgabe im Leben besteht«, erwiderte Rann. »Ich denke unablässig daran und bereite mich darauf vor, ohne zu wissen, welches Werk ich schaffen will. Und in der Zwischenzeit stelle ich Fragen – ich kann einfach den Drang nicht abstreifen, alles wissen zu wollen – alles!«

Stephanie lachte. Sie hatte es sich in einem Sessel bei dem Fenster, das auf den Steingarten hinausging, gemütlich gemacht. »Es stimmt wirklich – neun Zehntel all dessen, was du sagst, sind Fragen.«

Sie gab ihm mittlerweile Unterricht in Chinesisch und behauptete, dass das Lehren der Sprache auch ihr helfen würde, ihre eigenen Fähigkeiten zu verbessern. Es war die tiefgründigste und faszinierendste Sprache, die er bisher gelernt hatte, und auch die schwierigste, vermutlich weil sowohl das Sprechen als auch das Schreiben sehr schwierig war. Er lernte sie vornehmlich durch das Schreiben, das heißt durch das Zeichnen der Schriftzeichen in all ihren vielfältigen Formen, und jeder Pinselstrich hatte dabei seine ganz eigene Ausprägung und Bedeutung. Jedes einzelne geschriebene chinesische Wort war für sich allein genommen ein Kunstwerk, ein Abbild seiner Bedeutung, ein Zeichen seines Klangs, und vermittelte durch sein Aussehen und seinen Klang ein Gefühl. »Haus«, zum Beispiel, bezeichnete zunächst nur ein Gebäude mit Wänden und einem Dach darüber, das man in vielen Zusammenhängen benutzen konnte. Aber wenn in diesem Haus Menschen lebten, so wurde aus

»Haus« ein anderes Wort, es wurde ein wenig anders gezeichnet, klang anders und bedeutete auch etwas anderes. Dann wurde es zu »Heim«. Deshalb war jedes Schriftzeichen ein Kunstwerk, das man präzise zeichnen musste, in einer genau einzuhaltenden Abfolge von Pinselstrichen.

Und aus einer Diskussion über eben diese Eigenheiten der chinesischen Sprache, die er an diesem Herbstabend nach dem Abendessen lernte, hatte sich das Gespräch wie von selbst wieder einmal auf das Thema Kunst gerichtet, ein Thema, das stets Mr Kungs ganze Konzentration und Aufmerksamkeit auf sich lenkte, denn seine Lebensaufgabe war schließlich das Sammeln und Verbreiten von Kunstgegenständen. Was zudem ein höchst lukratives Geschäft war, aber aus irgendeinem Grund konnte Rann Mr Kung nie mit geschäftlichem Handeln und Geld in Verbindung bringen. Mehr als einmal war er in dessen Geschäft gewesen und hatte selbst gesehen und gehört, wie Mr Kung sich weigerte, ein Lieblingsstück an einen Kunden zu verkaufen, der nur noch darauf wartete, den geforderten Preis zahlen zu dürfen.

»Dieses Stück steht nicht zum Verkauf«, sagte Mr Kung mit großer Würde bei einer solchen Gelegenheit.

»Aber warum – «

»Ich behalte es, ohne weitere Erklärung«, entgegnete Mr Kung.

»Mein Vater verkauft einen schönen Kunstgegenstand, der seine Seele berührt hat, nur dann, wenn auch der Käufer die Seele dafür hat«, so hatte Stephanie ihm später, als sie allein waren, erklärt.

Als sie jetzt nach dem Abendessen in der Bibliothek die Wärme des Kaminfeuers genossen, hielt Mr Kung in seiner rechten

Hand ein rundes Stück Jade von unschätzbarem Wert, eine Kugel von einem satten weichen Grün, die er mit den Fingern in seiner Handfläche hin und her rollte. Er saß selten auf seinem chinesischen Windsor-Stuhl, ohne dass er ein solches Stück Jade bedächtig, aber unablässig in seiner rechten Handfläche bewegte. Manchmal war die Kugel auch aus weißer Jade, oder er hatte sich für eine rote entschieden. Das hing von der Farbe des Satingewandes ab, das er trug. An diesem Abend war sein Gewand wie so oft silbergrau, seine Lieblingsfarbe, die er am häufigsten trug.

»Warum ich eine Jadekugel in der Hand bewege?«, wiederholte er, nachdem Rann ihm diese Frage gestellt hatte. »Dafür gibt es mehr als nur einen Grund. Jade ist kühl – sie hinterlässt ein angenehm kühles Gefühl auf der Haut. Und es ist eine Angewohnheit von mir, Jade in der Hand zu bewegen. Es löst alle Anspannung, die ich womöglich empfinde. Es beruhigt mich. Und nicht zuletzt hält es auch meine Finger geschmeidig. Es ist wohl eine Art unbewusstes Spiel. Aber es ist mehr als das. Ich halte hier Schönheit in der Hand. In der Kunst ist immer etwas Tieferes als nur reines Spiel verborgen. Der Künstler weiß das. Seine Kunst ist vielleicht eine Art Spiel, ein Überströmen von Geist, doch sie ist immer auch mehr – sie ist eine Offenbarung der menschlichen Natur, die sich mit der Zeit wandelt. Deshalb ist es so wichtig, das Alter eines schönen Kunstgegenstands zu kennen, denn nur so können wir etwas über den Schöpfer in Erfahrung bringen und darüber, was durch diesen über die Zeit, in der er lebte, offenbart wurde – über die Zeit und damit auch über die Menschen zu jener Zeit. Liebten sie die Schönheit, so waren sie zivilisiert. Kunst muss stets mehr leisten, als nur einen

Zweck zu erfüllen. So kann man die kulturelle Stufe eines Volkes anhand der Kunstfertigkeit seiner Architektur, des Stils wie auch des Inhalts seiner Literatur und der Technik seiner Malerei beurteilen, denn auch Gemälde beschreiben den menschlichen Geist der Zeit, in der sie entstehen.«

Mr Kung sprach langsam, nachdenklich und noch während des Sprechens nachdenkend, und seine abgeklärte, sanfte Stimme klang klar und deutlich durch den stillen Raum. Seine zwei Zuhörer sagten nichts. Stephanies Gesicht war dem Fenster zugewandt, während sie schweigend dasaß; die Strahler im Garten schufen eine dramatische Atmosphäre unter den Bäumen und Steinen. Rann folgte ihrem Blick, betrachtete jedoch nichts und sah auch nichts, denn er war gefangen genommen von einer seltsamen neuen Wahrnehmung, von einem Wissen um die Bedeutung von Schönheit, das tiefer war als alles, was er bisher gekannt hatte. Die Kunst – das erkannte er jetzt in seiner ganzen Tragweite – konnte auf viele verschiedene Arten zum Ausdruck gebracht werden, ganz konkret durch die vielen Facetten der Gestaltung, aber auch durch das Leben –nur durch das Leben. Das Leben in diesem Haus gründete auf Liebe und auf der Einsicht in die Schönheit der Kunst und die Kunst des Lebens.

Und plötzlich begriff er die Kunst als einen Ansporn im Leben, als die Aufforderung, ein Werk zu erschaffen, das Arbeit erfordert, aber zugleich auch Freude bereitet. Doch widersprach sich das nicht? Mit dieser Überlegung wandte er sich wieder an Mr Kung.

»Liegt die Bedeutung der Kunst denn nun in der Freude an der Schönheit, Sir, oder in der Arbeit des Künstlers an seinem Werk, auch wenn dieses dann Freude bereitet?«

Mr Kung antwortete sofort, so als hätte er sich diese Frage schon viele Male selbst gestellt. »Beides – die Kunst ist sowohl Arbeit als auch Freude für den Schöpfer. Sie ist ein innerer Drang und eine Befreiung, eine Freude und eine Forderung. Sie ist männlich in ihrem aggressiven Zugriff auf das Leben und weiblich in ihrer akzeptierenden Hinnahme des Lebens. Sie ist Schicksal, wenn man ein Schöpfer ist, ein Geschenk des Himmels, wenn man Talent hat. Die Kunst verdammt niemanden. Sie porträtiert. Und was ist es, das sie porträtiert? Die tiefste Wahrheit, und indem sie das tut, erlangt sie Schönheit.«

Die ruhige, gleichmäßige Stimme, die so reich klang in ihrer sanften Abgeklärtheit, rührte an Ranns Seele. In ihm kristallisierte sich etwas, eine Form, ein Wunsch, beinahe schon klar genug, um als Absicht definiert zu werden. Seine Auswahl an Möglichkeiten gewann Grenzen. Bis jetzt hatte er nie zu sich gesagt, dass er dieser bestimmte Mensch oder jener bestimmte Mensch werden wolle. Ihm war stets jeder Tag, jede Erfahrung, jede Eröffnung neuen Wissens durch ein Buch, einen Menschen oder auch durch eigenes Entdecken als solches genug gewesen. Der Eindruck, den etwas hinterließ, war nie ein von ihm selbst geschaffener. Stets kam etwas zu ihm, und er nutzte es auf das Beste. Er war wie benommen von dieser plötzlichen Einsicht, von diesem plötzlichen Wissen um sich selbst. Doch bevor er das tiefe Schweigen, in das er versunken war, brechen konnte, ergriff Mr Kung erneut das Wort.

»Ich bin müde, Kinder. Ich muss euch allein lassen.«

Er schlug einen kleinen Gong aus Messing, der auf dem Tisch neben seinem Stuhl stand, und die Tür öffnete sich. Der eintretende chinesische Diener kam auf Mr Kung zu und hielt ihm einen Arm hin. Die Hand auf diesen Arm gelegt, lächelte Mr Kung die beiden jungen Leute, die aufgestanden waren, noch einmal an und verließ die Bibliothek.

Dann setzten die beiden sich wieder, Stephanie jetzt auf ein Fußkissen vor dem verglühenden Kaminfeuer. Weder sie noch Rann sprachen ein Wort. Wie konnte er sprechen, wenn er so benommen um sich selbst kreiste, wenn solche Fragen ihn bedrängten – Kunst, ja, aber welche Art von Kunst? Wie konnte er sein Talent entdecken, wenn er denn Talent besaß? Er hatte noch nie mit jemand anderem über seine innersten Gedanken gesprochen. Immer war er der Zuhörer gewesen, der Lernende. Und mit Lady Mary war ein Gespräch über höfliche Konversation hinaus nicht nötig gewesen. Ihre Kommunikation hatte sich stets im Körperlichen erschöpft und keiner Worte bedurft, ein jeder auf seine eigene Weise davon gefangen genommen. Und außerdem wusste er auch gar nicht, ob er mit jemandem sprechen wollte. Was gab es denn jetzt schon in Worte zu kleiden? Ich will schöpferisch tätig sein, ich will etwas erschaffen – ja, aber was? Etwas von Schönheit, etwas von Bedeutung, etwas, das mich von dem schrecklichen inneren Druck dieses Bedürfnisses befreit! Wie konnte er das in Worte kleiden? Und würde Stephanie es verstehen? Sie hatten sich doch auch noch nie über ihre innersten Gefühle, Gedanken und Wünsche unterhalten …

»Ich möchte dir etwas sehr Merkwürdiges erzählen«, sagte Stephanie da auf einmal. Ihre Stimme klang wie im Traum.

»Was denn?«, fragte er.

»Mein Vater hat mich noch nie zuvor mit einem Mann allein gelassen. Ob Mann oder Junge, nie hat er mich mit einem von beiden allein gelassen. Und jetzt frage ich mich, warum er mich mit dir allein lässt?«

»Ich hoffe ... weil er mir vertraut.«

»Oh, es hat noch mehr auf sich damit«, erwiderte sie überzeugt.

Sie hob den Kopf, warf ihr langes, glattes schwarzes Haar zurück und sah ihn an.

»Wie kommst du darauf?«, fragte er.

»Er plant etwas«, sagte sie. »Ich weiß nicht was, aber er plant etwas. Er ist irgendwie anders, seit du im Haus bist. Ich kenne ihn. Er ist ganz anders.«

»Inwiefern?«

»Er ist nicht mehr so arrogant wie früher. Oh, er wurde niemals laut, das nicht, ruhig war er immer – ganz vertieft in seine Kunstsammlung –, aber eben arrogant. Ich musste ihm immer alles erzählen: was ich tat, wohin ich ging – und es gelang ihm stets, mich mit etwas zu beschäftigen, das er erledigt haben wollte. Ich hatte nur noch wenig Zeit für mich selbst, seit ich zu alt bin für eine Gouvernante. Er hat mich immer im Auge behalten – oder hatte seine Leute, die mich im Auge behielten.«

»Wie kannst du das ertragen?«, fragte er.

»Ich verstehe ihn«, erwiderte sie schlicht.

Sie blickte in das verglühende Kaminfeuer, und jetzt fiel ihr das Haar wieder ins Gesicht hinein, sodass er nur ihr reizendes Profil erkennen konnte. Er hatte sie bisher noch nie eingehend betrachtet, doch nun fiel ihm jede Einzelheit auf, nicht weil es ihr Profil war, sondern weil es reizend war. Seit er in diesem Haus hier lebte, war ein Bewusstsein in ihm erwacht. Ein Bewusstsein für die Schönheit. Es gab mehr im Leben als nur das

Wissen. Es gab die Schönheit. Und dies Bewusstsein schwoll wieder an zu dem Bedürfnis danach, selbst Schönheit zu erschaffen. Noch einmal fragte er sich: Aber wie? Und was?

Aus schierer Notwendigkeit rief er aus: »Stephanie!«

Sie schaute nicht auf. »Ja?«

»Glaubst du, dass du mich kennst? Und sei es auch nur ein kleines bisschen?«

Sie schüttelte das lange dunkle Haar. »Nein.«

»Warum denn nicht?«, hakte er nach.

»Weil ich noch nie jemanden wie dich gekannt habe«, sagte sie, nun den Kopf hebend, und sah ihn direkt an.

»Bin ich denn so … schwierig?«

»Ja – weil du immer schon alles weißt und kennst.«

»Außer mich selbst.«

»Weißt du nicht, was du tun sollst?«

»Weißt du es denn?«

»Natürlich. Ich möchte meinem Vater bei seinen Geschäften helfen, aber vor allem möchte ich lernen, unabhängig zu sein.«

»Aber du wirst doch bestimmt heiraten!«

»Ich habe noch nie jemanden kennengelernt, den ich heiraten will.«

»Du hast doch noch Zeit – du bist ja nicht älter als ich!«

»Willst du denn heiraten?«

»Nein!«

»Dann sind wir schon zwei. Und jetzt kann ich dir auch getrost erzählen, was mein Vater eigentlich will und warum er dich nicht gehen lässt, wenn du vom Abreisen sprichst. Das hast du vermutlich selbst schon bemerkt?«

»Ja. Aber ich wollte gar nicht abreisen – nicht wirklich! Ich lerne so viel von ihm – und dann gibt es hier all diese Bücher! Es war nicht viel Überredungskunst nötig, um mich zum Bleiben zu bewegen. Ist dir das nicht aufgefallen?«

»Mein Vater hat seine eigene Methode, um zu erreichen, dass die Leute genau das tun, was er will – sanft, aber unnachgiebig.«

»Und was will er?«

»Er will natürlich, dass wir beide heiraten.«

Rann war schockiert. »Aber warum denn?«

»Damit er einen Sohn hat, Dummkopf!«

»Aber ich dachte, er kann Amerikaner nicht leiden!«

»Er mag dich.«

»Wäre ihm ein Chinese nicht lieber?«

»Er weiß, dass ich keinen Chinesen heirate – niemals!«

»Nicht?«

»Nein!«

»Warum nicht?«

»Weil zu vieles an mir nicht chinesisch ist. Und dennoch bin ich zu sehr Chinesin, um einen Franzosen zu heiraten – oder einen anderen Weißen. Und deshalb … werde ich nicht heiraten.«

»Weiß er das?«

»Nein, aber das ist auch gar nicht nötig. Das hieße nur, ihm auf ewig einen Sohn zu verweigern. Er will, dass ich einen Mann heirate, der unseren Familiennamen annimmt und weiterträgt. Das ist der rechtsgültige Weg – der Brauch – in dem China, das er kennt. Für ihn gibt es kein anderes China.«

Er schwieg einen Augenblick und versuchte, sich seiner Gefühle klar zu werden. Schockiert und in gewisser Weise bestürzt, andererseits wiederum aber auch beruhigt, weil keiner von ihnen eine Heirat wollte, und dennoch irgendwie fasziniert – nein, das war ein zu starkes Wort –, irgendwie aufgewühlt im Sinne dessen, was Lady Mary ihn gelehrt hatte …

»Nun«, rief er plötzlich und sprang aus seinem Sessel auf. »Wenigstens sind wir der gleichen Meinung und verstehen uns, aber wir werden doch gute Freunde sein, oder? Ich mag dich nämlich wirklich sehr – sehr viel mehr als jedes andere Mädchen, das ich je kennengelernt habe, auch wenn du in gewisser Hinsicht das einzige Mädchen bist, das ich jemals kennengelernt habe.«

»Und du bist der einzige Mann – das heißt, der einzige junge Mann –, den ich jemals kennengelernt habe. Das heißt, der hier bei uns im Haus lebt – «

»Wir werden also einfach gute Freunde sein«, sagte er da entschieden, und dann setzte er sich wieder. Denn plötzlich waren ihm seine Überlegungen von vorhin wieder eingefallen. Wenn er nun eine Freundin hatte, so sollte er auch mit ihr sprechen.

»Auch wenn du mich nicht wirklich kennst, so kennst du doch andere«, begann er, »und du bist durch den Umgang mit deinem Vater sehr klug für dein Alter. Als was also siehst du mich – nur einmal probehalber, meine ich, in der etwas weiter entfernten Zukunft vielleicht … oder auch in der sehr weit entfernten?«

Erneut sah sie ihn an, denn sie hatte wieder einmal in das verglühende Kaminfeuer geblickt. Und als sie ihn nun sonderbar hellsichtig betrachtete, antwortete sie mit erstaunlicher Sicherheit.

»Oh, als Schriftsteller natürlich. Ja, wirklich, schon seit unserer allerersten Begegnung. Eigentlich dachte ich sogar, dass du bereits einer wärst, so wie du dort in dem Café an dem kleinen Tisch gesessen und alle Vorbeilaufenden angestarrt hast, als hättest du noch nie einen Menschen gesehen.«

»Als Schriftsteller«, wiederholte er mit einer Stimme, die nur noch ein Flüstern war. »Das wurde mir früher schon einmal gesagt, und ich habe natürlich auch selbst viel darüber nachgedacht, aber zu einer endgültigen Entscheidung bin ich bisher nie gelangt. Und du hast es schon die ganze Zeit gewusst!«

»Oh, ja, eindeutig!«

Ein Anfall von Zweifel ernüchterte ihn. »Aber du könntest dich irren!«

»Ich habe recht. Du wirst schon sehen.«

Doch er konnte sich nicht einfach so mit einem Mal ganz sicher sein. »Nun«, begann er langsam, »darüber muss ich erst einmal nachdenken. Gründlich nachdenken – sehr, sehr gründlich. Ich habe natürlich bereits darüber nachgedacht, wie ich schon sagte, doch nur als eine Möglichkeit unter anderen. Und dich jetzt so sicher zu sehen – das ist, nun ja, in gewisser Weise geradezu bestürzend. Fast wie eine Verpflichtung …«

»Aber du hast mich doch gefragt!«

»Ich werfe dir ja auch gar nichts vor – aber dass du es mir einfach so sagst!«

»Ich bin immer geradeheraus. Das ist wohl vermutlich die Amerikanerin in mir.«

»Du bist sehr viel mehr eine Amerikanerin, als du weißt. Zwischen dir und deinem Vater liegen Welten.«

»Oh, das weiß ich – und wie! *Er* ist es, der es nicht weiß.«

»Das liegt daran, dass er ganz Chinese ist.«

Danach verstummte das Gespräch, und dann schwiegen sie so lange, dass Rann schließlich aufstand. »Du hast mir viel zum Nachdenken gegeben«, sagte er. »Ich werde jetzt zu Bett gehen. Gute Nacht, Stephanie.«

»Gute Nacht, Rann.«

Er beugte sich über sie, und aus einem plötzlichen Impuls heraus setzte er einen Kuss auf den Scheitel ihres dunklen Haars. So etwas hatte er noch nie getan. Aber sie rührte sich nicht, ja vielleicht wusste sie nicht einmal, was er getan hatte.

Dieser Geste jedoch wohnte ein Anfang inne. Schlaflos lag er da in seinem Bett und dachte zunächst darüber nach, was für Pläne Mr Kung wohl für ihn haben mochte, und dann stundenlang aufgeregt darüber, dass er vielleicht wirklich Schriftsteller werden würde. Er hatte schon viele kürzere Texte geschrieben, in Vers und auch in Prosa, aber für gewöhnlich ging es dabei um Fragen, die er sich selbst stellte. Er waren einfach nur Fragen, nichts Literarisches, und indem er diese aufschrieb, bildeten sich in seinem Geist mögliche Antworten heraus, wenn er in den Büchern von anderen keine Antworten finden konnte. Denn das Problem war ja, dass die anderen, sogar die Besten unter ihnen, nur so wenig wussten, es aber so viele Bücher gab, dass er ständig Zeit mit Suchen und Herumblättern verschwendete. Und wenn er allein war, kamen die Fragen oft in rhythmischen Versen zu ihm, vor allem dann, wenn er allein draußen in der Natur war. Er erinnerte sich an einen taufeuchten Herbstmorgen in England, als er, noch aufgeregt von der Nacht zuvor, nicht schlafen konnte und im Morgengrauen aufgestanden und dann bei Sonnenaufgang in die Gärten des Herrenhauses gegangen war. Dort hatte er, zwischen all den blühenden Rosen im Rosengarten, ein kunstvolles Spinnennetz entdeckt, in dem Tautropfen glitzerten, ein jeder Tautropfen ein Diamant im Sonnenschein, und mitten darin dessen Schöpfer, eine kleine schwarze Spinne, und in rhythmischen Versen waren Fragen in ihm aufgestiegen:

Diamantenes Netz aus Silbertau.
Schönheit entstanden aus Formen des Teufels?
Engel? Teufel? Was bist du?
Nur eins davon? Oder gar beides?

Und in diesen Augenblick hatte Lady Mary ihn gestört. Sie war in ihrer Morgenstimmung gewesen, distanziert, ja sogar kühl. Anfangs hatte ihn das sehr verwirrt, einerseits die beängstigende Hitze ihrer körperlichen Leidenschaft und andererseits, wenn diese bis zur Erschöpfung ausgekostet war, ihre kühle Reserviertheit. Keiner außer ihm wusste, dass in dieser schlanken, aufrechten Gestalt zwei solch unterschiedliche Frauen lebten. Er hatte gelernt, sie beide zu akzeptieren, die eine, die sich vollkommen hemmungslos auf ihn stürzte, und die andere, die sich so distanziert und würdevoll gab in ihrem konventionellen, ja fast schon traditionellen englischen Verhalten. Er hatte sehr viel von Lady Mary gelernt. Doch all das erschien ihm jetzt nutzlos im Lichte dessen, was Stephanie am Abend zuvor gesagt hatte. Er dachte noch einmal mit neuer Aufgeschlossenheit darüber nach. Ja, er könnte es. Er könnte Schriftsteller werden und sich ganz der Kunst des Schreibens hingeben. »Das Leben eines Menschen beginnt mit seiner Arbeit, mit seinem Werk«, hatte

Mr Kung gesagt. Dann hatte er deshalb also stets das Gefühl gehabt, als hätte sein eigenes Leben noch gar nicht begonnen – er hatte sich bislang nicht für eine Arbeit, für ein Werk entschieden. Aber hatte er denn jetzt tatsächlich eine Entscheidung gefällt? Konnte man so rasch eine Entscheidung über sein Leben fällen?

Doch er schlief ein, noch ehe der Morgen anbrach, ohne seine eigenen Fragen beantwortet zu haben.

»Um Paris wirklich zu sehen«, sagte Stephanie, »muss man zu Fuß gehen – zu Fuß gehen – zu Fuß gehen, falls man nicht irgendwo auf einem Gehweg an einem kleinen Cafétisch sitzt, einen Aperitif trinkt und sich die Menschen anschaut, die vorüberlaufen, denn auch die Menschen sind ja Paris. Aber man kann natürlich nicht überall zu Fuß hingehen – sagen wir, zum Beispiel, nach Montmartre! Dort fährt die Funiculaire hin – und sogar die U-Bahn, auch wenn ich es nicht leiden kann, unter der Erde zu fahren. Es ist so unheimlich.«

»Werde ich denn gar keine Zeit mehr im Louvre verbringen dürfen?«, fragte Rann.

Sie waren noch genau dieselben wie vor dem Gespräch an jenem späten Abend in der Bibliothek, der nun schon vier Abende zurücklag. Er hatte allerdings nicht einen einzigen Augenblick lang vergessen, was sie zu ihm gesagt hatte, auch wenn er nicht mehr darauf zu sprechen kam. Doch er hatte, fast unmerklich, sein Verhalten Mr Kung gegenüber verändert. Er lag ihm, metaphorisch gesprochen, nicht mehr ganz so offensichtlich zu Füßen. Stattdessen nahm er jetzt öfter einmal Bücher zum Lesen mit auf sein Zimmer hinauf, oder er machte ausgedehnte

Spaziergänge durch die Stadt. Auf einem dieser Spaziergänge hatte Mr Kung ihn am Tag zuvor gesehen, und so hatte er die beiden jungen Leute an diesem Morgen, bevor er aus dem Haus ging, zu sich rufen lassen.

»Stephanie, mein Kind«, hatte er tadelnd gesagt, »warum erlaubst du unserem jungen Freund, ganz allein durch die Straßen von Paris zu streifen. Begleite ihn heute und zeige ihm die Stadt!«

»Das tue ich gern, Papa«, hatte Stephanie erwidert. »Was sagst du dazu, Rann?«

Sie hatten ein wissendes Lächeln ausgetauscht. »Das wäre wunderbar«, hatte Rann mit echter Begeisterung gesagt.

»Dann ist es also abgemacht«, hatte Mr Kung entschieden und das Haus in großer Zufriedenheit verlassen.

»Mit mir gehst du auf gar keinen Fall in den Louvre!«, rief Stephanie jetzt aus.

»Und warum nicht?«, fragte Rann. »Ich habe ganze Wochen dort verbracht und bislang doch nur an der Oberfläche all dessen gekratzt, was es dort zu sehen gibt.«

»Genau das ist es«, erwiderte Stephanie, »er ist einfach viel, viel zu groß.«

Rann wollte sich zur Wehr setzen, denn er hatte das Gefühl, dass er noch nicht genug Zeit im Louvre verbracht hatte, und außerdem schreckte dessen Größe ihn nicht. Stephanie war in vielerlei Hinsicht sehr französisch und hatte eine recht wählerische Herangehensweise an die Dinge. Oder war das vielleicht das Chinesische an ihr? Er wusste es nicht. Auf jeden Fall war sie sehr wählerisch, und zu viel auf einmal war nichts für sie.

»Wie also«, fuhr er fort, »soll ich dann jemals all die Kunstschätze von Paris zu Gesicht bekommen?«

»Immer schön eins nach dem andern, wie wär's damit?«, sagte Stephanie schmeichlerisch. Und dann zählte sie mit ihrem rechten Zeigefinger an den Fingern der linken Hand ab. »Ich werde dir die Kunstschätze des Mittelalters im Cluny zeigen, mit dir ins Arts et Métiers gehen, weil du dich für die Wissenschaften interessierst, und dann ins Carnavalet für alles über Paris selbst. Und was die Kunst angeht, da ist zuerst das Jeu de Paume dran, natürlich mit den Impressionisten. Für asiatische Kunst kenne ich nichts Besseres als die Sammlungen meines Vaters. Aber nein doch! Ich werde großzügig sein und mit dir ins Guimet gehen.«

»Und nach Versailles«, wagte er sich vor.

Doch sie schlug sich die zarten Hände vors Gesicht. »Oh nein, bitte nicht! Fahren wir lieber nach Chartres – das ist so viel hübscher – und danach nach Rouen! Aber eins musst du unbedingt noch sehen, La Mouffe!«

»Was ist La Mouffe?«, fragte er, weil er noch nie davon gehört hatte.

»Ein wunderbarer alter Straßenmarkt, Hunderte von Jahren alt! Ach, und die Leute erst! Und die Gesichter! Und alle streiten sie nach Leibeskräften schreiend um den Preis – das ist so ein Spaß! Wir könnten uns dort etwas Brot und Käse kaufen und in den Jardin des Plantes gehen und den Springbrunnen ansehen.«

Und so machten sie sich im Angesicht des Sonnenscheins, des Morgens und ihrer eigenen Jugend freudig auf den Weg. Rann fühlte sich frei mit ihr, ungezwungen und glücklicher, als er je zuvor in seinem Leben gewesen war. Seit sie ihm an jenem Abend in der Bibliothek anvertraut hatte, dass sie nicht heiraten wolle, fühlte er sich äußerst wohl in ihrer Gesellschaft. Ihre Unabhängigkeit, ihr Wunsch, völlig frei von Ehe und Männern zu leben, befreite auch ihn. Die Monate mit Lady Mary, diese zunächst so aufregende Unterwerfung, die ihm schließlich widerwärtig geworden war, hatte einen Schatten auf ihn geworfen, die Last eines geheimen Wissens, das an diesem sonnigen Sommertag verblasste, ebenso wie an allen darauffolgenden Tagen.

Er wusste natürlich, dass dieses Leben nicht ewig andauern konnte. Dass ein Tag so selbstverständlich in den nächsten überging, lag nur daran, dass er jeden Tag so viel lernte. Stephanie kannte so viele interessante Orte und so viele Menschen unterschiedlichster Art, Menschen, mit denen sie verkehrte, ohne allzu eng mit ihnen befreundet zu sein, deren persönliche Geschichten und Eigenheiten sie aber gut kannte und ihm in so lebhaften Details schilderte, dass er meinte, jeden Einzelnen von ihnen zu kennen, und das, obwohl sie ihm nur selten jemanden mit Namen vorstellte. Und er saugte all diese mit anschaulichen Details angereicherten Fakten begierig auf.

»Monsieur Lelong«, erzählte sie ihm jetzt gerade, »ist Lehrer an der Schule, auf die ich als kleines Mädchen ging, ein ganz ausgezeichneter sogar. Aufgrund eines Leberleidens hat er nur leider schrecklichen Mundgeruch, doch er ist die Güte in Person.«

Sie waren in diesem Augenblick dabei, einen großen, viel zu dünnen Mann mit gelblicher Gesichtsfarbe in einem schäbigen schwarzen Anzug zu überholen.

»Bonjour, Monsieur Lelong! Wie geht es Ihnen?«

Sie tauschten sich einige Minuten lang aus, und dann ließ Stephanie den Lehrer weitergehen, während sie die Lebensgeschichte des alternden Franzosen in allen Einzelheiten vor Rann ausbreitete, seine unerwiderte Liebe zu einer viel jüngeren Lehrerin, die einen anderen Mann geheiratet hatte, und –

Rann lachte. »Du bist es, die Bücher schreiben sollte, Stephanie – nicht ich!«

»Oh, dafür könnte ich niemals die Geduld aufbringen«, sagte sie zu ihm. »Aber du – und deshalb musst du die Menschen kennenlernen. Du musst so viel wie möglich über die verschiedensten Menschen erfahren, und nicht nur das, was ihnen widerfahren ist, sondern auch warum sie so sind, wie sie sind.«

Rann lernte tatsächlich jeden Tag wieder etwas Neues, und das hätte er vielleicht auch ewig so weiterlaufen lassen, wenn Mr Kung ihn nicht eines Abends gebeten hätte, am nächsten Vormittag zu ihm ins Geschäft zu kommen. Dort in seinem Büro habe er eine Angelegenheit mit ihm zu besprechen. Er war natürlich schon oft in Mr Kungs riesigem Geschäft gewesen, das mit seiner Vielfalt an Kunstgegenständen wahrlich einem Museum glich. Wann immer eine neue Schiffsladung aus einem asiatischen Land eintraf, war Stephanie mit ihm dorthin gegangen, und so hatte er Land um Land und Epoche um Epoche kennengelernt. Er lernte die verschiedenen Qualitäten von Jade und Topas, Elfenbein, Rubinen und Smaragden zu unterscheiden. Nie zuvor jedoch hatte er Mr Kungs privates Büro betreten, das ganz am hinteren Ende der mit Schätzen angefüllten Räume lag.

»Soll ich auch kommen, Vater?«, fragte Stephanie.

»Nein, das ist nicht nötig«, erwiderte Mr Kung.

Der Abend neigte sich bereits dem Ende zu. Der Winter war vorüber, auf den Straßen der Stadt wimmelte es schon wieder von Menschen, und der Frühling hatte begonnen. Er war mit

Stephanie in der Premiere eines neuen Theaterstücks gewesen, und bei ihrer Rückkehr hatten sie Mr Kung in der Bibliothek angetroffen, wo er, auf sie wartend, mit einer großen Lupe in der Hand eine lange Pergamentrolle mit einer chinesischen Landschaft darauf betrachtete. Als die beiden den Raum betraten, legte er die Pergamentrolle und die Lupe sogleich beiseite, und nachdem er Rann gebeten hatte, ihn in seinem Geschäft aufzusuchen, machte er sich auf den Weg die Treppe hinauf in seine eigenen Räume.

Die beiden jungen Leute sahen ihm vom Fuße dieser Treppe aus nach, und Stephanies Gesichtsausdruck wurde traurig.

»Siehst du, wie kraftlos seine Schritte mittlerweile sind?«, flüsterte sie. »Seine Gesundheit hat den Winter über nachgelassen. Ich weiß, er beschwert sich nie. Aber ich frage mich, was er dir morgen wohl zu sagen hat?«

»Das frage ich mich auch«, sagte Rann. »Aber ich glaube, wir wissen es.«

Sie sah ihn betrübt an, sprach aber mit entschlossener Stimme. »Worum auch immer er dich bittet, Rann, du darfst es nur dann tun, wenn es wirklich deinem Leben entspricht. Du hast dein eigenes Talent!«

»Bitte, nehmen Sie doch Platz«, sagte Mr Kung freundlich.

Rann setzte sich auf den Stuhl, auf den Mr Kung mit seiner langen schmalen Hand gedeutet hatte. Es war ein chinesischer Stuhl ohne Armlehnen aus poliertem dunklem Holz, und die sehr aufrechte Rückenlehne war mit einer Intarsie aus Landschaftsmarmor geschmückt. Mr Kung erklärte ihm die Marmorintarsie des Stuhls, es war ein ganz besonderer Marmor aus der Provinz Yunnan in Südchina, der, wenn er quer in dünne Platten geschnitten wurde, so stark geädert war, dass die dunkle Maserung eine Landschaft oder manchmal sogar eine Meereslandschaft abzubilden schien. Der ganze Raum war vollkommen in chinesischem Dekor gehalten. An den Wänden hingen Pergamentrollen, und in den Ecken standen hohe Topfpflanzen.

Der Stuhl, den Mr Kung ihm zugewiesen hatte, stand an der linken Seite des quadratischen Tisches, der an der Rückwand des Raumes in der Mitte stand. Mr Kung, als der Ältere, saß ihm gegenüber an der rechten Seite. Ein chinesischer Diener in einem langen blauen chinesischen Gewand trat lautlos mit einer Teekanne und zwei bedeckten Teeschalen ein, stellte das Tablett auf einem Beistelltisch ab, nahm die Tücher von den Schalen, füllte diese mit Tee, bedeckte sie wieder und stellte dann jeweils eine Teeschale mit beiden Händen vor Mr Kung und vor seinem Gast ab. Dann verließ er den Raum ebenso so lautlos, wie er gekommen war.

»Trinken Sie«, forderte Mr Kung ihn auf, hob das Tuch von seiner Teeschale, während er sie an den Mund führte, nahm einen Schluck von dem heißen Tee und stellte die Schale wieder ab.

»Meine Tochter hat mir erzählt, dass sie Ihnen viele Sehenswürdigkeiten gezeigt hat«, sagte Mr Kung.

»Wir haben eine wunderbare Zeit miteinander verbracht«, erwiderte er und wartete dann ab.

Mr Kung schwieg ein paar Minuten lang, so als würde er meditieren, ehe er unvermittelt zu sprechen begann.

»Ich bin Chinese und stamme aus einer sehr alten und in China hoch angesehenen Familie. Wir sind Mandarins. Leider weiß ich weder, wie viele meiner Brüder noch leben, noch wo sie leben, abgesehen von meinem jüngsten Bruder, der nach Hongkong flüchten konnte. Er lebt dort unter einem anderen Namen und wickelt Geschäfte für mich ab. Ich selbst kam vor sehr vielen Jahren zum Studieren nach Paris, aber ehe ich mein Studium beenden konnte, wechselte in meinem Heimatland die Regierung. Zu jener Zeit wäre ich vielleicht sogar noch zurückgegangen, wenn meine hochverehrten Eltern nicht unter den Ersten gewesen wären, die ermordet wurden. Wir waren Landbesitzer, und meine Eltern wurden von unseren eigenen Pächtern, die sich als sehr landhungrige Bauern erwiesen, ermordet. Ohne Eltern war ich gezwungen, mein Leben selbst in die Hand zu nehmen. Es war mir nicht mehr möglich, in mein Heimatland zurückzukehren und die Frau zu heiraten, mit der ich von meinen Eltern verlobt wurde, als wir beide noch Kinder waren. Ihre Eltern, und sie selbst vermutlich auch, waren ebenfalls ermordet worden. Und so nahm ich mein Leben also selbst in die Hand. Ich hatte eine amerikanische – wie nennen Sie das – ›une amie‹. Verstehen Sie, was ich meine?«

Rann nickte, und Mr Kung fuhr fort.

»Ich hätte es besser wissen sollen – aber sie wollte, dass ich sie heirate, weil sie schwanger war, und so tat ich es. Und ich wollte auch eine Familie haben, ja, ich hatte sogar die Pflicht, meine Familie fortzuführen. Ein Sohn wäre auf jeden Fall Chinese gewesen, auch mit teils fremdländischem Blut. Und er hätte meinen Namen getragen. Deshalb habe ich geheiratet. Dann kam es so, dass sie zwar schwanger war, das erste Kind aber durch eine Fehlgeburt verlor. Ich habe immer vermutet, dass sie diese absichtlich herbeigeführt hat, und zu jener Zeit war ich sehr wütend auf sie. Als sie ein Jahr darauf zum zweiten Mal schwanger wurde, habe ich mich selbst um alle Einzelheiten ihres Wohlergehens gekümmert. Und dieses Kind ist heute meine Tochter. Später dann hat ihre Mutter – diese Frau – sich in einen Amerikaner verliebt. Er war ein Künstler, aber leider kein besonders guter. Sie verließ mich, als unser Kind noch nicht einmal sechs Jahre alt war. Aber Stephanie ist immer ein gutes Kind gewesen, sehr intelligent. Doch eben eine Tochter. Halten Sie sie auch für intelligent?«

»Für sehr intelligent«, erwiderte Rann.

»Und … für schön?«, fragte Mr Kung.

»Und für schön«, bestätigte er.

Mr Kung nahm erneut einen Schluck Tee und setzte die Schale wie zuvor wieder ab. Er räusperte sich, ehe er fortfuhr.

»Das ermutigt mich, Ihnen nun den Vorschlag, den ich im Sinn habe, zu unterbreiten. Lassen Sie mich zunächst einmal sagen, dass von allen jungen Männern, die ich kennengelernt habe, Sie der Einzige sind, den ich mir als leiblichen Sohn wünschen würde. Sie haben eine alte Seele. Ich bin ein zu moderner Mensch, um noch an Reinkarnation zu glauben – und doch alt genug, um sie nicht ganz abzutun. Ich wünschte, Sie wären tatsächlich mein leiblicher Sohn. Möglich wäre es. Ihr Geist ist reine Intelligenz. Sie reden nur wenig, doch Sie verstehen alles. Wenn ich Ihnen etwas erzähle – was auch immer es ist –, kann ich erkennen, dass Sie es schon wissen.«

Was sollte er darauf erwidern? Also schwieg er.

»In meinem Heimatland«, fuhr Mr Kung fort, »haben wir einen alten Brauch. Wenn es keinen Erben gibt, keinen Sohn, der die Familie fortführt, kann der Lieblingsschwiegersohn, das heißt der Ehemann der Lieblingstochter, als der wahre Sohn adoptiert werden. Er nimmt dann den Familiennamen an und wird zum Sohn und Erben.«

Mr Kung hob eine Hand, um eine Erwiderung zu verhindern, denn Rann hatte den Kopf gehoben und den Mund geöffnet, um zu sprechen. »Warten Sie! Ich sagte *Erbe*. Ich bin ein sehr reicher Mann. Ja, ich bin sogar berühmt. Auf mein Wort wird vertraut in diesem fremden Land. Ich bin eine Autorität in den allerhöchsten Belangen der asiatischen Kunst. Ich werde Ihnen alles beibringen, und Sie werden mein Geschäft erben – wenn Sie meine Tochter heiraten.«

»Sir«, warf Rann jetzt ein, »haben Sie mit Ihrer Tochter darüber gesprochen?«

Denn während er Mr Kungs wohlklingender, sanfter Stimme zuhörte, hatte ihn der Gedanke beschlichen, dass dieser Vorschlag ein gemeinsamer Plan von Vater und Tochter sein könnte. Ja, vielleicht hatte Stephanie diesen Plan sogar dadurch mit vorbereitet, dass sie ihm zuvor erklärt hatte, sie wolle nicht heiraten. Vielleicht wollte sie es doch. Von Lady Mary hatte er gelernt, dass eine Frau durchaus Desinteresse vortäuschen konnte, wenn sie in Wahrheit ihr Herz an etwas gehängt hatte – an was auch immer.

»Nein, mit meiner Tochter habe ich darüber natürlich noch nicht gesprochen«, erwiderte Mr Kung. »Das ist auch nicht angebracht, solange ich Ihr Wort nicht habe. Wenn Sie also mein Sohn werden wollen – wenn Sie es auch nur in Erwägung ziehen würden –, wäre mein Herz voller Freude. Dann werde ich sofort zu meiner Tochter gehen. Ah ja, natürlich – Sie sind Amerikaner, das darf ich nicht vergessen. Nachdem ich mit ihr ge-

sprochen habe, sollten auch Sie selbst sogleich mit ihr sprechen. So altmodisch bin ich nicht. Das werde ich erlauben. Ich
darf schließlich nicht vergessen, dass auch meine Tochter zum
Teil Amerikanerin ist. Es ist schwer für mich, mich daran zu
erinnern. Und dennoch vergesse ich es nie. Aber nun will ich
schweigen. Ich erwarte Ihre Antwort.«

Mr Kung lächelte ihn an, mit einem warmen, herzlichen Lächeln, einem Lächeln hoffnungsvollen Glücks. Rann wusste
nicht, wie er anfangen sollte. Durch gottgegebenen Instinkt verstand er alles, was dieser gute Mann, dieser alternde chinesische Vater empfand. Er schrak davor zurück, ihn zu verletzen,
und dennoch musste er sein eigenes Leben leben auf eine Art,
die ihm gerade erst klar zu werden begann. Heirat hatte er niemals in Erwägung gezogen. Lady Mary hatte allein schon den
Gedanken daran unmöglich gemacht. Sie hatte einen Teil seiner selbst zerstört. Irgendwo tief in seinem Innern war etwas
kaputt gegangen. Sie hatte ihm zu früh etwas aufgenötigt. Das,
was in ihm vielleicht in natürlicher Schönheit hätte langsam auf-
gehen können, war aufgerissen worden. Ja sicher, es war nur
allzu wahr, er hatte nachgegeben, wo er hätte widerstehen sollen, aber das, was anfangs ein so überraschendes körperliches
Vergnügen gewesen war, war zu einer abstoßenden Forderung
geworden. Er war tatsächlich benutzt und damit letztlich missbraucht worden. Und selbst wenn er je heiraten sollte, müsste
alles so ganz anders sein, dass die Vergangenheit ausgelöscht
würde.

»Sir«, begann er mit einer Entschlossenheit, die ihm zugleich sehr schwerfiel. »Ich fühle mich geehrt. Wirklich, Sir, ich
kenne keinen Mann, den meinen Vater zu nennen eine größere

Ehre für mich wäre. Aber ich bin noch nicht dazu bereit, zu heiraten, Sir. Und ich habe selbst eine Familie – eine Mutter, einen Großvater –«

Mr Kung unterbrach ihn. »Sie werden in der Lage sein, für beide zu sorgen.«

»Aber Sir«, erwiderte er mit großer Eindringlichkeit, »es gibt auch noch mich selbst. Ich muss an das denken, wofür ich geboren wurde … an meine eigene Zukunft, an mein Schicksal … meine … meine Arbeit, Sir!«

»Soll das heißen … soll das heißen … *Sie lehnen ab?*«

»Ich muss, Sir.«

Rann stand auf, und auch Mr Kung stand von seinem Stuhl auf. Er hielt ihm seine rechte Hand hin, doch der Chinese ergriff sie nicht. Sein Gesicht wurde kalt und abweisend.

»Verstehen Sie denn nicht, Sir?«, bat Rann.

Mr Kung sah auf seine Armbanduhr. »Entschuldigen Sie mich bitte«, sagte er wie beiläufig. »Mir fällt eben ein, dass ich noch einen anderen Termin habe.«

Und mit diesen Worten verbeugte er sich und verließ den Raum.

Eine Stunde später war Rann wieder in dem schönen Château, wo er all diese Monate über so glücklich gewesen war. Er packte seine Koffer und suchte die wenigen Sachen zusammen, die er mitgebracht hatte, alles andere ließ er zurück. Stephanie war bei ihm.

»Ich muss nach Hause«, murmelte er immer wieder vor sich hin. »Ich will nach Hause. Ich will dorthin zurückkehren, wo ich herkomme. Ich muss dort eine Zeit lang allein sein.«

Als er seine eigenen Worte vernahm, hielt er inne und drehte sich zu Stephanie um. Sie stand einfach nur da, blass und schweigsam.

»Verstehst du das, Stephanie?«

Sie nickte. Und plötzlich begriff Rann, dass er sie nun verließ. »Werden wir uns jemals wiedersehen?«

»Wenn unser Schicksal es will«, erwiderte sie.

»Glaubst du denn an das Schicksal, Stephanie?«

»Natürlich. Zumindest der chinesische Teil von mir tut es.«

»Und der andere – der amerikanische?«

Sie schüttelte den Kopf. »Du verpasst noch den Bus zum Flughafen. Das Taxi wartet schon.«

»Bringst du mich nicht hin?«

»Nein. Ich bringe dich nicht hin. Dann müsste ich nur allein hierher zurückkommen. Und außerdem möchte ich hier sein, wenn mein Vater nach Hause kommt.«

Sie hielt ihm eine Wange hin, und er setzte einen Kuss auf ihre kühle, weiche Blässe.

»Auf Wiedersehen, Stephanie. Wir werden uns schreiben, nicht wahr?«

»Aber natürlich. So, und jetzt mach dich auf den Weg!«

TEIL II

Als Rann in New York ankam, wollte er sogleich nach Hause weiterfahren. Doch sein Großvater lebte hier, und er brachte es nicht übers Herz, die Stadt zu verlassen, ohne sich nach ihm zu erkundigen, damit er seiner Mutter berichten konnte, wie es dem alten Mann ging. Ein ganzes Leben schien vergangen zu sein während seiner Reise. Er war mit den Erfahrungen eines Jungen aufgebrochen und als ein Mann zurückgekehrt. Aber ihm war zu rasch zu viel zugemutet worden. Lady Mary hatte ihm Schaden zugefügt, ihm zu früh körperliche Reife aufgenötigt. Wie wäre es wohl gewesen, so fragte er sich, wenn er sich in ein junges Mädchen verliebt hätte, in ein scheues junges Mädchen, das genauso alt war wie er, und er eigenständig statt fremdbestimmt, zögernd statt angetrieben, suchend statt gedrängt seinen eigenen Weg in die Sexualität gegangen wäre? Aber es hatte kein junges Mädchen gegeben. Stephanie – nein, Stephanie gehörte irgendwie der Zukunft an. Doch wenn es keine Lady Mary gegeben hätte, wäre es dann Stephanie gewesen?

Er hatte keine Lust, seine eigene Frage zu beantworten. Ein tiefer Überdruss, eine geistige Lethargie überkam ihn. Er war zu rasch herangewachsen. Sein Geist war übervoll. Er brauchte Zeit für seinen Eintritt ins Mannesalter, Zeit, um seine eigene

Natur zu erforschen, seine eigenen Bedürfnisse aufzuspüren. Der Gedanke an das ruhige Haus aber, in dem er geboren wurde und seine Kindheit verbracht hatte – auch das viel zu rasch, wie er jetzt dachte –, bedeutete für seine aufgewühlten Sinne nichtsdestotrotz Frieden. Nein, er würde nicht anderen die Schuld geben. Er selbst war es gewesen, der sich angetrieben hatte, sich von seinem ruhelosen Geist und seiner allzeit bereiten Vorstellungskraft hatte beherrschen lassen. Nun würde er erst einmal sehr viel schlafen und essen und sich in der ruhigen Gesellschaft seiner Mutter ausruhen, und dann würde ihm allmählich schon klar werden, was er tun wollte. Und währenddessen würde er sich auch über den Militärdienst Gedanken machen müssen. Diese Jahre erschienen bereits am Horizont – als Schatten oder als Chance? Er wusste es nicht.

Nach all den makellosen Straßen in England und Frankreich fuhr er die überfüllten und von Müll übersäten Straßen von Manhattan mit einem leichten Widerwillen entlang und sah die Menschen mit neuen Augen – die Menschen seiner Heimat, auch wenn sie ihm im Augenblick fremd erschienen. Wie wenig er über sie wusste und wie viel es noch zu wissen gab, wie viel zu lernen! Er hatte, in gewisser Weise, etwas über sich selbst gelernt, doch das, was er gelernt hatte, gefiel ihm nun nicht mehr. Er hatte gelernt, dass Körper und Geist in seiner großen Gestalt miteinander Krieg führten und dass er noch keinen von beiden bezwungen hatte. Ja, er hatte sie weder genährt noch befriedigt, denn hier war sein gieriger Körper, mit seinen fiebrigen Leidenschaften und lebhaften Instinkten, und dort sein feindlich gegen diesen Körper gestimmter Geist. Er wollte die wohlgeformte Figur junger Mädchen gar nicht betrachten oder sie sich unbekleidet vorstellen, und doch musste er sie einfach betrachten oder sie sich vorstellen. Er rebellierte gegen seinen Körper, denn sein Geist war hungrig und lechzte ungeduldig nach seiner eigenen Befriedigung. Diese beiden Teile seiner selbst lagen im Krieg miteinander, aber irgendwo war da noch ein dritter Teil von ihm – sein Wille, der zögernd zwischen Körper und Geist schwebte. Der Körper war ein Tyrann, und irgendwie musste dieser unter Kontrolle gebracht werden, damit er den tieferen und fortwährenden Hunger seines Geistes stillen konnte.

In diesem aufgewühlten Zustand verließ Rann an seinem ersten Morgen in New York sein bescheidenes Hotelzimmer und machte sich auf den Weg nach Brooklyn, wo er ein, zwei Tage lang bei seinem Großvater bleiben wollte, ehe er Richtung Westen weiterreiste. Es war ein schöner Morgen, sonnig und klar, mit einem wolkenlosen Himmel, und die Menschen liefen flink dahin in der warmen, reinen Luft. Er nahm ein Taxi und betrachtete die Szenerie, die langsam draußen an seinem Fenster vorbeiglitt. Seltsam, seltsam, wie ein Volk seine Welt gestaltete! Dies hier hätte keine andere Stadt auf der Welt sein können als die, die es war. Selbst wenn er zufällig vom Himmel herabgefallen wäre, so hätte er doch immer noch gewusst, dass es sich um eine amerikanische Stadt handelte, und zwar um New York. Das Auto zockelte schließlich über die Brooklyn Bridge hinweg und bahnte sich einen Weg durch die Straßen, bis es sein Ziel erreicht hatte und anhielt. Er bezahlte den Fahrer, begrüßte den weißhaarigen Pförtner, der sich noch an ihn erinnerte, und stieg in den Aufzug, der ihn in den zwölften Stock hinaufbrachte.

Dann drückte er die Türklingel und wartete. Ungeduldig drückte er sie noch einmal. Als die Tür sich schließlich einen Spaltbreit öffnete, sah er Sungs ängstliches Gesicht hinausspähen.

»Sung!«, rief er.

Sung legte einen Finger an den Mund. »Sehr krank – Ihr Großvater.«

Er stürmte hinein, an Sung vorbei, und eilte ins Zimmer seines Großvaters. Und dort lag dieser, lang ausgestreckt auf seinem Bett, die Hände auf der Brust gefaltet und die Augen geschlossen.

»Großvater!«, rief Rann und legte, sich über ihn beugend, eine Hand auf die gefalteten alten Hände.

Sein Großvater schlug die Augen auf. »Ich warte auf Serena«, murmelte er. »Sie kommt mich holen.«

Dann schloss er die Augen wieder, und Rann starrte ihn erschrocken, aber auch ehrfürchtig an. Wie schön dieses gealterte Gesicht war, die wächserne Haut, das weiße Haar, der wie gemeißelte Mund, und darunter die vornehmen Hände! Mit einem Mal konnte er es nicht ertragen, seinen Großvater zu verlieren.

»Sung!«, rief er scharf. »War ein Arzt hier?«

Sung stand neben ihm. »Er will nicht Arzt.«

»Aber er braucht einen Arzt!«

»Er sagt, er will sterben. Er angefangen sterben gestern Abend – vielleicht fünf, sechs Uhr. Er redet mit Dame, ich kann aber nicht sehen, und er sagt, ist zu müde warten für Sie und muss gehen zu Dame irgendwo – ich weiß nicht. Er sagt zu mir, deshalb kein Essen mehr, aber Suppe ich mache sowieso. Er nicht essen. Nur daliegen ganze Nacht und mit Dame reden. Ich sitze hier, auch ganze Nacht, aber kann nicht sehen Dame, kann nur hören er redet, wie wenn Dame ist hier.«

»Er hat die Absicht, zu sterben«, erklärte Rann.

»Vielleicht«, stimmte Sung zu. »Will Mensch sterben, dann Mensch sterben, so ist auch in China.«

Schicksalsergeben und ruhig schüttelte Sung den Kopf, doch Rann lief ans Telefon und wählte. Die Stimme seiner Mutter antwortete.

»Ja?«

»Mutter, ich bin es«, rief er.

»Rannie, wo bist du? Was … ich wusste gar nicht, dass du …«

Er nahm ihr die freudige Überraschung.

»Ich bin bei Großvater, gestern aus Paris angekommen. Mutter, er stirbt – er will keinen Arzt kommen lassen. Er liegt einfach nur hier in seinem Bett und wartet.«

»Ich nehme den nächsten Flug«, sagte sie.

Rann und seine Mutter verbrachten den Sommer in New York und taten alles, was sie konnten, um in seinem Großvater den Willen zu entfachen, zu den Lebenden zurückzukehren. Alle Ärzte, die kamen, untersuchten ihn ausgiebig und erklärten schließlich, dass der alte Mann eigentlich nicht wirklich krank sei.

»Er scheint einfach nicht mehr weiterleben zu wollen«, hatte der Letzte von ihnen mit Entschiedenheit gesagt.

Er lehnte jede medizinische Hilfe ab, und ihn zu füttern hieß, ihm gewaltsam heiße Brühe zwischen die dünnen Lippen zu träufeln.

Der Herbst ging rasch in den Winter über, und an einem kühlen Tag, an dem schon ein Hauch von Schnee in der Luft lag, war Ranns Mutter nach Manhattan gefahren, um ein paar warme Kleidungsstücke zu kaufen, denn sie hatte keine mit nach New York gebracht, und sie zögerte, nach Hause zu fahren, solange ihr Vater so krank war.

Als sie zurückkam, öffnete Rann ihr die Wohnungstür. »Großvater ist vor einer Stunde gestorben, Mutter«, erzählte er ihr.

Tränen traten ihr unversehens in die Augen, und sie nahm ihn in die Arme und gab ihm einen raschen Kuss. »Wir haben das schon einmal durchgemacht, Rann, und wir wissen, dass das Leben weitergehen muss.«

»Aber das Leben hält so vieles bereit«, sagte Rann, »und ich weiß gar nicht, was – «

»Ich werde alles Nötige veranlassen. Du siehst müde aus und musst dich ausruhen. Hast du etwas gegessen? Nicht? Das solltest du aber wirklich tun, weißt du, das sollten wir beide tun. Es besteht kein Anlass, uns selbst krank zu machen.«

Sung näherte sich ihnen. »Ich koche. Ich weiß was. Suppe, mit Sandwich vielleicht. Kaffee.«

Dann ging er wieder, lautlos in seinen Filzpantoffeln, und Rann schloss seine Mutter in die Arme.

»Ich hatte es schon vergessen«, murmelte er. »Ich hatte schon vergessen, wie der Tod ist. Aber er wollte sterben. Er hat unablässig gehört, dass er – von jemandem – gerufen wurde.« Dann erinnerte er sich daran, dass sein Großvater seiner Mutter ja gar nichts von Serena erzählt hatte.

»Meine Mutter – «, warf sie ein.

Rann setzte sich in einen mit Schnitzereien verzierten Stuhl. Nein, er würde nicht von Serena sprechen. Wenn sein Großvater gewollt hätte, dass seine Tochter Bescheid weiß, so hätte er es ihr selbst erzählt. Jetzt würde er die Geheimnisse der Toten bewahren.

»Er hatte einfach die Entscheidung getroffen, aus dem Leben zu treten«, sagte er nur.

Rann und seine Mutter saßen im Flugzeug Richtung Westen. Ein paar Tage nur waren vergangen, und schon war es, als hätte sein Großvater nie gelebt. Doch sie hatten beide noch die Urne mit seiner Asche vor Augen. Es war makaber. Nicht mehr als ein klägliches Häuflein Asche, eine Handvoll biochemischer Bestandteile, die eine plötzliche Windböe davonwehen konnte.

»Ich werde Ihnen die Urne in zwei Wochen zuschicken, wenn Sie mir die Adresse geben«, hatte der Mann im Krematorium gesagt.

Mutter und Sohn hatten einander angesehen.

»Nach seiner Rückkehr aus Peking hat er New York nie mehr verlassen«, sagte seine Mutter.

»Er war glücklich hier«, erwiderte Rann und dachte an Serena.

»Sie können natürlich auch hier eine Urnennische mieten – oder kaufen«, schlug der Mann vor.

Und das war es, was sie schließlich getan hatten. Die noch anstehende endgültige Auflösung der Wohnung wollten sie Sung überlassen, doch dann hatte seine Mutter plötzlich ihre Meinung geändert.

»Dein Großvater hat alles dir hinterlassen, mein Sohn, sogar diese Wohnung, die ihm gehörte. Warum sie also nicht behalten? Sung kann sich doch erst einmal darum kümmern. Du wirst bestimmt nicht immer in einer Kleinstadt im Mittleren Westen wohnen wollen, sondern möchtest eines Tages dein eigenes Reich haben, wenn nicht sogar schon jetzt, und das zweifellos in New York. Er hat dich zu einem sehr vermögenden jungen Mann gemacht. Leisten kannst du es dir ganz gewiss.«

So hatten sie die Wohnung in Sungs Obhut übergeben, genau so, wie sie war. Der Gedanke gefiel ihm. Er konnte jederzeit zurückkehren.

»Ich werde wiederkommen«, hatte er zu Sung gesagt.

»Bitte, Sir – bald«, hatte Sung gebeten.

Und nun saß Rann am Fenster des Flugzeugs und sah zu, wie die Wolken draußen am Himmel vorüberglitten. Eine ungeheure Verwirrung hatte ihn ergriffen, er war bestürzt, ermattet. Als sein Vater starb, hatte er dessen Tod erwartet, und so war er darauf vorbereitet gewesen. Seine Mutter hatte ihn darauf vorbereitet, und sogar sein Vater selbst.

»Dein Vater steht an der Schwelle zu seinem nächsten Leben«, hatte seine Mutter zu ihm gesagt.

»Gibt es denn ein anderes Leben?«, hatte er gefragt.

»Ich möchte glauben, dass es eines gibt«, hatte seine Mutter entschlossen erwidert.

Das hatte er hingenommen, so wie er in jenen Tagen alles hingenommen hatte, wie es ihm jetzt schien. Und sein Vater hatte ganz entspannt über seine Zukunft jenseits der Erde gesprochen.

»Wir wissen es natürlich nicht mit Sicherheit, aber bei dem leidenschaftlichen Willen zum Leben, den wir Menschen zu haben scheinen, besteht durchaus die Möglichkeit, dass das Leben weitergeht. Wie es auch kommen mag, ich bin so oder so zufrieden. Ich hatte eine wundervolle Zeit hier – Liebe und Arbeit und dich, mein Sohn. Und was für ein herrliches Leben *du* haben wirst! All die Freude – «

»Nicht«, hatte er, gegen seine Tränen ankämpfend, geflüstert. »Sprich nicht davon!«

Sein Vater hatte ihn nur angelächelt, und sie hatten nie wieder vom Tod gesprochen. Eines Tages, wenn er sich dem allen stellen konnte, musste er einmal gründlich darüber nachdenken – alle Fakten zusammensammeln. Jetzt wollte er einfach nur leben. Er lehnte sich in seinen Sitz zurück und schlief augenblicklich ein. Das Flugzeug setzte schon mit quietschendem Fahrgestell auf den Boden auf, als er wieder erwachte.

Das alte Leben nahm wieder seinen Lauf. Das Haus behütete ihn. Hier war er Säugling und Kind gewesen. Hier hatte er laufen und sprechen und staunen gelernt. Einige Tage, sogar Wochen lang tat es gut, an einem vertrauten Ort zu sein: am Morgen in seinem alten Zimmer aufzuwachen, zu einem schon im Kamin knisternden Feuer die Treppe hinunterzukommen, das leise Geklapper aus der Küche zu hören, mit dem seine Mutter das Frühstück vorbereitete, zu wissen, dass der ganze Tag zu seiner freien Verfügung vor ihm lag. Nachbarn kamen vorbei, um ihn willkommen zu heißen. Und nach einer Weile meldete sogar Donald Sharpe sich telefonisch.

»Nun, Rann – zurück von Ihrer Spritztour nach Übersee? Was steht als Nächstes an?«

»Ich weiß noch nicht, Sir – wahrscheinlich Militärdienst irgendwo. Mein Einberufungsbescheid ist eingetroffen, und ich werde am Donnerstag zur Musterung gehen.«

»Wo genau wissen Sie vermutlich nicht?«

»Nein, Sir.«

»Kommen Sie mich doch noch einmal besuchen, bevor Sie aufbrechen!«

»Danke, Sir.«

Das würde er nicht tun. Er wusste inzwischen zu viel. Er war kein Junge mehr. Doch ein Mann war er auch noch nicht ganz. Nun standen ihm erst einmal diese Jahre bevor, diese Hürde zwischen Vergangenheit und Zukunft, Jahre, in denen er seinen Körper in den Dienst des Landes stellen musste, Jahre, die er in Erfüllung einer unbekannten Aufgabe an einem unbekannten Ort verbringen musste. Es war sinnlos, Pläne zu schmieden, bevor diese Jahre vorüber waren, und dennoch konnte er nicht anders, als Pläne zu schmieden.

Er hörte, ohne richtig zuzuhören, dem unbeirrt fröhlichen Geplauder seiner Mutter zu. Es tat ihm gut, in ihrer Nähe zu sein, aber das war auch alles. Sein Leben bewegte sich längst jenseits ihres geistigen Horizonts oder Zugriffs, das wusste er, und er merkte, dass auch sie es wusste, und so stellte sie ihm keine Fragen nach Lady Mary oder Stephanie. Von Lady Mary sprach er nicht, doch von Stephanie erzählte er ihr, kurz und wie nebenbei, eines Morgens beim Frühstück.

»Die Art Mädchen, die – nun ja, etwas ganz Eigenes ist. Sie ist weder Französin noch Chinesin und ganz bestimmt keine Amerikanerin, und doch hat sie von all dem etwas.«

Er schwieg so lange, dass seine Mutter ihn schließlich zum Reden ermunterte.

»Sie klingt zumindest interessant!«

»Ja«, stimmte er zu. »Ja, interessant ist sie auf jeden Fall. Sehr vielschichtig vermutlich! Ich habe das Gefühl, dass ich erst noch viel älter werden muss, um sie ganz zu verstehen.«

Wieder hielt er unentschlossen inne, fuhr dann aber fort.

»Das hier wird dir gefallen, Mutter! Ihr Vater ist ganz der altmodische Chinese, obwohl er schon so lange in Paris lebt. Er hat keinen Sohn, und anscheinend ist es in dem Fall so, dass ein Chinese seinen Schwiegersohn bitten kann, sein Sohn zu werden und seinen Namen anzunehmen. Na ja, und er hat mich gebeten, dieser Schwiegersohn zu werden!«

Er lachte halberlei vor Verlegenheit, und sie lachte laut heraus. »Wie konntest du so ein Angebot ablehnen?«

»Nun, Stephanie hatte mich gewarnt und mir erzählt, dass sie überhaupt nicht heiraten will. Und ich mit Sicherheit auch nicht ... jedenfalls nicht zu diesem Zeitpunkt in meinem Leben, wenn ich noch gar nicht weiß – nicht wissen kann –, wie meine Zukunft aussieht.«

Plötzlich wurde sie ernst. »Trägst du irgendeine Vorstellung in dir, Rannie? Davon, was du machen – und sein willst?«

»Nein, abgesehen davon, dass ich für niemanden anderen arbeiten will. Ich will nicht Teil eines Unternehmens oder einer Organisation sein, über die ich keine Kontrolle habe. Ich will allein arbeiten, für mich selbst. Nur so kann ich meine Unabhängigkeit wahren. Ich weiß natürlich, dass ich bei allem, was ich sonst noch tun mag, immer auch schreiben werde. Das ist bereits eine Art Drang in mir.«

Sie sah ihn mit besorgtem Blick an. »Da gehst du aber ein großes Risiko ein, nicht wahr?«

»Aber zumindest allein«, sagte er.

Einen Augenblick lang schwiegen sie. Er häufte sich noch einmal Pfannkuchen auf den Teller. Sein Appetit war enorm.

»Iss«, sagte sie immer. »Du bist groß und hast nur wenig Fleisch auf den Rippen.«

»Nun ja«, sagte sie jetzt, »zumindest in einer Hinsicht hast du Glück. Dein Großvater hat seinen ganzen Besitz dir hinterlassen. Wir können im Moment noch nicht sagen, wie viel es genau ist, aber er hat mir geschrieben, dass du keinen Hunger leiden und immer gut versorgt sein wirst, wenn du umsichtig bist.«

»Das hat er geschrieben?«

»Ja, bevor du nach Hause kamst. Ich glaube, er wusste, dass ihm nicht mehr viel Zeit blieb.«

»Wir mochten uns, Mutter – auch wenn ich nicht weiß, was ich von ihm halten soll.«

Er zögerte, und dann erzählte er ihr doch, was er ihr eigentlich nicht hatte erzählen wollen.

»Du weißt es nicht – aber er hat wieder geheiratet nach Großmutters Tod.«

Er betrachtete ihr Gesicht, und plötzlich wurde es hart. »Es war nie eine Ehe. Sie ist einfach bei ihm eingezogen – Serena Woolcotte. Oh ja, es gab irgendeine standesamtliche Zeremonie, aber keine richtige Heirat. Wir wussten von ihr.«

»Wir?«

»Meine Tante und ich.«

»Aber er hat doch nie gesagt – «

»Es gibt Dinge, die müssen einem nicht gesagt werden. Alle wussten von Serena.«

»Wer war sie?«

»Eine Frau, deren Vater zu viel Geld und zu wenig Zeit hatte und zuließ, dass sie sich in das Leben von Männern einmischte.«

»Mutter!«

»Ja, das hat sie getan!«

»Aber was soll das heißen – sich in das Leben von Männern einmischte!«

»Sie hatte nichts anderes zu tun, und das ist der Grund, warum ich dich vor deiner Lady Mary gewarnt habe!«

Er hielt unvermittelt inne, da er nicht über seine Lady Mary sprechen wollte, und stand vom Frühstückstisch auf. Er war zur Musterung einberufen worden, und dies war der Tag, an dem es so weit war.

Einige Monate später war er in Korea stationiert, auf einem Militärstützpunkt genau am Grenzverlauf zwischen Norden und Süden. Hinter ihm lag das sich meilenweit erstreckende bevölkerungsreiche Südkorea, vor ihm die Berge Nordkoreas. Eine Brücke zu seiner Linken, wenn er gen Norden blickte, war Verbindung und Schutzmaßnahme zugleich. Wenn er diese Brücke überquerte, würde man ihn niederschießen. Doch er hatte nicht die Absicht, sie zu überqueren; er fürchtete sich vor ihr. Des Nachts schreckte er immer wieder aus dem Albtraum auf, dass er sie unabsichtlich überquert hatte. Tag um Tag patrouillierte er an der Grenze zwischen Norden und Süden, er und andere mit ihm, eine langweilige, gefährliche, mechanische Aufgabe, von der es keine Abwechslung oder Pause gab – oder zumindest keine Entspannung, die ihm gefiel.

»Suchen Sie sich ein Mädchen«, hatte der Sergeant mit der näselnden Stimme in seinem gedehnten Tonfall gleich am ersten Abend gesagt, als seine Kompanie auf dem Stützpunkt eingetroffen war. »Aber keins von diesen Ludern, die Englisch sprechen. Die sind zu viel herumgekommen und strotzen vor Krankheiten. Gegen die müssen Sie sich sogar zur Wehr setzen. Sind frech wie Oskar – kommen auf einen zu und ziehen den Reißverschluss runter, noch ehe man's merkt! Nee, suchen Sie sich ein nettes kleines Landmädchen und tun sich mit der zusammen. Die kümmert sich um Sie – darauf verstehen sie sich alle, diese kleinen Schlitzaugen!«

Er hatte sich mit keiner zusammengetan, sondern einfach nur seine Kameraden beobachtet, wie sie entschuldigend und verschämt lachend prahlten, wenn sie ein Mädchen gefunden hatten. Er spürte kein Verlangen, es ihnen gleichzutun. Er konnte es sich nicht so recht erklären, doch nun begriff er, dass Lady Mary ihn zu einem gewissen guten Geschmack erzogen hatte. Zumindest hatten sie in schönen Umgebungen miteinander geschlafen. Sie selbst war stets makellos, gepflegt und parfümiert gewesen. Und so konnte er sich nun nicht einmal vorstellen, sich zu einer dieser ordinären koreanischen Huren zu legen, die sich nicht wuschen und nach Knoblauch stanken, ja nicht mal zu einem der Mädchen in Seoul, wohin er in seinem ersten Drei-Tages-Urlaub gefahren war. Er sah sie in Bars und Vergnügungsstätten, in Kleidung und Gestik Hollywoodstars einer älteren Generation imitierend, und konnte kaum höflich bleiben, wenn die ein oder andere schmeichelnd um ihn herumzuscharwenzeln begann, sobald er sich allein abseits hingesetzt hatte.

»He du, hübscher Junge! Einsam, vielleicht? Tanzen, bitte schön? Ich sehr gerne tanzen.«

»Danke, nein. Ich bin nur auf einen Schlummertrunk hier.«

»Schlummertrunk?«

»Ein Drink, bevor ich ins Bett gehe.«

»Wo du schlafen, großer Junge?«

»Ich wohne hier im Hotel.«

»Was ist Zimmernummer?«

»Ich – hab's vergessen.«

»Guck auf Schlüssel.«

»Den hab ich – an der Rezeption abgegeben.«

»Ich glaube, du nicht mögen Mädchen. Vielleicht du mögen Jungen.«

»Bestimmt nicht!«

»Warum du nicht tanzen, großer Junge?«

»Heute Abend nicht.«

Eine nach der anderen versuchte es, und eine nach der anderen zog wieder ab, während er zwar allein war, aber nicht einsam. Das war das seltsame Element seines Lebens – er war nie einsam, weil er angefangen hatte zu schreiben. Er hatte entdeckt, dass er in der Zwiesprache mit seinem eigenen Geist mit dem Leben kommunizierte. Es gab ihm eine gewisse Beständigkeit, Wörter auf Papier festzuhalten, selbst wenn es nur in den Briefen an seine Mutter war. Am Morgen waren sie immer noch da, seine Gedanken der Nacht zuvor. Es befreite ihn von innerem Druck, und so konnte er die Stupidität seines Lebens in diesem wilden, seltsamen Land ertragen, wo er eigentlich gar nichts zu suchen hatte. Von einem Volk wie diesem hatte er zuvor noch nie gehört, im Grunde war es ein Volk von Nomaden, auch wenn sie in jahrhundertealten Dörfern wohnten. In einer englischen Buchhandlung in Seoul fand er Bücher über sie, und in seinem unersättlichen Verlangen danach, zu lernen und zu wissen, vertiefte er sich vollständig darein, die Koreaner einfach nur zu verstehen. Und vom Lernen war es dann bloß noch ein Schritt bis zum Niederschreiben seiner eigenen Schlussfolgerungen: »Sie haben nie aufgehört, in tiefstem Herzen Nomaden zu sein, diese Koreaner! Ihre Ursprünge liegen in Zentralasien, wo sie sich vor langer Zeit als ein Nomadenvolk auf der Suche nach einem Ort des Friedens auf Wanderschaft begaben, denn sie waren ein von kriegerischen Stämmen verfolgtes Volk. Das erklärt, dass sie schließlich hier in dieses abgelegene Land gekommen sind, auf diese zwischen China, Russland und Japan eingezwängte Halbinsel. Von hier aus führte der Weg nirgendwo mehr hin, nur noch nordwärts nach Russland und durch die Beringsee, die damals noch eine Landbrücke dorthin bildete, was heute Kanada ist, und dann südwärts, wer weiß wie weit? Es ist kein Zufall, dass Amerikaner und Koreaner sich so sehr gleichen. Ja, als der koreanische Junge heute im Offizierskasino die Tische sauber machte, murmelte er etwas davon vor sich hin, dass einer der Männer ein Choctaw sei, und als ich fragte, was das Wort bedeute, sagte er ›zu kleiner Mann‹. Woraufhin mir einfiel, dass wir einen amerikanischen Indianerstamm haben, die Choctaw, dessen Männer alle sehr klein sind. Zufall? Das ist mehr als ein Zufall.«

Und dann wieder, an einem heißen Augustabend: »Heute hatte ich Dienst als Grenzposten. Stundenlang bin ich mit geschultertem Gewehr auf unserer Seite des Grenzverlaufs entlangmarschiert und habe dem mürrisch dreinblickenden nordkoreanischen Wachmann auf der andern Seite ins Gesicht geschaut. Ein Schritt auf ihn zu, ein Schritt über die Grenze hinweg, und er hätte mich erschossen. Ein Schritt über die Grenze hinweg auf mich zu und – hätte ich ihn erschossen? Nein – ich hätte ihn dorthin zurückgestoßen, wohin er gehört. Was für eine Absurdität! Er ist ungefähr so alt wie ich – ein ganz gut aussehender Kerl. Ich frage mich, was er wohl denkt, während er in mein weißes Gesicht starrt. Vielleicht fragt er sich, was ich über ihn denke. Eine Kommunikation ist vollkommen unmöglich. Und dennoch würden wir unter normalen Umständen, wenn wir keine Feinde wären, einander viele Fragen stellen. Die wir nun niemals stellen werden. Das ist es, was ich am allermeisten hasse an diesem Kriegsspiel. Es schneidet die Kommunikation der Menschen untereinander ab. Wir können einander keine Fragen stellen, und deshalb bekommen wir auch keine Antworten.

Heute Abend gab es einen Durchbruch. Drei Nordkoreaner haben in der mondlosen Dunkelheit die Grenze überschritten. Wir haben sie sofort gefasst, aber erst nachdem ich auf den einen schon geschossen hatte. Gott sei Dank habe ich ihn nicht getötet – es war nur eine Schulterwunde, aber sie hat furchtbar geblutet. Er wurde natürlich ins Krankenhaus des Stützpunkts gebracht. Ich vermute, dass er den koreanischen Befehlshabern übergeben wird – die ihn wahrscheinlich dann erschießen, wenn er wieder zusammengeflickt ist. Ich darf gar nicht nachdenken über diesen Irrsinn.«

Und dann wieder, nach seiner nächsten Erholungs- und Urlaubszeit: »Ich kann, trotz meiner eigenen brennenden fleischlichen Bedürfnisse, einfach nicht verstehen, wie meine Kameraden nur in die Körper dieser von Würmern und Bazillen strotzenden koreanischen Mädchen eindringen können! Es muss doch auch anständige Mädchen geben, aber die lernen wir natürlich nicht kennen. Ich will sie gar nicht kennenlernen – keine von ihnen.«

Und noch etwas später: »Heute habe ich die Ehefrau des Generals kennengelernt. Sie war ganz unerwartet zufällig in seinem Büro. Ich bin seit letzter Woche sein Adjutant, und es war das erste Mal, dass ich ihr begegnet bin. Sie ist zwischen vierzig und fünfzig und verhält sich immer noch kokett. Ich weiß nicht, was ich von ihr halten soll. Zum Glück muss ich mir ja keine Meinung über sie bilden, doch sie sah mich die ganze Zeit an – oder, um es unverblümt zu sagen, meinen Schritt. Weshalb ich irgendwo über ihrem Kopf in die Luft starrte.«

Einen Tag nach dieser Begegnung ließ der General ihn zu sich rufen. Er stand vor seinem Schreibtisch und salutierte fesch.

Der General warf ihm über die Schulter einen Befehl zu, während er Papiere sortierte. »Übermorgen kommt ein Senator auf Erkundungstour hierher. Als ob wir nicht schon genug zu tun hätten mit all diesen Besprechungen inzwischen alle paar Tage mit diesen verdammten Roten! Meine Frau hat eben angerufen und mich darum gebeten, Sie heute noch in unser Quartier hinüberzuschicken – sie braucht bei irgendetwas Hilfe. Sie gehen also besser mal für eine Stunde oder so hinüber und sehen nach, was sie will.«

»Jawohl, Sir«, sagte er.

Als er den Bungalow des Generals betrat, schien es dort jedoch sehr wenig für ihn zu tun zu geben, und mit einem irgendwie unbehaglichen Gefühl ging er wieder, sobald es ihm möglich war.

Am nächsten Tag lud der General ihn zu einer Dinnerparty ein, die für den Senator gegeben wurde, und Rann nahm daran teil, weil er, wie er meinte, eine Einladung des Generals nicht ausschlagen dürfe. Am Abend nach der Dinnerparty schrieb er: »Bilde ich mir all diesen Unsinn nur ein? Ich schwöre, dass dem nicht so ist. Die Ehefrau des Generals hat mich heute Abend am Dinnertisch zu ihrer Linken platziert. Der Senator, ein schlaksiger Kerl aus irgendeinem Bundesstaat im Westen, saß zu ihrer Rechten. Als ich zögerte, mich zu setzen, sagte sie lachend zu mir: ›Ich möchte Sie hier auf diesem Platz haben, weil es praktisch ist, falls ich etwas brauche.‹ Also setzte ich mich. Der Tisch war dicht besetzt, und ihr linkes Knie stieß unter dem Tisch an mein rechtes. Ich bewegte es sofort weg, doch schon einige Minuten später spürte ich, wie sich ihr Fuß zwischen meine presste, ihr Bein an meines. Ich konnte es nicht glauben. Wieder bewegte ich mich weg, und wieder drückte sie sich an mich. Und währenddessen plauderte sie die ganze Zeit mit dem Senator. Als ich mich wegbewegte, drehte sie sich jedoch zu mir um, warf mir ein neckisches Lächeln zu und presste ihren Fuß wieder zwischen meine, sodass ihr Bein fast auf meinem Knie lag. Daraufhin rückte ich mit dem Stuhl von ihr weg und war so schließlich außer Reichweite. Sie sagte kein einziges Wort mehr zu mir. Es ist im Grunde nichts, doch es gefällt mir nicht.«

Am nächsten Morgen hatte er Dienst im Büro des Generals. Als er es betrat, warf der General ihm einen frostigen Blick zu. Er salutierte, blieb in Habachtstellung stehen und wartete wie üblich auf seine Befehle.

»Rühren Sie sich«, sagte der General.

Er ließ die Hand sinken und stand abwartend da.

»Setzen Sie sich«, sagte der General.

Er setzte sich überrascht.

»Ich will ganz offen sein mit Ihnen«, begann der General unvermittelt. »Ich mag Sie. Ich habe auf Sie gezählt. Sie sind reif für Ihr Alter. Sie haben das Zeug zum Offizier. Haben Sie je an eine Karriere beim Militär gedacht?«

»Nein, Sir«, erwiderte er.

»Nun, dann denken Sie darüber nach, denn ich werde Sie nach oben schubsen, Colfax. Ich werde dafür sorgen, dass Sie befördert werden.«

»Ich bin ganz zufrieden an meinem Platz, Sir«, sagte er.

»Ich werde Sie trotzdem befördern«, beharrte der General.

Er war ein liebenswürdiger Mann, mit freundlichen blauen Augen unter dem ergrauenden Haar, ein gut aussehender Mann, und auch sein Gesicht mit den so klar geschnittenen Zügen wirkte freundlich, aber dennoch irgendwie traurig, als er ihn jetzt entschlossen und ohne ein Lächeln ansah. Sich in seinen Stuhl zurücklehnend sprach er weiter, während seine linke Hand mit einem silbernen Brieföffner spielte, dessen Griff aus koreanischem Topas gearbeitet war.

»Ich muss Sie aus der Reichweite meiner Frau befördern, aber immerhin befördere ich Sie nach oben.«

Rann war erstaunt. »Aber was habe ich getan, Sir?«

Der General zuckte die Schultern. »Ich verstehe es natürlich – Sie sind monatelang hier, so junge Männer, und weit und breit nichts als diese koreanischen Mädchen – Sie sind schließlich auch Männer –« Der General hielt inne, ein Hauch von

Röte trat ihm auf die Wangen, und er presste die Lippen aufeinander. Der silberne Brieföffner glitt ihm aus den Fingern, und er griff wieder danach, diesmal mit der rechten Hand.

»Aber ich verstehe immer noch nicht«, sagte Rann verwirrt.

Der General legte den Brieföffner zur Seite. »Ganz offen gesagt, Colfax, meine Frau hat mir erzählt, dass Sie sich ihr gestern Abend während des Dinners unter dem Tisch auf unanständige Weise genähert haben.«

»Ich? Unanständig –« Er brach ab, das Blut schoss ihm in den Kopf.

»Sie müssen sich nicht entschuldigen – oder gar irgendetwas erklären«, sagte der General. »Sie ist immer noch eine hübsche Frau.«

Schweigen breitete sich aus zwischen ihnen. Rann konnte es nicht aushalten.

»Schweigen Sie«, befahl der General. »Sie werden morgen Ihre Befehle erhalten.«

»Ja, Sir.«

Am nächsten Tag erhielt Rann, so wie der General es ihm angekündigt hatte, seine Befehle. Es bedrückte ihn, dass er nicht in der Lage gewesen war, sich gegen die von der Frau des Generals vorgebrachte Beschuldigung zur Wehr zu setzen, doch sich gegen einen Vorgesetzten zur Wehr zu setzen hätte bedeutet zu verlieren, und vielleicht war es das Beste, die Befehle hinzunehmen und die Angelegenheit auf sich beruhen zu lassen. Er war befördert und auf den Stützpunkt Ascom südwestlich von Seoul versetzt worden, wo man ihm einen verantwortungsvollen Posten in der Versorgung übertragen hatte. Der Stützpunkt Ascom war die Hauptversorgungsstation der amerikanischen Armee in Südkorea, und seine Position war so anspruchsvoll und vielfältig, dass er einige Wochen lang beschäftigt war, bis er alles gelernt hatte, was man von ihm erwartete. Aber danach, stellte er fest, hatte er fast noch mehr Zeit als zuvor, um seinen unersättlichen Wissensdurst zu stillen.

Er begann Koreanisch zu lernen, eine seltsam gutturale Sprache, die so ganz anders war als alle, die er je gehört oder gesprochen hatte, sogar auch anders als das bisschen Chinesisch, das er von Stephanie gelernt hatte. Er stellte allen Koreanern, mit denen er in seiner täglichen Arbeit Kontakt hatte, Fragen und las bis spät in die Nacht hinein Bücher über koreanische Geschichte. Er begann zu erkennen, wie wenig die Amerikaner über das seltsame Volk in dem geostrategisch so wichtigen Land wussten und wie sehr sein eigenes Volk unwissentlich dessen Geschichte geschadet hatte, ja dieser mit der Stationierung des amerikanischen Militärs in Südkorea und dem von Amerika aufgezwungenen Waffenstillstand entlang dem 38. Breitengrad auch jetzt noch schadete. Er hatte gesehen, wie die UN-Gruppe, mitsamt den amerikanischen und südkoreanischen Delegierten, auf den Sitzungen der Friedensverhandlung lange Listen von Vergehen gegen die Waffenstillstandsvereinbarung verlas und wie die nordkoreanischen Delegierten und ihre chinesischen Ratgeber all das Gesagte vollkommen ignorierten. Ja, mehr als einmal hatte er sogar gesehen, wie diese feindseligen Delegierten in ihrer hochmütigen Haltung dasaßen und während des ganzen Prozedere Comicbücher lasen.

Ranns Posten in der Versorgung ließ ihn auch erkennen, wie gut der Schwarzmarkthandel organisiert war und wie einige Amerikaner reich wurden, indem sie Versorgungsgüter an Koreaner verschoben, die diese wiederum für sie auf dem Schwarzmarkt verkauften, lange bevor diese Versorgungsgüter Ranns Warenlager in Ascom überhaupt erreichen konnten. Er sah all das und noch viel mehr. Er sah die mit koreanischen Mädchen verbandelten Amerikaner, viele davon Offiziere, und er sah die unweigerlich aus diesen Verbindungen hervorgehenden Kinder. Schöne Kinder, halbe Amerikaner und dennoch zu einem Leben auf der untersten Stufe der koreanischen Gesellschaft verdammt, weil sie Mischlinge waren. Von all diesen Vorkommnissen hatte Rann noch nie gehört, bevor er nach Korea kam, obwohl er doch täglich Zeitung las und auch alle Nachrichtenmagazine.

Monate vergingen, und dennoch konnte Rann gar nicht genug lernen über Korea, und obwohl er nun jeden Abend, in Form eines Tagebuches, schrieb, hatte er das Gefühl, dass er den Reichtum seines angehäuften Wissens noch nicht ausgeschöpft hatte. Und plötzlich begann ein seltsames Phänomen in Ranns blühender Fantasie Raum zu greifen – seltsam zumindest für ihn, weil ihm so etwas noch nie zuvor widerfahren war. Von all den Koreanern, die Rann kannte, kam ein ihm vertrauter Mann, ein Mischwesen, in seiner Fantasie zu ihm. Dieser Mann war keine Einzelperson, sondern vielmehr alle Koreaner zugleich, und sein Hintergrund war ganz Korea. Er begann zu Rann zu sprechen und erzählte ihm seine Lebensgeschichte. Er war ein sehr alter Mann, der Ende des 19. Jahrhunderts geboren worden war und die Besetzung Koreas durch Japan, den Zweiten Weltkrieg und den Koreakrieg miterlebt hatte. Er erzählte von den vier Söhnen, die er hatte, von denen zwei im Krieg gefallen waren, einer inzwischen in der Regierung saß und der andere, der jüngste, tief in den Schwarzmarkthandel verstrickt war.

Schon bald nachdem der alte Mann in seiner Fantasie zu sprechen begonnen hatte, schrieb Rann alles, was er sagte, sorgfältig nieder. Er hielt jedes Gespräch genauso fest, wie er es gehört hatte, jedes einzelne Detail in dem langen Leben des alten Koreaners. Seite um Seite schrieb er, und Abend um Abend, bis er den alten Mann in seiner Fantasie im Sterben liegen sah, mit seinen beiden Söhnen am Bett, und Rann schrieb auf, was er sah und hörte. Nach diesem Abend kehrte der alte Mann nie wieder in seine Fantasie zurück, und Rann erfüllte ein Gefühl der Zufriedenheit darüber, was er aus seinem Wissen über Korea gemacht hatte – zum ersten Mal, soweit er sich erinnern konnte, war sein Wissensdurst gelöscht. Er verpackte die Seiten sorgfältig und schickte sie mit der Post an seine Mutter, die auf diese Weise, so dachte er, an seinem Leben hier teilhaben könnte. Er hatte ihr nicht oft geschrieben, während er diese Seiten füllte, und vielleicht würde sie sich weniger Sorgen machen, wenn sie sah, was er alles gelernt hatte.

Der Brief seiner Mutter überraschte ihn. »Mein Schatz«, schrieb sie, »Du hast mir nicht gesagt, was ich mit Deinem Buch machen soll, als Du es mir schicktest, und ich wusste nicht, was ich tun soll. Zuerst habe ich es natürlich gelesen, mein Schatz, und es ist sehr, sehr gut. Es ist sogar so gut, dass mir gleich klar war, dass ich nicht wirklich fähig bin, etwas damit zu machen. Deshalb habe ich es, und Du hast hoffentlich nichts dagegen, mein Schatz, Deinem alten Professor Donald Sharpe gegeben. Er war so begeistert, als er es gelesen hatte, dass er einen seiner Freunde in einem New Yorker Verlag anrief und am nächsten Tag mit dem Manuskript dorthin geflogen ist. Nun hast Du also endlich begonnen, mein Schatz. Der Verleger hat mich innerhalb von zwei Tagen schon dreimal angerufen. Er hat das Gefühl, dass das Buch genau zur richtigen Zeit kommt, und sie wollen es gleich in Druck geben.

Sie bieten Dir einen Vorschuss von fünfundzwanzigtausend Dollar an, und Donald Sharpe meint, das sei sehr gut für einen noch unbekannten Autor, und sie wollen auch gleich die Rechte an Deinem nächsten Buch haben. Wie auch immer, herzlichen Glückwunsch, mein Schatz! Dein Vater wäre so stolz auf Dich, genauso wie ich natürlich auch. Ich habe dem Verleger Deine Adresse gegeben, und man wird Dir den Vertrag zuschicken.«

Tatsächlich, der Vertrag war sogar schon mit derselben Post gekommen wie der Brief seiner Mutter. Unter all seine Überraschung mischte sich eine tief empfundene Freude, die Ranns ganzes Wesen erfüllte. Er hatte vorgehabt, die Seiten irgendwann später für eine mögliche Veröffentlichung noch einmal zu überarbeiten, doch dass sein Text bereits jetzt als publizierfähig angesehen wurde, freute ihn enorm. Er unterschrieb den Vertrag und schickte ihn dem Verleger mit dem Hinweis zurück, dass er alle Einkünfte auf Ranns New Yorker Bankkonto überweisen möge; und dann schrieb er an seine Mutter.

»Unter den gegebenen Umständen hast Du genau das Richtige getan, das versichere ich Dir. Ich weiß nicht, warum ich all diese vielen Seiten geschrieben habe, aber es war so, dass meine Hauptfigur, der alte Koreaner, meine Fantasie heimsuchte und dass das Aufschreiben dessen, was er zu sagen hatte, der einzige Weg zu sein schien, mich wieder von ihm zu befreien. Und ich bin befreit von ihm, jetzt, da es getan ist. Dass der Text so veröffentlicht werden kann, wie er ist, freut mich natürlich sehr, auch wenn ich ihn nicht mit dem Gedanken an eine Veröffentlichung geschrieben habe. Es ist einfach so, dass die Geschichte wahr ist, auch wenn die Figuren ganz meine eigenen sind. Das koreanische Volk hat niemanden, der diese Geschichte für es erzählt. Irgendwie musste ich sie einfach erzählen.«

Rann hatte keine engen Freunde in Korea, und so erzählte er niemandem von seinem Buch. Der Verleger konsultierte ihn wegen des Titels, und Rann konnte sich nichts Besseres als ›Choi‹ vorstellen, den Familiennamen des alten Mannes aus seiner Fantasie.

In den darauffolgenden Wochen las er die Fahnen Korrektur und schickte sie zurück. Und danach dauerte es nicht mehr lange, bis ein hübsches Päckchen für ihn eintraf, in dem sich ein Exemplar des Buches selbst befand: ›Choi‹, von Rann Colfax.

Rann setzte sich hin, las es noch einmal durch, und dann stellte er das Buch in das Regal, in dem seine anderen Bücher über Korea standen.

Es war gut gelungen, dachte er. Er hatte tatsächlich das gesagt, was er zu sagen hatte, mehr gab es nicht. Er fragte sich, ob die Amerikaner wohl lesen würden, was er zu sagen hatte, und wenn ja, würden sie es dann verstehen?

Ein paar Tage später kam Jason Cox, ein anderer Sergeant der Versorgungsstation und einer der Männer, mit denen Rann zusammenarbeitete, ins Büro hineingerannt und schwenkte wie wild eine Ausgabe der Armeezeitung über seinem Kopf hin und her.

»Rann, du alter Mistkerl, wann hast du das denn noch gemacht?«, rief er.

»Was meinst du?«

»Na, das hier!« Der Mann knallte die Zeitung auf Ranns Schreibtisch und zeigte auf das Titelblatt.

Rann starrte die Schlagzeile an: COLFAX' ENTHÜLLUN-GEN. Und in dem Artikel hieß es: »Rann Colfax, ein zurzeit auf dem Versorgungsstützpunkt Ascom in Südkorea stationierter Sergeant und vielversprechender Neuling im Literaturbetrieb, hat trotz seiner Jugend etwas geschaffen, das sich zweifellos als einer der besten Romane dieses Jahrhunderts erweisen wird. Seine Figuren strahlen so viel echtes Leben aus und werden mit einem solch feinfühligen Verständnis präsentiert, dass man schon lange vor dem Ende der letzten Seite meint, nun kenne man das koreanische Volk endlich als Menschen und nicht nur als ›Schlitzaugen‹. Er beschreibt das Leben eines Koreaners aus der Oberschicht vom späten 19. Jahrhundert über die japanische Besatzungszeit und den Zweiten Weltkrieg sowie den Koreakrieg bis in die Zeit unseres gegenwärtigen militärischen Engagements in Südkorea. Und genau das ist es, was es so spannend macht – Sergeant Colfax schreibt mit einem solchen Realismus über die Verstrickungen des Militärs in den Schwarzmarkt und die Prostitutionsringe in Südkorea, dass er zweifellos Kenntnisse aus erster Hand über sein Thema haben muss. Jetzt müsste Sergeant Colfax nur noch die realen Namen seiner Figuren preisgeben, dann könnten sie verhaftet werden. Er hat eine Menge Fragen unbeantwortet gelassen, und es würde mich nicht überraschen, wenn diese in der Zukunft vor den verantwortlichen Dienststellen beantwortet werden müssten. Wenn ich in dieser Verantwortung stünde, würde ich mit Sicherheit wissen wollen, woher er seine Informationen hat und wie er darangekommen ist, denn er scheint diese Aufgabe besser zu bewältigen als irgendeiner unserer sogenannten Geheimdienste. Es wird interessant sein, diese Vorgänge weiterzuverfolgen.

In der Zwischenzeit sollten alle denkenden Amerikaner losgehen und sich dieses Buch kaufen, es lesen und es dann gleich noch einmal lesen, denn es ist wahrscheinlich das großartigste Buch über ein Volk, das je geschrieben wurde oder je geschrieben werden wird. Eine uneingeschränkte Leseempfehlung!«

»Komm schon, Colfax«, drängte Jason. »Erzähl schon! Ich hab dein Buch heute Morgen zusammen mit Dutzenden anderen unten in der Buchhandlung bestellt, und in ungefähr zehn Tagen soll's ankommen. Aber bis dahin, alter Kumpel, kannst du mich doch schon mal einweihen. Wer sind all diese Leute, über die du da geschrieben hast, ohne ihre Namen zu nennen?« Er setzte eine übertrieben gewitzte Miene auf. »Du machst dich bald auf den Heimweg, und vielleicht kann ich mir die Info zunutze machen.«

»Ich weiß wirklich nicht, wovon du redest, genauso wenig wie ich weiß, wovon diese Zeitung redet. Keiner in meinem Buch ist der Realität entsprungen, und ich könnte keine einzige der Figuren benennen, selbst wenn ich müsste. Die Menschen darin sind real genug für mich, aber das ist es auch schon. Sie entstammen alle meiner Fantasie.«

»Das ist 'ne gute Version für die hohen Tiere«, sagte Jason zwinkernd und verzog verschmitzt den Mund. »Aber mir brauchst du doch nichts vorzumachen. Wir haben schließlich all diese Monate zusammengearbeitet und sind echte Kumpel. Mir kannst du alles erzählen. Ich sag garantiert nichts weiter.«

Rann war dankbar, als das Telefon auf seinem Schreibtisch

klingelte und er Jason mit einem Winken verabschieden konnte, als er abhob. »Guten Morgen, Versorgungsstation Ascom.«

»Sergeant Colfax, bitte«, säuselte eine Stimme am anderen Ende der Leitung.

»Am Apparat.«

»Also, Sergeant Colfax. General Appleby möchte Sie gern morgen früh um zehn Uhr in seinem Büro sehen. Er sagt, er würde gerne lesen, was Sie geschrieben haben, und bittet Sie, ein Exemplar mitzubringen. Wir erwarten Sie dann um zehn Uhr morgen, Sergeant Colfax.«

Ein metallisches Klicken beendete das Gespräch, noch ehe Rann irgendeine Frage stellen konnte.

Den restlichen Tag verbrachte er mit Telefonaten und mit Leuten, die ins Büro hereinschneiten, um mit ihm über den Zeitungsartikel zu reden. Rann konnte die ganze Aufregung nicht verstehen, da ohnehin keiner hier sein Buch gelesen hatte. Doch alle schienen insgeheim »im Bilde« zu sein über die Informationen, die er niedergeschrieben hatte. Im Laufe des Nachmittags wurde er auf mehrere Partys eingeladen, doch Rann lehnte ab, denn er wollte lieber früh zu Bett gehen und frisch sein für das Gespräch mit dem General am nächsten Morgen.

Das Büro des Generals wirkte irgendwie anders als sonst, als er das Vorzimmer betrat. Man konnte ihm die Überraschung wohl ansehen, als er sich fragte, ob er hier falsch sei, denn das Mädchen am Schreibtisch erklärte: »Gehen Sie hinein. Sie sind richtig hier. Letzte Woche wurde endlich unserem Antrag auf einen neuen Teppich stattgegeben. Darauf haben wir zwei Jahre lang gewartet. Das Rot sieht hübsch aus, aber es macht mich nervös.«

Rann sah sich in dem Vorzimmer um. Ja, es war immer noch dasselbe, abgesehen von dem leuchtend roten Teppich, der einen starken Kontrast zu dem dunklen Teakholzschreibtisch und den schwarzen Ledersofas bildete.

Im Büro des Generals lag der gleiche Teppich, und dort verlieh er der beigen Reispapiertapete an den Wänden einen roséfarbenen Hauch.

»Ich habe das Buch eigentlich nicht für eine Veröffentlichung geschrieben, Sir«, erklärte Rann dem General, »sondern mehr oder weniger als einen persönlichen Bericht über das Korea, das ich in meiner Zeit hier kennengelernt habe.«

»Ich werde es erst mal lesen und dann noch einmal mit Ihnen sprechen müssen«, sagte der General. »Bei all dieser Publicity werde ich vermutlich unter starken Druck geraten, diesen Gerüchten um den Schwarzmarkthandel auf den Grund zu gehen und mit ein paar Antworten aufzuwarten. Woher haben Sie Ihre Informationen?«

»Das ist es ja«, erklärte Rann. »Ich habe überhaupt keine Informationen. Ich habe mir einfach nur all das angeschaut, was so vor sich geht, und das, was ich geschrieben habe, stellt die einzige logische Schlussfolgerung dar, wie es gehandhabt werden kann.«

»Nun, ich werde es lesen und dann auf Sie zurückkommen. In der Zwischenzeit reden Sie mit niemandem darüber. Das ganze verdammte Land zerreißt sich so schon das Maul. Warum nehmen Sie nicht einige Tage frei, fahren runter nach Busan und legen sich für ein Weilchen in die Sonne. Das gibt mir Gelegenheit, die ganze Sache etwas runterzukochen, und dann rufe ich Sie dort unten an. Es sind schon ein paar Reporter der Lokalzeitungen in der Dienststelle aufgetaucht, und ich denke, es wird das Beste sein, wenn Sie sich nicht äußern, bis alle anderen die Möglichkeit hatten, das Buch zu lesen. Das sollte die Dinge für eine Weile zum Stillstand bringen.«

In Busan waren die Strände weit, der Himmel klar über einem glitzernden blauen Meer, und die weich geschwungenen grünen Hügel gingen nahtlos in die grauen zerklüfteten Berge im Hintergrund über. Rann war seit drei Tagen dort, als der General ihn anrief.

»Nun, Colfax, ein ganz erstaunliches Buch, das Sie da geschrieben haben. Es wirkt aber leider so, als wären Sie selbst in den Schwarzmarkthandel verstrickt gewesen, um es schreiben zu können. Nicht dass Sie mich falsch verstehen. Ich glaube nicht, dass Sie darin verstrickt waren, aber gut sieht's nicht aus. Wir müssen uns Gedanken darüber machen, wie wir das erklären.« Der General wartete.

»Alles, was ich tun kann, Sir, ist die Wahrheit sagen«, erwiderte Rann.

»Natürlich, natürlich«, stimmte der General zu. »Es ist nur die Frage des Wie und Wo, die entschieden werden muss. In der Zwischenzeit kommen Sie besser wieder hierher zurück. Morgen Nachmittag um zwei findet in meinem Büro eine Besprechung statt. Die meisten der wichtigeren Offiziere, die sich Sorgen machen, werden da sein, und ich möchte, dass auch Sie dabei sind. Vielleicht können wir dann alles aufklären. Übrigens, Colfax, Mrs Appleby gibt morgen am Spätnachmittag für den Club der Offiziersfrauen eine kleine Cocktailparty bei uns zu Hause, und sie möchte gern, dass Sie auch kommen.

Ich dachte, wir könnten direkt von meinem Büro aus hingehen, wenn Ihnen das recht ist?«

»Ihre Frau, Sir?« Rann wusste, dass er nicht ablehnen konnte, doch er spürte, wie sein Gesicht rot anlief, als die Wut wieder in ihm aufflammte.

»Ja, natürlich. Eine famose Frau, mein Junge. Trägt nie jemandem etwas nach. Sie kommen doch natürlich mit?«

»Ja, Sir, natürlich.« Und so fuhr Rann mit dem nächsten Zug zurück nach Seoul.

Der General eröffnete die Besprechung am nächsten Tag. »Meine Herren«, sagte er, »ich glaube nicht, dass Colfax irgendetwas mit all dem zu tun hatte. Ich denke, er ist nur jung und hat eine blühende Fantasie. Mit dem, was er eine ›logische Schlussfolgerung‹ nennt, könnte er jedoch auf ein paar Dinge gestoßen sein, die uns helfen können. Ich denke, zuerst einmal sollten wir ihm all die Fragen stellen, die uns einfallen, und danach dann eine umfassende Untersuchung einleiten, bevor das Buch Korea erreicht. Ich entlasse Colfax frühzeitig aus dem Militärdienst und schicke ihn gleich zurück nach Amerika. Er kann die Entwicklungen dort abwarten. Ich möchte nicht, dass er hier den falschen Leuten in die Hände gerät.«

Fast drei Stunden lang beantwortete Rann alle möglichen Fragen so sorgfältig und vollständig, wie er nur konnte, vergaß dabei jedoch nie zu betonen, dass seine Antworten nur seine eigene Meinung darstellten.

»Sie finden nicht, dass wir Sergeant Colfax hierbehalten sollten, bis dieser ganze Schlamassel sich aufgeklärt hat, Sir?«, fragte einer der Offiziere.

»Nein, das wird nicht sein nötig sein«, erwiderte der General mit nachdenklichem Gesichtsausdruck. »Ich glaube, der Sergeant hat uns tatsächlich all das erzählt, was er weiß, und seine Vermutungen stehen ja auch alle in seinem Buch. Ich bin überzeugt davon, dass er selbst nicht darin verstrickt ist, und deshalb erachte ich es auch nicht als notwendig, ihn hierzubehalten. Es ist sein erstes Buch und wird wahrscheinlich nicht allzu viele Leser finden, und ich bin sicher, dass wir das Ganze in ein paar Wochen ohnehin aufgeklärt haben. Vielleicht ist es das Beste, ihn aus der Schusslinie zu schaffen, sodass keiner an ihn herankann. Bis jetzt weiß niemand, was genau in seinem Buch steht, und wir können den Verkauf hier noch eine Weile hinauszögern, bis wir unsere Arbeit beendet haben. Also, meine Herren, falls es keine weiteren Fragen gibt … die Damen warten bereits auf uns, denke ich.«

Auch der Bungalow des Generals war kürzlich renoviert worden, er war frisch gestrichen, und der Putz schimmerte nun in einem zarten Gelb, was ihn von den anderen Häusern im amerikanischen Sektor Little Scarsdale unterschied, die alle apfelgrün leuchteten. Das zweigeschossige Innere glich jedoch dem der anderen und war ganz in Rosé gehalten. »Mrs Applebys Lieblingsfarbe«, wie den Gästen bei seinem ersten Besuch hier erzählt worden war.

»Ah, Sergeant Colfax.« Mrs Appleby kam mit ausgestreckten Händen quer durch den Raum auf ihn zu, um ihn zu begrüßen.

Sie schien etwas abgenommen zu haben, seit Rann sie zuletzt gesehen hatte, wenngleich sie immer noch eine füllige Frau war. Als Gastgeberin trug sie ein Kleid aus dunkelrosa Pannesamt, das über den Teppich schleifte und dessen vorderen Saum sie bei jedem Schritt mit den Spitzen ihrer goldenen Pantoffeln vor sich her stieß. Sie schminkte sich immer noch zu stark, und ihr blondiertes Haar war in feste, steife Wellen gelegt, die Rann an ein Wellblechdach erinnerten.

»Sie haben wirklich alle überrascht, nur mich nicht. Ich wusste, dass Sie etwas wirklich Großartiges tun werden, und genau das haben Sie auch getan. Meine Damen! Das ist Rann Colfax, von dem zurzeit praktisch jeder spricht, und warten Sie nur ab, bis Sie sein fabelhaftes Buch gelesen haben, dann werden Sie bestimmt verstehen, warum jeder von ihm spricht. Ich wusste einfach, dass er etwas tun wird, was ihn berühmt macht und all das, und schon als ich ihm zum ersten Mal begegnet bin, habe ich zum General gesagt, dass dieser junge Mann ein ganz besonderer Mensch ist und er ihn im Hauptquartier behalten soll. Aber, na, Sie wissen ja, wie eifersüchtig er immer ist, und so hat er ihn auf den Versorgungsstützpunkt Ascom versetzt.«

»Aber Minnie«, unterbrach der General. »Du weißt, dass du – «

»Oh, nun lass doch gut sein, Liebling«, schimpfte seine Ehefrau den General. »Wir machen alle Fehler, auch du. Und außerdem ist dir alles verziehen, weshalb wir auch gar nicht mehr davon zu reden brauchen. Sagen Sie mir, Rann Colfax, wie geht es für Sie nun weiter?«

»Nun, Mrs Appleby, ich glaube, ich gehe nach New York zurück. Vielleicht lege ich noch für ein paar Tage einen Zwischenstopp bei meiner Mutter in Ohio ein, aber wirklich nur für ein paar Tage.«

»Oh, das weiß ich doch, Dummerchen. Der General sagt, Sie reisen schon in zwei Tagen ab. Deshalb musste ich Sie heute Abend unbedingt hier haben. Schließlich wird nicht jeden Tag eine Berühmtheit in unserer Mitte geboren, nicht wahr? Was ich eigentlich meinte: Wohin geht es für Sie nun von hier aus in Ihrer Karriere? Kommen Sie doch herüber zu uns und trinken Sie ein Glas, und dann erzählen Sie uns alles darüber. Hier ist er, meine Damen. Der aufregendste Mann des Tages, und er ist fast schon wieder ein Zivilist, sodass wir ihn sicher Rann nennen dürfen. Das ist Ihnen doch recht, nicht wahr, Rann?«

Sobald es ihm irgendwie möglich erschien, brachte Rann Entschuldigungen vor, verabschiedete sich schließlich und kehrte in seine Unterkunft zurück, wo er für die Heimreise zu packen begann. Und zwei Tage darauf war er auf dem Weg in die Vereinigten Staaten.

San Francisco war eine schöne Stadt, fand Rann, vielleicht sogar die schönste, die er außer Paris bisher je gesehen hatte. In gewisser Weise stach diese Stadt auf dem Hügel, inmitten der Bucht von San Francisco gelegen und über die Golden Gate und die Bay Bridge mit ihren Außenbezirken verbunden, Paris sogar aus. Seine Ankunft dort in einem Transportflugzeug des Militärs aus Tokio war ruhig verlaufen und sein Name auf keiner Passagierliste erschienen. Die zwei Wochen seiner Ausmusterung aus dem Militärdienst verliefen ohne Zwischenfälle.

Rann hatte plötzlich einen beträchtlichen Anteil an Freizeit, die er in Museen und Stadtparks verbrachte, um in der kurzen Zeit, die er hier war, so viel wie möglich über seine Umgebung zu erfahren. Nach seiner Entlassung blieb er noch eine weitere Woche in der Stadt, doch dann begann er sich nach dem Komfort des Apartments in Brooklyn und nach Sungs Gesellschaft zu sehnen. Er beschloss, den geplanten Besuch bei seiner Mutter ausfallen zu lassen, sie konnte ihn genauso gut in New York besuchen kommen, und eines schönen Morgens bestieg er in San Francisco ein ganz normales Verkehrsflugzeug mit Zielflughafen Idlewild auf Long Island.

»Sind Sie Rann Colfax, Sir?«, hatte der Mann, der sein Ticket ausstellte, gefragt.

»Ja, das bin ich«, hatte Rann leise geantwortet.

»Da freut es mich aber sehr, Sie kennenzulernen, Sir. Ich habe gerade ›Choi‹ beendet und muss wirklich sagen, dass es das beste Buch ist, das ich je gelesen habe.«

Die Frau hinter ihm in der Schlange suchte sich den Platz neben ihm im Flugzeug aus, nachdem sie dies Gespräch gehört hatte.

»Ich hatte noch keine Gelegenheit, Ihr Buch zu lesen, Mr Colfax.«

Die Frau war mittleren Alters, vermutete Rann, und sprach mit einem Akzent, der auf Generationen von Vorfahren in Neuengland schließen ließ. Sie war schlank, klein und trug ein schwarzes Kostüm. Den dazu passenden Hut und Mantel hatte die Stewardess im Ablagefach über dem Sitz verstaut.

»Ich komme gerade aus Japan zurück, wo ich ein Jahr lang gelebt habe, und fühle mich etwas im Hintertreffen. Aber Sie haben natürlich in allen englischsprachigen Zeitungen ein ziemliches Aufsehen erregt. In allen anderen Zeitungen vermutlich auch. Aber wir wissen ja nie so genau, was diese Ausländer über uns sagen, nicht wahr? Es ist in gewisser Weise wirklich unfair, dass so viele von ihnen Englisch sprechen, während es für uns so unglaublich schwierig ist, ihre Sprachen zu lernen. Ich bin in den fünf Jahren seit dem Tod meines Mannes fast nur auf Reisen gewesen, deshalb fühle ich mich nicht ganz auf dem Laufenden, was Bücher und Theater angeht. Da habe ich eine Menge aufzuholen, und Ihr Buch steht ganz oben auf meiner Liste. Meine Güte, Sie sind wirklich noch sehr jung dafür, dass Sie so ein Aufsehen erregt haben. Warum schreiben Sie, Mr Colfax?«

Rann dachte einen Augenblick nach, bevor er antwortete.

»Ich glaube nicht, dass ich mir über das Warum schon jemals Gedanken gemacht habe«, erwiderte er aufrichtig. »Ich kann wohl einfach nur sagen, ich bin Schriftsteller.«

»Aber natürlich sind Sie das. Man muss schon wirklich ein Schriftsteller sein, um einen solchen Erfolg zu erzielen. Aber was ich meine, ist: Es fängt doch nicht jeder an zu schreiben. Es muss doch irgendeine mysteriöse Eigenschaft geben, die den einen Menschen zum Schriftsteller macht und den andern nicht. Ich könnte auf gar keinen Fall jemals schreiben.«

»Es ist vermutlich eine Art inneres Bedürfnis, die Dinge zu Papier zu bringen.«

Rann gab auf und ließ sich auf das Gespräch ein. Auf so engem Raum gab es ohnehin kein Entkommen. Schon bald jedoch begann er selbst Fragen zu stellen, und die Frau erwies sich als nur allzu bereit, über sich selbst zu sprechen.

»Ich bin Rita Benson«, erzählte sie ihm. »Mein Mann war äußerst erfolgreich im Ölgeschäft, und als er noch lebte, haben wir als eine Art Hobby Theaterproduktionen und Shows finanziert. Das habe ich auch nach seinem Tod beibehalten. Genau genommen habe ich zurzeit sogar zwei Aufführungen am Broadway laufen. Und mit genau diesem Leben werde ich wohl auch weitermachen, denke ich. Es gibt ja weiß Gott keinen Grund, warum ich das nicht tun sollte. Er hat mir mehr Geld hinterlassen, als ich je ausgeben kann, und mir gefallen die Theaterleute, die Partys und all das. Gefallen Ihnen diese Dinge auch, Rann? Ich darf Sie doch sicher Rann nennen – und Sie wissen ja, mein Name ist Rita.«

Im weiteren Verlauf des Gesprächs entlockte sie ihm das Versprechen, sich von ihr in die New Yorker Theaterszene einführen zu lassen, und als das Flugzeug landete, hatten sie Adressen und Telefonnummern ausgetauscht und einander versprochen, sich in ein paar Tagen zu treffen.

Als sie von ihren Plätzen aufstanden, nahm Rann ihr ihren Handgepäckkoffer ab, und gemeinsamen machten sie sich auf den Weg zur Gepäckausgabe. Die Blitzlichter von Fotografen blendeten ihn, als sie den Terminal betraten.

»Das sind Rita Benson und Rann Colfax«, rief ein Reporter aufgeregt. »Höchst interessant. Wie haben Sie beide sich kennengelernt?«

Sie erzählten, dass sie sich im Flugzeug begegnet seien, und Rann half ihr ins Auto.

»Sind Sie sicher, dass ich Sie nicht irgendwo absetzen kann, mein Lieber? Es wäre kein Umweg für mich, weil ich ein paar Tage in New York bleiben werde, ehe ich nach Connecticut weiterfahre.«

Rann nahm das Angebot an, denn es war schwierig, um diese Uhrzeit ein Taxi zu bekommen. Ihre schwarze Limousine glitt mühelos durch den Verkehr, und der Chauffeur brachte seine Koffer sogar noch bis zum Aufzug in seinem Apartmenthaus. Rita Benson reichte ihm durch das Autofenster die Hand, und er hielt sie einen Augenblick lang in der seinen. Es war eine warme, weiche und sehr gepflegte Hand.

»Vergessen Sie nicht, mein Lieber, Sie werden schon bald von mir hören. Sie haben es mir versprochen.«

Das Auto entfernte sich vom Bordstein und fädelte sich in den Verkehr ein, und Rann stand noch einen Moment lang auf dem Gehsteig da, ehe er in sein Apartmenthaus hineinging.

»Wie schön, dass Sie wieder da sind, Sir«, sagte der alte Portier hocherfreut zur Begrüßung.

»Vielen Dank«, erwiderte Rann und fuhr mit dem Aufzug in sein Stockwerk hinauf. Er betätigte den Messingklopfer, und Sung öffnete die Tür, ein Staubtuch in der Hand.

»Eine große Freude, Herr, dass Sie kommen nach Haus. Ich warte schon sehr lange hier.«

»Ja, jetzt bin ich endlich zu Hause angekommen«, erwiderte er.

Er war zu Hause, in seinem eigenen Zuhause. Sung packte seine Koffer aus, während Rann mit seiner Mutter telefonierte.

»Rann! Wo bist du?« Ihre Stimme klang jung und frisch durch die Leitung.

»Dort, wo ich hingehöre – in Großvaters – nein, in meinem Apartment.«

»Kommst du nicht nach Hause?«

»Dies ist jetzt mein Zuhause. Komm du doch hierher und besuch mich.«

»Rann … na ja, vermutlich hast du recht. Geht's dir gut?«

»Ja.«

»Du klingst, als wäre irgendetwas nicht in Ordnung.«

»Ich habe eine Menge gelernt in all den Monaten.«

»Du bist früher zurück, als ich erwartet habe. Hast du schon Pläne, mein Sohn?«

»Ja, ich werde Bücher schreiben – Bücher und Bücher, irgendwann einmal, meine ich – «

»Dein Vater hat immer gesagt, dass du genau das tun würdest. Wann soll ich denn kommen?«

»Sobald du möchtest.«

»Lass mal sehen ... nächste Woche, Donnerstag? Mein Club hier trifft sich immer mittwochs.«

»Perfekt. Bis dahin – «

»Oh Rann, ich freu mich so!«

»Ich mich auch.«

»Und Rann, das hätte ich fast vergessen. Dein Verleger möchte, dass du ihn so schnell wie möglich anrufst. Ich habe ihm gesagt, dass du dich sofort melden würdest. Das wirst du doch nicht vergessen, oder?«

»Nein, das werde ich nicht vergessen, Mutter. Danke.«

Er legte auf, versank in Gedanken, und dann rief er plötzlich kurzentschlossen in Frankreich an, in Paris bei Stephanie. Zu dieser Uhrzeit müsste sie, wenn man die Zeitverschiebung bedachte, zu Hause sein. Und sie war zu Hause. Ein Chinese hob ab und sagte ihm auf Französisch, dass Mademoiselle, wenn er sich nur einen Augenblick lang gedulden möge, sogleich ans Telefon kommen werde. Sie sei eben erst mit ihrem ehrenwerten Vater nach Hause gekommen.

Er wartete einen Augenblick lang, der sich zu mehreren hinzog, und schließlich hörte er Stephanies klare Stimme Englisch sprechen.

»Aber Rann, ich dachte, du wärst in Korea!«

»Ich bin heute nach New York zurückgekommen, Stephanie! Wie geht's dir?«

»Wie immer – gut. Ich arbeite sehr hart daran, besser Englisch zu sprechen. Spreche ich nicht schon ziemlich gut?«

»Hervorragend. Aber was soll jetzt aus meinem Französisch werden?«

»Oh, du wirst nichts vergessen! Wann kommst du nach Paris?«

»Wann kommst du nach New York? Ich habe hier eine eigene Wohnung – weißt du noch? Ich hab's dir geschrieben.«

»Oh du! Einen Brief hast du mir geschrieben – oder zwei vielleicht?«

»Ich konnte in Korea keine Briefe schreiben – es gab zu viel zu tun, zu sehen, zu lernen. Also noch einmal, wann kommst du –«

»Ja, ja, ich hab's schon beim ersten Mal gehört. Also, ehrlich gesagt, mein Vater wird in New York ein Geschäft eröffnen. Und zu diesem Anlass werden wir kommen, in ein paar Monaten vielleicht.«

»Wie soll ich so lange warten?«

Sie lachte. »Du bist inzwischen schon so höflich wie ein Franzose! Na, wir müssen ja beide warten, und während wir warten, schreiben wir Briefe. Geht's dir gut?«

»Ja. Denkst du manchmal an mich?«

»Natürlich, ich denke nicht nur an dich, ich lese auch über dich. Dein Buch ist sehr berühmt, und nächste Woche wird es auf Französisch erscheinen. Dann kann ich es lesen und selbst sehen, warum in den englischsprachigen Zeitungen alle so viel darüber reden.«

»Erwarte nicht zu viel von mir. Es ist mein erstes Buch. Es werden noch weitere folgen. Aber ich muss dich wirklich wiedersehen, Stephanie. Du bist ein Edelstein in meiner Erinnerung!«

Sie lachte. »Vielleicht denkst du das jetzt gar nicht mehr, nachdem du so viele schöne Mädchen in Asien gesehen hast!«

»Nicht eine – hörst du, Stephanie? Nicht eine!«

»Ich höre es. Aber jetzt müssen wir aufhören. Zeit ist Geld bei Telefonaten über so lange Entfernungen.«

»Wirst du mir schreiben?«

»Natürlich.«

»Heute noch, meine ich.«

»Heute noch.«

Er hörte, wie der Hörer aufgelegt wurde, dann herrschte Stille. Plötzlich wollte er sie sofort sehen, jetzt sofort. In ein paar Monaten? Das war unerträglich. Er dachte daran, gleich morgen nach Paris zu fliegen. Nein, das ging nicht. Er hatte so vieles in seinem eigenen Kopf zu sortieren. Er musste sein eigenes Leben ordnen, seine Arbeit beginnen, seine Zeit planen. Was stand jetzt als Nächstes an?

Rann beschloss, den Anruf bei seinem Verleger bis zum nächsten Morgen aufzuschieben. Der Flug war nicht gerade erholsam gewesen, auch wenn er Rita Bensons unablässiges Geplauder in gewisser Weise genossen hatte. Er verspürte das Bedürfnis nach einem heißen Bad, sauberer, frischer Kleidung und einem entspannten Abend, an dem Sung ihn umsorgte. Als er das große Schlafzimmer betrat, in das er nach dem Tod seines Großvaters gezogen war, entdeckte er, dass der gewissenhafte Sung seine Koffer bereits ausgepackt und alles an seinem Platz verstaut hatte, ja auf seinem Bett lagen sogar ein bequemer seidener Morgenrock und ein Pyjama. Zu Hause, dachte Rann, als er dampfendes Wasser in die Badewanne laufen ließ. Falls Serena seinen Großvater in diesen Räumen wirklich aufgesucht haben sollte, so hatte Rann noch keinen solchen Einbruch in seine Privatsphäre erlebt. Genau genommen störte nichts seinen Komfort hier, und er dachte, wie dankbar er seinem Großvater war, als er in der Badewanne lag. Er trocknete sich mit einem kräftigen Rubbeln ab, und weil es ihm für den Pyjama noch zu früh zu sein schien, suchte er sich aus einer Kommodenschublade ein Paar Shorts heraus und ging auf die Dachterrasse hinaus, um die warme Sonne zu genießen.

»Sie geschlafen, junger Herr, und ich habe Angst, dass zu kalt für Sie in kalte Abendluft.«

So hatte Sung ihn geweckt. Die Sonne war mittlerweile untergegangen, und Rann begab sich in die Bibliothek, wo Sung ihm einen Cocktail auf den Schreibtisch neben die Abendzeitung gestellt hatte.

An dem kühlen Getränk nippend warf Rann einen Blick auf die Aufmacherseite jeder der Rubriken. Die Schlagzeile des Feuilletons erregte sogleich seine Aufmerksamkeit.

NEUZUGANG IN RITA BENSONS STALL: RANN COLFAX. Rann begann den Artikel zu lesen. »Broadways strahlendster Engel Rita Benson, Witwe des Öltycoons George Benson, kam heute aus Tokio nach New York zurück mit niemand Geringerem als Rann Colfax im Schlepptau, dem aufsehenerregenden jungen Autor des Bestsellers ›Choi‹. Rita verschwendet wahrlich keine Zeit, wenn es darum geht, die begehrten jungen Männer der Stadt um sich zu sammeln …«

Weiter konnte Rann nicht lesen. Er griff zum Telefon und rief im St. Regis an, wo Rita Benson abgestiegen war.

»Das habe ich natürlich *nicht* gelesen, mein Lieber«, sagte sie, nachdem man ihn in ihre Suite durchgestellt hatte. »Sie dürfen das, was diese Leute schreiben, gar nicht beachten. Irgendetwas müssen sie nun mal schreiben. Ich weiß, das alles ist noch sehr neu für Sie, aber Sie müssen lernen, dass man einfach weiter sein Leben lebt, ganz egal, was die Presse schreibt. Nun, wie wäre es denn mit einem gemeinsamen Dinner hier morgen Abend. Und danach könnten wir ins Theater gehen. Natürlich werden die Leute reden, aber sollen sie doch, sag ich! Ich werde doch jetzt nicht mehr damit anfangen, mein Leben danach auszurichten, was andere sagen könnten, und es wäre klug, wenn Sie genauso denken würden. Jeder, der Ihnen oder mir wichtig ist, kennt die Wahrheit, und auf wen sonst kommt es an? Natürlich gefällt es mir, einen gut aussehenden jungen Begleiter zu haben. Deshalb mache ich Geschäfte mit gut aussehenden jungen Männern. Ich zerre sie nicht in mein Bett hinein, mein Lieber, aber wenn ich für einen Abend die Wahl zwischen einem gut aussehenden jungen Mann und einem verknitterten alten habe, bleibt mir doch gar keine andere Wahl. Die werden schon bald nichts mehr zu schreiben haben, und mit der Zeit ebbt das alles sowieso ab. Machen Sie sich deshalb keine Sorgen.«

Es tat Rann gut, mit welcher Leichtigkeit Rita Benson diesen Artikel einfach abtat. Er zog eine leichte Leinenhose und ein Polohemd an und genoss das köstliche süß-saure Huhn zum Abendessen, das eine von Sungs Spezialitäten war. Nach dem Essen schlüpfte er in den Pyjama und den Morgenrock, die immer noch auf dem Bett für ihn bereitlagen, und dann ging er wieder in sein Lieblingszimmer, die Bibliothek, wo der aufmerksame Sung ihm seinen liebsten Schlummertrunk auf den

Schreibtisch gestellt hatte. Er suchte sich ein Buch aus den Regalen heraus, eine Biografie über Thomas Edison, und ließ sich in dem bequemen Sessel nieder. Die Lebensgeschichten brillanter Menschen wurden ihm niemals langweilig, und obwohl er das Leben von Thomas Edison gut kannte, hatte er diese Biografie noch nicht gelesen, und er nahm sie mit Freude in Angriff.

»Brauchen Sie noch etwas, junger Herr?«, fragte Sung ihn später am Abend.

»Nein, danke, Sung. Ich werde bald zu Bett gehen.«

Und das tat er auch. In seinem Schlafzimmer war das Bett für ihn aufgeschlagen und alles bereitgemacht worden für einen größtmöglichen Komfort in seiner ersten Nacht zu Hause.

Geweckt von dem hellen Sonnenlicht, das durch die Fenster fiel, die Sung zuvor geöffnet hatte, schlug Rann am Morgen die Augen auf. Es war Sungs Art, Rann aufzuwecken.

»Nie darf man zu schnell aufwecken«, hatte er erklärt. »Seele wandert über Erde, wenn Körper schläft, und wenn man zu schnell aufwecken, Seele hat keine Zeit, Weg nach Hause zu finden.«

Nun stand Sung, ein Silbertablett mit einer Kanne heißem Kaffee in der Hand, an Ranns Bett und wartete darauf, dass er ganz wach wurde.

»Entschuldigung, weil ich aufwecke, junger Herr«, sagte er. »Aber da ist ein Mann, er ruft dreimal an in Stunde, und er sagt, er muss sprechen mit Sie. Sehr wichtig. Der Name ist Pearce. Er sagt, ist Verleger.«

»Das macht doch nichts, Sung.« Rann nahm die Tasse Kaffee entgegen, die der Mann ihm eingegossen hatte. »Wie spät ist es?«

»Zehn Uhr, junger Herr.«

Rann war etwas überrascht, dass er so lange geschlafen hatte. Das Telefon klingelte erneut, als er gerade seinen Morgenrock anzog. Er nahm seinen Kaffee in die Bibliothek mit.

»Ja, Sir. Moment, Sir. Er kommt jetzt.« Sung reichte Rann den Hörer. Es war sein Verleger George Pearce.

»Na, da haben wir doch gleich einen schönen Artikel in der Zeitung, Colfax. Jetzt müssen wir Ihren Namen nur noch in der Öffentlichkeit halten. Wo haben Sie denn Rita Benson kennengelernt?«

Rann erklärte ihre Begegnung.

»Ein verdammter Glücksfall, wenn Sie mich fragen. Sonst wären Sie noch ohne jegliches Aufsehen hier in New York eingetroffen. Sie hätten mir sagen sollen, mit welchem Flug Sie ankommen, dann hätte ich einen Empfang für Sie organisiert, und wir hätten die umfassende Berichterstattung gehabt.«

»Daran habe ich nicht gedacht«, sagte Rann aufrichtig.

»Na, von jetzt an müssen wir jedenfalls daran denken. Sie sind ein Bestsellerautor, aber die Öffentlichkeit ist wankelmütig. Da dürfen Sie nicht einfach aus dem Blickfeld verschwinden. Aber ist ja noch mal gut gegangen, mit Rita als Retterin in der Not. Können Sie heute mit uns zu Mittag essen?«

»Ja, natürlich.«

»Gut. Treffen wir uns doch um zwölf im Pierre. Meine PR-Leute bringe ich auch gleich mit, und für den Spätnachmittag laden wir die Presse auf ein paar Drinks ein und sehen mal, ob wir dabei nicht ein, zwei Schlagzeilen herausschlagen können.

Ich glaube, wir machen am besten mit dem Playboy-Image weiter, jetzt, wo Sie schon mal damit angefangen haben.«

»Ich fürchte, von diesen Dingen verstehe ich nichts, Sir.«

»Das werden Sie schon noch ... nach dem Mittagessen. Überlassen Sie das alles nur uns. Ich habe die beste PR im Verlagswesen.«

Rann aß das herzhafte Frühstück, das Sung ihm zubereitet hatte, badete dann, zog sich leger an und nahm schließlich ein Taxi zum Pierre in Manhattan.

»Sehr schön, sehr schön«, begrüßte George Pearce ihn in der Lobby des Hotels.

Er war ein großgewachsener, modisch gekleideter Mann, dem ein blonder Haarschopf in die Stirn fiel. Rann schätzte ihn auf Mitte vierzig, auch wenn er alterslos wirkte.

»Das also ist Rann Colfax. Und ein gut aussehender Mann sind Sie auch noch. Ihre Fotos werden Ihnen nicht gerecht. Da müssen wir neue machen lassen. Margie, notieren Sie das, sofort neue Publicity-Fotos.«

Die Frau in seiner Begleitung schrieb wie wild in ihr Notizbuch hinein, während er redete. Sie saßen in dem komfortablen Hotelrestaurant.

»Ich habe mein Lieblingsgericht bestellt und hoffe, dass es Ihnen auch schmeckt.«

Die Selbstsicherheit dieses Mannes beeindruckte Rann. So jemanden hatte er noch nie getroffen, und er stellte fest, dass er ihn mochte.

»Meine PR-Leute gesellen sich in einer Weile zu uns, aber es gibt noch einige Dinge, die wir zuerst klären sollten«, fuhr er fort.»Margie, er braucht neue Kleidung. Das ist ja ganz nett, was

Sie da tragen, aber zu traditionell fürs Image. Haben Sie einen Schneider, Rann?«

Rann schüttelte den Kopf.

»Dann wird meiner sich um Sie kümmern. Nicht ganz billig, aber sein Geld wert. Der Beste. Margie, machen Sie einen Termin und sagen Sie diesem Italiener, dass es sehr eilig ist. Sportliche Kleidung, Straßenanzüge, Abendanzüge, alles Mögliche, nur die neueste Mode. Und machen Sie auch einen Termin bei diesem Friseur in der Fifth Avenue. Sie wissen schon, wen ich meine. Ranns Haarschnitt sieht zu sehr nach übrig gebliebenem Soldaten aus. Na, die Veränderungen kriegen wir schon hin.«

»Mr Pearce – «, begann Rann.

»Nennen Sie mich George«, unterbrach ihn der Verleger. »Wir werden eng zusammenarbeiten. Da ist keine Zeit für Formalitäten.«

Rann fuhr fort. »In Ordnung, George, aber ich glaube, ich sollte vollkommen aufrichtig sein Ihnen gegenüber. Ich bin einfach immer nur ich selbst gewesen. Ich komme aus einer kleinen Universitätsstadt in Ohio und weiß nichts über Mode und Haarschnitte und Pressekonferenzen und Playboys und all das, und ich weiß auch nicht, ob ich das wirklich lernen will.«

Der ältere Mann musterte aufmerksam sein Gesicht. »Rann, dann will auch ich mal ganz direkt sein. Sie sind ein sehr junger Mann, zu jung im Grunde genommen, um ein so gutes Buch geschrieben zu haben. Dennoch haben Sie es getan. Wir sind ein großes finanzielles Risiko eingegangen, als wir Ihr Buch veröffentlicht haben, und jetzt müssen wir dafür sorgen, dass es sich rechnet. Nehmen Sie das bitte nicht persönlich. Ich mag Sie. Eigentlich wollte ich Sie ja als Wunderknaben aufbauen, intellektuell und all das, aber das dauert seine Zeit. Ihr Buch wird Sie als einen klugen Kopf ausweisen – wenn die Leute es lesen. Und da kommen wir ins Spiel. Wenn die Leute den Unsinn lesen wollen, der gestern in der Abendzeitung gestanden hat über Sie, und deshalb Ihr Buch kaufen, dann ist es an uns, ihnen viel in der Zeitung zu lesen zu geben. So einfach ist das. Sie sind zuallererst einmal eine Ware und erst dann ein Mensch, soweit es mich betrifft. Ihre Verkaufszahlen steigen stetig, inzwischen sind Sie schon auf Nummer fünf der Bestsellerliste. Lassen Sie uns den ersten Platz ergattern und mal sehen, wie lange wir uns da halten können. Wir müssen Sie der smarten Szene hier in New York verkaufen. Die setzt den Trend, und dann folgt die smarte Szene in Wichita und El Paso und Hunderten von anderen Orten von ganz allein. Es ist alles eine Frage der Werbung.«

Wenn auch nur widerstrebend, stimmte Rann im Laufe des Mittagessens dennoch all dem zu, was der Verleger sagte. Die Pressekonferenz war auf fünf Uhr nachmittags angesetzt worden, und Margie machte noch davor einen Termin bei dem Friseur für ihn. Zum Dessert gesellten sich drei Leute aus der PR-Abteilung zu ihnen. Als George Pearce ihnen seinen Plan dargelegt hatte, ergriff der älteste von ihnen das Wort.

»Also, George, mit diesem hier wird es zumindest viel einfacher als mit dem Letzten, den Sie uns aufgehalst haben. Wenn das kein harter Brocken war, dann weiß ich auch nicht. Wann werden Sie Rita Benson denn wiedersehen?« Die Frage war an Rann gerichtet.

»Genau genommen werde ich heute mit Mrs Benson zu Abend essen –«

Der PR-Mann unterbrach ihn. »Nennen Sie sie Rita, vor allem vor der Presse. Sie wird es lieben, und die Presse wird es begierig aufsaugen. Wohin gehen Sie danach?«

»Wir haben vor, ins Theater zu gehen.«

»Gut, und danach?«

»Hm, nach Hause vermutlich. Ich habe nichts weiter geplant.«

»Das ist gut. Sie machen keine Pläne. Die Pläne machen wir. Gehen Sie zu Sardi's. Wir werden einen Kolumnisten hinschicken. Das sollte uns zwei Tage lang im Gespräch halten. Außerdem ist Donnerstagabend eine Filmpremiere, eine wichtige. Ich habe ein paar Extratickets für VIPs. Glauben Sie, dass Rita dort mit Ihnen hingehen würde?«

»Ich weiß nicht, ich werde sie mal fragen.«

»Na, wenn nicht, dann treiben wir wen anderes Wichtiges auf. Außerdem …«

Das Gespräch ging noch eine Stunde lang weiter, und Rann musste schließlich feststellen, dass seine Zeit für den Rest des Monats mit gesellschaftlichen Verpflichtungen an fast jedem zweiten Abend völlig verplant war.

»Meine Herren, ich unterbreche Sie nur ungern, aber wir haben einen Termin beim Friseur.« Es war Margie, die das Wort ergriffen hatte. »Wir sehen Sie um fünf Uhr.«

George Pearce stand auf. »Ich begleite Sie«, sagte er. »Und wir alle treffen uns dann um fünf wieder hier.«

Um zehn vor fünf waren sie zurück im Pierre. Ranns Haar war zu einem der modernen Schnitte zurechtgestutzt, und ein neuer schwarzer Anzug hatte seine konservativere Kleidung ersetzt. George Pearce hatte seinen Einfluss bei einem der schicken Herrenausstatter geltend gemacht, damit sie ihm den Anzug sofort änderten, genauso wie das Abendjackett, das er an diesem Abend tragen sollte. Die Zeit hatte sogar noch gereicht für einen kurzen Besuch beim Schneider, der seine Maße nahm, und George Pearce hatte ihm versichert, dass er alles andere dem Schneider überlassen könne, und Rann hatte sich dem gefügt.

Jetzt, da seine erste Pressekonferenz so kurz bevorstand, zeigte Rann eine gewisse Schüchternheit. »Ich habe so etwas noch nie gemacht«, wiederholte er.

George Pearce schien auf alles vorbereitet zu sein. »Margie, gehen Sie mit Rann auf einen Drink und beruhigen Sie ihn. Warten Sie etwa eine halbe Stunde ab, dann kommen Sie wieder. Ich lege schon mal los und sorge dafür, dass alles bereit ist.«

»Sie müssen ihm vertrauen, Rann«, sagte Margie zu ihm, als sie sich in einer bequemen Ecke im hinteren Teil der Cocktail-Lounge niedergelassen hatten. »Sie haben großes Glück, George Pearce ist der Beste im Geschäft. Keiner auf der Welt versteht das Verlagsgeschäft so gut wie er, und mit diesem ersten Auftakt haben Sie einen guten Start hingelegt, und es wird weitergehen. Woran arbeiten Sie denn jetzt gerade?«

»Darüber habe ich noch gar nicht nachgedacht, und so wie der Terminplan aussieht, den man mir gegeben hat, werde ich auch noch eine ganze Weile keine Gelegenheit haben, darüber nachzudenken.«

»Die Presse wird Sie oben danach fragen, und es macht nicht gerade einen vielversprechenden Eindruck, wenn ein Autor nicht schreibt. Sagen Sie also einfach, dass Sie noch nicht bereit sind, darüber zu reden. Das sollte sie eine Weile hinhalten – bis Sie mit etwas Neuem begonnen haben.«

In Margies Gesellschaft begann Rann sich zu entspannen.

»Ich weiß wirklich nicht, was ich schreiben will oder ob ich überhaupt noch einmal etwas schreiben werde, das dann veröffentlicht werden kann. Ich habe zwar das Verlangen in mir, Dinge zu Papier zu bringen, aber nicht unbedingt das Verlangen zu schreiben, um zu veröffentlichen. Wissen Sie, was ich meine?«

»Natürlich, ich weiß genau, was Sie meinen.« Margie blieb ganz sachlich, als sie fortfuhr. »Am besten ist es, sich keine Sorgen zu machen. Sie werden wieder schreiben – es ist unmöglich, das zu verhindern, selbst wenn Sie wollten. Sie sind Schriftsteller. Meiner Erfahrung in diesem Geschäft nach fallen Schriftsteller in zwei Kategorien. Da ist einmal derjenige, der sich das Handwerk von Ausdruck, Stil und Beschreibung aneignet, sein Wortwerkzeug genau kennt, den Aufbau von Romanen oder Kurzgeschichten studiert, die Handlung von Anfang bis Ende durchkonzipiert und sich dann hinsetzt, sein Wissen anwendet und so seine Arbeit macht. Und häufig ist er sehr gut. So ein Typ Schriftsteller kann man durch Übung werden. Der andere Typ ist derjenige, der von einer Idee oder einer bestehenden Situation verfolgt wird und sich davon nicht befreien kann, ehe er sie zu Papier gebracht hat. Er schreibt die Situation vielleicht nur nieder, ohne eine Lösung anzubieten, weil es womöglich gar keine gibt. Und er ist vielleicht nicht sattelfest in Grammatik, Zeichensetzung oder sogar Rechtschreibung, aber das macht nichts. Man kann jemanden anheuern, der all diese Fehler korrigiert, aber man kann niemanden anheuern oder durch Übung zu dem befähigen, was er tut. Er schreibt aus seiner Existenz heraus, und seine Geschichten sind aus dem Stoff gemacht, aus dem das Leben selbst besteht, aus den allgegenwärtigen Anblicken, Geräuschen, Gerüchen und Gefühlen. Sein Werk ist lebendig, es atmet. Dieser Mann muss schreiben. Er kann einfach nicht anders. Er ist Schriftsteller. Ersterer kann Nachrichten, Werbetexte oder Handbücher schreiben oder eben auch gar nicht schreiben, wenn er will. Das gilt aber nicht für Letzteren. Er schreibt nur aus sich selbst heraus. Er kann die von außen auferlegte Aufgabe, einen bestimmten Text zu schreiben, nicht erfüllen, ja nicht einmal, wenn er sich die Aufgabe selbst auferlegt hat, kann er sich hinsetzen und das Schreiben als eine Aufgabe erfüllen. Sie gehören zu diesem zweiten Typ. Es sind nicht immer Genies, doch unter diesen können sich Genies finden. Sie sind vielleicht kein Genie. Es ist noch zu früh, um das zu beurteilen. Sie sind jedoch Schriftsteller, es ist nicht zu früh, um das jetzt schon zu sagen, und ein verdammt guter noch dazu!« Sie sah auf ihre Armbanduhr. »Ups! Trinken Sie aus. Gott wird uns zürnen, wenn wir zu spät kommen.«

Rann ließ den Rest seines Drinks stehen und folgte ihr zum Aufzug. Er konnte ein Glucksen nicht unterdrücken, als er daran dachte, dass sie eben von George Pearce als »Gott« gesprochen hatte. Ihm war, als würde er wieder in eine neue Welt mit einer ganz anderen Art Menschen eintauchen, als er bisher kennengelernt hatte. Er fand es aufregend, und diese Aufregung durchdrang sein ganzes Wesen. Sie waren allein im Aufzug.

»Übrigens«, begann er, »vielen Dank für das, was Sie mir da gesagt haben. Das war nicht nur ein Kompliment, sondern ein wirklicher Schub fürs Selbstvertrauen.«

»Denken Sie erst gar nicht daran, es so zu sehen.« Sie warf ihm ein breites Lächeln zu. »Ich sage immer nur die Wahrheit in meinem Leben. Nicht weil ich so besonders moralisch wäre, es ist bloß viel einfacher, wenn man bei der Wahrheit bleibt. Auf diese Weise muss man sich nicht ständig merken, was man alles behauptet hat. Was ich da gesagt habe, ist die reine Wahrheit. Akzeptieren Sie sie. Ich habe sie Ihnen gesagt, und jetzt werden wir sie den Journalisten sagen. George Pearce erzählt ihnen in diesem Moment, was für ein großartiger Kerl Sie sind und wie klug und all das. Deshalb wollte er, dass Sie einige Minuten zu spät kommen. Er hat ihnen auch einen kurzen biografischen Abriss gegeben, den wir zu diesem Anlass haben schreiben lassen. Entspannen Sie sich und seien Sie ganz Sie selbst. Sie müssen sich keine Sorgen machen.«

Rann sah sie an, während sie sprach. Eine attraktive Frau, dreißig oder fünfunddreißig vielleicht, schwer zu sagen, perlgraues Geschäftskostüm, dazu passende Schuhe, ein interessantes ovales Gesicht mit Lachfältchen in den Augenwinkeln, das dunkle Haar am Hinterkopf ordentlich zu einem Dutt zusammengebunden, das allgegenwärtige Notizbuch und einen Stift in der Hand.

Aber Rann lächelte auch über ihren Ratschlag, sich zu entspannen und ganz er selbst zu sein nach diesem Gespräch beim Mittagessen über sein Image, die neue Kleidung, den Haarschnitt und seine Termine für den Rest des Monats.

Die Aufzugtür öffnete sich, und sie traten in einen mit rotem Teppich ausgelegten Korridor, an dessen Ende eine Tür offen stand. George Pearce kam ihnen den Korridor entlang entgegen, um sie zu begrüßen.

»Ein so gutes Ergebnis habe ich gar nicht erwartet.« Sein Gesicht verzog sich zu einem Grinsen. »Dieser Klatsch von gestern scheint hilfreich gewesen zu sein. Das wird ganz leicht für

Sie, Rann. Denken Sie nur immer daran, dass die meisten dieser Leute sehr gute Journalisten sind, und es sind Freunde.«

Er sah etwa vierzig Männer und Frauen mit dem Rücken zur Tür dasitzen, als sie den Raum betraten, zusätzlich zu den PR-Männern, die Rann schon beim Mittagessen kennengelernt hatte. An der linken Wand des Raums war ein Tisch als Bar aufgestellt worden, dort stand der leitende PR-Mann. Und ein weiterer Tisch war mit Blick Richtung Tür positioniert, vor französischen Fenstern, die bis zur Decke reichten und mit karmesinroten Samtvorhängen geschmückt waren, die genau auf die Farbe des Teppichs abgestimmt waren. Dieser Tisch war es, auf den Rann, Margie und George Pearce zugingen. Der Mann an der Bar kam mit drei Drinks zu ihnen hinüber, und alle Anwesenden beobachteten sie in erwartungsvollem Schweigen, während George Pearce noch einen letzten Blick auf seine Notizen warf. Schließlich stand er auf und räusperte sich.

»Ladys und Gentlemen, Sie alle haben die Kurzbiografie vor sich, die schon einmal eine Menge Fragen beantworten sollte. Lassen Sie mich nur noch hinzufügen, dass sie von Mr Colfax' Mutter geschrieben wurde, während er außer Landes war, und seine Berichte mögen sich von denen seiner Mutter in einigen Punkten vielleicht unterscheiden. Zögern Sie also nicht, all die Fragen zu stellen, die Sie haben.«

Darauf reagierten die Journalisten mit Gelächter.

»Ich bitte sowohl Mr Colfax als auch Sie darum, während des ganzen Interviews sitzen zu bleiben, und den Kellner, dass er Ihre Gläser stets nachfüllt. Wer möchte anfangen? Ja, Miss Brown.« George Pearce nahm auf seinem Stuhl Platz und griff nach seinem Scotch mit Soda.

»Mr Colfax, ich frage mich schon seit einiger Zeit, wie ein so junger Mann wie Sie ein Buch wie ›Choi‹ schreiben konnte. Jetzt lese ich in der uns ausgehändigten Kurzbio, dass Sie schon mit zwölf den Schulabschluss fürs College hatten. Könnten Sie uns darüber bitte etwas ausführlicher Auskunft geben?«

Die Fragen, die die Journalisten in der folgenden Dreiviertelstunde stellten, drehten sich hauptsächlich um seinen persönlichen Hintergrund und die Recherchen für sein Buch, und Rann beantwortete sie so erschöpfend, aber auch so kurz wie möglich.

Schließlich hob eine junge Frau in der letzten Reihe, die bisher noch nichts gesagt hatte, ihre Hand. George Pearce hielt kurz Rücksprache mit Margie, ehe er das Wort ergriff.

»Ja, Miss Adams. Entschuldigung, aber ich glaube, wir hatten bisher noch nicht das Vergnügen.«

»Nein.« Die Frau hatte eine angenehm klingende Stimme. »Ich bin erst vor Kurzem von der Westküste hierhergekommen. Nancy Adams von der ›New York Tribune‹. Mr Colfax, wie kommt es, dass Sie ein solches Detailwissen über den Schwarzmarkt in Korea haben?«

Rann spürte, wie sein Nacken rot wurde. »Miss Adams, ich weiß nichts über den Schwarzmarkt in Korea.«

»Aber Sie haben so realistisch darüber geschrieben. Wie war das möglich, wenn Sie nichts darüber wissen?«

»Man hat mich gebeten, darüber nicht zu sprechen.«

George Pearce räusperte sich und biss sich auf die Unterlippe, drauf und dran, das Wort zu ergreifen.

»Wer hat Sie darum gebeten, Mr Colfax?«, fuhr Nancy Adams rasch fort.

»Einer der verantwortlichen Offiziere.«

»Verantwortlich wofür, Mr Colfax? Hat man Sie wegen einer Verstrickung in den Schwarzmarkt zur Rechenschaft gezogen?«

»Nein, ich wurde von allen Vorwürfen freigesprochen.«

»Aber freigesprochen von wem, Mr Colfax, wenn nicht von einem Gericht?«

»Von einer Gruppe verantwortlicher Offiziere.«

»Also nicht von einem Militärgericht?«

»Nein.«

»Nur von einer Gruppe Offiziere?«

»Ja.«

»Mr Colfax, in Ihrem Buch sind einige höhere Offiziere in den Schwarzmarkt verstrickt. Ist es da nicht möglich, dass die, die sie freigesprochen haben, eben jene waren, über die Sie geschrieben haben?«

»Nein.«

»Aber wie können wir das wissen, Mr Colfax, wenn Sie, wie Sie sagen, es selbst nicht wissen? Wie lautet der Name des verantwortlichen Offiziers?«

»Er hatte nichts damit zu tun.«

»Wenn Sie also nicht darin verstrickt waren und er auch nicht, warum nennen Sie uns dann nicht seinen Namen?«

»Es war General Appleby.« Rann wünschte, er hätte den Namen nicht ausgesprochen, doch die Frau hatte ihn mit ihrer Hartnäckigkeit nervös gemacht.

George Pearce erhob sich von seinem Stuhl. »Ladys und Gentlemen, ich unterbreche nur sehr ungern, aber ich weiß, dass Mr Colfax sich noch fürs Dinner umziehen muss. Haben

Sie vielen Dank, und ich hoffe, dass diese Fragestunde für Sie alle hilfreich war.«

»Mr Colfax, nur noch eine kurze Frage, bitte.« Es war die Frau, die ihm die erste Frage gestellt hatte. »Meine Leser würden gern noch wissen, was ein junger Exsoldat an seinem ersten Abend in New York tun wird, nachdem er so lange fort war. Würde es Ihnen etwas ausmachen?«

»Oh, das ist ganz einfach. Erst Dinner, dann Theater.«

»Mit jemand Besonderem?«

»Mit Rita. Rita Benson.«

»Oh, verstehe. Mit jemand *sehr* Besonderem! Vielen Dank, Mr Colfax.«

George Pearce und Margie schienen zufrieden zu sein mit dem Spätnachmittag, verabschiedeten sich in der Hotellobby von Rann, und Rann fuhr mit dem Taxi nach Hause, um sich umzuziehen.

»Oh, junger Herr, Kleidung so ganz anders.« In Sungs Lächeln lag Begeisterung. »So ganz neu zum Vormittag. Sieht gut aus, anders, aber gut.« Er nahm Rann das Paket aus der Hand, das dieser dabeihatte.

»Danke, Sung. Ich ziehe mich jetzt gleich um, und ich werde das Jackett anziehen, das sich in dieser Schachtel befindet.«

»Ihre Mutter angerufen, junger Herr. Klingt traurig. Sie bitte sie anrufen.«

»Ja, ich rufe sie sofort zurück, aber es muss alles sehr schnell gehen. Ich habe nicht viel Zeit. Lassen Sie bitte schon Wasser in die Badewanne, aber nicht zu heiß.«

Rann setzte sich an den Schreibtisch in der Bibliothek.

»Wie geht's dir, Mutter? Ist irgendetwas passiert?« Er hatte sehr schnell eine Verbindung bekommen.

»Oh Rann, ich bin so froh, dass du anrufst. Ich weiß nicht, ob etwas passiert ist, oder jedenfalls nicht, bis du es mir erzählt hast. In der Zeitung von heute Morgen stand dieser sehr anzügliche Artikel. Rann, wer ist Rita Benson?« Seine Mutter klang beunruhigt.

Rann lachte. »Keine, derentwegen du dir Sorgen machen musst. Das ist einfach nur eine Lady, die ich im Flugzeug kennengelernt habe.«

»Diesem Artikel nach aber nicht.«

»Mutter, ich kann dir nur raten, was man mir geraten hat: Beachte Zeug wie dieses, das du in der Zeitung liest, gar nicht. Sie ist eine nette Lady, und das ist alles.«

»Solange du dir sicher bist, dass du nicht der Neuzugang in jemandes Stall bist, obwohl das vermutlich auch nicht so schlimm ist, wenn es das ist, was du willst.«

»Ich gehöre zu niemandes Stall, und das werde ich auch nicht. Es gibt nichts, worüber du dir Sorgen machen musst. Aber jetzt muss ich mich beeilen, Mutter, sonst komme ich zu spät zum Dinner.«

»Mit ihr?«

»Ja, Mutter.« Rann lachte noch einmal. »Mit Mrs Benson.«

»Nun, na gut. Wir hören bald wieder voneinander.«

»Und ich sehe dich bald, Mutter. Mrs Benson wird dir gefallen, wenn du sie kennenlernst.«

Rann blieb einen Moment lang nachdenklich sitzen, nachdem er aufgelegt hatte. Er konnte ihr diese Sorgen nicht übel nehmen. Sie spionierte ihm ja nicht hinterher. Es war eine echte, ganz natürliche Sorge. Und in gewisser Weise tat es ihm sogar gut, sie im Hintergrund seines Lebens zu haben, stets besorgt um sein Glück.

»Mein Lieber, Sie sind nicht zu spät dran«, sagte Rita Benson, als er im St. Regis in ihrer Suite anrief. »Und entschuldigen Sie sich nie. In dieser Welt ist alles unter einer halben Stunde pünktlich. Wollen Sie auf Cocktails in meine Suite heraufkommen, oder soll ich Sie in der Lounge treffen – das würde den Zeitungen gefallen. Ich muss allerdings sagen, wenn die das hier als Stall bezeichnen, dann bezahle ich teuer dafür.«

»Treffen wir uns doch in der Lounge, Rita.« Rann lachte. »Wegen des Stalls mache ich mir keine Sorgen.«

Rita lachte ebenfalls. »Bis gleich.«

Rann war froh über das neue Abendjackett, als Rita Benson ein paar Minuten später die Cocktail-Lounge betrat. Jeder im Raum drehte den Kopf nach ihr um, als sie an den Tisch kam. Sie sah aus wie fünfunddreißig, auch wenn sie Ranns Vermutung nach eher fünfundfünfzig war. Ihr langes Abendkleid aus weinroter Seide umschmeichelte ihre schlanke Gestalt mit der Selbstverständlichkeit und Anmut eines Kleides, das für seine Trägerin gemacht worden war. Ihr kurz geschnittenes Haar passte sich geschmeidig ihrer Kopfform an, umrahmte ihr Gesicht theatralisch und betonte ihren langen anmutigen Hals und ihre schmalen Schultern.

»Rita, Sie sind wunderschön.« Rann machte ihr ganz offen ein Kompliment, während er es wagte, ihr einen Stuhl hervorzuziehen.

»Aber natürlich bin ich das, mein Lieber. Gott weiß, dass es mich Mühe genug kostet. Aber trotzdem nett, dass Sie es bemerken. Aber schauen Sie sich selbst nur an. Wie gut Sie aussehen. Wer hat Ihr Haar geschnitten? Vielleicht lass ich ihn mal auf meines los.«

Sie tranken ihre Cocktails rasch aus und begaben sich in das Restaurant.

»Rann, jetzt möchte ich Ihnen erst einmal sagen, dass Ihr Buch hervorragend ist. Ich habe es sofort bestellt, als ich im Hotel ankam, und konnte es nicht aus der Hand legen, bis ich es zu Ende gelesen hatte, und dann habe ich es noch mal von vorne begonnen. Ich habe den ganzen Tag lang mit der Idee gespielt, es an den Broadway zu bringen, aber die Bühne ist vielleicht nicht das Richtige dafür. Vielleicht eher der Film, obwohl ich mit dem Film noch nichts zu tun hatte. Darüber müssen wir einmal reden, wenn wir mehr Zeit haben. Jetzt wird es schon langsam spät.«

Sie stand vom Tisch auf, und Rann half ihr mit ihrer Stola. »Fügen Sie zwanzig Prozent zu dem Betrag hinzu und setzen Sie ihn auf meine Rechnung, Maurice«, sagte sie, als sie am Oberkellner vorbeikamen.

Rann konnte sich kaum auf das Theaterstück konzentrieren, das sie sich ansahen. In Gedanken kam er immer wieder auf das zurück, was Rita beim Abendessen über sein Buch gesagt hatte. Er fühlte sich natürlich geschmeichelt, aber die Idee erschien ihm merkwürdig. Er hatte in der Geschichte des alten Mannes nie etwas anderes gesehen als ein Buch und kaum Zeit gehabt, sich daran zu gewöhnen, dass sie ein Buch war.

»Hat Ihnen das Theaterstück gefallen?«, fragte Rita, als er ihr danach in die Limousine half.

»Ja, sehr gut, auch wenn ich gestehen muss, dass ich ein wenig Schwierigkeiten hatte, mich nach Ihrer Bemerkung beim Abendessen darauf zu konzentrieren.«

»Sie meinen über Ihr Buch? Ich meine es ernst, aber ich muss es noch einmal lesen, und dann reden wir darüber.«

Die Fahrt zu Sardi's war kurz. »Mrs Benson, Mr Colfax«, sagte der Oberkellner laut und deutlich. »Wir erwarten Sie bereits. Ihr Tisch ist gleich dort drüben. Mr Caldwell ist schon da.«

Emmet Caldwells Kolumne wurde an jede große Tageszeitung auf der Welt verkauft, das wusste Rann schon lange, doch auf den Mann, den er jetzt an seinem Tisch antraf, war er nicht vorbereitet gewesen. Er war groß, aufgeschlossen und hatte einen intelligenten Blick in den Augen, jedoch eine etwas zu hohe Stirn, um gut aussehend genannt zu werden. Er sah aus wie ein Collegeprofessor. Und nun stand er auf.

»Rita, es ist mir immer wieder eine Freude.« Er streckte seine Hand aus. »Und Sie sind Rann Colfax. Ich muss sagen, von dem Foto gestern in der Zeitung hätte ich Sie nicht wiedererkannt.«

Rann schüttelte ihm die Hand. Der Handgriff des Mannes war kräftig und fest, und er gefiel Rann. Man merkte ihm in allem, was er tat, an, wie groß seine Erfahrung in dieser Profession war.

Sie ließen sich in den bequemen Sesseln um den runden Tisch nieder und bestellten als Nachtmahl das berühmte Sardi-Steaksandwich und einen gemischten grünen Salat.

Emmet Caldwell begann das Gespräch. »Rita, ist an dem Gerücht, das ich gehört habe, etwas dran? Sie denken daran, die Aufführungsrechte an Ranns Buch zu erwerben?«

Rita blickte nachdenklich drein und wartete ab, bis der Kellner ihre Drinks serviert hatte und wieder gegangen war, ehe sie antwortete.

»Ja, ich glaube, man kann tatsächlich sagen, dass ich daran denke. Ich habe noch keine Entscheidung getroffen und bin auch ohne einen wirklich guten Rat nicht in der Lage dazu. Es ist ein ausgezeichnetes Buch, meiner Meinung nach, eine bewegende Geschichte, die sehr schön erzählt ist. Ob es jedoch auf eine Bühne gehört und dann der Bühne und der Geschichte gerecht wird, weiß ich nicht. Vielleicht wäre es eher etwas für den Film. Da muss ich mir Rat einholen. Ich habe am Montagmorgen einen Termin mit Hal Grey und ihn gebeten, das Buch vorher zu lesen.«

Rann wusste, dass Hal Grey der Leiter der erfolgreichsten unabhängigen Produktionsfirma des Landes war und viele Preise für Dokumentarfilme gewonnen hatte.

Sie fuhr fort. »Ich glaube, wenn Hal interessiert ist, könnte er das Richtige aus dem Buch machen. Es ist durchaus ein historischer Roman.«

Emmet Caldwell machte sich unauffällig Notizen in einem kleinen Notizbuch im Taschenformat. »Und was halten Sie davon, Rann?«

»Ich habe, ganz ehrlich gesagt, noch keine Zeit gehabt, darüber nachzudenken.« Rann schwieg einen Augenblick lang. »Margie Billows, eine Angestellte meines Verlegers, sagte, ich solle mir einen Agenten nehmen, um die Nebenrechte zu verhandeln, und sie hat einen Termin gemacht, bei dem sie mich einem vorstellen will. Wenn Rita interessiert ist, dann wird sie bestimmt etwas Gutes aus dem Material machen.«

Caldwell lächelte. »Ich kenne Margie gut, Rann, und wenn sie ein Interesse an Ihnen gefasst hat, dann kann es nur gut für Sie sein, ihrem Rat zu folgen. Sie ist ein alter Hase in diesem Geschäft, und es gibt keine Bessere. George Pearce kann von Glück sagen, dass er sie hat. Sie weiß, was sie tut.«

Sie unterhielten sich während des ganzen Nachtmahls, und Rann gefiel der ungezwungene Austausch zwischen Rita Benson und Emmet Caldwell. Ja, noch eine weitere Welt innerhalb dieser Welt, dachte er bei sich, und die Entdeckung dieser Welt faszinierte ihn.

Sung wartete auf ihn, als er nach Hause kam, und brachte ihm ein Getränk in die Bibliothek.

»Sung, Sie müssen nicht aufbleiben und auf mich warten, wenn ich spätabends noch unterwegs bin«, sagte Rann zu ihm. »Es sieht so aus, als würde ich jetzt eine ganze Weile lang spät nach Hause kommen.«

Nach einer heißen Dusche zog Rann einen frischen Pyjama an und legte sich in das große alte Bett in dem dunklen Schlafzimmer. Die leisen Nachtgeräusche der Stadt unter ihm gaben die Kulisse für seine Gedanken ab, während er sich die Ereignisse des Tages in Erinnerung rief und über sein Leben nachdachte, das ihn hierhergeführt hatte. Er konnte beinah hören, wie sein Vater vor all den Jahren mit seiner Mutter gesprochen hatte.

»Gib unserem Sohn Freiheit, Susan«, hatte sein Vater oft gesagt. »Gib ihm Freiheit, und er wird sich selbst finden.«

Hatte er sich selbst gefunden?, dachte er. War dies also Rann Colfax?, fragte er sich, als der Schlaf ihn überkam.

Das Zimmer war immer noch dunkel, als Rann die Augen am nächsten Morgen aufschlug, und er musste einen Augenblick nachdenken, um sich zu erinnern, wo er war. Seine Träume waren eine Mischung aus Lady Mary in England, Stephanie in Paris und seiner Mutter in Ohio gewesen. Wie würden diese Frauen auf die Veränderungen reagieren, die in seinem Leben stattfanden? Die ihm inzwischen vertraute Umgebung brachte ihn in die Gegenwart zurück. Er stand auf und öffnete die Vorhänge sowie die französischen Fenstertüren, die auf die Dachterrasse hinausführten. Warmer Sonnenschein fiel in das Zimmer. Rann zog sich ein Paar Shorts an, trat in die Sonne hinaus und betrachtete den Winkel seines Schattens. Zehn Uhr etwa, schätzte er, und Zeit für ein wenig Sonne, bevor die Schatten des Nachmittags die Terrasse einhüllten. Er legte sich auf eine der bequemen Liegen, und die Sonne wärmte seine schlanke Gestalt.

»Ich habe gekauft alle Zeitungen, wie Sie gesagt, junger Herr«, erzählte Sung ihm, als er Rann seinen Kaffee auf die Terrasse brachte. Es wunderte und freute ihn immer noch, wie sein Diener ihn beobachtete und all seine Wünsche stets vorausnahm. »Sie liegen auf Schreibtisch, für wenn Sie sind fertig. Oder soll ich bringen hierher?«

»Nein, das kann warten. Ich genieße zuerst noch ein wenig die Sonne.«

Margies Anruf riss ihn aus seinen Gedanken.

»Rann, haben Sie schon Zeitung gelesen?«

Rann gestand, dass er das noch nicht getan hatte.

»Tja, ich war davon ausgegangen, dass heute noch keiner etwas über Sie bringen würde, doch eine hat's getan – Nancy Adams von der ›New York Tribune‹. Sie ist leider boshaft, Rann. Es wird den Buchverkauf zwar ankurbeln, was gut ist, aber alles in allem schlägt sie einen richtig gemeinen Ton an. Sie dürfen das gar nicht beachten. Was machen Sie heute Mittag? Wir haben ja um drei unseren Termin bei dem Agenten, und da dachte ich, wir könnten vorher mittagessen gehen.«

Rann willigte ein, sich um zwölf Uhr mit ihr zu treffen, legte den Hörer auf und begann die Zeitungen auf der Suche nach der ›Tribune‹ durchzusehen. Der Artikel stand unten auf der Titelseite. VOM SCHWARZMARKT INS RAMPENLICHT. Daneben prangte ein Foto von ihm und Rita, wie sie vor dem Theater aus der Limousine ausstiegen. Rann las den Artikel, in dem Nancy Adams ausführte, dass er, Rann Colfax – der auf dem Schwarzmarkt in Korea ein Vermögen gemacht hatte, entweder aufgrund eigener Verstrickungen oder indem er darüber schrieb –, am letzten Abend mit der reichen Witwe Rita Benson an all den entsprechenden Orten gesehen wurde und von seinen Profiten ein Luxusleben führte. Rann lächelte bitter, als er daran dachte, dass er zum Abendessen Ritas Gast gewesen war und sein Verleger im Voraus dafür gesorgt hatte, dass alle anderen Kosten gedeckt sein würden.

Die letzten Sätze des Artikels verstörten Rann zutiefst: »Man sollte meinen, dass irgendjemand doch einmal genug Interesse aufbringt und Rücksprache mit General Appleby in Korea hält, um genau zu klären, wie es sein kann, dass Mr Colfax so leicht von aller Verstrickung in den Schwarzmarkt freigesprochen wurde. Man muss doch nur sein Buch lesen, um zu erkennen, dass er über die ganze entsetzliche Situation dort offensichtlich Kenntnisse aus erster Hand besitzt.«

»Aber sie hat kein Recht, die Dinge zu sagen, die sie gesagt hat«, protestierte Rann Margie gegenüber, als sie später beim Mittagessen saßen.

»Oh doch, das hat sie.« Margies Stimme klang freundlich, aber bestimmt. »Das ist der Preis, den wir für die Pressefreiheit zahlen«, fuhr sie fort. »Nancy Adams darf alles schreiben, was sie will, solange sie sich absichert, was sie getan hat. Sie sagt, Sie hätten ein Vermögen gemacht – entweder durch persönliche Verstrickung oder indem Sie darüber geschrieben haben. Das stimmt. Sie haben in Ihrem Buch darüber geschrieben, und Sie machen ein Vermögen. Und Sie werden sogar noch mehr Geld machen nach ihrem Artikel. Aber Sie dürfen sich das nicht zu Herzen nehmen.«

Sie setzten das Gespräch das ganze Mittagessen über fort und auch später im Büro des Agenten noch.

»Sie sind heiß begehrt, Rann«, sagte Ralph Burnett, der Leiter der Agentur, zu ihm. »Wir haben zwar jede Menge Klienten, aber wir nehmen Sie. Verweisen Sie einfach jeden, der mit Ihnen über Ihr Werk reden will, an uns. Das ist schon alles. Aber Sie müssen dafür sorgen, dass Sie heiß begehrt bleiben. Wenn Sie das tun, werden wir alle eine schöne Stange Geld verdienen. Nach dem Artikel von heute wird Ihr Buch innerhalb einer Woche auf die Nummer eins der Bestsellerliste hochklettern, warten Sie's nur ab.«

Und das tat es. Rann saß an seinem Schreibtisch, die Literatur-Rubrik der Zeitung aufgeschlagen vor sich. Auf der Seite der Bestsellerliste gegenüber war eine lange nachdenkliche Besprechung seines Buches abgedruckt. George Pearce, Margie und Ralph Burnett würden sicher hocherfreut sein, dachte er bei sich.

Diese Besprechung gefiel auch ihm. Der Kritiker hatte alles, was er zu vermitteln versuchte, so gut verstanden, dass Rann selbst überrascht war. Nicht alle Artikel, die erschienen waren – und es hatte viele gegeben –, waren so nachdenklich und sorgfältig geschrieben gewesen. Aber sie waren alle gut und sachlich gewesen, wenn man davon absah, dass Nancy Adams noch zwei weitere Artikel in der ›New York Tribune‹ nachgeschoben und in einem über ein angemeldetes Ferngespräch mit General Appleby in Korea berichtet hatte. General Appleby hatte das Telefonat nicht angenommen und der Dame in der Vermittlung nur gesagt, dass er keinen Kommentar abgebe, doch der Bericht über das gescheiterte Telefonat hatte Nancy Adams Gelegenheit gegeben, ihre gemeinen Unterstellungen alle noch einmal zu wiederholen. Und zwei Tage später hatte sie dann über ihr Treffen mit Senator John Easton berichtet, einem jungen Hoffnungsträger aufs Präsidentenamt aus einem der Neuengland-Bundesstaaten und ein Mitglied des Untersuchungskomitees für militärische Angelegenheiten, der versprochen hatte, das Buch zu lesen und sich noch einmal mit ihr zu treffen. Sie versicherte ihren Lesern, dass sie einen vollständigen Bericht darüber erhalten würden, was der Senator gesagt hatte, und nutzte die Gelegenheit, um ihre vorherigen Bemerkungen erneut zu wiederholen.

In den zwei Wochen, seit Rann wieder in New York war, wurde über alles, was er tat, berichtet. Er wunderte sich, dass die Leute sich offenbar tatsächlich für jeden seiner Schritte interessierten. Am Donnerstag ging er mit Rita auf die Filmpremiere, und am Samstag erschienen sie auf einem Wohltätigkeitsball. Am Freitag aß er mit George Pearce und Margie zu Abend, nur eine geschäftliche Routine, und über all das wurde in den Klatschspalten berichtet. Seine Mutter hatte ihn wegen der Artikel mehrere Male verantwortungsbewusst angerufen, und es tat ihm wirklich leid, wie sich das alles auf ihr Leben auswirkte. Er konnte ihr nur immer wieder versichern, dass es ihm gut gehe, das war das Einzige. Das Klingeln des Telefons auf seinem Schreibtisch riss ihn plötzlich aus den Gedanken. Es war Donald Sharpe.

»Professor Sharpe, Sie müssen entschuldigen, dass ich Ihnen noch gar nicht geschrieben habe, um Ihnen dafür zu danken, dass Sie mich George Pearce empfohlen haben. Ich bin erst seit zwei Wochen wieder zurück, und in der Zeit war so viel los ...«

»Ich weiß.« Donald Sharpe lachte. »Ich habe die Zeitungen gelesen. Sie kommen ja ganz schön herum. Wer ist denn diese Rita Benson? Wohl etwas ganz Besonderes, wenn Sie so viel Zeit mit ihr verbringen.«

Jetzt lachte Rann. »Sie ist eine sehr nette Lady, die ich auf dem Flug von San Francisco hierher kennengelernt habe, und nun ist sie daran interessiert, aus meinem Buch einen Film zu machen. Ihre Anwälte arbeiten inzwischen sogar schon an einer Einigung mit meinem Agenten. Aber die Zeitungen blasen das alles viel zu sehr auf.«

»Ich weiß.« Donald Sharpe schwieg einen Augenblick lang. »Woran arbeiten Sie im Moment, Rann?«

»An nichts. Ja, mir fällt nicht einmal irgendetwas ein, über das ich schreiben möchte. Irgendwann habe ich sicher wieder eine Idee, aber diese Zeitungsartikel kosten mich all meine Energie, und das schwankt hin und her zwischen Wut und Lachanfällen.«

»Ich kann Ihnen sagen, wie Sie damit fertig werden, Rann. Es mag seltsam klingen, aber lesen Sie die Artikel einfach nicht. Sie können ohnehin nichts tun gegen all das, was die Leute schreiben, und wenn Sie sie ignorieren, können Sie mit Ihrer Arbeit fortfahren. Wenn Sie allem, was die Leute über Sie schreiben, Beachtung schenken, dann erreichen Sie nie all das, was Sie sonst erreichen könnten und sollten. Ich habe Menschen gekannt, die in Ihrer Situation waren, und glauben Sie mir, der einzige Weg, um weiterzumachen, ist, das alles zu ignorieren.«

»Da haben Sie vermutlich recht. Alle, die irgendetwas von diesem Geschäft verstehen, sagen genau dasselbe. Aber Sie verstehen sicher auch, dass das viel leichter gesagt ist als getan.«

»Natürlich ist es das, mein Lieber, aber es ist etwas, woran man arbeiten muss. Versuchen Sie es einmal so, es wird funktionieren. Sie werden schließlich in der Lage dazu sein – nach einigem Leiden und Gewissensqualen –, und wenn Sie diesen Rat annehmen und jetzt anfangen, das, was andere Leute, und vor allen die Journalisten, sagen, nicht mehr zu beachten, werden Sie sich eine Menge Kummer ersparen. Ich musste das, in meinem eigenen bescheidenen Rahmen, ebenfalls erst lernen.«

Die Anrede »mein Lieber« und der persönliche Unterton des Gesprächs ließen in Rann die Erinnerung an jene Nacht in Donald Sharpes Haus lebhaft aufflammen, und er spürte, wie er errötete, als er sprach.

»Professor Sharpe, ich –«

Donald Sharpe unterbrach ihn. »Einen Moment, Rann. Bevor wir fortfahren, gibt es noch ein paar Dinge, die wir klären sollten, und das kann ich, denke ich, sehr rasch erledigen. Zum einen, nennen Sie mich Don. Dafür sind wir inzwischen in Alter und Position nicht mehr zu weit voneinander entfernt, finde ich. Und zum anderen, es tut mir leid, was vor Jahren zwischen uns vorgefallen ist. Wir dürfen nicht zulassen, dass es unsere zukünftige Freundschaft beeinträchtigt, wenn wir es verhindern können – aber wir sind beide intelligent und werden das schaffen, glaube ich. Ich habe damals auf Sie reagiert, wie viele Männer in meiner Lage es getan hätten. Vielleicht können Sie das jetzt verstehen. Und Sie haben reagiert, wie jeder Junge in Ihrer Lage es getan hätte. Das verstehe ich jetzt natürlich. Ich werde nicht behaupten, dass ich nicht wünschte, die Dinge hätten sich anders entwickelt. Es besteht keine Notwendigkeit für uns, zu lügen. Aber da die Dinge nun einmal sind, wie sie sind, lassen Sie uns auf der Basis, die uns möglich ist, Freunde sein. Und das ist alles, was es über diese Angelegenheit zu sagen gibt, glaube ich.«

Rann war erleichtert, dass Donald Sharpe so freimütig gesprochen hatte.

»Ich glaube, das gefällt mir, Don. Solange wir uns beide darüber im Klaren sind, wie die Situation nun einmal ist.«

»Das werde ich sicher nicht vergessen, mein Lieber. Nun, von Ihrer Mutter höre ich, dass sie in zwei Wochen nach New York reist, und ich werde wohl mit ihr fliegen. Wer weiß? Vielleicht ist George Pearce, jetzt, da ich ihn auf Sie aufmerksam gemacht habe, bereit, auch etwas von meinen Sachen zu veröffentlichen. Halten Sie auf jeden Fall ein wenig Zeit frei, dann sehen wir uns bald.«

Rann versprach es und saß, nachdem das Gespräch beendet war, noch eine Weile gedankenversunken da. Es war sehr viel passiert in seinem Leben seit jener Nacht, die er in Donald Sharpes Haus verbracht hatte, und obwohl seine persönlichen Gefühle und seine körperliche Abneigung nach wie vor stark waren, verstand er das Mitleid, das seine Mutter damals für diesen Mann gezeigt hatte, jetzt besser. Es musste für einen Mann wie ihn, gefangen zwischen den Geschlechtern, wirklich schwierig sein, eine befriedigende Beziehung zu finden. Aufgrund seines ausgezeichneten Gedächtnisses konnte Rann die Stimme seines Vaters während eines ihrer langen Gespräche geradezu hören.

»Die Welt besteht aus sehr vielen verschiedenen Menschen, mein Sohn, und während du, und nur du ganz allein, dafür verantwortlich bist, zu was für einem Menschen du wirst, musst du doch so viele verschiedene Menschen kennenlernen wie nur möglich, denn sie sind die Grundlage des Lebens, so wie wir es heutzutage kennen. Nur weil es Diebe gibt und du es weißt, heißt das nicht, dass auch du stehlen musst. Nur weil es Kannibalen und Prostituierte gibt, heißt das nicht, dass es auch für dich richtig ist, Menschenfleisch zu essen oder deinen eigenen Körper zu verkaufen. Aber der Umstand, dass es für dich nicht richtig ist, darf dich nicht davon abhalten, jene, die es tun, kennenzulernen oder verstehen zu wollen, warum sie es tun. Du wirst oft verletzt sein, denn du liebst die Schönheit und Ordnung in allem, was du tust, aber die Menschen sind nun einmal nicht immer schön oder ordentlich. Sie werden nicht immer so sein, wie du es dir wünschst. Sei also zufrieden, wenn sie zumindest ehrlich sein können zu dir und du die Möglichkeit hast, sie verstehen zu lernen, so wie sie sind. Du darfst dich davon aber nicht aufsaugen lassen und musst der Mensch sein, der du selbst zu sein wünschst. Auf diese Weise wird eines Tages jemand – irgendwo – deines Weges kommen und dir beweisen, dass alles Schöne auch gut ist, und wenn dieser Mensch dir begegnet, wirst du ihn erkennen, denn du wirst zuvor schon viele andere kennengelernt haben und bereit sein für die dauerhafte Beziehung, die, für sich genommen, die tiefste Zufriedenheit für den Menschen bedeutet.«

Rann wusste nun, dass er Donald Sharpe als einen Freund akzeptieren konnte, was auch immer dieser sonst noch sein mochte, und dass diese Freundschaft ihn selbst oder das, was er über sich wusste, in keiner Weise beeinflussen musste, sondern nur sein eigenes Verständnis über die vielfältigen Facetten der menschlichen Natur erweitern würde. Wieder wurden Ranns Gedanken vom Klingeln des Telefons auf seinem Schreibtisch zerrissen. Es war Rita Benson.

»Rann, wenn ich Ihnen meinen Wagen schicke, könnten Sie dann auf ein paar Cocktails und ein Abendessen vorbeikommen? Ich habe Hal Grey übers Wochenende hier, und wir haben von nichts anderem als von Ihrem Buch gesprochen. Es gibt da einige Ansätze, die wir gern mit Ihnen besprechen möchten. Sie könnten über Nacht bleiben, und dann fahren wir morgen zusammen zurück in die Stadt.«

Er willigte ein. Sung bereitete ein leichtes Mittagessen für ihn zu und packte eine Reisetasche zum Übernachten, und so war Rann fertig, als der Portier ihn informierte, dass Mrs Bensons Wagen eingetroffen sei. Es herrschte nur wenig Verkehr am Sonntagnachmittag, und Rann genoss die Fahrt auf der Schnellstraße durch die Vorstädte und nach Connecticut hinaus zu Rita Bensons Haus. Es war ein sehr großes altes Steinhaus, das sie gekauft und modernisiert hatte und das schön dalag inmitten all der penibel gepflegten Rasen und Gärten des weitläufigen Grundstücks. Die Cocktails wurden ihnen auf der Südterrasse serviert, und sie genossen die Nachmittagswärme. Hal Grey, der auf einer Liege saß, sah Rita und Rann an, während er sprach.

»Das Projekt hat ein paar Tücken, Rann«, erklärte er. »Es ist eine ausgezeichnete Geschichte, die sich gut auf der Leinwand machen wird. Problematisch ist jedoch, dass sie keine große wichtige Rolle für einen amerikanischen Star hat, den wir brauchen, damit es sich an der Kinokasse auch rechnet. Ich denke daran, von den Drehbuchschreibern den Autor als Starrolle hineinschreiben zu lassen, sodass wir die Geschichte *des Buches* verfilmen, was die Geschichte *im Buch* einschließen würde, und so hätten wir die Rolle für den Star, die wir brauchen.«

Das Gespräch wurde auch beim Abendessen fortgeführt und noch weiter in den Abend hinein, und Rann willigte ein, mit den Drehbuchschreibern zusammenzuarbeiten und die benötigte Rolle zu erschaffen.

Am nächsten Tag, zurück in New York, trafen sich die drei mit Ranns Agent und Ritas und Hal Greys Anwälten, und die nötigen Unterlagen wurden unterschrieben. George Pearce war hocherfreut und bestand darauf, danach alle zum Abendessen einzuladen, um zu feiern. Hal Greys Büro arrangierte ein Mittagessen mit Journalisten für den nächsten Tag, an dem das Filmprojekt öffentlich vorgestellt werden sollte.

Rann konnte eine gewisse Feindseligkeit Nancy Adams von der ›New York Tribune‹ gegenüber nicht unterdrücken, und da er wusste, dass er bei dem Mittagessen am nächsten Tag auf sie treffen würde, machte er an diesem Abend George Pearce und Rita Benson gegenüber seinem Gefühl Luft. Margie und Hal Grey hatten sich nach dem Abendessen verabschiedet, da sie früh am Morgen bereits Termine hatten, und so waren die drei in Ritas Wagen zu Ranns Apartment gefahren, wo Sung ihnen im Wohnzimmer Drinks serviert hatte.

»Ihr Apartment ist sehr charmant, Rann. So ausgesprochen maskulin, und dennoch lässt es hier und dort eine weibliche Hand vermuten.«

Rita saß auf dem Sofa mit Blick zum Kamin, und das Feuer darin knisterte bereits, obwohl Rann es eben erst entzündet hatte, als sie den Raum betraten. Es war wohl irgendetwas Chinesisches an der Art, wie Sung das Holz und die Kohlen aufschichtete, vermutete Rann, das sie so schnell Feuer fangen ließ.

»Das dürfte Serenas Einfluss sein, die zweite Ehefrau meines Großvaters. Ich habe nichts verändert, seit er gestorben ist und mir die Wohnung hinterlassen hat.«

Rann setzte sich in den bequemen Sessel auf der einen Seite des Kaminfeuers, und George entschied sich für sein Gegenstück auf der anderen Seite. Dies waren seine ersten Besucher, dachte Rann, die er seit seiner Rückkehr hierher eingeladen hatte. Es war ihm nicht in den Sinn gekommen, in dem Apartment irgendetwas zu verändern.

»Sie sollten die Wohnung wirklich renovieren lassen, um sie Ihrer eigenen Persönlichkeit anzupassen, Rann.« Rita nippte an ihrem Drink und stellte das Glas wieder auf den Cocktailtisch. »Es tut einem gut, wenn man sich selbst in seiner vertrauten Umgebung Ausdruck verleihen kann.«

»Vielleicht weiß ich noch nicht, was genau ich Ausdruck verleihen möchte, Rita – aber das hat ja noch Zeit. Im Moment habe ich ein Problem, für das ich mir von Ihnen beiden Rat erhoffe und das der Grund ist, weshalb ich sie heute Abend noch sprechen wollte. Morgen werden wir mit Nancy Adams reden müssen – «

George Pearce unterbrach ihn. »Ich weiß. Daran habe ich auch schon gedacht. Sie sind verständlicherweise wütend und aufgebracht über all die Artikel, die sie geschrieben hat, und jetzt hat sie sich auch noch diesen Schnösel von einem Senator, wie heißt der gleich wieder, geschnappt und kündigt eine auf Ihrem Buch basierende vollumfängliche Untersuchung an. Man darf einfach nur nicht vergessen, dass sie uns nicht wirklich schaden kann. Sicher, sie kann für Ärger und Verdruss sorgen. Doch je mehr sie schreibt, desto mehr Bücher verkaufen wir und desto reicher werden Sie auf lange Sicht, Rann. Im schlimmsten Fall, der eintreten kann, werden Sie eben ein paar Fragen beantworten müssen. Doch Sie sind unschuldig, also kann Ihnen das nicht schaden. Ich sage, vergessen Sie es einfach. Ignorieren Sie die Frau und leben Sie weiter Ihr Leben. Sie ist eine von dieser neuen Sorte, die sich selbst investigative Journalisten nennen, und sie macht ihren Job, der darin besteht, Zeitungen zu verkaufen. Man darf einfach nur nicht vergessen, dass sie auch Bücher verkauft. Verlieren Sie nur unter gar keinen Umständen jemals die Beherrschung ihr gegenüber. Denn dann könnte sie etwas schreiben, was der Wahrheit entspricht, nämlich dass Sie bei der Befragung die Beherrschung verloren haben.«

»Ich weiß, wie wir das handhaben könnten.« Rita blickte nachdenklich drein, während sie sprach. »Machen Sie doch meine Pressekonferenz daraus. Auf diese Weise können die Journalisten ihre Fragen an mich richten, und ich kann Rann oder Hal um die Informationen bitten, die wir ihnen geben wollen.«

George Pearce nahm einen großen Schluck aus seinem Glas.

»Das ist eine gute Idee, Rita. Und es erscheint mir auch logisch, dass Sie die Fragen der Journalisten beantworten sollten.«

»Natürlich ist es logisch. Schließlich bin ich zu diesem Zeitpunkt diejenige, die eine Million Dollar ausgegeben hat. Und das, meine Lieben, ist schließlich eine Neuigkeit.«

Sie alle lachten.

»Da ist noch etwas, wofür ich Ihren Rat bräuchte.« Rann stocherte im Kaminfeuer herum, während er sprach. »Ich habe daran gedacht, Senator Easton anzurufen und ihm anzubieten, alle Fragen, die er hat, zu beantworten. Ich habe nichts zu verbergen, und auf diese Weise könnte man die Angelegenheit vielleicht erledigen.«

»Lassen Sie das Ganze einfach ruhen«, sagte George. »Er soll Sie anrufen, wenn er das will. Sie haben nichts getan – also vergessen Sie es.«

»Sie haben recht, George.« Rita stand vom Sofa auf. »Und ich muss jetzt unbedingt nach Hause, sonst schaffe ich es morgen womöglich nicht hierher.«

Rann wünschte ihnen an der Tür eine gute Nacht und kehrte zum Kaminfeuer zurück, um seinen Drink noch auszutrinken.

»Sie hat nichts weiter dazu zu sagen, Mutter.«

Rann saß zusammen mit seiner Mutter und Donald Sharpe im Arbeitszimmer seines Großvaters. Die beiden waren mit einem der Nachmittagsflüge eingetroffen. Seine Mutter hatte sich in seinem Gästezimmer niedergelassen, während Donald Sharpe ein kleines Hotel nur einen Straßenblock entfernt als sein Hauptquartier auserkoren hatte. Sung hatte zwei Tage lang gearbeitet, um das erste Abendessen vorzubereiten, das er der

Mutter seines jungen Herrn servieren wollte. Es wurde mittlerweile bereits um fünf Uhr dunkel in New York, und die in der Luft liegende Kälte ließ ahnen, dass der Winter nicht mehr weit entfernt war. Das Feuer brannte hell im Kamin, als Sung aus einem Krug Bloody Mary, den er zuvor vorbereitet hatte, ihre Gläser erneut füllte und das Aroma warmer, im Ofen backender chinesischer Horsd'œuvres durch das Apartment zog.

Rann fuhr fort. »Nancy Adams hat alles gesagt, was sie zu sagen hat. Sie hat die Sache enorm aufgeblasen und Senator Easton hineingezogen. Ich bin nach Washington gefahren und habe vor dem Komitee Fragen beantwortet. Und sogar General Appleby wurde aus Korea eingeflogen und musste über all die Verhaftungen berichten, die sie vorgenommen haben. Aber das war eben auch alles, was daran war.«

»Nun ja« – seine Mutter runzelte die Stirn –, »sie hätte wenigstens einen Artikel über das Untersuchungsergebnis schreiben können. Sie hätte berichten können, dass du, trotz all der gemeinen Dinge, die sie dir unterstellt hat, unschuldig bist.«

»Rann hat recht, Susan. Journalisten schreiben selten Artikel, in denen sie zugeben, dass sie von Anfang an falsch lagen, und zu Nancy Adams' Charakter würde es ganz und gar nicht passen. Rann ist inzwischen eine Person der Öffentlichkeit. Sein Buch ist immer noch die Nummer eins auf allen Listen. Er muss sich einfach abfinden mit dem, was über ihn gesagt wird, und mit seiner Arbeit fortfahren, was mich auf das hier zurückbringt.« Donald Sharpe zog eine dünne schwarze Lederaktentasche auf die Knie, ließ den Verschluss aufspringen und holte eine große Pappkartonmappe heraus. »Es ist das Manuskript Ihres Vaters, Rann. Ihre Mutter hat es mir vor einiger Zeit zum

Lesen gegeben, und es ist so gut, dass Sie etwas damit machen sollten, finde ich.«

»Ich habe nicht den Eindruck, dass ich seine Grundideen noch weiter ausarbeiten kann, als er es bereits getan hat. Ich glaube, er hat seine Meinung klar dargelegt. Es freut mich allerdings, es hier zu haben, und ich werde es noch einmal lesen und darüber nachdenken, ob es nicht auf eine nützliche Weise zu veröffentlichen ist. Denn ich finde, es sollte, wenn möglich, veröffentlicht werden. Es ist eine schöne Arbeit und repräsentiert einen großen Teil der Zeit und der Studien meines Vaters. Außerdem stimme ich, wie Sie wissen, mit seinen Theorien über Kunst und Wissenschaft vollständig überein.«

»Genauso wie ich, wie auch Sie wissen.« Donald Sharpe stand auf und legte das Manuskript mitten auf die große grüne Schreibunterlage auf dem Tisch unter dem Fenster, wohin Rann ihn gerückt hatte, damit er hinausschauen konnte, wenn er von der Arbeit aufsah. Es war eine der wenigen Veränderungen, die er in dem Apartment vorgenommen hatte seit dem Tod seines Großvaters.

Er genoss den Besuch seiner Mutter und Donald Sharpes. Donald Sharpe kehrte nach einer Woche nach Ohio zurück, doch ehe er fuhr, gab Rann noch eine Dinnerparty, damit seine Mutter George Pearce und Margie und sie beide Rita Benson kennenlernen konnten. Sie waren beeindruckt von Rita und George, so wie jeder es war, doch beide schätzten vor allem Margies bodenständige Einstellung zu Rann und seiner Karriere. Nach Donald Sharpes Abreise gingen Rann und seine Mutter mit George und Margie zum Mittagessen und danach mit Rita zum Abendessen und ins Theater.

»Mir gefallen deine Freunde, Rann«, sagte seine Mutter. Sie saßen im Wohnzimmer, wo Sung ihnen noch einen späten Drink serviert hatte, als sie aus dem Theater kamen.

Rann lächelte sie an. »Sogar Rita Benson, Mutter?«

Seine Mutter spürte, dass er sie neckte. »Ja, Mrs Benson vielleicht sogar besonders, nach Margie natürlich. Sie ist so ganz anders, als sie in den Zeitungen erscheint.«

»Die Leute sind selten so, wie sie in den Zeitungen erscheinen. Ich bin froh, dass meine Freunde dir gefallen, Mutter.« Und das war die Wahrheit. Rann wusste, dass er an seinen Freunden auch festgehalten hätte, wenn sie seiner Mutter nicht gefallen hätten, doch es tat ihm gut, ihre Zustimmung zu haben.

»Ich kann nichts mehr für dich tun«, sagte seine Mutter.

In ihren braunen Augen lag ein weicher Blick, und ihr Lächeln war wehmütig. Sie war immer noch eine schöne Frau.

»Hattest du denn geplant, etwas für mich zu tun, Mutter?«

Er gab seiner Stimme einen spielerischen Ton, obwohl er sehr genau verstand, was sie meinte. Sie war offenbar mit der unbestimmten Vorstellung hergekommen, dass sie ihm den Haushalt führen könnte. Sie hatte es nicht ausgesprochen, und auch er hatte das Thema nicht angeschnitten, doch Sung hatte durch seinen perfekten, stets schweigsamen Dienst klargemacht, dass er keine Hilfe bei der Haushaltsführung und der Versorgung seines jungen Herrn brauchte, des Enkels des alten Mannes, der ihn vor den unbekannten Schrecken der amerikanischen Einwanderungsbeamten bewahrt hatte. Das Haus war seit Jahren seine Insel der Sicherheit. Er wusste kaum mehr über Amerika, als wenn er in seinem Heimatdorf außerhalb von

Nanking, China, geblieben wäre. Es kam ihm nicht in den Sinn, die Gesellschaft anderer Chinesen zu suchen, denn die auf dieser ausländischen Insel da draußen sprachen ihren eigenen kantonesischen Dialekt, den er nicht besser verstand als sie den seinen. Er hatte in Amerika nie jemandem vertraut, nur seinem alten Herrn. Und den Frauen vertraute er schon gar nicht, nicht mehr seit er von seiner eigenen Schwester betrogen worden war.

Vor langer Zeit hatte Sung mit seinen Ersparnissen in China ein kleines Geschäft gekauft, einen Teeladen am Straßenrand, und seiner eigenen älteren Schwester die Verantwortung übertragen, während er weiterhin seiner Arbeit als Kellner in einem Hotel in Shanghai nachging. Jeden Monat erzählte sie ihm, dass es keine Gewinne gebe. Durch einen Nachbarn erfuhr er schließlich, dass es doch Gewinne gab, sie diese aber für ihren Ehemann, einen faulen Opiumraucher, und für ihre Kinder ausgab. Er sagte nichts zu ihr, da sie seine ältere Schwester war, doch zu diesem Zeitpunkt beschloss er, sein Land für immer zu verlassen und nach Amerika zu gehen, wo er keine Verwandten hatte. Von den Einwanderungsgesetzen hatte ihm niemand erzählt. Was ihm widerfahren wäre, wenn er in diesem Haus nicht einen sicheren Hafen gefunden hätte, konnte er sich nicht vorstellen. Doch das hatte er, und hier war er nun mit einem jungen Herrn, dem er für immer dienen konnte. Er war der Mutter gegenüber von vollkommener Höflichkeit, aber mit seiner Vollkommenheit vermittelte er genau das, was er wollte, nämlich dass sie in diesem Haushalt nicht gebraucht wurde – ja, dass gar kein Platz für sie war.

»Nein«, sagte sie, »ich habe mein Leben lang überhaupt

nichts geplant, Rann, bis du aus Korea nach Hause kamst. Ich wusste ja nicht, wie es dich vielleicht verändern würde.«

»Es war ein Einschnitt«, sagte er nachdenklich. »Aber es hat mich nicht verändert. Ich glaube, mich können nur Menschen verändern, und das dauert seine Zeit. Und so viel Zeit war es nicht, für niemanden – nur alberne Routinen, und die offiziellen Amerikaner waren – «

Er zuckte die Schultern und schob die unangenehme Erinnerung schweigend von sich.

»Was steht jetzt also als Nächstes für dich an, Rann?«, fragte seine Mutter.

Rann stellte seine Kaffeetasse ab. »Ich muss mir erst mal über mich selbst klar werden«, sagte er.

»Willst du wieder aufs College gehen?«

»Ich sehe keinen Grund dafür. Ich weiß, wo ich nach dem Wissen suchen muss, das ich brauche.«

»In Büchern?«

»Überall.«

»Dann werde ich wohl nach Hause fahren, Rann.«

»Nur wenn du möchtest, Mutter.«

Sie blieb noch einige Tage länger, und er widmete sich ganz ihr. Sie war ein liebenswerter Mensch, aber es stimmte, er brauchte sie nicht mehr. Dennoch wurde er nicht ungeduldig. Er ging mit ihr in Museen und ins Theater und zu einem Symphoniekonzert. Es waren schöne Stunden, aber ohne dass sie sich viel miteinander unterhielten. Wenn sie nach Hause kamen, nahm Sung sie an der Tür in Empfang und servierte ihnen in der Bibliothek oder im Wohnzimmer noch ein Getränk zur Nacht.

Einmal, als sie allein waren, versuchte sie über Lady Mary zu sprechen.

»Gibt es irgendetwas, das du mir über Lady Mary erzählen möchtest?«

»Oh – nein, das ist alles vorbei.«

»Ohne Bedauern?«

»Ohne Bedauern auf beiden Seiten, Mutter.«

»Es war eine Erfahrung für dich«, wagte sie sich vor.

»Ja – und ich habe letztlich eine Menge über mich selbst gelernt.«

»Mehr nicht?«

»Mehr nicht.«

Es war unmöglich, ja sogar unnötig, es ihr zu erklären. Er brauchte Stunden für sich, Stunden und Tage, Wochen und Monate, in denen er seine Arbeit wieder aufnehmen könnte.

Sie stand auf. »Ich glaube, ich fahre morgen nach Hause, mein Schatz.«

Er erhob sich ebenfalls, nahm sie sanft in die Arme und setzte ihr einen Kuss auf die Wange. Nein, er würde ihr auch nicht mehr über Stephanie erzählen. Es gab vielleicht gar nichts mehr zu erzählen. Und was immer da sein mochte, wollte er für sich behalten, um es zu leben, bevor er darüber sprach.

»Wie du willst, Mutter. Aber du kommst wieder, wann immer du möchtest, ja?«

»Das nächste Mal kommst du zu mir, mein Schatz.«

»Wie du willst, Mutter«, sagte er noch einmal.

Es war die Zeit, die sie voneinander trennte. Sie gehörte seiner Vergangenheit an und sogar seiner Gegenwart, seine Zukunft aber war bislang ganz die seine.

Es bestand keine Notwendigkeit, die Zukunft herbeizusehnen –
doch die Dauer seiner Jugend bedrückte ihn. Was immer er als
Nächstes tun würde, wollte er sofort beginnen. Aber wie beginnen und womit? Sung diente ihm mit einer schweigenden
Ergebenheit und schuf so ein Umfeld geordneten Friedens in
seinem Zuhause. Sein gesellschaftliches Leben war zu einer
Routine geworden, die drei Abende in der Woche für George
Pearce, Margie und Rita Benson vorsah. Er arbeitete mit den
Drehbuchautoren daran, die notwendige Rolle in sein Buch hi-
neinzuschreiben und das Drehbuch fürs Casting fertig zu machen, damit er später keine Zeit und Energie mehr hineinste-
cken musste. Er dachte oft an Stephanie. Sie korrespondierten
miteinander, schrieben sich nutzlose, mit trivialen Informationen gefüllte Briefe, und mehr als einmal dachte er daran, nach
Paris zu fahren. Doch jedes Mal beschloss er zu warten, bis sie
nach New York kam. Er konnte zu keiner Entscheidung darüber
gelangen, ob sie eine Rolle in seinem Leben spielte, und wenn
ja, ob vielleicht sogar eine sehr große. Er träumte vor sich hin,
las die ledergebundenen Bände in der Bibliothek seines Großvaters, die dieser über ein halbes Jahrhundert hinweg angesam-
melt hatte, spazierte durch die Straßen; er war beschäftigt, aber
mit den Gedanken doch ganz woanders, und wusste nicht, wie
er seine nächste Arbeit beginnen oder was er überhaupt beginnen sollte. Seine kurze Zeit beim Militär verblasste zu einem
Nichts, ein paar Erinnerungen an die koreanische Landschaft,
die überfüllten Straßen und engen Gassen, die Baracken und an
das isolierte amerikanische Gelände, auf dem die Offiziere und
ihre Familien lebten und das so naturgetreu dem Leben in der
Vorstadt einer jeden amerikanischen Stadt glich.

Er war froh, dass er nicht wirklich ein Teil dieses Lebens in Korea gewesen war. Sein Buch handelte vom Leben des koreanischen Volkes, und obwohl es das amerikanische Engagement dort schilderte, tat es dies vom koreanischen Standpunkt aus. Von all den Erlebnissen, die er in diesem kleinen, traurigen Land gehabt hatte, stach eine Erinnerung grausam scharf und erbarmungslos klar hervor. Es war das Gesicht des kommunistischen nordkoreanischen Soldaten, der Tag und Nacht, bis in alle Ewigkeit, ein paar Meter von der Grenze entfernt entlangmarschierte. Dort, auf der anderen Seite der unsichtbaren Linie, war der Feind. Doch es war weniger der Feind als vielmehr das Unbekannte. Unbekannt – das war das Wort und die Bedeutung, sogar des Lebens selbst. Er hatte keinen Zugriff aufs Leben. Er wusste nicht, wo beginnen. Hier auf dieser überfüllten Insel in Amerika hatte er, Rann, keinen Zugriff aufs Leben, keinen Halt und keine Nische darin, er fand keinen Zugang.

Menschenmengen schoben sich voran, wo immer er hinging, ob über die Brücke nach Manhattan, ob in andere Stadtteile von New York. Wo immer er hinging, flutete das Leben heran und ebbte ab, doch er war kein Teil davon. Die Zeitungen berichteten immer noch mit ungenauen Einzelheiten über alles, was er tat, doch es störte ihn nicht mehr. Er las sie nicht einmal mehr, denn jeder Artikel verbreitete nur noch mehr Unsinn als der vorherige. Sein Buch war immer noch die Nummer eins der Bestsellerliste, und vielleicht war das überhaupt das Einzige, worauf es ankam, die einzige Sache, über die er sich Gedanken machen sollte. Er freute sich, wenn die Leute sein Buch lasen, doch all das Geld bedeutete ihm eigentlich nichts, weil er es nicht brauchte.

George Pearce und sein Agent, ja sogar Rita, neigten dazu,

in den Kategorien von Geld zu denken, und das war wohl auch ganz natürlich für sie, vermutete er. Aber in gewisser Weise trennte ihn das selbst von ihnen, von seinen engsten Freunden. Nur bei Margie hatte er das Gefühl, dass er immer ein Mensch war und keine Ware, sie trafen sich oft zum Mittagessen oder zum Abendessen – doch auch sie spielte nur eine unbedeutende Rolle in seinem wahren, seinem inneren Leben, in dem Teil seiner selbst, den er noch nie mit einem anderen Menschen geteilt hatte. Seine Freunde drängten ihn, sein Apartment stärker nach seinem eigenen Geschmack einzurichten, doch es blieb, wie sein Großvater es verlassen hatte. Er hatte nur wenig Interesse an solchen Dingen. Er hätte einsam sein können, doch er war niemals einsam gewesen, auch wenn er schon immer allein war.

Vielleicht wenn Stephanie käme – und plötzlich, eines schönen Wintertages, war sie da. Der Schnee fiel an diesem Tag in dicken Flocken auf die verlassenen Straßen herab. Er saß da und sah durch das hohe Fenster in der Bibliothek zu, wie er die Dachkonturen, Telegrafendrähte und Hauseingänge schmückte, fasziniert von seiner Schönheit, wie Schönheit ihn immer faszinierte. Das Telefon auf dem Schreibtisch vor ihm, auf dem lederbezogenen Schreibtisch seines Großvaters hier in der Bibliothek seines Großvaters, klingelte. Er hob den Hörer ab.

»Ja?«

»Ja«, erwiderte Stephanies Stimme. »Ja, ich bin's.«

»Aus Paris?«

»Nicht aus Paris. Hier – aus New York.«

»Du hast mir gar nicht gesagt, dass du jetzt kommst. Ich habe erst gestern einen Brief von dir erhalten. Ich hatte vor, dir heute noch zu schreiben. Warum hast du mir nichts gesagt?«

»Ich sag's dir jetzt, nicht wahr?«

»Aber es ist so überraschend!«

»Ich bin immer überraschend, oder nicht?«

»Wo bist du denn?«

»Fifth Avenue, zwischen Fifty-Sixth und Fifty-Seventh Street, da ist das neue Geschäft meines Vaters.«

»Wann bist du angekommen?«

»Gestern Abend, zu spät für einen Anruf. Der Flug war miserabel. Wir wurden auf und ab geschüttelt von sehr rauen Winden. So schrecklich! Ich hätte große Angst haben können, wenn ich es mir zugestanden hätte. Aber die Diener sind schon eine Woche vorher geflogen, und es war alles bereit für uns. Wir sind sofort eingeschlafen. Mein Vater inspiziert jetzt schon das Geschäft. Und ich habe gerade fertig gefrühstückt. Willst du nicht hierherkommen?«

»Natürlich. Es könnte etwas dauern wegen dieses Schneesturms. Aber ich mache mich sofort auf den Weg.«

»Ist es weit?«

»Kommt drauf an – der Verkehr wird schleppend sein.«

»Du gehst nicht zu Fuß?«

»Ich werde wahrscheinlich zu Fuß gehen müssen.«

»Dann mache ich es mir hier bequem und warte.«

»Und ich werde mich beeilen.«

»Aber sei vorsichtig auf jeden Fall.«

Er lachte. Ihr Englisch war so perfekt, denn jedes Wort war perfekt ausgesprochen und doch auf eine so charmante Weise unperfekt. Ihre Ausdrucksweise war eine Mischung aus Chinesisch und Französisch, ausgedrückt auf Englisch.

»Warum lachst du jetzt?«, fragte sie.

»Weil ich glücklich bin!«

»Vorher warst du nicht glücklich?«

»Mir wird gerade klar, dass ich es nicht war, so wie mir klar wird, dass ich es jetzt bin.«

»Warum kommst du dann nicht sofort?«

»Aber das tue ich doch – das tue ich doch! Ich breche in diesem Augenblick auf, kein weiteres Wort mehr!«

Er lachte erneut, legte den Hörer auf die Gabel und lief gleich in sein Zimmer, um sich angemessen anzuziehen – dazu war er nach dem Aufstehen zu faul gewesen, denn er wollte lieber dem am Fenster vorbeifliegenden Schnee zusehen, und so hatte er sich nach dem Duschen und Rasieren einen der luxuriösen Brokatmorgenröcke seines Großvaters aus Satin übergezogen, in Weinrot mit goldfarbenem Futter. Rasieren! Er hatte sich einen kleinen Schnurrbart stehen lassen, aber würde er ihr gefallen? Er ließ ihn älter aussehen, und das war ein Vorteil. Sung hörte ihn in seinem Zimmer umherhasten, klopfte an und trat ein.

»Entschuldigung, Sir, es ist zu viel Schnee. Sie gehen irgendwohin?«

»Zu einer Freundin aus Paris.«

Er band sich gerade seine Krawatte – ein blaues Hemd, eine weinrot-blau gestreifte Krawatte. Dann fiel es ihm plötzlich ein.

»Übrigens, sie ist zur Hälfte Chinesin!«

»Welche Hälfte, Sir?« Sung lächelte ein kleines sprödes Lächeln, das gut zu seiner kleinen Körpergröße passte. »Vater Chinese ist gut, Sir. Mutter egal.«

Rann lachte. »Immer noch ganz Chinese!«

»Mutter tot?«, fragte Sung hoffnungsvoll.

»Wenn ich das bloß wüsste«, sagte Rann und betrachtete sich im Spiegel.

Sung nahm einen Mantel aus dem Schrank. »Bitte, Sie tragen das, Sir. Hat sehr warmes Fell innen.«

»Ich glaube nicht, dass ich frieren werde, aber ich nehme ihn auf jeden Fall mit.«

»Wenn kein Taxi«, sagte Sung besorgt.

»Ich werde zu Fuß gehen!«, erwiderte er.

Rann entdeckte dennoch ein Taxi, das zwar voller Schnee war, aber sich langsam vorwärtsschob, und er sprang hinein.

»Fifth Avenue – zwischen Fifty-Sixth und Fifty-Seventh Street. Ich sage Ihnen, wo Sie anhalten müssen.«

Die Fahrt würde endlos lange dauern, aber der Schnee war prachtvoll, wie er so in weißen Wolken dahintrieb, durch die sich kleine dunkle Gestalten, gegen den Wind gestemmt, ihren Weg bahnten. Er hatte es eilig, und doch war er wie immer abgelenkt durch alles, was er sah, sein ruheloser Geist verstaute jeden Anblick, jedes Geräusch, für eine unbekannte Zukunft. Ja, sein Geist war ein Warenlager, ein auf Leben programmierter Computer, Minute um Minute, Stunde um Stunde, Tag und Nacht. Er vergaß nichts, sei es nützlich oder nutzlos. Nützlich! Aber wofür? Wen kümmerte die Frage, wen kümmerte die Antwort. Es reichte, so zu sein, wie er war, er selbst, in jedem Augenblick lebendig allem und jedem zugewandt. Die Zeit schlich niemals dahin, auch jetzt nicht, als das Taxi sich durch den Schneematsch wälzte und über gefrorene Stellen rutschte.

Doch als er vor dem Haus in der Fifth Avenue ankam, vor dem großen Geschäft mit den verschneiten Schaufenstern, beeilte er sich, an der Tür des Hauses nebenan zu klingeln, an einer roten Tür, auf der er in chinesischen Messingschriftzeichen den Namen ihres Vaters las. Er hatte gelernt, diesen Namen mit einem Pinsel aus Hasenhaar und tiefschwarzer chinesischer Tinte zu schreiben – all das in Paris, noch ehe er selbst nach Asien ging. Die Tür wurde sofort geöffnet, und mit einem schneegesättigten Windstoß trat er ein. Rann erkannte den Diener, einen Chinesen, wieder und wurde auch von ihm mit einem breiten und willkommen heißenden Lächeln erkannt.

»Miss Kung?«, fragte er.

»Wartet, Sir. Ich nehme Hut und Mantel, Sir.«

Sie wartete nicht. Sie kam lächelnd die Treppe herunter, anmutig in ihrem langen chinesischen Kleid aus jadegrünem brokatenem Satin. Nur ihr Haar war anders. Sie trug es wie eine glänzend schwarze Haube rund um den Kopf geschlungen. Er stand abwartend da. Erstaunlich, dass er noch nie zuvor ihre Schönheit bemerkt hatte! Ihre cremefarbene helle Haut, die ovale, in asiatischen Liedern und Gedichten besungene Gesichtsform, die dunklen asiatischen Augen – solche hatte er in Korea und sogar bei seinen kurzen Stippvisiten in Japan gesehen, doch ihre asiatischen Züge waren von einer gewissen Spur amerikanischen Bluts geprägt. In Asien würde man sie eine Amerikanerin nennen, auch wenn sie hier in New York als Asiatin galt.

»Warum siehst du mich so an?«

Sie blieb auf einer Treppenstufe stehen und wartete.

»Habe ich mich verändert?«, fragte sie.

»Vielleicht bin ich es, der sich verändert hat«, sagte er.

»Ja, du warst in Asien«, erwiderte sie.

Sie bewegte sich auf ihn zu, streckte die Hände aus, und er umfasste sie mit den seinen.

»Was für ein Glück für mich, dass du hier bist!«, sagte er.

Er sah in ihr Gesicht, in ihr strahlendes Gesicht, aus dem wie üblich Gelassenheit sprach. Sie hatte stets etwas Kontrolliertes. Die Oberfläche war glatt, und dennoch kommunizierte sie mit Wärme. Er zögerte und beschloss schließlich, ihr keinen Kuss zu geben. Stattdessen legte er ihre linke Hand an seine Wange und ließ sie dann sanft sinken. Sie zog ihn mit der rechten Hand auf eine geschlossene Tür zu.

»Mein Vater wartet auf uns«, sagte sie.

Er zögerte, ihre Hand immer noch in der seinen. Er musterte dies schöne Gesicht.

»Ja, du hast dich verändert!«, klagte er.

»Natürlich«, sagte sie gelassen. »Ich bin kein Kind mehr.«

Sie sahen einander in die Augen, tief. Keiner von beiden wandte den Blick ab.

»Ich werde dich ganz neu kennenlernen müssen«, sagte er.

»Du –« Sie zögerte. »Du bist auch kein Junge mehr. Du bist ganz und gar ein Mann. Komm! Wir müssen zu meinem Vater gehen.«

Mr Kung saß in einem großen geschnitzten Stuhl neben einem quadratischen Tisch aus poliertem dunklem Holz, der an der innen liegenden Wand stand, und trug ein langes pflaumenfarbenes chinesisches Gewand mit einer schwarzen Satinweste. Der große Raum war eine genaue Nachbildung seiner Bibliothek in Paris. Auf dem Tisch stand ein chinesisches Gefäß, das er durch seine Schildpattbrille aufmerksam musterte. Als Rann eintrat, lächelte er, erhob sich aber nicht. So als hätten sie sich erst vor einer Stunde zuletzt gesehen, sagte er mit seiner üblichen milden Stimme, die eine Spur zu hoch und zu sanft war für die Stimme eines Mannes: »Dieses ist ein Krug, der zu einer berühmten amerikanischen Sammlung gehört. Er steht vielleicht zum privaten Verkauf. Einige der besten chinesischen Sammlungen befinden sich hier in Ihrem Land. Außergewöhnlich – ich kann es noch nicht ganz begreifen. Mein Geschäft wird bereits von amerikanischen Sammlern aufgesucht – von sehr reichen Männern! Sehen Sie sich nur diesen Krug an! Das ist eine antike chinesische Grabbeigabe – aus der Han-Dynastie, über eintausend Jahre alt. Er hat wahrscheinlich Wein für den Toten enthalten. Für gewöhnlich haben Gefäße solcher Art einen achteckigen facettierten Boden. Das Material ist roter Ton, aber die Glasur zeigt dieses leuchtende Grün – sehr schön! Und der Glanz – haben Sie den bemerkt? Ein silbriges Schillern!«

Er nahm den Krug in beide Hände und strich zärtlich darüber. Dann stellte er ihn wieder vorsichtig auf den Tisch.

»Setzen Sie sich«, befahl er. »Lassen Sie mich sehen, wer Sie jetzt sind.«

Er schob sich seine Brille entschieden die flache Nase hinauf und musterte, eine Hand auf jedes ausgebreitete Knie gestützt, Rann aufmerksam über den Tisch hinweg. Dann nahm er seine Brille ab, klappte die Bügel ein und steckte sie in ein Samtetui. Er drehte sich zu Stephanie herum, die wartend dastand.

»Lass uns allein«, befahl er. »Ich habe Geschäftliches zu besprechen.«

Sie lächelte Rann an und verließ den Raum, ihre Schritte waren auf dem schweren Pekingteppich kaum zu vernehmen.

Mr Kung räusperte sich laut und lehnte sich in seinen Stuhl zurück, doch sein Blick ruhte unablässig auf Ranns Gesicht.

»Sie«, sagte er mit Nachdruck, »Sie sind jetzt ein Mann. Sie waren im Krieg.«

»Glücklicherweise nicht, um zu töten«, sagte Rann.

Mr Kung wischte diese Bemerkung mit der rechten Hand weg. »Sie haben Dinge gesehen, Sie haben das Leben kennengelernt und so weiter. Was mich betrifft, ich bin ein alter Mann geworden und habe ein Herzleiden entwickelt. Warum ich dann zu so einer Zeit in ein anderes Land komme? Weil Sie hier sind. Ich habe keinen Sohn, nur eine Tochter. Sie ist klug, sie versteht mein Geschäft, aber sie ist eine Frau. Jede Frau kann jeden Augenblick einen Dummkopf oder einen Schurken heiraten. Das ist meine große Angst. Ich muss sie sicher mit einem Mann verheiratet wissen, dem ich vertraue. Ein Chinese wäre mir am liebsten. Doch welcher Chinese? Wir sind Flüchtlinge … und was ist von diesen Kommunisten zu halten? Ich weiß es nicht. Außerdem ist sie eine halbe Amerikanerin. Ein guter Chinese, der an seinen eigenen Familienstammbaum denkt, will seine Blutlinie vielleicht rein halten.«

»Sir« – Rann konnte nicht widerstehen –, »Sie selbst haben eine Amerikanerin geheiratet.«

»Die mich wegen eines Amerikaners verlassen hat«, gab Mr Kung zurück. »Und vielleicht würde ein Chinese, ganz ähnlich, meine Tochter für eine Chinesin verlassen. Junge chinesische Frauen sind sehr kühn. Mein Schwiegersohn wird ein reicher Mann sein.«

Mr Kung wirkte bedrückt. Er seufzte tief, hustete und legte sich die linke Hand auf die linke Brust.

»Schmerzen«, sagte er.

»Soll ich jemanden rufen, Sir?«, fragte Rann.

»Nein. Ich bin noch nicht fertig.«

Mr Kung schwieg ein, zwei Minuten lang, mit geschlossenen Augen und seiner Hand auf dem Herzen. Dann öffnete er die Augen wieder und ließ die Hand sinken.

»Ich kann nicht sterben«, sagte er langsam. Sein schmales Gesicht hatte tatsächlich einen leidenden Ausdruck angenommen. »Ich darf nicht sterben, bis die Heirat meiner Tochter arrangiert ist – stattgefunden hat –, bis ich mir sicher sein kann über ihre Zukunft.«

»Haben Sie das mit Stephanie besprochen?« Rann wusste, dass der alte Mann das wahrscheinlich nicht getan hatte. »Vielleicht hat sie selbst ein paar Ideen.«

»Diese Entscheidung liegt nicht bei ihr.« Er war so hart und standhaft wie eine der Jadefiguren hinter ihm. »Wie kann ein so junges Mädchen eine so wichtige Frage wie die, welchem Mann sie ihre Zukunft anvertrauen und sie Kinder gebären soll, selbst entscheiden? Ihre eigene Mutter hat diese Entscheidung getroffen, und sehen Sie, was geschehen ist? Nein, ich bin es, der entscheiden muss, und ich habe eine Entscheidung getroffen. Jetzt muss ich nur noch Sie überzeugen, und damit beginnen wir heute. Sie bleiben und werden mit uns das Abendessen einnehmen. Sie sind nun ein berühmter Mann, und ich habe meine Tochter gebeten, das Essen mit eigenen Händen zuzubereiten. Was ihre Mutter nicht getan hat, habe ich von treuen Dienern tun lassen. Sie ist in allen Dingen gut ausgebildet als Ehefrau. Nun muss sie Sie erst einmal in meinem Geschäft herumführen, damit Sie sehen können, wie klug sie ist. Sie kennt mein Geschäft so gut, wie ein Mann es kennen würde. Ich habe ihr alles beigebracht. Und danach werden wir beide etwas trinken, während sie unsere Mahlzeit zu Ende vorbereitet. Aber Sie dürfen sich nicht zu lange Zeit lassen mit Ihrer Entscheidung. Ich bin bereits ein sehr alter Mann, und ich kann mich nicht zu meinen ehrwürdigen Vorfahren begeben, bevor ich nicht weiß, dass es geregelt ist.«

Die alten Stadthäuser standen Seite an Seite, eines als Wohnhaus und das andere als Geschäft. Das, in dem sich das Geschäft befand, war geschmackvoll mit Teppichen geschmückt worden, Wände und Vorhänge waren in neutralen Beigetönen gehalten, und die Kunstgegenstände bildeten einen starken Kontrast dazu. Durch versteckte Lautsprecher erklang leise Klaviermusik, und Rann ließ sich von Raum zu Raum führen, wo ihm ein Kunstgegenstand nach dem anderen gezeigt wurde – ein jeder mindestens genauso schön wie der vorherige, wenn nicht sogar noch schöner.

»Und dies ist Quan Yin«, sagte Stephanie, als sie schließlich im letzten Raum im fünften Stock standen, mit Blick auf die Fifth Avenue, während der Schnee draußen noch immer durch die Straßen wirbelte. Die Figur, auf die Stephanie zeigte, war ungefähr einen Meter groß, aus Holz geschnitzt und sehr alt, nach Ranns Einschätzung, und sie stand ganz allein da in einer Nische zwischen den beiden Bogenfenstern. Rann kannte Quan Yin, aber er ließ Stephanie mit ihrer Erklärung fortfahren.

»Sie ist mir die Liebste von allen, die alte Göttin der Barmherzigkeit, und diese Figur ist etwa fünfhundert Jahre alt. Mein Vater hat sie in einem kleinen Secondhandladen nicht weit außerhalb von Paris gefunden. Es gab dort sonst nichts von Wert, aber als wir gingen, sah er sie zufällig unter einem Tisch im hinteren Teil des Ladens auf der Seite daliegen. Der Ladenbesitzer war sehr überrascht, als mein Vater danach griff und sie kaufte. Und jetzt ist sie hier, bis jemand sich in sie verliebt und sie für eine Weile mit zu ihm nach Hause geht, doch nur für eine Weile, denn dann geht sie weiter zu einem weiteren Liebhaber und immer so fort, denn Göttinnen sind unsterblich und können von einem einfachen Sterblichen nie sehr lange besessen werden. In gewisser Weise ist es traurig, wenn man bedenkt, dass sie nie ein ewiges eigenes Zuhause haben wird – aber das ist der Preis, den man dafür zahlen muss, dass man die Göttin der Barmherzigkeit ist.«

Stephanie lachte und hakte sich bei Rann unter, den Kopf hübsch geneigt, um zu ihm aufzuschauen, während sie Seite an Seite vor der Göttin standen.

»Das ist wirklich die schönste Quan Yin, die ich jemals gesehen habe«, sagte Rann und traf eine Entscheidung. »Ich muss sie haben. Ihr Gesicht erinnert mich irgendwie an das deine, vom Ausdruck her.«

Stephanie lächelte. »Das ist meine chinesische Hälfte, Rann.«

Und dann küsste er sie, küsste sie lang und sanft und ausgiebig auf ihre weichen Lippen, und sie erwiderte den Kuss.

»Und du sollst sie haben«, sagte Stephanie, als er wieder von ihr abließ. »Du musst sie heute Abend noch mit zu dir nach Hause nehmen. Mein Vater und ich schenken sie dir und machen es ihr zur Aufgabe, auf dich aufzupassen.«

»Aber ich möchte sie bezahlen«, protestierte Rann. »Ich habe Geld, Stephanie, und ich kann sie mir leisten.«

Stephanie blieb standhaft. »Und wir haben auch Geld und können sie uns leisten. Es ist nicht notwendig, dass wir untereinander Göttinnen kaufen und verkaufen. Du erhältst sie von uns als Geschenk. Wenn du unbedingt an Geld denken musst, dann denk an all das Geld, das wir verdienen werden, wenn du dein Apartment neu einrichten musst, um solch einer Göttin ein angemessenes Zuhause bieten zu können.«

Sie lachten, und dann gingen sie Arm in Arm zum Aufzug und gesellten sich zu ihrem Vater im Wohnzimmer des Hauses nebenan. Die beiden Häuser waren geschickt durch eine Tür miteinander verbunden, die von Mr Kungs Geschäftsbüro in sein Arbeitszimmer im Wohnhaus führte.

»Hierher führe ich nur meine wichtigsten und reichsten Kunden«, erklärte Mr Kung ihm. »Hier verwahren wir die von uns am meisten geschätzten und wertvollsten Gegenstände, und sie alle müssen zum Verkauf stehen. Dies ist die eine traurige Entscheidung, die man in diesem Geschäft sehr früh treffen muss, wenn man Erfolg haben will. Man kann entweder Sammler oder Händler sein, beides zugleich geht nicht. Und deshalb muss alles einen Verkaufspreis haben, wenn man denn Händler sein will. Es gefällt mir jedoch, meine von mir am meisten geschätzten Dinge hier zu verwahren, denn wenn ein Interessent mir nicht gefällt, führe ich ihn gar nicht erst hierher. So sieht er meine besten Stücke nicht und will sie auch nicht kaufen. Das ist ein kleiner Betrug, ja, aber es beruhigt mich in gewisser Weise darüber, dass ich all die schönen Gegenstände kaufe und verkaufe, und so ist es ein harmloser Betrug.

Es freut mich, dass Sie meine Göttin haben werden, und es war richtig von Stephanie, sie Ihnen zu geben. Ich wollte schon hier einen Platz für sie schaffen, aber der Gedanke, dass sie bei Ihnen ein Zuhause findet, gefällt mir. Sie wird glücklich dort sein, und Sie werden glücklich dort sein mit ihr, und deshalb werde auch ich glücklich sein. Ach, wenn es nur genauso leicht wäre, auch meine Tochter dort zu platzieren. Aber es ist leichter, mit Göttinnen zu handeln als mit Menschen. Göttinnen können für uns einfach nur das sein, was wir brauchen und was wir in ihnen sehen, während es sich mit den Menschen leider nicht immer so verhält.«

Rann lachte, und sie unterhielten sich ganz ungezwungen über Mr Kungs Kunsthandel und Ranns Schreiben, bis ein Diener erschien und ihnen meldete, dass Stephanie im Esszimmer auf sie warte. Rann war gesättigt von gutem Essen und warmem Wein, als er sich später am Abend schließlich verabschiedete.

Es hatte aufgehört zu schneien, und er fand schnell ein Taxi. Er saß auf der Rückbank mit der Göttin in den Armen, so wie er ein paar Stunden zuvor Stephanie gehalten hatte. Mit Vergnügen dachte er daran, wie weich und geschmeidig ihre Gestalt sich angefühlt hatte, als er sie in die Arme schloss, und wie sanft und süß ihre Lippen, als sie seinen Kuss erwiderte. So ganz anders als die fordernden Küsse, die er mit Lady Mary getauscht hatte. Sie beide waren wild und ungezähmt gewesen, jeder auf die eigene Befriedigung bedacht, die sie vom anderen bekommen konnten, jeder ohne einen Gedanken an den anderen, der über diese Befriedigung hinausging. Wenn er an Stephanie dachte, durchströmte bei dem Gedanken an ihre Nähe eine süße Betörung sein ganzes Wesen, und diese war nicht ohne Leidenschaft. Rann spürte eine vertraute Wärme in seine Lenden schießen, als er an den intimen Moment mit Stephanie zurückdachte.

Er bat den Taxifahrer anzuhalten und ging die restlichen

paar Straßenblocks durch den frisch gefallenen Schnee bis zu seinem Apartmentgebäude.

»Was für eine schöne Figur Sie da haben, Sir«, bemerkte der Nachtportier, als er Rann anbot, ihm die Göttin abzunehmen.

»Es geht schon«, sagte Rann. »Ich kann sie selbst tragen. Das ist mir lieber. Sie ist ein Geschenk von einer sehr guten Freundin.« Er konnte den Gedanken, sie in den Armen eines anderen zu wissen, nicht ertragen, seit er sie in den seinen gehalten hatte.

In seinem Apartment angekommen, stellte er die Göttin auf den kleinen Tisch im Eingangsflur und bewunderte sie einen Augenblick lang noch, ehe er in sein Arbeitszimmer ging und Stephanies Nummer wählte.

»Sie ist zu Hause«, sagte er, als sie an den Apparat kam.

»Da bin ich froh«, erwiderte Stephanie.

»Sie sieht so schön aus dort, wo sie jetzt steht, dass ich diesen Platz wohl ganz unbewusst für sie freigehalten habe. Du musst mal herkommen und sie dir ansehen.«

Stephanie willigte ein. »Ja, das muss ich.«

»Willst du zum Abendessen kommen? Sung kann uns etwas zubereiten, er kocht sehr gut, und deinen Vater könntest du vielleicht auch mitbringen.«

»Ich glaube nicht, dass mein Vater mitkommen wird«, sagte Stephanie. »Er fühlt sich schon seit einiger Zeit nicht gut, und er geht kaum noch aus. Allerdings« – sie lachte leise mit einem neckenden Unterton – »bin ich ja schon ein großes Mädchen und brauche keinen Anstandswauwau mehr. Ich kann auch allein kommen, wenn du möchtest.«

»Dann morgen.«

»So bald? Na gut, dann komme ich morgen, wenn es dir recht ist.«

»Das ist es. Bis morgen also?«

»Bis morgen also«, wiederholte sie. »Gute Nacht, Rann.«

Er hörte es leise klicken, als sie den Hörer auflegte.

In den folgenden Monaten verbrachten sie fast jeden Abend miteinander, und Ranns Freunde nahmen Stephanie begeistert in ihre Häuser und Herzen auf, vor allem Rita Benson. Eines Abends waren sie mit ihr Essen gewesen, und als Rann beim Nachhausekommen den Schlüssel in die Tür seines Apartments steckte, hörte er, wie das Telefon zu klingeln begann. Er beeilte sich abzuheben, bevor das Klingeln Sung aufwecken konnte.

Es war Rita. »Dies Mädchen heiraten sie am besten ganz schnell, Rann«, sagte sie zu ihm. »Sie ist zu schön, um lang allein zu bleiben. Irgendein flotter Kerl wird sie Ihnen noch wegschnappen, wenn Sie nicht aufpassen.«

Rann lachte. »Wir haben noch nicht mal darüber geredet, Rita.«

»Also ... was gibt's denn da zu reden?« Rita legt einen entrüsteten Ton in ihre Stimme. »Männer! Immer dies Gerede. Das Mädchen ist verliebt in Sie. Sind Sie zu blind, um zu sehen, wie sie Sie ansieht? Außerdem mag ich sie, und es kommt selten vor, dass ich eine Frau mag, vor allem eine so junge und schöne, aber sie ist genau die Richtige für Sie, und Sie werden noch das Nachsehen haben, wenn Sie sich nicht beeilen. Wie hat sie denn Ihrer Mutter gefallen?«

Rann war mit Stephanie über ein Wochenende nach Ohio gefahren, um seine Mutter zu besuchen.

»Sehr gut«, sagte Rann. »Sie hat nach unserem Besuch sogar genau dasselbe gesagt wie Sie.«

»Dann ist es beschlossene Sache – beeilen Sie sich also, oder Ihre Mutter und ich tun uns mit Stephanies Vater zusammen, um Sie beide in Gang zu bringen.«

Rita lachte und beendete den Anruf, und Rann saß tief in Gedanken versunken da. Schließlich beschloss er, dass er mit Stephanie über seine Gefühle sprechen würde, wenn sie sich das nächste Mal sahen.

»Kannst du das denn nicht verstehen, Rann? Genau das ist der Grund, weshalb ich dich nicht heiraten kann.«

Sie hatten es sich im Arbeitszimmer bei Kaffee und einem von Sung servierten Kräuterlikör bequem gemacht, nachdem sie das köstliche Abendessen aus Meeresfrüchten verspeist hatten, das er gekocht hatte. Es war eine Eigenkreation Sungs gewesen und bestand aus verschiedenen Arten Schalentieren mit Bambussprossen und Sojakeimen in einer süßen Sauce, an der zugleich auch eine unverkennbare Spur Ingwer war, den Rann an Sungs Rezepten inzwischen fast schon erwartete. Es war ein höchst erfolgreiches Experiment gewesen, und sowohl Rann als auch Stephanie hatten ihm große Komplimente gemacht. Um ihnen seine Freude darüber zu zeigen, hatte Sung ihnen einen seltenen chinesischen Likör eingeschenkt, den er schon seit Jahren wie seinen Augapfel hütete und der in New York schwer zu bekommen war.

Den Nachmittag hatten Rann und Stephanie mit einem Spaziergang im Park verbracht, bei dem Rann ihr erklärte, welche Gefühle er für sie hegte. Sie hatte sich all das, was er zu sagen hatte, angehört und dann erwidert: »Lass uns jetzt bitte nicht mehr darüber reden. Erlaube mir, erst nachzudenken, während wir uns beim Abendessen stärken. Wenn wir damit fertig sind, können wir weiterreden.«

Jetzt rutschte sie leicht in ihrem Sessel herum, beugte sich vor und legte Rann eine Hand auf den Arm.

»Du musst auch meine Gefühle verstehen und respektieren. Ich liebe dich wirklich. Daran besteht kein Zweifel, aber noch viel wichtiger für mich ist, dass ich dich zutiefst bewundere und respektiere, manchmal sogar mehr als meinen Vater. Ich bin beeindruckt von deinem Geist und davon, wie breit gestreut und vielfältig deine Interessen sind. Ich bin vielleicht Amerikanerin genug, dass ich mir eine Heirat mit dir wünsche, ohne Rücksicht auf all das, was ich bin, aber leider auch Chinesin genug, um zu wissen, dass ich es ebenfalls bedenken muss.«

Wieder rutschte sie in ihrem Sessel herum, und als sie fortfuhr, begegnete er ihrem Blick, in dem deutlich ihr innerer Konflikt zu erkennen war.

»Wir müssen an unsere Kinder denken, Rann, und du musst natürlich viele Söhne haben.«

Rann mokierte sich über diese Bemerkung mit übertrieben amüsiert gehobenen Augenbrauen.

»Werde ich hier denn nur als Zuchttier gesehen, und nicht als Mensch?«

Sie nippte an dem kleinen Glas mit dem süßen Likör und dachte einen Augenblick nach, ehe sie antwortete.

»Genau darum geht es mir, mein Lieber. Ich muss dich als Mensch betrachten, und als einen brillanten noch dazu. Mit deinem Intellekt und deinen Genen wirst du ganz bestimmt wunderschöne und brillante Kinder bekommen, und das musst du auch. Die weniger Intelligenten und Zivilisierten unter uns pflanzen sich mit größter Selbstverständlichkeit mit gar keinen oder mit nur wenigen Gedanken an die zukünftige Überbevölkerung und den daraus resultierenden Hunger und alles andere fort. Sie machen immer weiter, Generation um Generation, und pflanzen sich nur fort, weil es eben ihrer Natur entspricht. Die intelligenteren und zivilisierteren Mitglieder der Gesellschaft andererseits benutzen Methoden der Geburtenkontrolle in dem Bemühen, das Wachstum der Bevölkerung zu kontrollieren, und verschwinden so langsam vom Erdboden oder werden zumindest zu einer verschwindenden Minderheit. Es ist diese Entwicklung auf der Welt, die es für mich außerordentlich wichtig macht, dass du tatsächlich viele Söhne haben wirst.«

»Aber ich habe keinen Anlass, anzunehmen, dass meine Söhne irgendwie besser wären als die von irgendjemand anderem.« Rann lachte, um sein Unbehagen zu kaschieren. »Können wir das Thema nicht auch anders angehen? Ich fühle mich langsam schon wie unter einem Mikroskop.«

»Dass du eine solche Bemerkung machst, zeigt nur, dass du die Fakten nicht in ihrem wahren Licht siehst.« Stephanies Gesicht nahm einen Ausdruck der Entschlossenheit an, als sie fortfuhr. »Du weißt sehr gut, dass es in der Zucht das männliche Tier ist, das das Ergebnis bestimmt. Es ist seit Langem bekannt, dass man einen prächtigen Bullen mit einer mittelmäßigen Kuh kreuzen kann und prächtige Nachkommen erhält. Wenn man jedoch eine prächtige Kuh mit einem dürftigen Bullen kreuzt, sind auch die Kälber dürftig.«

»Aber ich bin doch kein Bulle, Stephanie, und du bist keine Kuh, und unsere Kinder werden auch keine Kälber sein, die auf einer Wiese herumhüpfen. Sie werden wunderschön und intelligent sein und alles haben, was sie brauchen, weil wir uns lieben. Du bestreitest doch nicht etwa, dass du mich liebst?«

»Nein, das bestreite ich nicht. Aber wie gesagt, du musst verstehen, dass genau das der Grund ist, warum ich dich nicht heiraten werde.«

»Das kann nicht dein Ernst sein, Stephanie«, sagte Rann – obwohl er ihrem Gesichtsausdruck ansah, dass sie so ernst wie noch nie zuvor mit ihm war. »Du wirst heiraten, wenn nicht mich, dann einen anderen, und du wirst wunderschöne Kinder haben, die von Glück sagen können, eine so intelligente Mutter zu haben.«

Das sorglose junge Mädchen, das er lieben gelernt hatte, war vollkommen verschwunden, als sie jetzt die Augen senkte und wie eine Frau zu dem Mann sprach, den sie von ganzem Herzen, aber mit großer Seelenqual liebte.

»Nein, Rann.« Ihre Stimme brach ganz leicht, und sie befeuchtete ihre Lippen, bevor sie mit Entschlossenheit weitersprach. »Vielleicht können nur Mischlinge verstehen, welche Tragödie dieser Existenz innewohnt. Ich bin als Chinesin aufgewachsen. Chinesisch ist meine Muttersprache. Ich bin Chinesin in meinem Benehmen, in der Art, wie ich mich kleide, in meinen Empfindungen, und dennoch bin ich für die Chinesen eine Amerikanerin, weil ich in ihren Augen amerikanisch aussehe und mich amerikanisch verhalte. In ihren Augen fehlt es meinem Knochenbau und meiner Art, mich zu bewegen, an chinesischer Finesse. Und sie haben recht. Mir ist der Unterschied nie deutlicher bewusst, als wenn ich mit meinen chinesischen Freunden zusammen bin.«

»Aber in Amerika spielt das doch keine Rolle, Stephanie.«
Rann runzelte ernst die Stirn.

»Da täuschst du dich, mein Lieber.« Sie hob das Gesicht
wieder, um ihm, mit feuchtem Blick, in die Augen zu sehen,
während sie weitersprach. »Du darfst deshalb nicht traurig sein,
auch wenn ich weiß, dass du es bist – aber dann bitte nur für
kurze Zeit. Danach musst du dein Leben weiterleben. Dies ist
einer der Hauptgründe, weshalb ich nach Amerika kommen
wollte. Ich wollte mit meinen eigenen Augen sehen, ob es anders
ist. Aber das ist es nicht, ja nicht einmal hier in New York. Und
soweit ich weiß, gilt für jede größere Stadt in diesem riesengro-
ßen schönen Land, dass es dort ein Chinatown gibt, ein Latino-
Viertel, ein Little Italy und einen Bezirk voller Schwarzer, und
Brandbomben, Unruhen und all das, und dass so der grauen-
volle Bürgerkrieg also auch hundert Jahre nach seinem angeb-
lichen Ende noch fortgeführt wird. Und sieh dir doch nur mal
die Not der einzigen echten Amerikaner an, der amerikanischen
Indianer. Nein, mein Lieber, man kann wirklich niemals wissen,
wie es ist, etwas zu sein, solange man es nicht kennt.«

»Stephanie, sprich nicht so über dich.« Rann stand auf, ging
zu ihr hinüber und küsste sie sanft. »Du bist ein Mensch, eine
Frau, und überdies die Frau, die ich liebe.«

»Und wieder täuschst du dich, mein Lieber, ein Mensch zu
sein bedeutet zu argumentieren und zu verstehen, du kennst
die Tragödie dieser Existenz nicht. All dies lässt es manchmal
wünschenswert erscheinen, gar nicht zu existieren. Ich vergesse nie, dass ich mich am wenigsten als Chinesin fühle, wenn ich
mit meinen chinesischen Freunden zusammen bin, die immer
freundlich sind, und genauso am wenigsten als eine Abend-

länderin, wenn ich unter Abendländern bin, die nicht immer so freundlich sind. Nein, mein Lieber, meine Kinder würden Mischlinge sein, und deshalb, mehr für mich als für sie – denn ich könnte ihren Schmerz über die Ausgrenzung nicht ertragen –, dürfen sie nie existieren. Und jetzt wirst du mich nach Hause bringen, Rann, denn ich bin müde, und wir werden nie wieder darüber sprechen.«

Er zog sie aus ihrem Sessel hoch, nahm sie fest in die Arme und küsste sie.

»Ja, ich bringe dich nach Hause. Aber ich verspreche dir nicht, dass ich nie wieder darüber spreche, denn ich habe eine Entscheidung getroffen und bin fest entschlossen!«

»Und auch ich habe eine Entscheidung getroffen, Rann, und auch ich bin fest entschlossen. Und außerdem muss ich dich bitten, meine Entscheidung zu akzeptieren und nie wieder darüber zu sprechen, denn es bereitet mir jedes Mal großen Schmerz, wenn ich dich zurückweisen muss, weil ich damit auch mich selbst verleugne.«

»Aber wir müssen doch keine Kinder haben, Stephanie«, beharrte Rann. »Es gibt so viele Kinder ohne Eltern. Wir können Kinder adoptieren, wenn wir eine Familie haben wollen. Zumindest haben wir dann einander.«

»Was du da sagst, stimmt, Rann, aber was ich gesagt habe, stimmt auch. Ich will niemals eigene Kinder haben, und du musst welche haben, und deshalb müssen wir uns an die Tatsache gewöhnen, dass du eine andere Frau lieben und heiraten musst.«

Rann seufzte tief, als er Stephanie in ihren hellen Frühjahrsmantel half, dessen zartes Gelb sehr schön mit dem Honigton ihres Teints harmonierte.

»Nie«, sagte er. »Nie kann ich eine andere lieben.«

»Sag niemals nie, mein Lieber.« Stephanie ging auf die Tür zu, während sie sprach, und drehte sich zur Göttin im Flur um. Sie sah in das Gesicht, das so unberührt war von der Zeit. »Die Zeit wird alles zum Besten richten, Rann, du wirst schon sehen.«

Die Göttin verharrte, wie sie war – schweigsam, gelassen, Verständnis eingeschnitzt in jeden Zug ihres feinen schönen Holzgesichts, das dem ihr zugewandten, menschlichen Gesicht glich.

Rann stand hinter Stephanie, legte ihr die Hände auf die Schultern und beugte sich über sie, um ihren schlanken Hals zu küssen. »Ich kann nicht aufgeben, Stephanie«, flüsterte er.

»Das musst du aber, Rann«, erwiderte sie wieder mit aller Entschlossenheit. Dann wandte sie sich von der Göttin ab, sah ihn an und stieß ihn sanft von sich. »Und jetzt müssen wir gehen, bitte.«

»Wie meinen Sie das, Sie haben sie gefragt, und sie hat Nein gesagt?« In Mr Kungs Stimme schwang Ungläubigkeit.

Sie saßen im Arbeitszimmer des alten Mannes, wohin Rann gerufen worden war, sobald er zu der Dinnerparty eintraf, die Stephanie zur Feier des achtzigsten Geburtstags ihres Vaters arrangiert hatte. Rann erklärte, was für ein Gespräch sie zwei Abende zuvor in seinem Apartment geführt hatten. Er hatte Stephanie seitdem nicht gesehen, aber er hatte mit ihr telefoniert, und sie hatte unnachgiebig auf ihrer Position bestanden.

»Sei nicht so hartnäckig, Rann«, sagte sie. »Es ist sinnlos, immer weiter zu fragen, wenn man die Antwort schon kennt.«

Mr Kungs Gesicht wurde blass, als Rann sprach, und er schwieg lange Zeit, nachdem Rann seine Erklärung beendet hatte. Als er schließlich das Wort ergriff, sprach er langsam und mit unverkennbarer Mühe.

»Sie kann doch nicht ein so törichtes Mädchen sein und so mit Ihnen reden. Sie müssen meine Tochter mir überlassen. Ich werde mit ihr sprechen und ...«

Seine Stimme verlor sich, und auch das restliche Blut wich noch aus seinem Gesicht. Rann stand auf.

»Ich muss jemanden rufen ... ich kann die Verantwortung nicht übernehmen –«

Zu seinem Schrecken erhob Mr Kung sich, und dann fiel er plötzlich, wankend, auf die Knie und klammerte sich mit beiden Händen an Ranns rechte Hand.

»Sie –«, stammelte er. »Sie sind derjenige. Ihnen kann ich vertrauen. Sie werden – Sie werden ... Sie werden –«

Er sank zu Boden, und Rann fing ihn in seinen Armen auf.

»Stephanie!«, rief er. »Stephanie – Stephanie – Stephanie!«

Die Tür flog auf, und sie kam herbeigeeilt. Stephanie kniete sich neben ihren Vater, stützte seinen Kopf mit der Ellbeuge ihres rechten Arms. Und sie fühlte die grausame Stille seines Herzens. Dann hob sie den Blick und sah Rann ins Gesicht.

»Mein Vater ist tot«, sagte sie.

Wie hätte er sie an diesem Abend allein lassen können? Er rief Sung an und bat ihn, ihnen helfen zu kommen – Sung, der schon die qualvolle Zeit nach dem Tod mit Ranns eigenem Großvater durchlitten hatte. Einen Augenblick lang dachte er daran, auch seine Mutter anzurufen, ließ es dann aber sein. Er wusste, dass sie sofort ins Flugzeug nach New York steigen würde, und er war noch nicht so weit, dass er ihr Stephanies Position erklären konnte.

»Sie mich bitten kommen New-York-Seite?«, fragte Sung protestierend.

»Ja«, erwiderte Rann knapp. »Der Vater meiner Freundin ist eben gerade gestorben. Wir brauchen Ihre Hilfe.«

»Sir, ich kann nicht kommen Manhattan-Seite. Was, wenn Polizei mich schnappen. Ihr Großvater, er hat nie so was gebeten.«

»Sung, es ist Miss Stephanies Vater – ein chinesischer Gentleman.«

»Chinesischer Mann tot?«

»Ja.«

»Ich komme.«

Rann hörte, wie der Hörer aufgelegt wurde. Dann ging er wieder zu Stephanie. Sie kniete noch immer neben ihrem toten Vater auf dem Teppich und hatte ihm ein gelbes Satinkissen unter den Kopf geschoben. Jetzt legte sie seine Beine gerade hin, die Arme an seine Körperseiten und strich sein langes purpurrotes Gewand um seine Knöchel glatt. Rann trat zu ihr.

»Sung kommt. Er wird wissen, was zu tun ist.«

Sie antwortete nicht, ja hob nicht mal den Kopf, sondern blickte nur immer weiter ihren Vater an. Sie weinte nicht. Er bückte sich und zog sie auf die Beine, und sie wehrte sich nicht.

»Komm«, sagte er. »Wir bleiben bei ihm, bis Sung kommt. Sollen wir deine eigenen Diener rufen oder auf Sung warten?«

»Warten«, sagte sie. »Wir müssen etwas wegen der Gäste unternehmen. Sie werden bald kommen.«

Er führte sie zu einem gelben Satinsofa, und dort saßen sie Seite an Seite – schweigend. Er griff nach ihrer Hand, nahm ihre linke in seine rechte und hielt sie, eine weiche, schmale Hand, die Hand eines Mädchens.

»Ich will nicht allein sein«, flüsterte sie und wandte ihren Blick von ihrem Vater ab und ihm zu.

»Ich werde dich nicht allein lassen«, erwiderte er.

Und mehr sagten sie nicht. Die Zeit schien sich in die Länge zu ziehen, doch schon kurz darauf öffnete sich die Tür. Sung stand vor ihnen und sah sie an.

»Sung, Mr Kung hat – «

»Ich sehe selbst an, Sir«, sagte Sung. »Bitte, Sie gehen beide in anderen Raum. Ich tue alles.«

»Es sind Diener im Haus – «

»Ich finde alle, Miss Kung. Bitte, vertrauen Sie. Ich tue alles für ehrwürdigen Vater, wie ich getan für meinen alten Herrn. Bitte gehen, bitte ausruhen. Ich tue alles.«

»Vertrau ihm, Stephanie. Komm mit mir. Möchtest du in deine eigenen Räume hinaufgehen?«

»Ich kann nicht allein sein.«

»Ich werde im Nebenzimmer sitzen.«

»Ich möchte ins Geschäft hinübergehen.«

»Ins Geschäft, Stephanie?«

»Ja. Dort haben wir zusammen gearbeitet. Er hat dort jedes Stück so aufgestellt, wie es ihm gefiel. Wenn er irgendwo ist, dann dort. Die Menschen gehen nicht sofort, weißt du. Sie wissen anfangs gar nicht, dass sie tot sind, und verweilen noch an ihren Lieblingsorten, dort, wo ihre größten Schätze sind. Komm – komm, rasch!«

Sie drängte ihn, immer noch Hand in Hand, den schmalen Korridor entlang und in einen großen, hell erleuchteten Raum hinein, der mit Kunstschätzen angefüllt war, und er blieb an ihrer Seite. Ein Raum ging in den nächsten über, alle hell erleuchtet.

»Er ist hier, Rann. Ich kann seine Anwesenheit spüren.«

Rann blickte sich in dem hell erleuchteten Raum um und erwartete fast, Mr Kung zu sehen, auch wenn er selbst seine Anwesenheit nicht spürte. An der Wand am anderen Ende stand ein antiker Altartisch mit einer kleinen goldenen Quan Yin in der Mitte vor einem Schrein aus Rosenholz, der von je einer bronzenen Räucherpfanne flankiert war. Stephanie entzündete Räucherwerk, und der vertraute Duft von Sandelholz schwängerte die Luft.

»Er hat lange an diesem Arrangement gearbeitet«, sagte sie leise. »Es war sein Lieblingsstück, und er ist hier. Er ist unzufrieden mit mir. Er war unglücklich über mich, als er starb. War er wütend, Rann?«

»Er wollte, dass wir heiraten, Stephanie. Das weißt du. Er hat mich dazu befragt, und ich habe ihm die Wahrheit gesagt. Ich sah keinen Grund, ihn anzulügen. Dazu respektierte ich ihn zu sehr.«

»Du hast ihm von meiner Weigerung erzählt, und daraufhin hat er sich so aufgeregt, dass er einen Herzinfarkt bekam. Oh, Rann, ich habe meinen Vater umgebracht.«

»Das ist nicht wahr, Stephanie.« Rann führte sie zu einem bequemen Zweisitzer, der mitten an einer der Wände stand, sodass jeder, der dort saß, all die an den drei übrigen Wänden geschmackvoll arrangierten Kunstgegenstände sehen konnte. Er setzte sich neben sie, den Arm auf die Sofalehne gelegt, drehte sich zu ihr herum, sodass er sie ansah, und hob mit dem Zeigefinger ihr Kinn an.

»Du darfst dir keine Vorwürfe machen. Dein Vater ist heute achtzig Jahre alt geworden, und er hatte schon lange ein Herzleiden. Es war Zufall, dass der Herzinfarkt zu dem Zeitpunkt eintrat, zu dem er eintrat.«

»Und ist es auch Zufall, dass er zu dem Zeitpunkt eintrat, zu dem ich mich ihm zum ersten Mal widersetzt habe? Mein Großvater ist an demselben Leiden gestorben, aber wurde fünfundneunzig, das Leben meines Vaters wurde verkürzt. Ich habe immer getan, was er wünschte, aber in diesem einen Punkt konnte ich es nicht, Rann. Ehe und Mutterschaft sind etwas sehr Persönliches für eine Frau, und in diesem Bereich muss ich für mich selbst entscheiden. Er hatte alle anderen Entscheidungen getroffen, und weil er diese eine leider nicht treffen konnte, ist er gestorben.« Tränen traten ihr in die Augen und rannen ihr über die Wangen, doch in jeder anderen Hinsicht bewahrte sie Fassung.

»Dennoch war es richtig, Rann. Obwohl er mir nicht zugestimmt hat und obwohl er nun tot ist, habe ich die richtige Entscheidung getroffen.«

»Wir müssen jetzt nicht darüber sprechen, Stephanie. Der Tod deines Vaters ist nicht deine Schuld. Das musst du wissen.«

Er umfasste ihre Rechte sanft mit seinen beiden Händen, und lange saßen sie schweigend so da, bis Sung kam.

»Alles ist getan, Sir«, sagte Sung zu ihm. »Die Diener sagen, keine Verwandten zu benachrichtigen, so alles ist getan.«

»Ja, das stimmt. Es gibt niemanden, der benachrichtigt werden muss. Alle, die wir in diesem riesigen Land kannten, sollten heute Abend herkommen, und sie wissen inzwischen sicher schon Bescheid. Ich wollte dich auch überraschen, Rann, und deshalb habe ich dir nicht erzählt, dass sogar deine Mutter kommen sollte. Sie muss schon in New York sein.«

»Das stimmt, Sir«, warf Sung ein. »Als Ihre verehrte Mutter angekommen, sie hat gehört – Sie wartet in Ihrem Apartment.«

Rann freute sich zu hören, dass seine Mutter jetzt da war.

»Rufen Sie sie an, Sung«, sagte er. »Bitten Sie sie herzukommen.«

Schon kurze Zeit später war seine Mutter da. »Es tut mir so leid, Stephanie«, sagte sie. »Ich habe mich sehr darauf gefreut, Ihren Vater kennenzulernen. Jetzt müssen Sie sich ausruhen, und du auch, Rann. Du fährst am besten nach Hause, mein Sohn, und ich bleibe hier bei Stephanie.«

»Ich glaube, ich würde lieber bei Stephanie bleiben«, sagte Rann.

»Nein, Rann.« Stephanie war ganz ruhig. »Deine Mutter hat recht. Hier ist alles getan. Jetzt musst du dich ausruhen. Und ich ruhe mich auch aus. Ich werde ein Beruhigungsmittel nehmen.«

Sung begleitete Rann zurück zu seinem Apartment, ließ ihm ein Bad ein und servierte ihm einen Drink im Arbeitszimmer, ehe er sich schließlich selbst zur Nacht zurückzog.

Rann schlief an seinem Schreibtisch sitzend ein, und dort saß er noch, den Kopf auf den verschränkten Armen ruhend, als seine Mutter in den frühen Morgenstunden nach Hause kam. Er spürte nur, dass er sehr müde war, als er langsam wieder zu sich kam. Als er die Augen öffnete und sie in dem bequemen Sessel ihm gegenüber sitzen sah, wunderte er sich zuerst, sie zu sehen. Dann erinnerte er sich an die Ereignisse des Abends zuvor.

»Oh, Mutter, ist Stephanie …?« Seine Stimme verlor sich beim Anblick des Gesichtsausdrucks seiner Mutter.

»Rann, du musst jetzt sehr tapfer sein.« Die Stimme seiner Mutter klang ernst. »Du musst daran denken, dass alles, was geschieht, einen Grund hat. Du musst versuchen, dich an das zu erinnern, was dein Vater zu dir gesagt hat, nachdem er wusste, dass er sterben wird.«

Panik lag in seiner Stimme, als er sprach. »Mutter, wovon redest du?«

»Stephanie ist tot.«

Einen langen Augenblick lang starrte er sie ungläubig an, und schließlich sank sein Kopf zurück auf die Arme, und als er die Bedeutung ihrer Worte begriff, bebte sein Körper von einem tiefen Schluchzen.

»Ihrem Sohn wird es bald wieder gut gehen, Mrs Colfax«, sagte der Arzt zu ihr.

Sie hatte ihn gerufen, als Ranns Schluchzen sich endlos hinzuziehen schien und völlig außer Kontrolle geriet. »Ich habe ihm ein Beruhigungsmittel gegeben, und jetzt muss er sich erst einmal ausruhen. Er wird mehrere Stunden lang schlafen, und dann wird es ihm wieder gut gehen. Er ist noch jung. Er wird mit der Trauer fertig werden.«

»Ich weiß, warum Stephanie getan hat, was sie getan hat, Mutter. Das war keine versehentliche Überdosis eines Beruhigungsmittels – auch wenn wir es dabei belassen wollen. Sie hat keinen Abschiedsbrief hinterlassen – aber ich weiß es, und sie wusste, dass ich es wissen würde. Sie fühlte sich immer ausgegrenzt, weil sie ein Mischling war. Sie hat sich deshalb sogar geweigert, mich zu heiraten. Und sie wollte auch keine Kinder haben, weil auch die dann Mischlinge gewesen wären. Ich bin überzeugt, dass sie sich in einer hoffnungslosen Situation gesehen hat und einfach ein paar Kapseln mehr geschluckt hat. Sie war eine echte Asiatin und hat es als keine besondere Schande betrachtet, sich durchzuringen, das zu tun, was sie für das Einzige hielt, das zu tun ihr noch übrig blieb.

Ich muss jetzt nur eines erreichen, nämlich beweisen, dass ich allein fähig bin, einen Weg zu finden, um weiterzumachen. Mein Leben, so wie ich es bis jetzt gesehen habe, hat sich unwiderruflich geändert. Es kann nie mehr dasselbe sein, weil das Leben ab heute nie mehr so sein wird, wie es gestern noch zu sein schien. Heute liegt keine Zukunft mehr vor mir, so wie ich sie mir vorgestellt habe, also muss ich mir eine erschaffen.«

Rann trank Kaffee aus der Tasse, die auf dem Schreibtisch vor ihm stand.

In den zwei Wochen seit dem Tod von Stephanie und ihrem Vater waren er und seine Mutter jeden Morgen nach dem Frühstück noch auf eine Tasse Kaffee ins Arbeitszimmer gegangen und hatten sich unterhalten, oft viele Stunden lang, über Ereignisse und darüber, wie sehr willkürliche Ereignisse und deren Folgen das eigene Leben prägten. Mr Kung und seine geliebte Tochter Stephanie waren beide, wie gewünscht, verbrannt worden, weil das kommunistische Regime in China noch an der Macht war und ihre Leichen nicht in ihr Heimatland überführt werden konnten. Rann hatte von Mr Kung das gesamte Kung-Vermögen geerbt. Es war natürlich alles treuhänderisch geregelt worden, sodass es Stephanie nie an etwas gefehlt hätte, wenn

Rann nicht ihr Ehemann geworden wäre. Doch nun war Stephanie ebenfalls tot und somit auch die Treuhandregelungen hinfällig.

»Ich bin froh, dass du in diesen beiden Wochen bei mir warst, Mutter. Ich weiß nicht, wie ich das ohne dich hätte durchstehen sollen. Es hat mir geholfen, jeden Morgen diese langen Gespräche mit dir zu führen. So konnte ich beginnen, wieder ein Gefühl für die Zukunft zu entwickeln.«

Seine Mutter setzte ihre Tasse auf der Untertasse auf dem Schreibtisch ab und stand auf, um aus dem Fenster zu sehen.

»Es freut mich, dass ich dir helfen konnte, mein Sohn. Ich habe mich so furchtbar nutzlos gefühlt während dieser ganzen Tragödie. Ich kannte Stephanie kaum und ihren Vater gar nicht, und es kommt mir fast so vor, als hätte ich auch dich nie wirklich gekannt. Wenn es dir geholfen hat, dass ich dir zugehört habe beim Sortieren deiner Gedanken, dann versöhnt mich das etwas mit meiner eigenen Unzulänglichkeit. Dein Vater hatte das Gefühl, dass du ein ganz besonderer Mensch bist, Rann, und ich habe vermutlich immer nur ehrfürchtig gestaunt über deine Fähigkeiten und darauf gewartet, dass du dich selbst findest. Vielleicht hast du das in dieser Trauer nun getan.«

»Ich weiß nicht, was es ist, das ich in meinem Leben letztlich erreichen soll, Mutter. Ich habe Mr Kungs ganzes Vermögen in eine Stiftung eingebracht, die ich gegründet habe. Ihre Ziele sind breit angelegt, aber ganz simpel. Sie wird sich dafür einsetzen, dass die Hoffnungslosigkeit der Situation von Mischlingen überall auf der Welt gemildert wird. Eines Tages, in fünf, sechs Generationen vielleicht, wird dieses Problem nicht mehr bestehen, doch jetzt besteht es noch.

Die Welt wird zu klein für uns, als dass wir die Menschen noch länger nach Herkunft oder Hautfarbe beurteilen können. Im letzten Jahrhundert haben wir die antiquierten Reisemethoden, mit denen die Durchquerung des Landes Monate gedauert hat, weiterentwickelt und infolgedessen die Zeit, und damit auch die Distanz, auf Wochen, Tage und nun schon Stunden verkürzt. Wenn wir weiterhin die Reisemethoden so sehr beschleunigen, was wir sicher tun werden, dann müssen wir uns schon bald nicht mehr bewegen, um von dem einen Ort an einen anderen zu gelangen. Und genauso müssen wir auch den antiquierten Wunsch, Mitglied einer kleinen, durch Herkunft bestimmten Gruppe sein zu wollen, aufgeben und alle Teil der einen großen Gattung werden, der Gattung Mensch.

Kriege haben die Männer über die ganze Welt verstreut und das Mischen und Formen des Menschen der Zukunft hat längst begonnen. Irgendwer muss die Völker der Erde darauf vorbereiten, diesen Menschen der Zukunft zu akzeptieren, ja sogar dankbar für die Gelegenheit zu sein, ihn kennenlernen zu dürfen. Ich habe sie selbst in den Straßen von Korea gesehen, und sie leben in einer wirklich bedauernswerten Situation. Alle wünschen sich, sie mögen nicht existieren, aber dennoch existieren sie und werden es auch weiterhin in einer immer größeren Vielzahl tun, und wir müssen sie als das erkennen, was sie sind, und wir müssen zusammenarbeiten an der ehrfurchtgebietenden Verantwortung, die auf uns alle zukommt. Ich weiß noch nicht, was die ›Kung Foundation‹ tun kann, um ihnen zu helfen, aber wir werden es herausfinden. George Pearce, Rita Benson und Donald Sharpe haben zugesagt den Gründungsvorstand zu bilden, und gemeinsam werden wir weitere Mitglieder finden, die genauso wichtig sind, und wir werden diesen Menschen finden, wo immer er oder sie auch sein mag, und versuchen, ihm oder ihr zu helfen, ein vollwertiges Mitglied der Gesellschaft zu werden.

Und wenn andere Völker sehen, dass sich diese wichtigen Menschen überall auf der Welt dafür interessieren und auch einsetzen, dass die Mischlinge eine Zukunft haben, dann werden vielleicht auch sie selbst ihre Meinung ändern, und die Welt wird dadurch zu einem besseren Ort werden. Wenn das eintritt, dann werden wir erreicht haben, was ich mit der Gründung der ›Kung Foundation‹ angestrebt habe.«

»Und was ist mit dir selbst, Rann?« Seine Mutter starrte immer noch aus dem Fenster, mit leerem Blick, und Tränen glitzerten auf ihren Wangen, als sie sprach. Wie häufig sie inzwischen das Gefühl hatte, dass sie durch dieses, ihr Kind etwas lernen und wachsen konnte. »Was wirst du tun, Rann?«

»Du meinst persönlich? Wenn ich ehrlich sein soll, muss ich sagen, ich weiß es nicht. Ich stehe jetzt vor dieser enormen Aufgabe, über all das nachzudenken. Ich werde natürlich weiter schreiben, ich bin Schriftsteller. Ich kann mir im Moment nicht vorstellen, wen ich einmal heirate – wenn überhaupt –, oder irgendetwas anderes in der Zukunft, außer der Arbeit, die getan werden muss. Es müssen noch so viele Entscheidungen getroffen werden, doch jede erst dann, wenn es notwendig ist, und nicht im Voraus. Ich habe das Gefühl, als hätte das Leben mich vielleicht schon zu viel gelehrt und mich klüger gemacht, als ich sein sollte oder zu sein wünschte. Ich werde meinen Kindern meine Klugheit sicher nicht aufdrücken. Es ist nicht gut, zu klug zu sein. Die Klugheit schneidet einen von allen ab, selbst von den Klugen, denn so viel Klugheit ist beängstigend. Jeden Tag als eine neue Seite nehmen, die sorgfältig gelesen werden muss, und alle Einzelheiten genießen, das ist das Beste für mich, glaube ich. Mein Leben ist noch in seinem Frühling. Ich freue mich bereits auf den Sommer, und ich werde auch meinen Herbst auskosten, und ich bin sicher, dass ich die Endlichkeit des Lebens mit derselben Neugier angehen werde, die mich bisher in allem begleitet hat. Eines Tages blicke ich auf dieses ganze Leben vielleicht wie auf eine Seite aus meiner gesamten Existenz zurück, und wenn ich es tue, dann wird es sicher mit demselben Durst danach sein, mehr zu wissen – mit der Einsicht, dass es Wahrheiten gibt, deren Ursachen wir nicht ergründen können … Vielleicht ist das überhaupt das Wichtigste – dass die Welt für uns immer voller Wunder ist.«

EDITORISCHE NOTIZ

Der vorliegende Roman wurde als englische Originalausgabe 2013 veröffentlicht. Pearl S. Bucks Adoptivsohn Edgar Walsh, der das literarische Erbe seiner Mutter verwaltet, erfuhr erstmals im Dezember 2012, dass dieser Text, den die Autorin in den letzten Jahren vor ihrem Tod aufgezeichnet haben muss, existiert. Eine Dame aus Texas hatte den Inhalt eines verlassenen Lagerraumes ersteigert und darunter ein handgeschriebenes Manuskript der Autorin sowie eine Schreibmaschinenabschrift gefunden. Die Familie Pearl S. Bucks erwarb das Manuskript von der Finderin, und Edgar Walsh kümmerte sich gemeinsam mit dem amerikanischen Verlag Open Road Integrated Media darum, den Text in eine gut lesbare Form zu bringen. Dabei wurde darauf geachtet, die Unebenheiten des unredigierten Manuskripts nur sehr behutsam auszugleichen, um möglichst wenig vom Original der Nobelpreisträgerin abzuweichen.